Tanja Neise

Der Orden der weißen Orchidee – Die Erbin

W0327774

47NORTH

Das Buch

Romantasy im Strudel der Zeit.

Zeitreisen sind unmöglich. Das dachte Marie bisher auch. Als die junge Übersetzerin einen alten Gutshof erbt, ahnt sie noch nichts von ihrem wahren Erbe. Ein Brief stellt ihr Leben auf den Kopf und schon bald beginnt für sie eine spannende Reise durch die Zeit, auf der sie ihrer großen Liebe begegnet. Doch das Schicksal ist ein harter Gegner, wenn es darum geht, ihr Glück zu finden.

Die Autorin

Tanja Neise wohnt in einem kleinen brandenburgischen Dorf. Bereits in frühester Jugend schrieb die verheiratete, mehrfache Mutter gerne Gedichte und Geschichten, doch im Laufe des Erwachsenwerdens trat dieses Hobby immer mehr in den Hintergrund. Da sie eine eifrige Leserin ist, fragte ihr Mann eines Tages, ob sie nicht selbst ein Buch schreiben wolle. Nach und nach nahm der Gedanke Gestalt an. Da die Autorin an einer seltenen Autoimmunerkrankung leidet und viele Freizeitaktivitäten nicht möglich sind, stürzte sie sich mit Eifer auf das wiederentdeckte Hobby.

M. H.

TANJA NEISE

DER ORDEN DER WEISSEN ORCHIDEE

DIE ERBIN

47NORTH

Die Erstausgabe erschien 2014 unter dem Titel
»Der Orden der weißen Orchidee – Die Erbin« im Selbstverlag.

Veröffentlicht bei
47 North, Amazon Media EU S. á. r. l.
5 Rue Plaetis, 2338 Luxembourg
August 2015

Umschlaggestaltung: semper smile, München, www.sempersmile.de
Lektorat: Nora Weber
Satz: Monika Daimer, www.buch-macher.de

Gedruckt durch
Amazon Distribution GmbH
Amazonstraße 1
04347 Leipzig, Deutschland

ISBN: 9781503948532

www.amazon.de/47north

PROLOG

Vier Wochen zuvor

Sie rutschte kraftlos an dem Baum herunter, ans Aufstehen war nicht mehr zu denken.

Das war der Baum, der ihr schon mehrmals das Leben gerettet hatte. Er würde ihr auch jetzt, während ihrer letzten Atemzüge, zur Seite stehen.

Was wäre ihr Leben ohne ihn gewesen? Unvollendet.

Und dennoch gab es etwas, das ihr Sorgen bereitete. Würde ihre Tochter ihren letzten Wunsch respektieren? Sie liebte dieses Kind abgöttisch. Nie waren sie sich richtig nahe gekommen, und im Laufe der Jahre hatten sie sich sogar immer weiter voneinander entfernt. Es war das Einzige, das sie jemals bereut hatte.

Wie gern hätte sie sich mit ihrer Tochter versöhnt, aber das war ihr nicht vergönnt. Jetzt nicht mehr. Der Gedanke, dass sie es vielleicht verdient hatte, schmerzte sie.

Sie hatte vieles vorbereitet, die Entscheidungen mussten nun andere treffen. So leid es ihr tat, sie hatte keinen Einfluss mehr darauf. Das Atmen fiel ihr mittlerweile immer schwerer, und doch waren ihre Gedanken frei. Die Schmerzen wichen einer ruhigen Gewissheit. Sie hatte alles in ihrer Macht Stehende getan. Nun konnte sie in Frieden gehen. Als der letzte Atemhauch ihren Mund verließ, umspielte ein Lächeln ihre Lippen. Sie war sich sicher, dass sie das Richtige getan hatte.

KAPITEL 1

August 2012

Das Sonnenlicht scheint durch das Blätterdach der Bäume und zaubert eine märchenhafte Atmosphäre. Es ist wie in einem Traum, über meinem Kopf glitzern Tausende von Diamanten. Der Wind streicht über mein Gesicht, als wollte er mir Kraft geben und mich trösten. Ich nutze die Gelegenheit und gebe mich meinen Tagträumen hin, verliere mich in einer Märchenwelt.

Aber schon rasen meine Gedanken wieder zu der Aufgabe, die vor mir liegt. Was wird mich erwarten?

Entschlossen steige ich aus meinem Wagen, den ich vor dem uralten, aus Backsteinen erbauten Gutshaus abgestellt habe. Das Gutshaus liegt friedlich neben einem Anger. Ich atme tief ein, lasse mich von der malerischen Landschaft berauschen und lausche kurz dem Vogelgezwitscher. Es ist wunderschön hier. Mich überkommt ein tiefer Frieden, etwas, das ich selten spüre.

Mein Blick schweift umher. Das kleine brandenburgische Dorf ist völlig ausgestorben. Ich sehe und höre niemanden, nur die Geräusche der Natur dringen an mein Ohr.

Ich fasse mir ein Herz, ergreife den dicken Bund mit den eisernen Schlüsseln und mache mich auf den Weg in eine alte, schon fast vergessene Welt. Und, wie es mir scheint, auf in ein Abenteuer.

* * *

Nachdem ich eine kleine Ewigkeit gebraucht habe, um den richtigen Schlüssel zu finden, öffne ich die große hölzerne Tür. Sofort schlägt mir stickige, abgestandene Luft entgegen. Hier ist es schummrig, da der Flur über kein einziges Fenster verfügt, und es riecht nach längst vergangener Zeit.

Ich gehe den stillen Korridor entlang, wende mich nach links und schaue neugierig hinter die erste Tür. Meine Erinnerung hat mich nicht getrogen, dies ist der ehemalige Stall. Die Tiere sind seit Ewigkeiten nicht mehr da, aber ihr Geruch hängt noch leicht in der Luft. Alles ist sauber und ordentlich, soweit man das von einem Raum mit dieser Vorgeschichte sagen kann. Diesen Ort fand ich als Kind immer am interessantesten. In dem Stall, der nicht wie gewöhnlich in einem Stallgebäude lag, sondern hinter einer Tür, die vom Hausflur abging, hielt Omi Lizzy fünf Ziegen. Die Milch dieser Ziegen bekam ich immer vorgesetzt, ob ich wollte oder nicht. An diesen Geschmack muss man sich erst einmal gewöhnen. Manche Menschen tun das nie, so wie ich.

Lächelnd schließe ich die Tür wieder und ziehe weiter auf meinem Erkundungsgang durch das Haus. Neben dem Stall gibt es eine neue Tür, offenbar ein kleines Zimmer, das nachträglich angebaut worden ist. Ein Gäste-WC! Toll! Gedanklich klatsche ich in die Hände. Nun bin ich ein wenig zuversichtlicher, dass sich das Trauma meiner Kindheit nicht wiederholen wird. Das ist ein Luxus, mit dem ich nicht gerechnet hatte, denn an das vorsintflutliche Plumpsklo hatte ich mich bei meinen Aufenthalten definitiv nie gewöhnt.

An den nächsten Raum, den ich betreten will, kann ich mich kaum noch erinnern, denn er war immer verschlossen. Wenn ich hier war, konnte ich nur ab und an einen Blick hinein erhaschen.

Ich drücke die Klinke herunter, schaue hinter die hölzerne Tür und bin überwältigt. Offenbar ein Arbeitszimmer, aber kein gewöhnliches. Die Wände, abgesehen von der, die mir gegenüberliegt, sind von oben bis unten mit Regalen bedeckt. In ihnen stehen Bücher aller Art. Da ich Bücher liebe wie andere Frauen Schuhe, muss ich mich zusammenreißen, um nicht gleich über die Literatur, die hier jahrzehntelang gesammelt wurde, herzufallen. Das wird mir noch erschwert durch den wunderschönen breiten Ohrensessel. Er steht vor einem der Fenster, die einen direkten Blick auf den Dorfanger ermöglichen. Es ist, als würde das Zimmer mich einladen, hier zu verweilen und zu entspannen. Am liebsten würde ich es mir mit einem schönen Buch gemütlich machen, aber das muss warten. Meine Finger fahren über das dunkle Holz des antiken Schreibtisches. Obwohl er aus massiver Eiche angefertigt worden ist, fühlt er sich von den vielen Jahren der Benutzung fast weich an.

* * *

Ich muss mich regelrecht von dem Zimmer losreißen und schlendere weiter.

Und da ist der Raum, an den ich mich am meisten erinnere, wenn ich an die kurzen Ferien hier zurückdenke. Die Küche ist größer als die heutzutage üblichen, denn in diesem Teil des Hauses spielte sich das Leben ab. Durch die vom vielen Putzen etwas blinden Fenster fällt Sonnenlicht ins Zimmer. Staubpartikel tanzen in der Luft, aufgeschreckt von meinem plötzlichen Eindringen.

Der Arbeitsbereich ist hell gefliest, mit zierlichen Kunstwerken auf etlichen Fliesen. Jedes für sich ein kleines Stillleben, die das Leben um die Wende des 19./20. Jahrhunderts darstellen, alle in Weiß und Blau.

An dem monströsen, blank geschrubbten Holztisch saß ich als junges Mädchen und überlegte mir, wie ich die fürchterliche Ziegenmilch loswerden könnte.

An kalten Tagen konnte man sich auf dem Sofa neben dem alten Kachelofen wärmen und stärken. Meine Urgroßmutter erzählte mir, dass früher die Frauen des Hauses hier ihre Handarbeiten erledigt hatten.

Ich habe vor, einige Zeit zu bleiben, und mir wird klar, dass ich gut daran getan habe, ein paar Küchenutensilien mitzubringen.

Nachdem ich die Kiste aus dem Auto geholt habe, beschließe ich, mir erst einmal einen Tee zu kochen. Hoffentlich fliegt jetzt nicht die Sicherung raus. Es gab zwar früher auch schon Strom, aber die Geräte, die damit betrieben wurden, sahen aus, als wären sie einem anderen Zeitalter entsprungen. Die Schalter aus schwarzem Plastik musste man drehen, um das Licht anzumachen, und die Stromleitungen verliefen über Putz und waren mit Stoff ummantelt. An den alten Leitungen war sicherlich noch nie ein Gerät angeschlossen, das so viel Watt verbraucht. Aber es klappt.

Mit einem Earl Grey und ein paar Keksen im Magen gehe ich zum Gästezimmer, in dem ein wuchtiges Ehebett steht. Aus dem Wäscheschrank im Flur nehme ich mir Bettwäsche – gestärkt natürlich, wie könnte es anders sein. Als ich an der Wäsche schnuppere, kommen die Erinnerungen mit der Wucht eines Vorschlaghammers zurück.

Als ich meine Uroma zum letzten Mal gesehen hatte, war ich zehn Jahre alt, und alles, was mit ihr zusammenhing, kam mir sehr mysteriös vor. Ich war damals mit Großmutter dort zu Besuch gewesen. »Dort« ist ein alter Hof in einem kleinen malerischen Dorf in Brandenburg. Über meine Uroma wurde immer viel hinter vorgehaltener Hand getuschelt. Wörter wie *Magie, Heilen* und *Zauberei* fielen hin und wieder, aber auch »die Verrückte« oder ähnlich abwertende Bezeichnungen. Ich kann mich an eine Szene erinnern, als ich zum letzten Mal bei ihr war. An diesem Tag erkrankte ich zum ersten Mal an Migräne. Als meine Urgroßmutter es bemerkte, war sie sehr besorgt. Fürsorglich kam sie zu mir, sagte, ich solle die Augen schließen, tief einatmen und ihr vertrauen. Das tat ich, und das Nächste, was ich spürte, war eine Wärme auf der Stirn, die stetig zunahm. Ich sollte noch einmal tief Luft holen und dann die Augen öffnen. Langsam tat ich es. Die Kopfschmerzen waren weg. Ich war fasziniert.

Und bin es heute noch.

Wir hatten keinen Kontakt mehr zu Uroma Lizzy gehabt. Warum eigentlich nicht? Gab es einen Streit, der das verursacht hatte? Bisher hatte ich mir darüber keine großen Gedanken gemacht.

Traurig schüttele ich den Kopf und mache mich daran, das Bett zu beziehen. Müde tigere ich mit meinem Kulturbeutel zum Badezimmer und stelle überrascht fest, dass sich seit meinem letzten Besuch noch etwas verändert hat. Ich stehe in einem modernen, gefliesten Bad, und auch hier gibt es eine Toilette! Ich bin begeistert. Schmunzelnd überlege ich, ob ich den Aufenthalt vielleicht ein wenig verlängern sollte.

Die warme Dusche erfrischt und bestärkt mich, meine Idee von vorhin in die Tat umzusetzen. Mit einem weiteren Tee bewaffnet, gehe ich wieder nach unten in das Arbeitszimmer. Der große Lesesessel empfängt mich, und ich mach es mir auf dem groben dunkelblauen Stoff gemütlich. Die zwei kleinen Kissen mit Blumenmuster benutze ich als Stütze für mein Buch. Neben mir stehen ein filigraner Teetisch und eine Stehlampe, die mit dem gleichen Stoff bezogen wurde wie die Kissen. Eine weibliche Note in dem sonst eher zweckmäßig eingerichteten Raum. Andächtig genieße ich die Stille und schlage das Buch auf.

* * *

In der Nacht habe ich mich unruhig in dem großen Bett hin und her gewälzt. Die fehlenden Geräusche der Großstadt verursachten mir zuerst ein mulmiges Gefühl, doch irgendwann siegte die Müdigkeit über mein unter Strom stehendes Gehirn. Ich nehme ein spartanisches Frühstück zu mir, bevor ich mich an die Arbeit mache. Im Schlafzimmer werde ich anfangen. Auch in diesem Raum ist alles sehr ordentlich. Irgendjemand muss vor mir hier gewesen sein und für Ordnung gesorgt haben. Das massive Ehebett aus Holz mit den zwei Nachtschränkchen dominiert das Zimmer. Das Bettzeug ist bereits abgezogen worden.

Ich beginne beim Kleiderschrank. Es bricht mir fast das Herz, aber nach und nach lege ich die Sachen, die so typisch für Uroma Lizzy einen Hauch von Lavendel verbreiten, vorsichtig in die Kiste, die für das rote Kreuz bestimmt ist.

Ich arbeite still vor mich hin. Nach einer halben Stunde ist die erste Hälfte des Schrankes gähnend leer.

Mit einem Seufzer ziehe ich die beiden anderen Türen auf und bekomme große Augen.

Hier hängen Kleider, die jedes Mädchen- und auch Frauenherz höher schlagen lassen. Es müssen Sachen sein, die man in einem früheren Jahrhundert trug. Andächtig streiche ich mit den Händen über die wunderschönen, gut erhaltenen Stoffe. Wer hätte gedacht, dass sich in diesem Haus ein solcher Schatz verbirgt.

Vielleicht gehörten die Kleider ja meiner Ur- oder Ururgroßmutter. Die kann ich definitiv nicht in die Altkleidersammlung geben. Sie sind atemberaubend. Märchenhaft. Augenblicklich flammt das Herz des kleinen Mädchens auf, das ich einst war.

Vorsichtig nehme ich ein knöchellanges, elfenbeinfarbenes Spitzenkleid heraus und halte es mir vor den Körper. Ein Traum!

Kurz hadere ich mit mir, aber dann denke ich: *Warum nicht?* Ich gebe dem Impuls nach, streife die Kleidung ab und ziehe es an. Das Kleid passt, als wäre es für mich angefertigt worden. Offenbar hatte Urgroßmutter Lizzy dieselben Maße wie ich.

Ein Blick in den großen, bis zum Boden reichenden Standspiegel, und ich bin schockiert. Das soll ich sein? Die praktische Marie, die lieber Jeans, T-Shirt und Turnschuhe trägt?

Vor mir steht eine völlig fremde, wunderschöne, fragile Person. Ich erkenne mich nicht wieder. Meine braunen Augen wirken riesig, als ich mir das lockige, dunkelbraune Haar hochstecke. Ich sehe größer aus, irgendwie gestreckt. Mit einem Meter und fünfundsechzig bin ich nicht gerade als groß zu bezeichnen. So freue ich mich, wenigstens optisch ein paar Zentimeter mehr herzumachen.

Anscheinend gehöre ich in eine andere Zeit, denn dieser Stil passt zu mir wie die Faust aufs Auge.

* * *

Ich albere ein wenig vor dem Spiegel herum. Spreche mit einem imaginären Mann, der mit mir zu einer alten virtuosen Musik tanzt, da läutet es plötzlich an der Tür.

Abrupt aus dem Kleinmädchentraum herausgerissen, muss ich erst einmal blinzelnd wieder in die Realität zurückfinden.

Es klingelt nochmals. Zum Umziehen habe ich keine Zeit mehr, also renne ich in dem Kleid meiner Urgroßmutter an die Tür.

Es ist der Postbote. Er mustert mich leicht befremdet, was dank meines merkwürdigen Aufzugs kaum verwunderlich ist.

»Guten Morgen«, sage ich und versuche das Eis zu brechen.

»Ja, guten Morgen. Ich bin Herr Peters, der zuständige Postbote. Hab' gerade Ihr Auto gesehen, sonst hätte ich nicht geklingelt. Da ist ein Brief angekommen, und ich dachte mir, dass der vielleicht für Sie ist.« Er schaut mich großväterlich an und schmunzelt.

»Aha, danke. Ich bin Marie Sage, ich kümmere mich um den Nachlass meiner Urgroßmutter. Ist der Brief denn an mich adressiert? Es weiß eigentlich niemand, dass ich hier bin.« Ich bin leicht verwirrt, schließlich bin ich ja auch erst gestern Nachmittag angekommen. Wer sollte mir schreiben und warum?

»Ja, der ist an Frau Marie Sage gerichtet, an diese Adresse. Hatte mich schon etwas gewundert, da ich den Namen nicht kannte und ja wusste, dass Ihre Urgroßmutter vor nicht mal zwei Wochen verstorben ist. Mein Beileid«, erklärt er, während er mit dem Umschlag herumwedelt. »Jedenfalls bin ich davon ausgegangen, dass es noch keine Nachmieter beziehungsweise neuen Besitzer für den Hof gibt.«

Ich greife nach dem Brief. »Danke. Ich werde ein paar Tage hierbleiben und mich um alles kümmern.« Ich habe einfach das Bedürfnis, diesem netten alten Herrn zu erklären, warum ich in dem Haus seiner ehemaligen Nachbarin bin. Schließlich ist es ein Dorf, und mit Sicherheit wird viel getratscht.

»Sollten Sie etwas brauchen, meine Frau und ich wohnen zwei Häuser weiter. Dort drüben, das mit der weißen Pergola.« Eifrig zeigt er in die Richtung, und ich spähe um die Ecke. Begonien, Petunien und jede Menge andere Blumen blühen in dem Vorgarten um die Wette. »Wenn Sie einkaufen müssen, im nächsten Dorf ist ein kleiner Supermarkt. Die Post kann ich mitnehmen. Ein Restaurant gibt es hier nicht, aber das bietet auch das Nachbardorf. Die haben im Übrigen eine ausgezeichnete Küche.« Der kleine ältere Mann ist ganz in seinem Element. Seine Glatze fängt regelrecht an zu glänzen vor Aufregung. Offensichtlich ist er ein Mensch, der gern hilft.

»Das ist sehr nett von Ihnen. Den Weg zum Supermarkt kenne ich schon, aber der Tipp mit dem Restaurant ist super. Das werde ich heute Abend mit Sicherheit mal ausprobieren. Danke.«

»Kein Problem, gern geschehen. Also dann, einen schönen Tag noch«, wünscht er zum Abschied.

* * *

Leise schließe ich die Tür und lehne mich von innen gegen das Holz. Ein Blick auf den Absender verrät mir, dass der Brief von meiner Großmutter Ella ist. Wenn der heute angekommen ist, muss sie ihn ja schon vor meiner Abfahrt abgeschickt haben.

Was sollte das nun wieder bedeuten? Hätte sie mich nicht anrufen können? Irritiert reiße ich den Umschlag auf, was in der Stille des Hauses ein lautes Geräusch verursacht.

Liebe Marie,
Du fragst Dich sicherlich, warum ich Dir diesen Brief schreibe. Mit Deiner praktischen und logischen Art ist die nächste Frage, warum ich Dich nicht vor Deiner Abfahrt gesprochen oder auf dem Handy angerufen habe. Allesamt gute Fragen, mein Schatz. Ehrlich gesagt wollte ich schon mehrmals mit Dir sprechen. Bei der Beerdigung meiner Mutter hatte ich ein paar Mal versucht, persönlich mit Dir zu reden, aber ich konnte es einfach nicht.
Selbst jetzt, beim Schreiben, fällt es mir schwer, zum Punkt zu kommen.
Du weißt, dass ich lange Zeit keinen Kontakt zu Uroma hatte, deshalb überraschte mich der Anruf von ihr enorm.

Sie rief vor ungefähr einem Monat an und bat mich darum, Dir im Falle ihres Todes von dem Telefonat zu berichten. Außerdem wollte sie Dir alles vererben. Ich sollte Dir die Schlüssel vom Hof geben, Dich dort hinschicken und Dir den Ort verraten, an dem sie eine Nachricht oder einen Brief für Dich hinterlassen würde.

Um ehrlich zu sein, dachte ich, sie sei geistig verwirrt. Sie redete ohne Punkt und Komma, hörte sich gehetzt an, und was sie von sich gab, ergab für mich keinen Sinn. Um sie zu beruhigen, habe ich es ihr versprochen. Als ich fragen wollte, wie es ihr geht, legte sie einfach auf. Ich habe versucht, das Ganze als Ulk zu verstehen und nicht weiter darüber nachzudenken. Aber als ich dann zwei Wochen später von ihrem Tod erfuhr, musste ich an unser Gespräch zurückdenken. Woher wusste sie, dass sie bald sterben würde? Kannte sie ihren Mörder, der ihr hinterlistig ein Messer in den Rücken gejagt hat? Man fand sie auf dem Dorfanger unter einem Baum. Dort saß sie, als wäre sie eingeschlafen. Die Nachbarin, die sie gefunden hatte, stand unter Schock. Vielleicht sollte ich Dir bei dieser Gelegenheit auch erzählen, warum ich keinen Kontakt mehr zu meiner Mutter hatte.

Du kannst Dich bestimmt noch an unsere Ferien bei ihr erinnern. Es war Sommer, Deine Mutter war schon ein halbes Jahr tot, als wir das letzte Mal bei ihr waren. Omi bemerkte, dass Du Migräne hattest. Sie redete mit Dir und probierte ihre blasphemischen Rituale an Dir aus. Gut, sie hat Dir geholfen, aber ich heiße diese Dinge trotzdem nicht gut, das weißt du. Nachdem Du schlafen gegangen warst, kam sie zu mir und meinte, Du wärst etwas Besonderes und müsstest in Zukunft von ihr in den Ritualen unterwiesen werden. Aus diesem Grunde solltest Du zu ihr ziehen. Ich dachte, jetzt hätte der Wahnsinn sie übermannt und lachte. Das war ein Fehler, und es kam zu einem heftigen Streit, der zur Folge hatte, dass wir beide am nächsten Tag abreisten.

Du bist das Einzige, was mir von meinem verstorbenen Sohn geblieben ist. Es machte mir fürchterliche Angst, auch nur einen Gedanken an eine Trennung von Dir zu verschwenden.

Mutter rief mich noch ein paar Mal an und bat darum, Dich wenigstens in den Ferien sehen zu können. Ich lehnte entschieden ab und sagte ihr, dass wir zukünftig keinen Kontakt mehr zu ihr wünschten. Es dauerte ein paar Monate, doch irgendwann blieben die Anrufe aus. Bis zu dem Tag vor vier Wochen. Ich dachte schon, sie wollte Dich nun, da Du erwachsen bist, Deine eigene Entscheidung treffen lassen. Aber da habe ich mich geirrt. Sie ließ mich ihren Letzten Willen hören, sodass ich Dir das nicht verheimlichen konnte, ohne meinen Seelenfrieden zu verlieren. Also gut, hiermit erfülle ich meine Pflicht. Der Brief von ihr liegt in dem Buch »Schuld und Sühne« von Dostojewski.

Bitte Marie, bleibe objektiv beim Lesen des Briefs. Bitte. Denk dran, sie war eine alte, sehr merkwürdige Person, die schon lange an andere Dinge glaubte als wir.

Melde Dich, wenn du darüber sprechen möchtest.

Ich werde Dir die Zeit geben.

In Liebe, Deine Oma Ella

Nachdenklich lasse ich den Brief sinken. Das ist starker Tobak. Ich muss mich beherrschen, um nicht gleich ins Arbeitszimmer zu stürmen und nach dem Schreiben zu suchen. Aber ich reiße mich zusammen und gehe langsam und gesittet.

Da sich der Himmel bewölkt hat, ist es dunkel in dem Raum. Ich schalte die Stehlampe ein und mache mich auf die Suche nach dem Buch von Dostojewski.

Kurze Zeit später werde ich fündig und ziehe den dicken Wälzer aus dem Regal. Dabei fällt der Brief heraus und segelt leise zu Boden.

Eigentlich hatte ich mir gestern eine andere Lektüre vorgestellt, als ich darüber nachgedacht habe, es mir in dem Ohrensessel gemütlich zu machen. Aber was soll's. Spannend ist es auf jeden Fall – und so real.

* * *

Ich halte den Brief in der Hand und bin mir nicht sicher, ob ich wissen möchte, was darin steht. Irgendwie ahne ich, dass es nicht nur die Worte einer einsamen, alten Frau sind. Letztendlich siegt die Neugier. Ich nehme das dicke Papier vorsichtig aus dem Umschlag und falte es auseinander. Die Zeilen sind auf edlem Bütten-Hammerschlagpapier geschrieben. Der Letzte Wille meiner Urgroßmutter! Eine Gänsehaut überzieht meine Arme. Bedächtig beginne ich zu lesen.

Meine liebe kleine Knospe,
kannst Du Dich noch daran erinnern, dass ich Dich immer so genannt habe? Ich hoffe es so sehr. Du warst schon immer etwas Besonderes, deshalb nannte ich Dich so. Leider wird es mir nicht vergönnt sein, Dich in voller Blüte zu erleben. Ja, ich habe aufgegeben, den Kontakt zu Dir zu suchen, da mir klar war, dass es unmöglich sein würde, gegen Deine Großmutter und ihren strengen katholischen Erziehungsstil anzukommen. Aber wenn Du dies liest, ist mein Leben vorüber, und meine Tochter konnte mir zumindest meinen letzten Wunsch, den ich ihr gegenüber geäußert habe, nicht verwehren.
Als Deine Mutter, Gott hab sie selig, mich das erste Mal mit Dir besucht hat, ahnte ich bereits, dass Du die Erbin

warst, nach der ich gesucht hatte. Apropos Erbe – sitzt Du nun in Deinem neuen Arbeitszimmer, während Du das hier liest? Hast Du das Gäste-WC schon gesehen? Und das Badezimmer auch? Ein kleines Abschiedsgeschenk von mir. Ich habe es extra für Dich renovieren lassen, da ich wusste, wie sehr Du das stille Örtchen hier verabscheut hast. Ich hoffe, es freut Dich, und es fällt Dir dadurch leichter, Dich auf dem Hof wohlzufühlen. Die Stromleitungen habe ich ebenfalls zum Teil überholen lassen, damit Du Deine hochmodernen Geräte anschließen kannst.

Aber zurück zum Thema.

Vor langer Zeit, als ich ein kleines Mädchen war, erzählte mir mein Vater eine wundervolle Geschichte. Sie handelte von einem kleinen Jungen, der zusammen mit seiner Mutter einen Baum pflanzte. Die Mutter war eine berühmte weise Frau mit heilenden Kräften. Während sie den Setzling in die Erde brachten, sprach sie magische Worte und versprach ihrem Sohn, dass er in diesem Baum immer eine Zuflucht und Quelle seiner Kraft haben würde. Als der Junge nun zum Mann herangereift war, geschah es, dass er von Feinden verfolgt wurde. Auf seiner Flucht kam er an der Eiche vorbei, die bereits größer war, als ein Baum dieses Alters normalerweise sein sollte. Mittlerweile hatte er seine Verfolger abgeschüttelt, aber er wusste, lange wäre er nicht sicher, denn sie waren ihm auf den Fersen. Er ging zu dem majestätischen Baum und strich das Zeichen, das seine Mutter ihm beigebracht hatte, über die Rinde des Baumes. Sie hatte die Wahrheit gesagt: Der Baum öffnete seinen Stamm und gewährte dem Mann Einlass. Niemand fand ihn oder wusste, wo er war.

Ein paar Tage später tauchte er wieder auf. Er hatte sich verändert, denn er hatte von der Magie seiner Mutter gekostet und sein Erbe angenommen. Sie hatte ihm viel erzählt und erklärt, aber bis jetzt war ihm nicht klar gewesen, welche Kraft er besitzen würde. Ab da wurde das Erbe immer an einen Blutsverwandten weitergegeben. Bis heute.

Kleine Knospe, mit Deinem scharfen Verstand kannst Du Dir mit Sicherheit vorstellen, wie es weitergeht. Oder? Es gibt in der Regel immer nur eine oder einen, an den dieses Geschenk weitergegeben werden kann. Nach mir bist Du diejenige, die die Veranlagung besitzt, dieses Geschenk zu empfangen. Ich hoffe, Du wirst es weise nutzen und mir alle Ehre machen.

Um die Gabe nutzen zu können und auch richtig einzusetzen, gibt es ein paar Dinge, die Du beachten musst. Hierfür habe ich versucht, Dir alles aufzuschreiben, was ich Dir im Normalfall von Angesicht zu Angesicht beigebracht hätte.

Meine Aufzeichnungen findest Du im Arbeitszimmer unter einer Diele, auf welcher zurzeit der Schreibtisch steht. Bitte gehe damit sehr achtsam um, und wenn Du alles verstanden hast, vernichte sie. Bitte sei vorsichtig und traue niemandem.

In Liebe, Deine Uroma Lizzy

Behutsam lege ich das edle Papier zur Seite und schließe nachdenklich die Augen.

Mythen? Sagen? Magie? Was sollte das? Ich bin etwas Besonderes? Heilende Kräfte? Nein, die habe ich definitiv nicht, stattdessen ziehe ich Menschen mit Problemen und Verletzungen förmlich an. Allerdings kann ich diesen Leuten nie helfen. Wenn ich die Finger in die Nähe einer Wunde lege, habe ich das Gefühl, elektrische Wellen wandern durch mich hindurch.

Was tue ich hier eigentlich? Mache ich mir ernsthaft Gedanken über diesen Humbug? Ja, an mir ist etwas Besonderes, ich lasse mich besonders schnell beeinflussen! Das kann doch wohl nicht wahr sein! Schluss, aus, Feierabend!

Da es schon später Nachmittag ist, als ich aus meinen Überlegungen erwache, beschließe ich, mich um mein Abendessen zu kümmern. Ich ziehe mir eine Jeans an und fahre zu dem Restaurant, das Herr Peters mir empfohlen hat. Mein Magen knurrt, als ich an eine warme Mahlzeit denke.

Während der Fahrt fliegen meine Gedanken immer wieder zu den Briefen. Warum hatte Großmutter solche Angst davor, wie ich auf Uroma Lizzys Ausführungen reagieren würde? Glaubte sie ihrer Mutter etwa doch? Vielleicht ist genau das ihr Hauptproblem. Glaubt sie ihr tatsächlich und ist sich nicht sicher, was es für Auswirkungen auf mich hat? Sie ist bei ihr aufgewachsen, sicherlich hatte sie tiefe Einblicke in diese Dinge gehabt.

Plötzlich fällt mir ein, wie sie nachts oft an meinem Bett saß, weil ich mal wieder irgendwelche fürchterlichen Albträume hatte. Sie wollte stets jedes Detail dieser sehr abstrakten Träume wissen. Einmal träumte ich von der Beerdigung unseres Hundes. Am nächsten Tag wurde er, während meine Mutter mit ihm spazieren ging, überfahren. So ging es auch mit einigen anderen Träumen, sie waren den Ereignissen in der Realität unheimlich ähnlich. Das machte mir Angst, was aber laut Oma purer Zufall war. War das wirklich so einfach zu erklären?

Im Restaurant bestelle ich das Tagesgericht, Rinderroulade mit Rotkohl und Salzkartoffeln. Erst als ich anfange zu essen, merke ich, wie hungrig ich bin. Es schmeckt so lecker, dass ich die Portion, von der hart arbeitende Männer satt würden, vollständig verdrücke. Allmählich kommen meine Gedanken zur Ruhe. Ich schaffe es tatsächlich, einige Minuten auch mal an etwas anderes zu denken als an die Briefe dieser beiden schwierigen Frauen.

* * *

Als ich aus dem Auto steige, ist es schon fast dunkel. Es ist diese Zeit zwischen Tag und Nacht, die mich stets in der Seele berührt. Stille breitet sich aus, wenn sich die Tagaktiven zur Ruhe begeben und die Nachtaktiven noch nicht erwacht sind. Ich liebe diese Zeit des Tages.

Ich beschließe, noch einen Spaziergang auf dem Dorfanger zu machen und den schönen Augustabend zu genießen. Die Frösche, die nicht zu sehen sind, obwohl hier und da einige Straßenlaternen ein diffuses Licht verbreiten, quaken um die Wette. Ein paar Grillen zirpen. Ansonsten höre ich nichts. Da ich normalerweise in Berlin wohne, höre ich eigentlich immer etwas: Straßenlärm, Flugzeuge und eine Menge anderen Lärm. Es ist beruhigend, der stillen Natur so nahe zu sein. Der Kies knirscht bei jedem Schritt unter meinen Füßen. Ich atme tief ein und aus und versuche, mich auf mein Innerstes zu konzentrieren.

Mit neuer innerer Ruhe spaziere ich zurück zum Hof meiner Familie. Ich gehe bewusst am Arbeitszimmer vorbei und nach oben in das Zimmer, in dem ich schlafe. Vielleicht wird dies eine ruhigere Nacht.

KAPITEL 2

August 2012

Am nächsten Morgen bin ich zur Abwechslung mal richtig fit und ausgeruht. Ich habe geschlafen wie ein Stein. Mein Körper war vermutlich damit beschäftigt, die Riesen-Roulade zu verdauen.

Den gesamten Tag über versuche ich, mich nicht an die eine Stelle unter dem Schreibtisch zu erinnern. Mit Sicherheit werde ich die Aufzeichnungen von Uroma Lizzy lesen, aber irgendwie mache ich es mir zur Aufgabe zu denken, dass ich es nicht möchte. Vorerst nicht. Schließlich glaube ich nicht an dieses ganze Zeug.

Doch das besagte Dielenbrett zieht meine Gedanken immer wieder magisch an.

Den Kleiderschrank mit den Kostbarkeiten aus einem anderen Modezeitalter lasse ich erst einmal links liegen. Also auf in den nächsten Raum. Im Wohnzimmer, das eigentlich nie benutzt wurde, beginne ich mit dem großen Schrank, der mich mit seiner Größe fast erschlägt. Nach und nach verpacke ich alles in Kartons. Dann entdecke ich ein Fotoalbum. Neugierig setze ich mich mit ihm auf die Couch. Das Seidenpapier knistert, als ich den Deckel hochhebe. Oma Ella lächelt mich glücklich in ihrem Hochzeitskleid an, Opa schaut ernst und beschützend auf sie herab. Die meisten der Bilder kenne ich schon, und doch treiben sie mir in dieser Umgebung und im Angesicht des Todes meiner Urgroßmutter die Tränen in die Augen.

Traurig klappe ich das Fotoalbum zu. Ich werde es für meine Oma mitnehmen. Rasch mache ich mich daran, das Schlafzimmer fertig auszuräumen. In den Nachttischen finde ich einige verschlossene Packungen Perlonstrumpfhosen, ein Wärmekissen und eine Lesebrille. Sonst nichts. Die Sachen packe ich wieder in die Kiste für Oma. Nur den Schmuck behalte ich, da es sich ausschließlich um Silber handelt, das bei meiner Oma verpönt ist. Es gefällt mir, ist wunderschön verarbeitet. Schon immer habe ich das schlichte Silber gegenüber dem aufdringlichen Gold bevorzugt. Es macht mich irgendwie glücklich, etwas so Persönliches wie diesen Schmuck von meiner Urgroßmutter behalten zu können.

Wieder zum Schrank. Wieder der Anblick dieser märchenhaften Kostbarkeiten. Ordentlich lege ich sie in eine gesonderte Kiste, die für mich bestimmt ist.

Da ich nun schon zwei Zimmer komplett bis auf die Möbel ausgeräumt habe, setze ich mich an den Küchentisch, trinke einen Tee und suche mit dem Netbook einen Antiquitätenhändler heraus.

Eine Anzeige springt mir gleich ins Auge, sie ist etwas kleiner und schlichter gehalten als die anderen.

»An- und Verkauf von alten Möbeln, Sie sprechen mit Frau Meier, guten Tag«, meldet sich eine kultivierte Frauenstimme am Telefon.

»Guten Tag, mein Name ist Sage. Ich beabsichtige, ein paar alte Möbelstücke zu verkaufen«, versuche ich mein Glück.

»Um welche Art von Antiquitäten handelt es sich denn?«, möchte Frau Meier wissen.

Ich beschreibe ihr alles, so gut ich es vermag.

»Das hört sich interessant an. Wenn es Ihnen recht ist, würde ich mir gern persönlich ein Bild von dem Mobiliar machen. Das ist das übliche Prozedere in unserem Geschäft. Wann würde es Ihnen passen?«, fragt sie.

»Da ich ein paar Tage freihabe, überlasse ich es ganz Ihnen.«

»Wie wäre es gleich heute gegen 18:30 Uhr? Dann komme ich direkt nach Ladenschluss, falls Ihnen das nicht zu spät ist.«

Mit meiner Beschreibung der Möbel scheine ich bei Frau Meier echtes Interesse geweckt zu haben.

»Nein, das passt mir gut.« Nachdem ich ihr die Adresse mitgeteilt habe, verabschiede ich mich und lege auf.

* * *

Pünktlich um halb sieben höre ich das schrille Läuten der Türklingel. Als ich öffne, steht eine etwa 60-jährige gepflegte und vornehme Dame vor mir. Mit ihrem dunkelblauen Designerkostüm und der teuren, ledernen Aktentasche in der Hand sieht sie mich lächelnd an. Genau so hatte ich mir immer eine Antiquitätenhändlerin vorgestellt. Blonde Haare, ordentlich frisiert, seriös. Die personifizierte Korrektheit.

»Guten Abend, Frau Sage.«

»Guten Abend, Frau Meier. Kommen Sie doch herein«, begrüßen wir uns.

Ich zeige ihr zuerst das Wohnzimmer. Die Möbel gefallen ihr, auch die Lampen und Teppiche wecken ihr Interesse. Schon nach den ersten paar Stücken bekundet sie ihren Wunsch, mit mir ins Geschäft zu kommen.

In der Küche ist es der alte gusseiserne Herd, der ihre blauen Augen regelrecht zum Leuchten bringt.

Danach gehen wir nach oben in die anderen Räume.

Auch die Möbelstücke im Gäste- und Schlafzimmer lassen sich ihrer Meinung nach gut verkaufen. Wir einigen uns schnell auf einen Gesamtbetrag. Ich bin keine gute Geschäftsfrau, und bestimmt hätte ich noch etwas heraushandeln können, aber irgendwie vertraue ich dieser Frau Meier.

»Bitte kommen Sie doch mit in die Küche, dann können wir einen Tee trinken, während Sie den Vertrag aufsetzen«, schlage ich vor.

Beim Tee schließen wir alle Formalitäten ab und einigen uns darauf, dass die Möbelpacker in zwei Tagen kommen. Das Geld wird sie auf mein Konto überweisen. Eine Summe, die trotz des schnellen Abschlusses meine Erwartungen bei Weitem übertrifft.

»Hatten Sie nicht auch ein Arbeitszimmer erwähnt?« Frau Meier schaut mich interessiert an.

Nickend antworte ich: »Ja, aber die Bücher wollte ich sowieso selbst behalten. Und nun habe ich mich dazu entschlossen, die paar Möbel ebenfalls nicht zu verkaufen.« Es waren wirklich wunderschöne Dinge in dem Raum, und so hatte ich wenigstens ein paar Erinnerungsstücke.

»Schade, gegen einen antiken Schreibtisch hätte ich keine Einwände erhoben. Das ist etwas, das unsere Kunden immer besonders interessiert. Was beabsichtigen Sie eigentlich mit dem Hof zu machen? Möchten Sie hier einziehen, oder wollen Sie das Haus verkaufen?«

»Ehrlich gesagt habe ich mir darüber noch keine Gedanken gemacht. Es ist mir erst seit gestern klar, dass ich alles geerbt habe.« Mit einer ausladenden Bewegung zeige ich auf alles um mich herum.

»Wäre es denn beruflich für Sie möglich, sich hier niederzulassen? Ich meine, Berlin ist zwar nur eine Autostunde entfernt, aber wenn man diese Strecke täglich hin und zurückfahren muss …«, erkundigt sie sich freundlich.

»Ja, beruflich ist es machbar, da ich von zu Hause aus arbeite. Ich übersetze Bücher.«

»Das ist ja interessant. Wie wird man denn Übersetzerin für Literatur?«

»Ich habe Englisch und Deutsch studiert, und eigentlich wollte ich Lehrerin werden. Als ich keine Stelle bekam, habe ich bei einem Verlag angefragt, ob sie jemanden zum Übersetzen brauchen. Und … es hat geklappt«, erkläre ich.

»Bemerkenswert. Entschuldigen Sie, Frau Sage, aber das Geschäft treibt mich schon wieder weiter.« Sie erhebt sich elegant, reicht mir ihre Hand und verabschiedet sich. »Sollten Sie sich doch entscheiden zu verkaufen, kann ich Ihnen einen sehr kompetenten Immobilienmakler empfehlen. Rufen Sie mich einfach an, wenn Sie die Telefonnummer haben möchten.«

Als ich die Tür hinter ihr schließe, wird es wieder ganz still im Haus. Lediglich ein Hauch ihres teuren Parfums verrät noch, dass sie hier gewesen ist.

* * *

»Oma? Ich bin's, Marie.« Ich presse das Handy ans Ohr, da der Empfang sehr schlecht ist.

»Hallo, mein Schatz. Geht es dir gut?«, will sie wissen. Sie ist der Mensch, dem ich immer am meisten vertraut habe, zumindest, soweit ich dazu fähig war. Aber es haben sich eindeutig Gefühle eingeschlichen, die ich in unserer Beziehung bisher nicht wahrgenommen habe. Misstrauen. Angst. Skepsis.

»Ja, alles in Ordnung, Oma. Allerdings hab' ich mir das Ganze hier nicht so schwierig vorgestellt. Die Sachen, die Oma Lizzy am Herzen lagen, einfach so zu entsorgen, das kommt mir irgendwie falsch vor.« Ich versuche, ihr meine Gefühle zu erklären, aber das ist kompliziert, wie immer, wenn man jemand anderen einen Blick in seine Seele gewähren möchte. »Aber man kann ja nicht alles aufheben. Obwohl ich sagen muss, dass es nicht viel ist, was sich so an persönlichem Kram angesammelt hat.«

»Ihr Herz hat nie an materiellen Dingen gehangen. Nimm es nicht so schwer. Schau, was du noch gebrauchen kannst, und der Rest …«

Sie versucht mir das schlechte Gewissen zu nehmen, aber so recht will das nicht klappen. Ich kann mir genau vorstellen, wie sie den Hörer in der Hand hält und dabei an dem altmodischen Telefon-Tischchen sitzt. Bestimmt hat sich ihre Stirn in Falten gelegt, und ihre Finger spielen gedankenverloren mit dem schwarzen Kabel.

»Weißt du«, beginne ich vorsichtig. »Gerade war eine Antiquitätenhändlerin hier und hat sich Uroma Lizzys Möbel angeschaut. Wir sind uns hinsichtlich des Preises einig geworden, und übermorgen werden die Sachen bereits abgeholt. Dann bin ich hier fast fertig.«

»Hast du schon einen Immobilienmakler kontaktiert? Bestimmt wirst du einen guten Gewinn mit dem Hof machen.«

In ihrer Stimme höre ich wieder die Angst.

»Nein, Oma, so weit bin ich noch nicht.« Soll ich versuchen, mit ihr darüber zu reden? Spontan beschließe ich, es zu probieren. »Ich bin mir nicht sicher, ob ich den Hof nicht vielleicht doch behalten möchte.« So, jetzt ist es raus.

Am anderen Ende der Leitung höre ich, wie meine Großmutter scharf Luft holt. Dann folgt Schweigen.

»Ich könnte von hier aus arbeiten.« Genervt verdrehe ich die Augen. Gut, dass mich keiner sieht. »Wie soll ich es dir erklären? Es ist, als wäre das mein Zuhause. In diesen vier Wänden habe ich das Gefühl, inneren Frieden gefunden zu haben. So fühle ich mich in Berlin nie.«

Oma holt erneut tief Luft, als wollte sie sich gegen einen Gegner wappnen. »Hat das mit dem Brief von meiner Mutter zu tun?«

»Nein, um ehrlich zu sein, habe ich noch gar nicht alles gelesen, was sie geschrieben hat.« Wie soll ich etwas erklären, über das ich mir selbst nicht mal im Klaren bin?

»Wann kommst du zurück?« Als sie abrupt das Thema wechselt, höre ich ein Zittern in ihrer Stimme.

»Übermorgen, aber nur für einen Tag. Ich will ein paar Sachen packen, da ich vorhabe, eine Weile zu bleiben. Eventuell tut mir das ganz gut. Ein wenig Abstand von der Großstadt. Wieder zu mir finden. Vielleicht schaffe ich es sogar, in diesen Mauern endlich das Buch zu Ende zu schreiben.« Es wäre so schön, wenn sie mich verstehen und den Aufenthalt in dem alten Haus gutheißen würde.

»Oh.« Pause. »Wie du meinst. Dann bereite ich für dich ein Abendessen vor.«

»Ja, das wäre sehr lieb von dir. Bitte sei nicht böse, Oma«, bettele ich.

»Böse? Nein, nur traurig. Nach so langer Zeit wirst du nun doch noch flügge und willst von mir weg. Nun, mit 26 Jahren ist das auch nicht weiter verwunderlich«, erklärt sie spröde.

Das schlechte Gewissen schleicht sich bei mir ein. »Mensch, Omi, wenn du willst, kannst du auch mitkommen. Es liegt nicht an dir. Es ist dieser Ort … oder eventuell nur das Haus, das mich anzieht.«

»Nein! In dieses Kuhkaff bekommen mich keine zehn Pferde mehr! Niemals!«, platzt es energisch aus ihr heraus. »Ich habe mich als junges Mädchen dazu entschlossen, in Berlin zu wohnen und nie zurückzukehren. Hier bekommt mich niemand weg. Nicht mal du. Aber danke, dass du gefragt hast«, versucht sie, die schlechte Stimmung zwischen uns zu entschärfen.

»Okay, Oma, dann sehen wir uns am Donnerstag. Ich knutsch' dich.«

»Ja, ich dich auch.«

Nun nimmt der Aufenthalt im Haus meiner Urgroßmutter Dimensionen an, die ich nicht für möglich gehalten hätte, als ich zu dem kleinen Gut aufgebrochen bin. Sollte ich wirklich nur für ein paar Wochen hierbleiben, oder vielleicht für immer? Es gäbe vieles, was mir fehlen würde. Und da ab Donnerstag drei Zimmer des Hauses leer sind, hätte ich hier kaum noch Möbel. Mein Kopf schwirrt, doch tief im Innern weiß ich, dass ich bleiben will. Dies ist der Ort, der mir endlich Frieden geben soll. Gut, also demnächst ins Möbelgeschäft.

* * *

Die Zeit rast unaufhaltsam dahin, schon ist Mittwoch. Ich muss zweimal zum Roten Kreuz fahren, um die vielen Kisten dort abzuliefern, da das Käfer Cabriolet eine Nummer zu klein ist, um alle auf einmal zu fassen. Die Mitarbeiter bedanken sich herzlich und versichern mir, dass die Dinge meiner Urgroßmutter gebraucht und in guten, dankbaren Händen landen werden. Das beruhigt mich ein wenig, da das schlechte Gewissen an mir nagt.

Ein Abstecher in ein Bauhaus ist das nächste Ziel. Die ganze Nacht habe ich wach gelegen und mir überlegt was ich nun machen soll. Ich bin zu der Überzeugung gelangt, dass es mir im Umland von Berlin nur besser gehen kann. Die Großstadt hat zwar ihre Reize, aber hier fühle ich mich wohl, und nur das ist entscheidend. Nachdem ich zu dem Schluss gekommen bin umzuziehen, kaufe ich jede Menge Eimer mit verschiedenen Farben, Pinsel in mehreren Größen und natürlich Abdeckfolie, um das alte Parkett nicht zu verunstalten. Die Wände der drei unmöblierten Zimmer werden meine Verabredung für das kommende Wochenende sein. Und während ich noch alle nützlichen Dinge in den Einkaufswagen packe, merke ich, wie ich mich auf die Renovierung freue. Ich kann schon genau sehen, wie sich das Haus in mein Heim verwandelt. Im Stillen danke ich meiner Urgroßmutter.

* * *

Am Donnerstag kommen die Möbelpacker wie abgesprochen schon früh am Morgen. Zwei große, stämmige Kerle in Blaumännern arbeiten stöhnend und schwitzend unter der schweren Last, und das über mehrere Stunden.

Als sie weg sind, nehme ich die Gardinen ab, sauge die Räume einmal durch und wische. Die Zimmer wirken kahl und verlassen, fast schon trostlos. Helle Stellen an den Tapeten markieren genau die Positionen, an denen vorher Bilder gehangen haben.

Ich messe noch schnell die Wände ab und mache mich dann auf den Weg nach Berlin. Die Aufzeichnungen meiner Urgroßmutter ignoriere ich weiterhin … mehr oder weniger erfolgreich.

Bevor ich nach Hause zu Oma Ella fahre, nehme ich die Verabredung mit einem schwedischen Möbelhaus wahr. Ich entscheide mich für eine Landhausküche. Außerdem bestelle ich ein komplettes Schlaf- und Wohnzimmer in dem gleichen Stil, weiß gestrichenes Holz und Blumenmuster. Auch die Möbel für das Gästezimmer suche ich noch aus. Ich möchte alles genauso haben, wie es hier zur Ausstellung aufgebaut worden ist.

Mit dem kahlköpfigen Verkäufer, der ständig mit seinem leicht hervorstehenden Bauch an die Theke stößt, schließe ich außerdem einen Vertrag für einen Liefer- und Aufbauservice ab. Nachdem ich gerade ohnehin eine Menge Geld ausgebe, kommt es darauf nun auch nicht mehr an. Das Serviceteam, das mir die leidige Arbeit abnehmen soll, bestelle ich für Montagmorgen zum Hof. Bis dahin müsste ich mit dem Streichen fertig sein.

Ich habe noch nie so viele Möbel auf einmal gekauft und habe fast ein schlechtes Gewissen, eine so riesige Summe Geld auszugeben. Ein paar Kleinigkeiten für die Küche nehme ich gleich mit, da mir das spartanische Dasein nun wirklich nicht liegt. Ich hoffe inständig, dass ich nichts übersehen habe.

An der Kasse bezahle ich mit der EC-Karte einen Betrag, der mir ein mulmiges Gefühl im Magen verursacht. Doch die Freude auf den bevorstehenden Neuanfang lässt mich das schnell wieder vergessen.

* * *

Der Flur riecht nach Bohnerwachs, auch wenn hier bereits seit Ewigkeiten niemand mehr welches verwendet hat. Die Berliner Altbauwohnung liegt im ersten Stock, und als ich den Schlüssel umdrehe, überkommt mich ein beklemmendes Gefühl. Dies war bisher mein Zuhause, denn den größten Teil meines Lebens habe ich in diesem Gebäude gewohnt. Seit ich neun Jahre alt bin, lebe ich bei meiner Großmutter. Sie nahm mich liebevoll auf, als meine Mutter starb. Man kann sagen, sie ersetzte sie mir ein bisschen und ließ den Verlust, den ich erlitten hatte, ein Stück weniger schlimm erscheinen. Ich hatte stets eine Schulter zum Ausweinen. Sie gab ihr Bestes. Nicht immer nahm ich dieses bereitwillige Angebot an. Vor allem, als ich älter wurde, war ich sehr verschlossen und brütete oft stundenlang über meinen Problemen, anstatt darüber zu reden. Doch ich denke, dass es vielen Jugendlichen so geht.

Ich kenne jeden noch so kleinen Winkel der weitläufigen Fünfzimmerwohnung, und trotzdem habe ich nicht mehr das Gefühl, nach Hause zu kommen. Wie viel sich innerhalb so kurzer Zeit verändern kann – zumindest in mir drin.

Tiefe Ruhe überkommt mich, da ich sicher bin, die richtige Entscheidung getroffen zu haben. Ich bin bereit, die Gefilde der

Kindheit hinter mir zu lassen und einen neuen Weg zu beschreiten.

»Hallo Oma, ich bin da«, rufe ich, um auf mich aufmerksam zu machen.

»Ja, mein Schatz, ich bin in der Küche.«

»Ich bringe erst mal die Tasche in mein Zimmer.« Ich wohne immer noch hier, denn während des Studiums hatte ich zu wenig Geld und keine Veranlassung auszuziehen. Später hatte ich immer das Gefühl, Oma nicht allein lassen zu können. Oder vielleicht wollte ich es auch selbst nicht sein.

Ich schaue mich um. Alles wirkt irgendwie erdrückend auf mich, bieder und altmodisch.

Die Möbel in meinem Zimmer sind aus Kiefer, Oma hatte sie für mich gekauft, als ich einzog. An den hellblauen Wänden hängen ein paar der Auszeichnungen, die ich im Laufe des Lebens gesammelt habe. Nichts Sportliches, denn darin war ich nie besonders gut. Meistens gewann ich Lese-, Buchstabier- oder Mathematikwettbewerbe.

Auf einem Sideboard steht ein Foto meiner verstorbenen Eltern, sie lächeln mich glücklich an. Das Bild ist irgendwann in den Achtzigern entstanden, wie man unschwer an den Kleidern und Frisuren erkennen kann. Wie gern hätte ich sie mal so zusammen erlebt, doch außer einigen Videos und Fotos ist mir nichts geblieben. Meine Augen wandern weiter zu dem Porträt meiner Freundin aus Kindertagen. Das ist so lange her, dass es mir vorkommt, als stammte es aus einem anderen Leben. Die Erinnerungen an diese Zeit sind mein persönlicher Schatz. Unbezahlbar.

Ich zog zu Oma nach Berlin, als ich neun war. Noch ein Schlag in meinem jungen Leben, nachdem meine Mutter so früh starb. Aber selbst heute habe ich noch Kontakt zu meiner allerbesten Freundin von damals, Sabine Schleier – mittlerweile ist sie verheiratet und hat zwei süße kleine Jungs. Wir waren für kurze Zeit wie Pech und Schwefel, brauchten kein Spielzeug und erschufen uns unsere eigenen Welten. Kreativ und einfallsreich trieben wir durch den Tag und waren glücklich. Sehr lange habe ich sie hier in dieser lauten, kaltschnäuzigen Stadt vermisst. Wir schrieben uns häufig lange Briefe und Postkarten. E-Mails gab es damals noch nicht, und Telefonieren war zu teuer. Aber im Laufe der Zeit wurden die geschriebenen Worte immer seltener. Wege kommen zusammen und Wege trennen sich, so ist das Leben. Doch ein- bis zweimal im Jahr trudelt noch ein Brief von ihr ein, und umgekehrt halte ich es genauso.

Wenn ich daran denke, diesem alten Kinderzimmer zu entkommen, schleicht sich regelrecht Freude ein. Ein Raum, an dem ich mich eigentlich immer geborgen gefühlt habe – doch nun kämpfen verschiedene Empfindungen in mir. Ein wenig Vorfreude, gepaart mit dem Verlust der Kindheit, die im Grunde schon lange hinter mir liegt.

Alles hat sich verändert.

* * *

Als ich die Küche betrete, läuft mir das Wasser im Mund zusammen, da es so köstlich duftet. Meine Oma ist eine begnadete Köchin, und es gibt kaum etwas, das sie nicht kochen kann. Na gut, vielleicht würde es mit asiatischem Essen nicht so gut klappen, aber das können ja auch die Wenigsten.

»Hm, das riecht ja lecker! Was kochst du?« Ich muss fast aufpassen, dass meine Aussprache nicht zu feucht wird. Außer der Roulade, die ich im Restaurant gegessen hatte, habe ich mich die letzten Tage praktisch nur von Suppen, die man mit heißem Wasser aufgießt, ernährt. Das ist vorübergehend schmackhaft, aber auf Dauer eine wahre Katastrophe für den Gaumen und bestimmt auch für die Gesundheit.

»Ich dachte mir, Schnitzel mit Zigeunersoße schmeckt dir doch immer, oder?« Sie lächelt mich zaghaft an und wartet auf meine Reaktion, völlig untypisch für sie. Wenn Ella Fiedler eins nicht ist, dann zaghaft.

»Lecker, Oma. Genau das Richtige. Ich kann schon keine Fertiggerichte mehr sehen. Aber mit dem Uralt-Ofen, den ich hätte befeuern müssen, wollte ich wirklich nicht kochen.« Und damit sind wir auch schon beim heiklen Thema.

»Und wie stellst du dir das ab morgen vor?« Die Arme ineinander verschränkt, das Küchenhandtuch in der Hand und eine Schürze umgebunden, schaut sie mich durchdringend an. Typisch Oma, so kenne und liebe ich sie auch. Mit diesem verkrampften, zaghaften Wesen von eben hat sie nichts mehr gemein. »Ich meine, etwas Anständiges zu essen brauchst du schon. Ständig diese Fertiggerichte sind doch schädlich. Wie willst du dich dort verpflegen?«

»Ach Omi, ich wollte es dir eigentlich schonender beibringen, und bitte bekomm das nicht in den falschen Hals«, versuche ich schon mal, die Wogen zu glätten.

Großmutter legt das Handtuch energisch weg und setzt sich an den Küchentisch. »Nun sag, was liegt dir auf dem Herzen? Ich werde es überleben.«

»Ich war gerade eben bei Ikea und habe mir dort ein paar Möbel und Küchengeräte gekauft. Ein paar ist gut – es waren eine ganze Menge.«

Oma schaut ungläubig und knetet dabei immer wieder ihre Hände, als würde sie unsichtbare Creme verteilen.

»Sie werden am Montag geliefert und aufgebaut. Bis dahin komme ich schon so zurecht. Zum Schlafen nehme ich die alte aufblasbare Matratze mit. Ich habe vor, am Wochenende die Küche, das Wohn- und das Schlafzimmer zu streichen. Das Gästezimmer und die Flure können warten. Und das Arbeitszimmer ist so perfekt, dass ich da auf keinen Fall etwas verändern möchte.« Als ich das alles so erzähle, beginnen meine Wangen zu glühen, und ich merke selbst, wie begeistert ich bin – fast schon euphorisch.

Oma starrt mich entgeistert an. »Das geht aber schnell«, sind die einzigen Worte, die sie hervorbringt.

»Ich dachte mir, warum lange warten. Wie sagst du immer so schön: Was du heute kannst besorgen, das verschiebe nicht auf morgen.« Ich fühle mich ein wenig unwohl, da sie sich so gar nicht mit mir freuen möchte. »Die Schränke habe ich alle durchgesehen. Kleider, Geschirr und Nippes habe ich gestern beim Roten Kreuz abgegeben. Fotos und Erinnerungsstücke habe ich dir mitgebracht. Der Karton ist unten im Auto, ich hol' ihn gleich.«

»Das muss doch ein Vermögen kosten.« Sie spricht so leise, dass ich sie kaum verstehe.

»Nein, das ist kein Problem. Für die antiken Möbel habe ich mehr bekommen, als ich dachte. Die neuen Sachen werden nicht mal den gesamten Betrag in Anspruch nehmen, sodass ich noch eine Kleinigkeit aufs Sparbuch packen kann. Die Bücher möchte ich aber behalten.« Ich atme kurz durch, doch sie sagt nichts, also fahre ich fort. »Wusstest du, dass Uroma Lizzy ein Gäste-WC hat einbauen lassen? Und sie hat auch das Badezimmer renovieren lassen. Sie hat geschrieben, dass sie das gemacht hat, damit ich mich wohler fühle. Sie hat alles ganz genau geplant. Das Haus war aufgeräumt, in der Küche gab es keine Lebensmittel mehr. Sogar ihr Bett war abgezogen und die Wäsche gewaschen, gebügelt und gestärkt im Schrank. Wer hat dort zwischendurch für Ordnung gesorgt? Oder wusste sie wirklich, dass sie sterben würde, und hat sich um jede Kleinigkeit selbst gekümmert?« Die Worte sprudeln regelrecht aus mir heraus, bevor ich überhaupt darüber nachdenken kann, was ich sage. Erschrocken und völlig atemlos lege ich die Hand auf den Mund.

»Ich denke, du weißt die Antwort auf deine Fragen bereits.« Ernst und durchdringend schaut sie mir in die Augen, und ich erkenne, dass sie doch viel mehr weiß, als ich bisher dachte. Meine Stirn legt sich in Falten, denn ich versuche zu verstehen, worum es hier eigentlich geht.

»Setz' dich bitte, Marie, mir tut schon der Nacken weh vom ständigen nach oben schauen.«

Ich setze mich zu ihr an den weißen Küchentisch, und bevor sie anfängt weiterzureden, falte ich die Hände, als wäre ich in der Kirche. Ich bilde mir ein, mich so besser konzentrieren zu können.

Sie atmet tief ein und schaut an mir vorbei aus den hohen Doppelfenstern, hinaus auf das abendliche Berlin, doch ihre Gedanken sind weit entfernt. »Mein Vater starb in den letzten Tagen des Zweiten Weltkriegs, das weißt du ja. Er fiel an der Ostfront. Damals war ich sieben Jahre alt, also fast so alt wie du, als du zu mir kamst. Danach ging ich wieder zur Schule, und dort hatte ich Freunde, die mir halfen, darüber hinwegzukommen. Es gab zu dieser Zeit viele Kinder, die mein Schicksal teilten, die meisten hatten Angehörige verloren. Hinzu kam, dass Mutter und ich auf einmal arm waren, arm wie Kirchenmäuse, kein Personal mehr und oft nichts zu essen. Wir arbeiteten von morgens bis abends auf dem Hof, um etwas zu beißen zu haben – was uns mal besser und meistens schlechter gelang.

Einige Jahre später, an dem Tag, der alles veränderte, kam ich von der Schule nach Hause und fand meine Mutter im Hof. Es bot sich mir ein schreckliches Bild. Sie war von der morschen Holzleiter gestürzt und hatte sich eine gefährliche Wunde am Bein zugezogen. Es steckten Holzsplitter darin, und überall war es rot von ihrem Blut. Der Oberschenkel hatte eine offene Verletzung. Ein Schnitt, der von der Hüfte bis zum Knie reichte. Sie hatte viel Blut verloren, zu viel, und es musste schon vor Stunden passiert sein. Es war ganz klar zu erkennen, dass sie im Sterben lag. Mir zog sich das Herz zusammen, ich wollte ihr helfen. So sehr, dass es mir körperliche Schmerzen verursachte, sie in diesem Zustand zu sehen. Du musst wissen, von klein an hat sie mir von den Mysterien erzählt. Als ich nun so verzweifelt war und ihr helfen wollte, bat ich sie, mich in den Ritualen zu unterweisen. Sie schaute mich ganz traurig an und meinte nur, dass nicht ich die Erbin bin, auf die sie wartete. Das war ein Schlag für mich. Insgeheim hatte ich stets gehofft, eines Tages über die Gabe meiner Mutter zu verfügen.« Großmutter spielt wieder nervös mit dem karierten Handtuch, das mittlerweile so faltig ist wie ihre Hand, und holt tief Luft.

»Fieberhaft kreisten meine Gedanken, um eine schnelle Lösung zu finden, und dann tat ich das, was für mich in diesem Moment das Logischste war. Ich rannte zum Stall und holte den hölzernen Handkarren, mit dem sie mich immer als Kind über die Wege gezogen hatte. Vorsichtig legte ich sie darauf und zog sie zum Baum der Bäume. Als ich dort ankam, hievte ich sie auf die Beine und stellte sie genau davor. Da sie mittlerweile das Bewusstsein verloren hatte, schlug ich ihr ein paar Mal ins Gesicht, damit sie wieder zu sich kam. Ich bettelte sie förmlich an, das magische Symbol auf den Baum zu zeichnen. Immer wieder sagte ich ihr, dass sie sonst sterben würde und ich dann alleine wäre. Ich weinte mir die Seele aus dem Leib, schrie sie sogar an, so verzweifelt war ich.« Der Blick meiner Großmutter ist in die Ferne gerichtet, als sähe sie das alles erneut vor ihrem geistigen Auge. »Plötzlich überkam Mutter die Erkenntnis, dass sie die Letzte in der Linie wäre. Wenn sie nicht die Verbindung mit dem Baum vollziehen würde, konnte sie das Erbe keinesfalls weitergeben. Ich glaube nicht, dass es ihr um mich ging – es war lediglich dieser Gedanke, der ihren Überlebenswillen aufflammen lies. Sie fuhr mit der Hand über die Borke, und der Baum öffnete sich. Vorsichtig schob ich sie hinein, und er schloss sich wieder. Das alles machte mir eine Gänsehaut – bis dahin hatte ich es noch nie gesehen, nur davon gehört. Sie war zwei Wochen lang weg. In dieser Zeit wusste ich nicht, ob sie überhaupt überleben würde. Vielleicht war sie schon tot. Immer wenn jemand nach ihr fragte, habe ich erzählt, sie hätte eine Grippe und würde im Bett liegen. Aber eines Tages stand Mutter plötzlich wieder in unserem Haus. Eigentlich sah sie aus wie vorher, und es ging ihr gut. Sie lächelte und nahm mich in den Arm. Ich fragte sie nicht, wo sie gewesen war, und sie erklärte es mir auch nicht. Selbst später redeten wir niemals über diese Dinge. Von da an verschwand sie immer mal für ein oder zwei Tage. Ein Jahr nach dem Unfall, als ich alt genug war, flüchtete ich vom Hof der Familie. Ich zog nach Berlin und besuchte sie sehr selten, fast nie. Jeden Tag betete ich zu Gott, dass die Linie mit meiner Mutter zu Ende gehen würde. Diese Hoffnung machte sie leider bei unserem letzten Besuch zunichte.«

Fassungslos starre ich auf meine kalten, klammen Hände. »Aber warum ich? Was macht aus mir etwas Besonderes? Und was passiert mit den Menschen, die in den Baum treten?«

Meine Großmutter räuspert sich und versucht, es mir so ruhig wie möglich zu erklären. »Das wird mit Sicherheit alles in dem Brief stehen. Und warum du diejenige bist?« Ihre blauen, wässrigen Augen schauen auf, suchen meine.

»Ich würde sagen, als ersten Grund müssen die Gene genannt werden. Dann deine Träume, die oft kleine Vorhersagen enthalten. Deine Sensibilität, was die Gefühle anderer Menschen betrifft, ist enorm. Letztendlich auch die Sensitivität, mit der du fast das Gleiche empfinden kannst, wenn du Leute berührst, die Schmerzen haben. Auch wenn ich bis jetzt versucht habe, dir etwas anderes zu erzählen – es ist besonders!«

»Aber du hast immer gesagt, es sei purer Zufall«, werfe ich ihr mit einer Stimme vor, die um eine Oktave höher ist als sonst.

»Das war wohl eher mein Wunsch. Ich wollte, dass du ein glückliches, normales Mädchen bist, das mit solchen Dingen nichts zu tun hat.« Fast schon entschuldigend sieht sie mich an. »Aber vielleicht wäre es besser gewesen, wenn meine Mutter dir ein paar Sachen erklärt hätte. Dann hättest du nicht immer an dir und der Welt zweifeln müssen. Du wärst selbstsicherer. Es tut mir wirklich leid. Das war ein Fehler, wie mir jetzt klar wird.«

»Warum hast du deine Ansichten geändert? Gestern am Telefon hast du noch ganz anders geredet?« Verzweifelt versuche ich, diesen Umschwung zu begreifen.

»So wie du hab' auch ich einen Brief von deiner Urgroßmutter erhalten. Er kam heute Morgen mit der Post. Sie hat versucht, mir zu verdeutlichen, dass es für dich wichtig ist, deine Bestimmung zu akzeptieren. Es sind eigentlich dieselben Argumente wie vor sechzehn Jahren. Doch jetzt habe ich die Möglichkeit zu sehen, dass dir definitiv etwas fehlt, um glücklich zu werden. Damals war mir das nicht klar. Fakt ist, du hast keine engeren Freundschaften. Die eine Beziehung, die du geführt hast, endete für dich im Chaos. Du bist so sensibel, dass du niemandem wirklich vertrauen kannst. Selbst als Kind hattest du damit bereits Probleme. Das muss und wird sich ändern, sobald du das Geschenk deiner Vorfahren angenommen hast. Weißt du, ich wollte es als junger Mensch so gern haben, aber es war nie für mich bestimmt. Nimm es und mach das Beste daraus. Für dich und ein bisschen auch für mich. Versprich es mir, bitte, Marie!« Fast verzweifelt kommt sie mir bei diesem ungewohnten Gefühlsausbruch vor.

»Ja, ich verspreche es, auch wenn ich überhaupt keine Ahnung habe, um was es hier eigentlich geht.« Beruhigend lege ich die Hand auf ihre.

»Wenn du den Brief zu Ende liest, wirst du es besser verstehen. Und nun lass uns zu Abend essen.« Abrupt steht sie auf und wirft das völlig zerknautschte Handtuch auf die Anrichte.

Ich fange an, den Tisch zu decken, während mein Gehirn regelrecht kollabiert und ich nicht mehr fähig bin, geradeaus zu denken. Doch mir ist klar, dass die Sache für meine Großmutter damit erledigt ist.

* * *

Es ist weit nach Mitternacht, und die digitalen Ziffern des Weckers scheinen mich zu verhöhnen. Unruhig wälze ich mich im Bett herum. Obwohl ich todmüde bin, kann ich nicht einschlafen. Das Mondlicht scheint ins Zimmer, und wenn unten ein Auto vorbeifährt, tanzen die Lichter der Scheinwerfer über die Wände und malen unheimliche Schattenbilder. Jetzt wäre ich doch froh, die Aufzeichnungen gelesen zu haben, denn im Moment bringt mich die Neugier fast um. Was wird dort stehen? Was verbirgt sich hinter oder in dem Baum? Immer wieder drehen sich meine Gedanken um die Geschichte, die Großmutter mir erzählt hat. Wo war Urgroßmutter zwei Wochen lang? Fragen, die mir nur dieses Schreiben beantworten kann, das ich so tapfer ignoriert habe.

Ich muss dem Drang widerstehen, nicht gleich ins Auto zu springen. Das kann ich Oma nicht antun, es wäre ihr gegenüber nicht fair. Es wird schon eine enorme Umstellung für sie sein, sobald ich erst einmal nicht mehr hier wohne. Auf die paar Stunden kommt es schließlich nicht an.

Während ich so über alles nachdenke, wird mir klar, dass es wirklich ein Geschenk ist. Doch mein skeptisches Ich fragt natürlich gleich nach dem Haken an der Sache. Wenn man krank oder verletzt ist, wird man geheilt. Nur ganz wenige Menschen können diese Gabe nutzen, aber welchen Preis muss man dafür bezahlen?

So viele Fragen … und die Antworten liegen in dem Versteck unter dem alten Eichentisch.

KAPITEL 3

August 2012

Bedächtig schließe ich die Tür auf, und wieder überkommt mich ein unerklärlicher innerer Frieden. Aber auch das kann meine Neugier nicht beruhigen. Ich schaffe es gerade noch, das Auto auszuräumen, aber dann stürze ich schon fast ins Arbeitszimmer. Es gelingt mir nur unter größter Anstrengung, den schweren Eichentisch zur Seite zu schieben. Welches Dielenbrett das richtige ist, kann man klar erkennen, da die Fugen darum nicht versiegelt sind. Sogleich mache ich mich daran, das rechteckige Brett zu lösen, und öffne das kleine Geheimfach. Ehrfürchtig ziehe ich ein flaches Ringbuch heraus und beginne noch auf dem Fußboden sitzend zu lesen.

> *Liebe Marie,*
> *Du hast es also getan. Du hast mir vertraut und versucht, Deine Angst und Skepsis zu vergessen. Das ist schön. Aber nun Schluss mit den Floskeln, denn während ich Dir dies hier schreibe, stehe ich etwas unter Zeitdruck, weshalb ich nun zur Sache kommen muss.*

Ich lese und lese, aber nach mehreren Seiten mache ich eine Pause und hole mir etwas zu trinken. Mir ist schon schwindelig von den ganzen Informationen, die sich mir eröffnen. Es ist enorm. Es ist unfassbar. Und ich bin ein Teil von allem! Wahnsinn.

Irgendwann bin ich so müde, dass mir immer wieder die Augen zufallen, und ich beschließe, heute früher schlafen zu gehen. Die Nacht davor fordert nun ihren Tribut, und ich muss mich meinem Körper geschlagen geben.

* * *

Am nächsten Tag wache ich auf, als der Morgen schon fast vorüber ist. Mit geschlossenen Augen versuche ich zu rekapitulieren, was ich gestern Abend gelesen habe. So unglaubwürdig das alles auch erscheint, so sehr wünsche ich mir, dass es wahr ist.

Ich bin so neugierig, ob das funktioniert, was Uroma Lizzy mir aufgeschrieben hat. Erst einmal werde ich ihre Aufzeichnungen zu Ende lesen und dann den beschriebenen Baum der Bäume suchen. Sie hat geschrieben:

> ....
>
> *Du kannst die Fähigkeiten nutzen, nachdem Du Dich mit dem Baum verbunden hast, also wenn Du mit der Hand das Zeichen über die Borke gestrichen hast. Trete ein, wenn er sich Dir öffnet, und habe keine Angst, es wird Dir nichts passieren.*
>
> ......

Irgendwie gruselig. Was mich dort erwartet, wenn der Baum sich schließt, hat sie mir bisher nicht erklärt, aber ich habe ja noch ein paar Seiten zu lesen.

Diesmal setze ich mich mit einer Kaffeetasse bewaffnet in den Ohrensessel, bevor ich weiterlese. Urgroßmutter Lizzy hat fast ihr ganzes Leben in diesen geschriebenen Worten verewigt. Gegen Mittag, die Sonne steht schon hoch am blauen Himmel, stutze ich. Bei der vorletzten Seite habe ich ein mulmiges Gefühl im Magen bekommen.

> *… Bitte, liebe Marie, Du musst unbedingt ein paar Vorsichtsmaßnahmen berücksichtigen. Wenn Du Dich mit dem Baum verbindest, heilt er Dich von all deinen Krankheiten und Verletzungen. Die neue Welt, die er Dir eröffnen wird, ist wirklich wunderschön, aber sie birgt auch viele Gefahren. Solltest Du krank oder verletzt eintreten, musst Du wissen, dass er Dir dafür als Gegenleistung einen Aufenthalt in der anderen Welt abverlangt. Die Dauer hängt von der Schwere der zu heilenden Wunden bzw. Erkrankungen ab. Die Zeit wird bei uns während dieses Heilungsprozesses genauso schnell vergehen. Dir wird es währenddessen nicht möglich sein, Dich mit dem Baum zu verbinden und so zurück in unsere Zeit zu gelangen.*
> *…*

Irgendwie verstehe ich immer weniger. Wo bitte bringt mich der Baum hin? Und warum? Neugierig lese ich weiter und überfliege die letzten Sätze, um endlich eine Antwort zu bekommen:

> *…*
> *Das ist alles sehr wichtig. Einmal, als ich verletzt die Verbindung zwischen mir und dem Baum erneuert habe, war ich vierzehn Tage meines Lebens dort gefangen. Wenn Du angekommen bist, wende Dich nach rechts und gehe zum nächsten Dorf. Suche nach dem Orden der weißen Orchidee. Sie wissen über uns Bescheid und sind immer bereit zu helfen. Es gibt an diesem Ort Leute, die mehr wissen als ich jemals wusste. Im Kleiderschrank befinden*

sich ein paar alte Kleidungsstücke, die Du dort anziehen kannst. Trage bitte nur diese und nimm sonst nichts mit.
Sei vorsichtig.
In Liebe, Oma Lizzy

Das erklärt, warum sie in den zwei Wochen nach dem Unfall weg war. Aber ansonsten verstehe ich nicht viel. Vielleicht war das auch ihre Absicht, damit meine Fragen unbeantwortet bleiben und ich stattdessen das tue, was sie von mir möchte. Aus Neugier. Sollte es so sein, ist ihr Plan definitiv aufgegangen.

* * *

Der nächste Schritt, den ich nun bewältigen muss, ist, die Verbindung mit dem besagten Baum zu vollziehen. In den Aufzeichnungen steht, dass ich die alte Eiche in dem Wäldchen hinter dem Dorfanger finde. Zweifel schleichen sich in meine Gedanken ein, wie ein langsam wirkendes Gift, das durch meine Venen fließt. Soll ich es wirklich tun? Mein Blutdruck sprengt wahrscheinlich jede Skala. Adrenalin schießt durch meine Venen.

Ich entscheide mich dafür, den Baum erst mal nur anzuschauen. Schritt für Schritt, nur nichts überstürzen.

Draußen ist es ganz still. Der Himmel hat eine blauviolette Färbung angenommen. Die schwüle Luft drückt auf meine Lungen. Allein das Atmen genügt, um mir kleine Schweißperlen auf die Stirn treten zu lassen. Er rinnt mir an den Schläfen und am Rücken hinab. Von weit her höre ich bereits ein Donnergrollen, das Gewitter muss bald hier sein. Ich beeile mich, meinem Ziel näherzukommen.

Und dann stehe ich vor ihm. Er ist beeindruckend und von imposanter Erscheinung. Der Laubbaum ist Hunderte

Jahre alt. Majestätisch strahlt er mich an. Wirkt er auf jeden so, oder ist das seine natürliche Anziehungskraft auf Menschen wie mich?

»Guten Tag, Frau Sage.«

Mich trifft fast der Schlag. Es ist Herr Peters, der mit seiner Frau einen Spaziergang macht, obwohl die Luft so dick ist, dass es keine Freude ist, sich zu bewegen.

»Darf ich Ihnen meine Frau vorstellen?«

»Hallo, Herr Peters. Selbstverständlich«, antworte ich, sichtlich darum bemüht, genug Sauerstoff in die Lungen zu bekommen, um nicht ohnmächtig zu werden.

»Das ist meine Frau, Monika Peters. Und das ist Frau Sage«, stellt er uns förmlich vor.

Wir reichen uns die Hände und lächeln uns an.

»Nett, Sie kennenzulernen«, sage ich.

»Ganz meinerseits. Mein Mann hat mir schon von Ihnen erzählt. Mein Beileid zum Tod Ihrer Urgroßmutter.«

Wir halten uns immer noch an den Händen. Vorsichtig streicht ihre zweite Hand über meine.

»Danke.«

»Keine Ursache. Ich habe bereits Ihrem Onkel gesagt, dass ich Frau Heegemann sehr schätzte. Wir haben uns zwar nicht oft gesehen, doch wenn wir aufeinandertrafen, konnte ich erkennen, dass ein guter Mensch in ihr steckte.«

Ich bin etwas irritiert. »Da müssen Sie sich irren, ich habe keinen Onkel.«

Sie schüttelt den Kopf. »Nein? Aber Ihre Urgroßmutter hat ihn mir selbst vorgestellt. Sie sagte, er sei ihr Enkel. Und als er letzte Woche hier war und sich nach ihr erkundigt hat, musste ich ihm mitteilen, dass seine Großmutter gestorben ist.« Nun blicken mich ihre freundlichen Augen forschend an.

Ich zucke verwirrt mit den Schultern und kann mir das Ganze nicht erklären. Frau Peters hat sich bestimmt geirrt oder es falsch verstanden. Vielleicht war der Mann ja der Enkel einer Freundin.

»Werden Sie das kleine Gut verkaufen?« Herr Peters versucht, die angespannte Situation durch seine Frage zu entschärfen, wofür ich ihm insgeheim dankbar bin.

»Nein, ich habe mich dazu entschlossen, nach Serwest zu ziehen. Ich fühle mich hier in Ihrem Dorf ausgesprochen wohl. Am Montag werden bereits die Möbel geliefert.« Ich lächle meine beiden neuen Nachbarn an.

»Das geht ja schnell. Aber es ist schön. Dann also herzlich willkommen in unserer Nachbarschaft. Sie können jederzeit zu uns kommen, wenn Sie Hilfe, Rat oder einfach nur eine Tasse voll Zucker brauchen.«

Sie meint es wirklich ernst, ihre Skepsis von eben ist wie verflogen. Es ist, als wäre Frau Peters der Inbegriff von Herzlichkeit. Mir wird ganz warm ums Herz, und ich fühle mich willkommen.

»Ich danke Ihnen beiden, Sie sind sehr nett zu mir. Das beruht natürlich auf Gegenseitigkeit. Sollten Sie mal etwas benötigen, können Sie jederzeit bei mir klingeln.«

»Vielen Dank, Frau Sage. Vielleicht kommen wir mal darauf zurück. Nun aber ab nach Hause, die Abendnachrichten fangen gleich an, und der Himmel sieht nicht danach aus, als würde es noch lange trocken bleiben. Einen schönen Tag.« Herr Peters verabschiedet sich, und Frau Peters schenkt mir zum Abschied wieder ihr herzliches Lächeln.

Als die beiden verschwunden sind, werfe ich einen letzten Blick auf den Baum und streiche vorsichtig über ein Blatt. Gänsehaut überzieht meinen Körper. Mir ist, als hörte ich ein Flüstern, aber das muss ich mir eingebildet haben. Der laute Donner schreckt mich auf, fast im gleichen Augenblick blitzt es, und dann fängt es an zu regnen, als hätte jemand eine Schleuse geöffnet.

* * *

Den Rest des Wochenendes verbringe ich mit einem Pinsel oder einer Rolle in der Hand und streiche die Wände. Ich schaffe sogar noch die Flure und das Gästezimmer.

In dem kleinen Dorf geht währenddessen die Welt unter. Lauter Donner und grelle Blitze begleiten die Sturzbäche von Regen, die der Himmel über mir entlädt. Während ich vor mich hinarbeite, höre ich meine Lieblingsmusik, das lenkt mich ab und lässt die Zeit wie im Flug vergehen.

Am Montag früh kommen die Leute von Ikea, und anders als bei uns Normal-Sterblichen sind die Möbel und sogar die Küche bis zum Abend aufgebaut.

Es sieht bildschön aus, genau, wie ich es mir vorgestellt habe. Nein, besser!

Nachdem ich den Männern ein Trinkgeld gegeben habe, schleiche ich durch die Räume und genieße das, was ich sehe. Bis auf den alten Ziegenstall ist alles fertig. Die Zimmer wirken hell, frisch und freundlich. Sehr weiblich.

Das Küchenradio spielt irgendeinen aktuellen Hit, als ich mir plötzlich in den Finger schneide. Es blutet stark, doch nach einer Weile hört es wieder auf, und ich verzichte darauf, ein Pflaster zu nehmen. Feierlich nehme ich einen Schafskäsesalat in der neuen Küche zu mir.

Seit Samstag mache ich mir immer wieder Gedanken, ob ich heute Abend zu dem Baum gehen soll. Und während in meinem Mund die Aromen explodieren, entscheide ich, nachher die Verbindung zu vollziehen.

* * *

Mein romantisches Schlafzimmer bildet den idealen Hintergrund für das Spitzenkleid, das ich nun aus dem Karton nehme.

Es ist ein paar Tage her, seit ich diesen Traum von einem Kleid anprobiert habe. So vieles ist seitdem passiert. Mir ist in der einen Woche klar geworden, dass ich Erkenntnisse und Einblicke erhalten habe, für die andere vermutlich töten würden.

Schleichend stellt sich bei mir das Gefühl ein, als wäre ich nicht mehr der Mensch, der ich war, bevor ich die Fahrt hierher angetreten habe. Es ist, als hätte ich einen weiteren Schritt in meiner geistigen Entwicklung gemacht.

Mutig schlüpfe ich in den wunderschönen Spitzenstoff und versuche, nicht an die erwähnten Gefahren zu denken. Nein – positiv sein ist meine Devise für heute. Eigentlich fast immer. Warum sollte man sich an das Negative klammern, wenn das Gute ebenfalls in greifbarer Nähe liegt?

Vielleicht wäre es doch besser, ein praktischeres Kleid anzuziehen. Ich entscheide mich für ein einfaches Baumwollkleid im Empirestil, es ist dunkelgrün mit hellgrünen Einsätzen.

Ich gebe mir besonders viel Mühe mit meinem Aussehen. Wer weiß, was mich dort erwartet? Ich will auf alles vorbereitet sein, also packe ich mir eine Tasche mit Erste-Hilfe-Utensilien, Taschentüchern, Schweizer Messer, Pfefferspray, Wasserflasche, Müsliriegel, Wäsche, Ersatzkleid und einer Bürste. Das Frauen-Survival-Package. Hey, eine neue Geschäftsidee:

Sollten sie mal wieder eine Verbindung mit dem Baum der Bäume eingehen, dann haben wir die richtige Notfalltasche für sie.

Das wird der Verkaufsschlager. Ein bisschen Galgenhumor tut doch jedem gut.

Ich ziehe bequeme Schuhe an, nehme eine Strickjacke mit und mache mich mit einem beklommenen Gefühl auf den Weg zur alten Eiche.

* * *

Als ich dort ankomme, sehe ich den Baum, erhellt von einem vollen Mond, der sein silbernes Licht auf die Baumkrone wirft. Er sieht einfach perfekt aus. Wie eine Inszenierung nur für mich.

Die Luft ist dank des reinigenden Gewitters, das am Abend zuvor niedergegangen ist, kühl und sauber.

Ehrlich gesagt habe ich Angst. Angst vor dem, was mich gleich erwarten wird.

Leben da Menschen? Natürlich – Urgroßmutter hat mir schließlich die Wegbeschreibung zu einem Dorf aufgeschrieben.

Ist es dort warm oder kalt? Ich weiß überhaupt nichts, nur dass ich die Leute vom Orden der weißen Orchidee suchen soll. Zitternd vor Nervosität trete ich einen Schritt auf den Baum zu. Meine Zähne beginnen zu klappern, weniger vor Kälte, sondern vielmehr wegen der unbeschreiblichen Aufregung, die mich erfasst hat. Noch ein Schritt. Soll ich es wirklich tun? Unsicher streiche ich das Zeichen, das an eine antike Rune erinnert, mit der rechten Hand über die Borke.

Nichts passiert.

Enttäuscht und gleichzeitig erleichtert atme ich die Luft aus, die ich angespannt, wie ich bin, angehalten hatte.

Plötzlich geht ein Knarren durch das alte Geäst. Als ich nach oben blicke, sehe ich, wie sich die vom Mondschein silbrigen Blätter hin und her bewegen. Ich höre sie rascheln, gerade so, als würden sie mir etwas erzählen wollen. Als ich wieder zum Stamm der Eiche schaue, schrecke ich zurück. Der Baum hat sich tatsächlich geöffnet. Die Borke hat sich zur Seite geschoben und lässt mich einen Blick in das Innere des uralten Baumes werfen. Die Jahreszahlenringe sind klar zu erkennen und scheinen mich auf geheimnisvolle Weise zu rufen.

Ich bin unsicher. Noch einmal stellt sich mir die Frage, ob ich den nächsten Schritt wirklich tun soll. Innerlich stöhne ich regelrecht auf, da ich so zerrissen bin.

Doch dann wird mir ganz warm, und ich höre auf zu zittern. Der Baum gibt mir die Sicherheit, die ich brauche, so als würde diese Wärme mich zu sich ziehen. Und so mache ich den letzten Schritt hinein ins Ungewisse.

KAPITEL 4

August ????

Absolute, alles verzehrende Dunkelheit umfängt mich. Doch auch die Wärme, die mich glauben lässt, das Richtige getan zu haben, bleibt und gibt mir Kraft und Zuversicht.

So vergehen einige Augenblicke, in denen ich gefangen bin im Nirgendwo, doch dann sehe ich einen schwachen Lichtschimmer vor mir. Ich versuche, mit der Hand in diese Richtung zu greifen, aber da ist nichts. Auf einmal reißt mich ein kalter Luftzug aus der wohligen Wärme, und ich befinde mich wieder außerhalb des Baumes.

Ich blinzele aufgeregt, um meine Augen den veränderten Lichtverhältnissen anzupassen, und mein Gehirn ist zusätzlich damit beschäftigt, auch noch das Bild zu verstehen, das sich mir nun offenbart.

Es ist helllichter Tag. Ich stehe am Rande einer Wiese, dahinter kann ich auf einen kleinen See blicken. Blauer als blau erscheint mir das klare, frische Wasser, das wie ein Spiegel ein umgekehrtes Bild seiner Umgebung auf der glatten Oberfläche zeichnet.

Der Anblick raubt mir förmlich den Atem. Malerisch ist das richtige Wort. Inspirierend für jeden Künstler. Wäre ich ein Maler, würde ich hier eine Staffelei aufstellen und versuchen, die Eindrücke, die sich mir bieten, in einem wunderschönen Gemälde festzuhalten.

Eigentlich hatte ich mir vorgenommen, nur einen kurzen Blick in diese sich mir neu eröffnende Welt zu werfen, doch die Neugier macht es mir schwer, mich an diesen Vorsatz zu halten. Ich gehe ein paar Schritte auf den friedlichen See zu. Es sieht hier nicht anders aus als bei uns, nur eine Spur schöner. Irgendwie verstörend schön. Ist das real, oder träume ich das nur? Mir ist, als sehe ich alles durch einen Weichzeichner. Wirklich verwirrend, so verwirrend, dass ich den Besitzer der beiden starken Arme, die sich schmerzhaft um meinen Oberkörper legen, nicht kommen gehört habe.

»Hey, was soll das?«, schreie ich los und versuche, mich aus dem eisernen Griff zu winden.

»Scht, kleine Blume, bleib ruhig, so wird dir nichts passieren«, ertönt eine tiefe Stimme leise und vibrierend an meinem Ohr.

Ich kann mich selbst dann nicht befreien, als er nur noch einen Arm als Schraubzwinge benutzt und mir seine andere Hand auf den Mund legt.

O Gott, ist das Einzige, was ich denken kann, als mich dieser Herkules ins Gebüsch zerrt. Aber er macht keine Anstalten, über mich herzufallen. Er hält mich nur weiter fest. Sehr fest.

Plötzlich höre und sehe ich eine Horde Reiter in Uniformen näher galoppieren. Sie haben es eilig und achten gar nicht auf ihre unmittelbare Umgebung. Erst als sie verschwunden sind, lässt der Muskelmann mich los.

Ich drehe mich um, eine Frage auf den Lippen, doch mir bleibt der Mund offen stehen.

Vor mir steht ein alter Herr, so alt, wie ich mir immer Methusalem vorgestellt habe. Wie kann dieser nicht gerade große, uralte Mann solche Kräfte haben? Ich sollte wohl mal ins Fitness-Studio gehen.

»Bitte«, sagt er lächelnd.

»Bitte? Warum haben Sie das getan?« Verständnislos sehe ich ihn an.

»Na, Mädchen, muss ich dir wirklich erklären, was eine Rotte Soldaten mit einem so hübschen Ding wie dir macht?« Immer noch lächelt er mich an, schaut aber ein wenig irritiert, als hätte er es mit einer Schwachsinnigen zu tun.

»Nein, ich kann es mir denken.« Männer sind hier sicherlich so ähnlich gestrickt wie bei uns.

»Gut, dann pass' besser auf dich auf.«

»Warum haben Sie mir geholfen? Und warum nennen Sie mich kleine Blume?«

»Da wirst du vermutlich allein dahinter kommen.«

Während des letzten Satzes dreht er sich um, sodass ich nur noch seinen breiten Rücken sehe und sehe, wie er zügig im Wald verschwindet.

* * *

Warum hatte Urgroßmutter Lizzy mir nichts Konkretes über diese Welt aufgeschrieben? Kannte dieser Mann meine Uroma? Warum sagte er kleine Blume zu mir? Sie hatte mich kleine Knospe genannt, machte aber Andeutungen, dass sie mich als Erwachsene gern als Blume sehen würde. War das Zufall? Konnte es überhaupt Zufall sein?

Ich rekapituliere kurz meine Eindrücke. Es wirkt wie eine Art Vergangenheit unserer Welt. Soldaten auf Pferden, die über junge, wehrlose Frauen herfallen.

Der Gedanke, zu dem Baum zurückzugehen, schleicht sich bei mir ein, aber erneut siegt meine unbezähmbare Neugier.

Entschlossen wende ich mich nach rechts und somit in die entgegengesetzte Richtung, in die die Männer geritten sind, so wie Uroma Lizzy es geschrieben hatte. In der Hoffnung, dort die Siedlung mit dem Orden zu finden. Dabei lausche ich durchgehend, ob noch mehr Reiter folgen, damit ich im Notfall ins Unterholz springen kann. Doch alles bleibt ruhig und friedlich.

Plötzlich entdecke ich auf dem Boden einen außergewöhnlich schönen Stein. Als ich mich danach bücke, fällt mein Blick auf meine Hand. Genauer gesagt auf den Finger, in den ich mich am Abend zuvor geschnitten hatte. Die Wunde ist vollständig verschwunden. Der Baum hat sie geheilt.

Nach einem kurzen Fußmarsch treffe ich auf eine Ansiedlung mit dem Namen Serwasto. Kann es möglich sein? Sollte es sich hierbei um das spätere Dorf Serwest handelt?

Nein, ich möchte definitiv nicht umkehren. Ich will unbedingt wissen, was das für ein Ort ist. Oder besser gesagt, in welchem Jahr ich gelandet bin.

Also nehme ich all meinen Mut zusammen und gehe weiter. Alles kommt mir irgendwie entfernt bekannt vor.

An der Ecke spielen ein paar jüngere Kinder Fangen. Bei ihnen versuche ich mein Glück. »Hallo! Kennt einer von euch den Orden der weißen Orchidee? Und wenn ja, wo kann ich ihn finden?«

Ein zierliches, ungefähr sechs Jahre altes Mädchen mit geflochtenen blonden Zöpfen zeigt schüchtern zu einem etwas größeren Haus. Davor weht ein Banner, auf dem das Bild einer weißen Orchidee zu sehen ist. Das müsste der richtige Ort sein, so große Zufälle kann es nicht geben.

»Ich danke dir, Kleine.«

Sie lächelt unter gesenkten Lidern, und ich wende mich in die gezeigte Richtung.

* * *

Nachdem ich an eine dunkle Holztür, die mich einen Meter überragt, geklopft habe, stehe ich mir eine gefühlte Ewigkeit lang die Beine in den Bauch. Ich bin überzeugt, dass niemand da ist, und mache mir Gedanken darüber, was ich als Nächstes tun soll, als ein Mann die knarzende Tür öffnet.

»Guten Tag, wie kann ich Ihnen helfen?« Während er das vor sich hin nuschelt, wischt er mit dem Ärmel irgendeinen imaginären Dreck von der Klinke. Er schaut auf, und nach anfänglichem Stirnrunzeln tritt ein Ausdruck der Erkenntnis auf sein Gesicht. »Oh! Kommen Sie rein. Sie müssen Marie sein.« Das war keine Frage, sondern eine Feststellung.

»Ähm, ja das bin ich.« Jetzt bin ich doch ein wenig verunsichert. Trotz allem folge ich ihm ohne ein weiteres Wort, in der Hoffnung, dass man mich zu gegebener Zeit aufklären wird.

Er geht mit mir in einen großen Raum, dessen Wände mit dunklem Holz getäfelt sind. Ein riesiger Tisch, an dem zehn Stühle stehen, dominiert das Zimmer.

»Bitte setzen Sie sich, Fräulein Marie. Ich werde den Herren Bescheid geben, dass Sie eingetroffen sind. Ein Diener wird Ihnen gleich etwas für Ihr leibliches Wohl bringen. Sollten Sie noch Wünsche haben, scheuen Sie sich nicht, ihm diese mitzuteilen.«

Nickend lasse ich mich auf einen Stuhl nieder, von dem ich einen guten Blick zur Tür habe, und nehme mir vor, Geduld zu haben.

* * *

Kurz darauf erscheint tatsächlich ein buckliger Bediensteter mit einer Servierplatte, auf der ich Brot, kalten Braten und einen Krug mit Wasser finde. Ich habe solchen Hunger und Durst, dass ich mich, sobald ich wieder allein bin, sofort darüber hermache.

Als ich gerade den Becher leere, tauchen die ehrwürdigen Herren des Ordens auf. Unter ihnen auch eine ältere Frau, die freundlich lächelnd auf mich zukommt und mir beide Hände reicht.

»Hallo Marie, herzlich willkommen, ich bin so froh, dich kennenzulernen. Deine Urgroßmutter hat uns schon von dir erzählt. Ich bin Lena, deine Großtante.«

Mein Gesichtsausdruck scheint mir entglitten zu sein, denn sie fährt schnell fort und versucht, mich zu beruhigen. »Deine Urgroßmutter hat hier ein zweites Mal geheiratet und ein Kind bekommen. Deine Uroma war meine Mutter.«

Das muss ich erst einmal verdauen. Ich hatte mit vielem gerechnet, aber nicht damit, hier Verwandte zu treffen, von deren Existenz ich bisher noch nichts wusste.

»Guten Tag«, ist das Einzige, was mir einfällt. Ich versuche mich zusammenzureißen und stehe auf, um ihr die Hand zu reichen. Sie antwortet mir mit einem Lächeln und zieht mich in ihre großmütterliche Umarmung. Das ist also die Schwester meiner Oma Ella. Irritierend.

Jemand räuspert sich dezent im Hintergrund.

»Oh, Entschuldigung. Marie, das sind die Herren vom Orden. Darf ich vorstellen? Herr Wulfson, Herr Berghahn und Herr Nöthe.«

Nacheinander schüttele ich jedem die Hand.

Herr Berghahn, ein dunkelhaariger Mann, ich schätze ihn auf Anfang dreißig, der meiner Meinung nach dringend zum Friseur müsste, tritt vor und bittet uns, Platz zu nehmen. Der andere Mann namens Wulfson schaut mich mit einem harten Ausdruck in den Augen an. Er fixiert mich und bleibt still.

»Fräulein Marie Sage, wir warten schon eine Weile auf Ihre Ankunft und freuen uns sehr, dass Sie nun den Weg hierher gefunden haben. Ihre Urgroßmutter war ein wertvoller Teil unseres Ordens und ist uns allen enorm ans Herz gewachsen.« Offensichtlich hatte er diese Rede auswendig gelernt, trotzdem ist er unheimlich bewegt und muss sich etliche Male räuspern. »Sie haben sicherlich eine Menge Fragen, die wir Ihnen gern beantworten werden. Vorerst können Sie bei Ihrer Großtante leben, wenn Sie uns besuchen. Sollten Sie etwas benötigen, ist sie jederzeit für Sie da.«

»Ich danke Ihnen allen. Ja, Fragen habe ich wirklich sehr viele. Sehr, sehr viele.« In meinem Kopf schwirrt es geradezu.

»Sie müssen wissen, das hier ist die Vergangenheit, also von Ihrer Zeit aus betrachtet«, versucht Herr Nöthe, der Mann, der mir die Tür geöffnet hat, die Situation aufzuklären. Das ist eine Tatsache, die ich mir schon selbst zusammengereimt habe, sie jedoch aus dem Mund eines anderen zu hören, ist doch ein wenig erschreckend. Zeitreisen. Ich bin eine Zeitreisende.

»In welchem Jahr leben Sie denn, und wo genau sind wir hier?« Ich muss mich regelrecht zügeln, um nicht aufzuspringen, während wir uns unterhalten, so neugierig bin ich.

»Wir befinden uns in dem schönen Dörflein Serwasto im Jahre des Herrn 1843.« Herr Nöthe schaut mir skeptisch ins Gesicht und überlegt, ob ich den Schock verkrafte.

»Aha, ich verstehe.« Damit drehe ich mich zu meiner Großtante und frage: »Wie kommt es, dass meine Urgroßmutter Sie nicht mit in unsere Zeit genommen hat?«

Sie lächelt, als hätte sie die Frage erwartet.

»Glaub mir, das hätte sie getan, aber ich habe nicht die Gabe, also ist mein Platz hier. Mein Vater, der deine Urgroßmutter und mich«, bei diesen Worten deutet sie eine Verbeugung an, »sehr liebte, hat sich während Mutters Abwesenheiten um mich gekümmert. Er ist ebenfalls ein Mitglied des Ordens. Aber Marie, bitte sag Tante Lena zu mir.«

»Ja. Gut. Danke, Tante Lena«, antworte ich befangen und zaubere mit den letzten Silben einen zufriedenen Ausdruck auf ihr Gesicht. »Haben denn auch andere Nachkommen von dir die Gabe?« Vielleicht gibt es jemanden, mit dem ich dieses Schicksal teilen kann.

»Nein.« Meine Hoffnung wird zunichte gemacht. »Bisher hat sich von den Meinen noch keiner als würdig erwiesen. Lange bevor ich geboren wurde, lebten Menschen, welche die Gabe besaßen, aber die Linie wurde plötzlich unterbrochen. Warum, kann dir niemand mehr berichten, da die Aufzeichnungen bei einem Brand zerstört wurden. Ich vermute allerdings, dass die, welche mit der Gabe gesegnet waren, dies verheimlichen mussten, weil die Inquisition damit nicht einverstanden gewesen war.«

Mir fallen nach und nach immer mehr Einzelheiten ein, die ich wissen möchte. »Was ist passiert, als sie das letzte Mal hier war?«

»Sie ist sehr lange Zeit geblieben. Ich glaube, sie blieb mehrere Monate, bis sie wieder zurückging. Das war vor ein paar Wochen. Ihre größte Sorge war, dass sie sterben würde, ohne Ihnen, liebe Marie, alles mitteilen zu können. Deshalb hatte sie einen Brief geschrieben und ihre Aufzeichnungen an einem geheimen Ort hinterlegt. Als sie nicht zurückkam, war uns allen klar, dass sie gestorben sein musste.«

Es ist ganz still, nachdem Herr Nöthe mit seiner Erklärung fertig ist. Trauer spiegelt sich auf den Gesichtern der Anwesenden und hängt in der Atmosphäre wie stickige Luft.

»Leider war es kein natürlicher Tod. Sie wurde heimtückisch von hinten erstochen!« Es ist heraus, bevor ich mir Gedanken darüber machen konnte, welche Konsequenzen meine unbedachten Worte haben könnten.

Ich schaue jeden der Versammelten an und kann Betroffenheit erkennen. »Warum gibt es Ihren Orden zu meiner Zeit nicht mehr?«

Herr Wulfson, der mich durchgehend beobachtet hat, atmet tief ein, ehe er antwortet. »Der Orden hat beschlossen, dass wir ihn auflösen werden, da die Möglichkeit besteht, dass man das von ihnen erlangte Wissen zum Eigennutz verwendet und eventuell sogar die Zukunft beeinflusst. Ihre Vergangenheit verändert. Sie, Marie, werden die Letzte hier sein. Wir vermuten und fürchten eine Überwachung durch die Regierung, also durch die Staatsschützer. Offenbar sind wir in den Verdacht geraten, liberales Gedankengut zu verbreiten. Beweise haben sie vermutlich keine, sonst hätte man uns unlängst verhaftet.«

Ich versuche zu rekapitulieren, was vom Geschichtsunterricht bei mir hängen geblieben ist. Die Regierung! Das war etwas, mit dem man sich in diesen Wochen und Monaten nicht anlegen sollte. Jetzt fällt es mir ein. Deutschland 1843, wir befinden uns in der Biedermeierzeit, kurz vor dem Weberaufstand oder besser noch in der Zeit des Vormärz, vor der Märzrevolution 1848. Die Märzrevolutionäre, die einen demokratisch verfassten, einheitlichen deutschen Nationalstaat schaffen wollen. Verfolgung, Unterdrückung, Hungersnöte, Industrialisierung, Zensurmaßnahmen, mit starker Einschränkung der Pressefreiheit und nicht zu vergessen das Verbot politischer Parteien. Wenn die Regierung diese harmlosen Menschen überwacht, ist mir klar, warum sie den Orden auflösen möchten.

»Tante Lena, lebt dein Vater noch?« Mir ist gerade eine Idee gekommen.

»Ja. Er ist schon sehr alt, um genau zu sein: 98 Jahre. Der Verlust meiner Mutter hat ihn schwer getroffen. Er lebt nun in den Wäldern, unweit von hier.«

»Ich glaube, ich habe ihn vorhin gesehen. Er hat mir geholfen, mich vor einer Soldatentruppe zu verstecken«, berichte ich von meinem Erlebnis mit Methusalem.

»Das ist gut möglich«, antwortet Herr Wulfson fast schon abweisend. »Wie lange beabsichtigen Sie, hierzubleiben?«

»Ich bin zwar neugierig, aber auch überrascht. Es ist sehr viel, was ich erst einmal verstehen muss. Ich werde heute wieder nach Hause gehen, zurück in meine Zeit. Trotzdem vielen Dank für Ihre Gastfreundschaft.« Es sind wirklich eine Menge Informationen, die ich zu verdauen habe. Ich sehne mich nach dem kleinen Hof, der mir Frieden und Geborgenheit verspricht. Hier ist alles so fremd und beängstigend.

»Nein, Marie, das kann ich nicht erlauben. Du kommst erst einmal mit zu uns, damit du deine Familie kennenlernst. Das kannst du mir nicht abschlagen.« Theatralisch greift sich Tante Lena an die Brust und verdreht die Augen. »Mein Herz!«

Ich muss lachen. »Na gut, ich komme mit.«

»Ich werde Sie in drei Stunden abholen und zum Baum begleiten«, antwortet Herr Wulfson mit versteinertem Adlergesicht.

Herzlich verabschieden sich alle anderen von mir.

* * *

Auf dem Weg zum Haus meiner Tante bin ich wie gefesselt von der Architektur, den Menschen, den vielen Gerüchen, einfach von allem. Wann hat man schon mal die Chance, Geschichte live zu erleben? Es ist, als wäre ich ein Tourist. Am liebsten würde ich eine Kamera zücken und Fotos machen, um mich später besser an dieses außergewöhnliche Abenteuer erinnern zu können. Je länger wir unterwegs sind, desto mehr kommt mir alles ein wenig bekannt vor.

»Sag mal, Tante Lena, warum nennt ihr euch der Orden der weißen Orchidee? Und warum haltet ihr euren Orden nicht geheim?«

»Geheimhaltung ist schwierig, da zur Zeit der Gründung niemand auf die Idee kam, dass das einmal notwendig sein würde. Bisher hielt man uns immer für eine Vereinigung verrückter Wissenschaftler, doch wie du mitbekommen hast, ändern sich die Zeiten. Die Sache mit dem Namen hat mich auch unheimlich interessiert, als ich das erste Mal von dieser Vereinigung gehört habe. Das Einzige, was ich in der langen Zeit meiner Mitgliedschaft herausgefunden habe, ist, dass es vor sehr langer Zeit einen Reisenden gab, der den Orden gegründet hat. Wer das war und warum er diesen Namen gewählt hat, habe ich bis heute nicht erfahren. Solltest du irgendwann einmal die Antwort erhalten, musst du sie mir unbedingt verraten.« Sie zuckt entschuldigend mit den Schultern. Als sie mein eifriges Nicken sieht, hellt sich ihr Gesicht auf. »Schau da vorne, dort wohnen wir. Ich denke, ein paar deiner neuen Familienmitglieder werden auch da sein, dann kannst du noch welche von uns kennenlernen.« Sie hakt sich bei mir unter und dirigiert mich durch die Straße zum Eingang ihres Hauses.

Jetzt trifft mich der Schlag der Erkenntnis. Kein Wunder, dass mir alles so vertraut erscheint – das ist mein Haus. Besser gesagt: Es wird einmal meins sein. Tante Lena muss mich fast schon ins Gebäude zerren, da ich recht fassungslos auf die Tür starre.

Als wir eintreten, kommt uns in dem dunklen Flur ein kleiner Junge entgegengerannt. Ich schätze, er ist ungefähr fünf Jahre alt.

»Großmutter, du bist wieder da!« Stürmisch fällt er in die ihm angebotene Umarmung und jauchzt vergnügt, als Lena ihn kitzelt.

»Johann, du Racker, das ist Marie, deine Tante.«

Er schaut mich mit seinen riesigen Kinderaugen an und reicht mir eine kleine, sandige Hand. »Guten Tag, Tante Marie.« Er deutet eine winzige Verbeugung an.

»Guten Tag, Großer.« Ich lächle ihn an, woraufhin er sich umdreht und den Flur hinunter rennt. Seine goldbraunen Locken wippen leicht auf und ab, und dabei schaut er so niedlich aus, dass ich einfach schmunzeln muss.

Es verschlägt uns in die Küche, wo ich mich mit dem Jungen an einen Tisch setze. Ein angenehmer Hauch frisch gebackenen Brotes umweht unsere Nasen. Johann unterzieht mich mit seinem durchdringenden Blick einer strengen Prüfung, während Lena den Rest der Familie zusammenruft.

Mein alter Herd blendet mich mit strahlendem Weiß, er muss gerade ganz neu sein. Auch die Dielenbretter auf dem Boden sehen eindeutig schöner und neuer aus. Dann lerne ich Else kennen, die Mutter des aufgeweckten kleinen Burschen. Sie ist die Ehefrau von Bernhard und somit Großtante Lenas Schwiegertochter. Eine wirklich attraktive Frau. Sie entspricht dem Bild einer Traumfrau unserer Zeit: groß, schlank, blonde lockige Haare und blaue, sanfte Augen. Sie ist mir auf Anhieb sympathisch, was offenbar auf Gegenseitigkeit beruht, denn schon nach kurzer Zeit sitzen wir kichernd beisammen.

Mein Großonkel Burkhard, Lenas Gatte, kommt auch herein. Er ist ein großer, ruhiger Mann, der mit Sicherheit der ruhende Pol in dieser Familienkonstellation ist. Ein dunkler Bart umrandet das Gesicht, und um seine Augen sind viele kleine Lachfältchen zu sehen. Er sagt nur das Nötigste, wirkt aber dabei nicht abweisend, sondern wie jemand, der seine Worte abwägt, bevor er spricht.

Als ich ihm vorgestellt werde – er weiß offenbar, wer ich bin und woher ich komme, rumpelt es plötzlich an der Tür. »So, und nun wirst du auch das Vergnügen haben, unsere beiden Söhne kennenzulernen.« Mein Großonkel strahlt bei diesen Worten vor Stolz.

»Na, ob das ein Vergnügen ist, muss Marie selbst entscheiden. Sollte ihre Beurteilung mit der deinen nicht übereinstimmen, darfst du dir das auf keinen Fall zu Herzen nehmen. Du mit deiner väterlichen Arroganz.« Tante Lena stemmt die Hände in die breiten Hüften und schüttelt nachsichtig den Kopf.

Ich bin fasziniert von dieser Großfamilien-Atmosphäre. Da ich immer allein mit meiner Großmutter zusammengelebt habe, hatte ich nie das Privileg, so eine familiäre Situation zu erleben.

»Mutter, wir waren gerade beim Orden und wollten dich abholen. Warum hast du nicht auf uns gewartet?« Der große, dunkelhaarige Lockenkopf mit Bart kommt in die Küche und schließt Lena in die Arme.

Johann springt dem Mann entgegen. »Papi, wir haben Besuch. Schau, das ist Tante Marie. Bestimmt heiratet sie Onkel Richard, dann hat er endlich eine Frau.« Der kleine Quirl hüpft aufgeregt um seinen hünenhaften Vater herum und lacht. »Tantchen, das ist Papa, Herr Bernhard.«

Alle lachen angesichts seiner Vorstellung.

Ein weiteres leises Poltern veranlasst Johann, in den Flur zu rennen. »Onkel Richard, Onkel Richard, deine Braut ist da!«

»Nun mal langsam, kleiner Kerl. Wen soll ich denn heiraten? Dabei habe ich doch ein wenig mitzureden, oder?«

Die dunkle, sanfte Stimme lässt eine Gänsehaut über meinen Arm wandern.

Mit dem Jungen an der Hand tritt ein Mann durch den zu niedrigen Türrahmen.

Als unsere Blicke aufeinandertreffen, steht die Welt um uns herum für kurze Zeit still und hält den Atem an. Er schaut mich an, während sich eine kleine Falte auf seiner Stirn zeigt. Auch er hat dunkle Haare wie sein Bruder, und auch er ist viel zu groß für den Raum, zumindest wenn ich mit im Zimmer bin. Die breiten Schultern, die aristokratisch anmutende Nase, die etwas geheimnisvolle, gefährliche Aura, die ihn umgibt – alles an ihm wirkt perfekt. Perfekt für mich.

Aber es ist nicht nur sein Äußeres, das mich anzieht. Nein, da ist irgendetwas anderes zwischen uns beiden, das ich kaum zu erklären vermag. Seine grünen Augen fesseln meine, sodass ich außerstande bin, diese Verbindung zu unterbrechen. Eine gefühlte Ewigkeit schauen wir uns so an, da dringt plötzlich die Stimme des Kleinen zu meinem Gehirn durch.

»Darf ich vorstellen, Onkel Richard, deine Braut, Tante Marie.« Kichernd zieht er Richard zu mir hin, der ebenfalls völlig paralysiert ist von unserer Begegnung. »Du musst deine Braut jetzt küssen.«

»Johann von Reichen, damit ist auf der Stelle Schluss! Verstanden? Setz dich auf den Stuhl, ich möchte nichts mehr hören. Es tut mir leid, Marie.«

Wie aus einer Trance schrecke ich hoch. Der Vater des Jungen schaut immer noch streng zu dem kleinen Johann, dann wandert sein etwas verwirrter Blick zwischen Richard und mir hin und her. Anscheinend hat auch er gemerkt, dass zwischen uns eine Art Verbindung besteht.

»Entschuldigung, Tante Marie«, kommt es ganz kleinlaut aus dem Mund von Johann.

Fast widerstrebend wende ich mich von Richard ab und beuge mich zu dem Jungen hinunter. »Entschuldigung angenommen.«

Als ich mich umdrehe, begegne ich wieder diesen undurchdringlichen grünen Augen, und für einen kurzen Augenblick blitzt in ihnen der Schalk auf. Doch gleichzeitig erkenne ich eine Frage, die unbeantwortet ist. »Tja, dann herzlich willkommen, meine Braut Marie!«

Lächelnd reicht er mir die Hand, und als ich sie ergreife, bleibt mir der Mund offenstehen. Ich fühle, wie sich eine Energie zwischen unseren Fingern ausbreitet, ein wohliger warmer Schauer rieselt meinen Rücken hinab. Was war das? Auch er scheint es gespürt zu haben, da sein Blick zu unseren verschlungenen Händen wandert. Ansonsten lässt er sich nichts anmerken. »Ich finde, ich hätte es mit der mir aufgezwungenen zukünftigen Gemahlin wirklich schlechter treffen können.

Was meint Ihr, Verehrteste? Ist diese Verbindung auch in Eurem Interesse?«

Großonkel Burkhard räuspert sich. »Mein Sohn hat manchmal einen etwas eigentümlichen Humor. Zu unser aller Leidwesen hat er sich mit seinen bald dreißig Jahren noch immer nicht für eine Ehe entscheiden können.«

Doch ich höre kaum, was er sagt, da alle meine Sinne auf den Mann vor mir gerichtet sind.

Nachdem der kleine Johann zum Spielen rausgeschickt wurde, bittet Burkhard mich zu erklären, wie ich hergekommen bin. Als ich ihm von den Briefen und Aufzeichnungen berichte, möchte er, dass ich nach Möglichkeit den genauen Wortlaut wiedergebe. Konzentriert hören mir alle zu. Immer wieder stellt der eine oder andere eine Zwischenfrage. Als ich fertig bin, ist es ganz still, und jeder hängt seinen Gedanken nach.

Ich räuspere mich. Bevor ich die nächste Frage stelle, wandert mein Blick erneut zu Richard. »Wie kommt es, dass die Staatsschützer auf euch aufmerksam wurden?«

Onkel Burkhard schmunzelt. »Das ist eine hervorragende Frage. Am besten, ich versuche, es dir von Anfang an zu erklären.«

Ich nicke.

»Bis vor ungefähr zwanzig Jahren waren mein Schwiegervater und ich dozierende Professoren an der Friedrich-Wilhelms-Universität in Berlin. Leider hatten wir sehr liberale Ansichten und, ehrlich gesagt, haben wir sie heute noch. Ich habe damals die Burschenschaft an unserer Einrichtung unterstützt, wodurch ich unangenehm auffiel. Im Zuge der Demagogenverfolgung, gemäß der Karlsbader Beschlüsse, blieb mir keine andere Wahl, als mit meiner Familie zu meinen Wurzeln zurückzukehren. Zurück nach Serwasto. Ich leite nun die kleine Dorfschule. Sie haben mich vertrieben, aber brechen konnten sie mich nicht. Die Demokratie wird ihren Weg gehen, die Zeiten haben sich geändert. Das ist mit ein Grund, warum wir wahrscheinlich bald von hier fortziehen werden. Berlin wird uns hoffentlich demnächst wieder aufnehmen.«

Alle schweigen und versuchen, die Tragweite dieser Ankündigung zu erfassen.

Plötzlich wird die Stille durch ein Klopfen an der Haustür unterbrochen. Else eilt zur Tür. Kurz nachdem sie diese geöffnet hat, knallt sie wieder ins Schloss. »Herr Wulfson steht vor dem Haus und erklärt, dass er dich jetzt auf dem Weg zurück zum Baum begleiten wird.«

Zu meiner Überraschung schließt Else die Tür, ohne ein weiteres Wort mit ihm zu reden oder ihn hereinzubitten. Offenkundiger kann man seine Abneigung nicht zeigen.

Überschwänglich verabschieden sich alle von mir. Während der ganzen Zeit drehen sich meine Gedanken um Richard, gleichzeitig versuche ich, ihn nicht anzublicken. Ich habe mir vor langer Zeit vorgenommen, keinem Mann mehr Zutritt zu meinem Herzen zu gewähren und glaube immer noch, dass es das Beste für mich ist. Außerdem sind wir blutsverwandt. Und doch kann ich Richards Anziehungskraft nicht leugnen.

Als er zum Abschied meine Hand ergreift und mir tief in die Augen schaut, bin ich erschüttert darüber, welche tiefen Gefühle dieser Mann in so kurzer Zeit in mir auslöst. Richard küsst mir die Hand. Zärtlich streift sein warmer Mund meine Haut, und dann hält er sie noch etwas zu lange fest … zumindest länger als notwendig.

Es ist, als würde mich eine Art Magnetismus zu ihm ziehen. Nur mit viel Mühe schaffe ich es, meine Finger von seinen zu lösen.

* * *

Zügig treten Herr Wulfson und ich den Rückweg an. Seine Gesellschaft ist mir unangenehm. Warum, kann ich gar nicht genau sagen, aber ich habe ein schlechtes Gefühl. Es ist, als würden mir turmhohe Wellen aus Aggression entgegenschlagen. Hat das etwas mit den neuen Kräften zu tun, oder ist es nur subjektives Empfinden?

Immer wieder versuche ich, mich mit ihm zu unterhalten, doch er antwortet nur kurz angebunden und lässt mich dadurch merken, dass ihm an einer aufrichtigen Konversation mit mir nicht viel liegt. Seine hagere Gestalt strebt eilig voran, irgendetwas treibt ihn. Es wird langsam dunkel, die Sonne ist schon fast verschwunden, und mir wird die ganze Situation zunehmend unheimlicher.

Als wir am Baum der Bäume ankommen, reiche ich Wulfson zum Abschied die Hand. Er schüttelt sie, schaut mir dabei aber nicht in die Augen.

Was soll's, wir müssen ja keine Freunde werden.

Nachdem ich mich umgedreht habe, um das Zeichen über die Borke zu streichen, höre ich plötzlich einen grässlichen, markerschütternden Schrei. Erschrocken drehe ich mich um und sehe, wie Herr Wulfson kraftlos in sich zusammenfällt, tödlich von einer Lanze durchbohrt. Seine Augen starren ins Leere, das Gesicht hat nun, im Tod, einen friedlicheren Ausdruck angenommen. Langsam vermischt sich das Rot seines Blutes mit der braunen Erde.

Derjenige, der die Waffe geführt hat, ist der alte Mann – der Ehemann von Uroma Lizzy.

»Warum …?« Fassungslos starre ich zwischen dem Toten und Methusalem hin und her.

»Sieh, was er in der Hand hatte. Er wollte dich töten.« Und tatsächlich, in Wulfsons Hand liegt ein Messer. Schlagartig wird mir klar, dass er vorhatte, es mir in den Rücken zu jagen, ebenso, wie er es wahrscheinlich bei meiner Urgroßmutter getan hatte.

»Oh Gott.« Plötzlich zittere ich am ganzen Körper und kann mich kaum beruhigen. Erschüttert setze ich mich auf den feuchten Boden und versuche, zur Ruhe zu kommen. »Warum?«

Der alte Mann zuckt mit den Schultern. Nach einer kurzen Pause sagt er kalt: »Er war ein strenger Katholik und versessen auf einen Posten bei der Regierung in Berlin. Es hat mich schon immer gewundert, warum er überhaupt Interesse an unserem Orden hatte. Das entsprach so gar nicht dem Bild, das ich mir von ihm gemacht hatte. Ich habe ihm noch nie zu hundert Prozent vertraut, er war mir irgendwie suspekt. Als meine Lizzy das letzte Mal wiederkam, hat sie mir gesagt, dass sie Wulfson nicht mehr vertraut, da sie das Gefühl hatte, er hätte ihr nachspioniert und sie vergiftet.« Aufgrund des gerade Geschehenen kann ich ihm kaum folgen, zu verwirrt sind meine Gedanken. Ich versuche, mich zusammenzureißen. »Sie war nur für eine Stunde in eure Gegenwart zurückgekehrt, fühlte sich gehetzt. Sie hatte Herzrasen, doch sie versuchte alles zu regeln, indem sie dir einen Brief schrieb und mit ihrer Tochter Kontakt aufnahm. Als sie dann hier war, konnte sie nicht mehr zurück, und es ging ihr schlagartig besser. Deshalb vermuteten wir, dass Wulfson etwas in die Wasserflasche gemischt hatte. Aus dieser trank Lizzy, kurz bevor sie zum Baum ging. Vermutlich hatte er das Gift falsch dosiert, oder zumindest gedacht, dass es schneller wirkt.«

»Oh! Wäre sie in unserer Zeit geblieben, wäre sie schon viel früher gestorben! Er hat versucht, sie zu ermorden, und hat es erst beim zweiten Mal geschafft.« Jetzt verstehe ich die Zusammenhänge. Der Baum hatte sie abermals gerettet.

»Ja, aber wir konnten ihm nie etwas nachweisen. Irgendwann hatte Lizzy dann die Unruhe gepackt, und sie wollte unbedingt noch einmal zu euch, da sie dir dein Erbe zumindest erklären wollte. Es war ihr Wunsch, dich besser kennenzulernen und mit dir zu sprechen.«

Ein dicker Kloß bildet sich in meinem Hals. Es gelingt mir nur mit Mühe und Not, ihn herunterzuwürgen.

»Versteh mich nicht falsch, ich will dir kein schlechtes Gewissen machen. Du solltest aber wissen, dass deiner Urgroßmutter etwas an dir lag. Als Lizzy nicht mehr wiederkam, habe ich sie gesucht und auf halbem Weg hierher Blutspuren vor dem Stumpf eines frisch gefällten Baumes entdeckt. Scheinbar hatte sie bemerkt, dass Wulfson sie verfolgte. Sie wollte ihn an der Nase herumführen und zeigte ihm den falschen Baum. Als er dachte, den richtigen gefunden zu haben, griff er sie an. Daraufhin ist sie geflüchtet, und Wulfson hat den Baum gefällt, da er davon ausgegangen ist, den Richtigen erwischt zu haben. Ja, sie war selbst in brenzligen Situationen eine gewitzte Frau, meine Lizzy.« Ein wehmütiger Ausdruck erscheint auf seinem Gesicht. »Nun war er sicherlich geschockt, als er dich sah, da er geglaubt hat, dass er den Baum vernichtet hat. Er war nur noch bei unserem Orden, um mehr Informationen hinsichtlich der zukünftigen Nachkommen zu bekommen, da er ja nicht wusste, inwieweit du eingeweiht warst. Ich habe in der Nähe ein Lager errichtet, um dich zu warnen. Aber ich war mir heute Vormittag nicht sicher, ob du wirklich du bist … und wie ich dir sagen sollte, wer ich bin. Deshalb hatte ich mich entschlossen, hier Wache zu stehen, für den Fall, dass der Teufel wieder zuschlagen sollte.« Vorsichtig streicht er mir über das Haar und redet dabei beruhigend auf mich ein.

»So Gott will und du gesund bleibst, möchte ich, dass du versuchst, dich vom Baum fernzuhalten. Ich weiß nicht, wer es noch alles auf uns abgesehen hat. Du bist hier nicht sicher. Bleib also in deiner Zeit, soweit das möglich sein sollte. Vergiss uns. Benutze die Heilkräfte, die du durch die Vereinigung erlangt hast, sehr weise. Viele Menschen haben einen Geist, den sie nicht weiter öffnen, als sie spucken können. Vertraue niemandem. Bitte, Marie, beherzige diesen einen Rat, den ich dir geben möchte.« Er schaut zu mir hinunter, und man sieht ihm förmlich an, wie er von mir ein Versprechen hören will.

Vorsichtig stehe ich auf, doch ich wanke so sehr, dass der Mann meiner Urgroßmutter mich stützen muss. Der Schock sitzt mir noch in den Knochen. Zärtlich nimmt er mein Kinn in die Hand und zwingt mich so, ihm in die Augen zu schauen. »Ich werde für dich da sein, solange Gott mir das Leben lässt, aber lange wird das nicht mehr sein. Solltest du wieder herkommen und mich nicht finden, dann wende dich auf keinen Fall an die Mitglieder des Ordens. Meine Familie wird von hier weggehen. Schlag einen anderen Weg ein, und gib dich niemals zu erkennen. Versprich es, Marie!«

»Ja, ich verspreche es.« Nach einer kurzen Pause frage ich: »Wie lautet Ihr Name?«

Lächelnd antwortet er: »Mein Name ist Paul von Weilheim.« Dabei deutete er eine kleine Verbeugung an, wie sein Urenkel Johann vorhin.

»Ich werde Sie immer als meinen Lebensretter im Herzen tragen … Urgroßvater.« Aber ich kann die Förmlichkeit nicht aufrechterhalten und falle ihm um den Hals, drücke ihn fest und fange schon wieder an zu schluchzen. Auch wenn er nicht mein richtiger Urgroßvater ist, fühle ich mich ihm doch irgendwie verbunden.

Beschwichtigend nimmt er mich in den Arm, streicht mir liebevoll über die Haare, und als er mit mir spricht, klingt seine Stimme belegt. »Marie? Geh' jetzt. Es ist sicherer, wenn du in deiner Zeit bist.« Er schiebt mich wieder zum Baum.

Die Angst um ihn nagt an mir, aber ich drehe mich schnell um und streiche mit der Hand über den Stamm. Diesmal spiegelverkehrt, wie Uroma es mir aufgeschrieben hat, damit ich in meiner Zeit ankomme und nicht noch weiter zurückreise. Dann trete ich ein und versuche, nicht mehr nachzudenken, da mich mein Kummer sonst auffrisst.

KAPITEL 5

August 2012

Als ich aufwache, bin ich im ersten Moment orientierungslos. Ich weiß nicht, wie ich hier gelandet bin. Irgendwie habe ich es wohl in mein Bett geschafft, denn da wache ich gerade auf. Inständig hoffe ich, dass alles nur ein Traum war, doch dann fällt mein Blick auf das Kleid, das achtlos am Boden liegt. Es ist dasselbe, das ich gestern bei meinem Abenteuer getragen habe. Als ich es aufhebe, entdecke ich am Saum getrocknetes Blut. Blut von dem Mann, der meinetwegen gestorben ist: Wulfson. Und plötzlich stürmen die Erinnerungen auf mich ein. Erschrocken schlage ich mir die Hand vor den Mund und schließe die Augen. Langsam setze ich mich zurück aufs Bett, zitternd wie Espenlaub. Wegen mir hat ein Mensch sein Leben verloren. Ein Mann, der es zwar verdient hatte, dem dieses Schicksal aber nicht widerfahren wäre, wenn ich nicht den Weg in die Vergangenheit beschritten hätte.

Nein, ich werde diese Vereinigung mit dem Baum nie mehr vollziehen und damit der Bitte meines Stief-Urgroßvaters, Paul von Weilheim, nachkommen.

Bevor ich irgendetwas anderes tue, weiche ich das Kleid in kaltem Wasser ein, um es von dem vergossenen Blut zu reinigen. Langsam färbt sich die klare Flüssigkeit rostrot. Ein Schauer rinnt mir über den Rücken, und heiß fließen die bisher unvergossenen Tränen meine Wangen hinab.

Als die Gefühle mich zu übermannen drohen, rufe ich kurz entschlossen meine Großmutter an.

Mit keinem Wort erwähne ich, was mir widerfahren ist. Stattdessen berichte ich ihr, dass es mir gut geht und ich mit den Renovierungsarbeiten fertig bin. Die Ablenkung tut mir gut. »Hast du nicht Lust, mich am Wochenende zu besuchen? Das Gästezimmer wartet darauf, eingeweiht zu werden!«

»Au ja, Mariechen, das würde ich wirklich gern tun. Ich bin total gespannt, wie sich durch deine Hand alles verändert hat. Es ist bestimmt schön geworden.«

Wir verabreden, dass ich sie am kommenden Freitag nach der wöchentlichen Sitzung im Verlag abholen werde, und beenden unser kurzes Gespräch. Nur mit Mühe kann ich ein Schluchzen unterdrücken.

Wie hätte ich ihr auch die Geschichte am Telefon erzählen sollen? Das ist so mächtig, dass man es einem anderen nur von Angesicht zu Angesicht mitteilen kann. Bestimmt hat sie gemerkt, dass ich etwas auf dem Herzen habe, doch sie kennt mich gut genug, um zu warten. Sie hat mir schon immer die Zeit gelassen, die ich brauchte, bis ich mit der Sprache rausgerückt bin.

Als ich auf die Uhr schaue, erstaunt es mich, wie spät es bereits ist. Die Zeiger stehen auf zwei Uhr. Der halbe Tag ist verstrichen, ohne dass ich es mitbekommen habe. Ich muss wirklich lange geschlafen haben. Nach einem Blick in die gähnend leeren Schränke bin ich der Meinung, dass ein Großeinkauf nicht schlecht wäre. Es fehlt noch jede Menge, bei Lebensmitteln angefangen, von Gewürzen bis hin zu Hygieneartikeln, Kerzen und vielem mehr. Eine gute Aufgabe, um sich nicht zu sehr den Kopf über den vergangenen Tag zu zerbrechen.

* * *

In den nächsten zwei Tagen versuche ich, einen Rhythmus für mein neues Leben zu finden. Ich bringe das Arbeitszimmer auf Vordermann, sodass ich mit den Übersetzungen fortfahren kann. Da viel Arbeit liegen geblieben ist, sitzt mir meine Chefin mit der Deadline im Nacken. Doch ich kann mich kaum konzentrieren … immer wieder wandern meine Gedanken zu den Ereignissen des letzten Tages. Panik schnürt mir die Kehle zu. Das muss aufhören, darum versuche ich, mich mit dem Übersetzen abzulenken.

Zwischendurch stehlen sich hin und wieder die grünen Augen Richards von Reichen in meinen Kopf. Entschlossen verdränge ich sie und erinnere mich selbst an den Entschluss, den ich gefasst habe.

* * *

Stolz breche ich am Freitagmorgen nach Berlin auf. In nur zwei Tagen habe ich die Arbeit einer ganzen Woche aufgeholt. Meine Chefin wird zufrieden sein, endlich einmal. Sie ist der Typ Frau, der glaubt, alle mit ständigem Gemecker auf Trab halten zu können. Leider merkt sie nicht, wie sie dadurch das Arbeitsklima zerstört und oft auch die Motivation.

Die Sitzung, aus der ich sowieso nur wenig Informatives heraushöre, bringe ich hinter mich, ohne viel mitzubekommen. Meine Gedanken sind schon bei Oma Ella und wie ich ihr die ganze verrückte Geschichte erzählen werde. Als alle aufstehen, sammele ich eilig die Unterlagen ein.

»Frau Sage?« Meine Vorgesetzte ruft mich zurück, als ich aus dem Besprechungszimmer eilen möchte. Auf dem Weg zu ihr fallen mir sämtliche Unterlagen auf den Boden, und mir bleibt nichts anderes übrig, als vor ihr kriechend alles zusammenzusuchen. Genervt erhebe ich mich aus dieser erniedrigenden Position und gehe auf sie zu. Sie schaut mich ernst, fast schon vorwurfsvoll an. Das kann sie sehr gut. Ich muss an mich halten, um nicht die Augen zu verdrehen. Diese Frau vermittelt mir immer das Gefühl, ein Schulkind zu sein, das vor seiner Lehrerin steht, nachdem es etwas ausgefressen hat. »Ich habe gehört, Sie sind umgezogen? Aufs Land? Woher kommt dieser Sinneswandel?«

Die Frage sollte eher lauten, wie kommt es, dass sie sich für das Privatleben ihrer Untertanen interessiert? Trotz meines Unmuts bleibe ich höflich. »Ja, da haben Sie richtig gehört. Ich habe einen kleinen Hof geerbt und fühle mich dort sehr wohl. Die Arbeit kann ich in meinem neuen Haus genauso erledigen.« Sie braucht gar nicht denken, dass ich deshalb nicht so arbeiten kann wie vorher. »Die Großstadt hat nicht mehr denselben Reiz für mich wie früher, als ich noch jünger war.«

»Gut, gut. Ich bin mir sicher, dass Ihre Arbeit darunter nicht leiden wird. Unsere Freitagstermine müssen Sie allerdings so gut es geht einhalten. Ihre E-Mail-Adresse und Telefonnummer bleiben gleich, denke ich?«

»Ja. Ich habe bereits einen DSL-Anschluss beantragt. Vorerst können Sie mich ohne Weiteres auf meinem Smartphone erreichen, oder per Mail.« Als ob ich nicht jederzeit erreichbar wäre, nur weil ich 80 Kilometer von Berlin entfernt wohne. Gut, dass ich meine Hausaufgaben gemacht habe, sonst hätte sie vielleicht doch noch etwas gefunden, über das sie sich aufregen kann. Diesen Erfolg will ich ihr unter keinen Umständen gönnen.

»Gut, dann sehen wir uns nächsten Freitag.«

»Ja, auf Wiedersehen, Frau West.«

Was sollte das denn? Kopfschüttelnd lege ich diese Unterhaltung in der Rubrik Ulk ab.

* * *

Oma und ich brausen auf der B2 Richtung Eberswalde dahin. Sie sieht so entspannt aus, hat die Augen geschlossen und scheint mit ihren Gedanken woanders zu sein. Mir ist das recht, denn so kann ich noch ein wenig länger darüber nachdenken, wie ich das bevorstehende Gespräch mit ihr gestalten will. Doch mein Kopf ist vollkommen leer, und ich beschließe, es auf mich zukommen zu lassen. Egal, wie sehr man sich auf etwas vorbereitet, meistens kommt es sowieso anders als man denkt.

Als wir Chorin hinter uns gelassen haben, wecke ich sie. »Oma, wir sind gleich da.«

Langsam öffnen sich ihre Augen. »Oh, ich muss eingeschlafen sein«, antwortet sie leicht erschrocken.

Ich merke, wie sie sich versteift. Je näher wir dem Dorf kommen, desto unangenehmer fühlt sie sich. Nach so langer Zeit ihren Heimatort zu besuchen, kostet sie offenbar große Überwindung. Im Stillen bin ich dankbar, dass sie diesen Weg trotzdem für mich beschreitet. Die friedlichen grünen Wälder rauschen an uns vorüber, doch auch das trägt nicht dazu bei, dass sie mit mehr Ruhe in ihrem Herzen ankommt.

Dann erreichen wir unser Ziel, das nichts mit dem Dorf von damals gemein hat, außer vielleicht das Gutshaus, das unerschrocken seinen Platz verteidigt. Omas Augen gleiten über den Anger, verweilen kurz an dem Wäldchen, in dem der Baum versteckt liegt, um letztendlich den alten Hof zu inspizieren.

Ich kann an ihrem Gesicht fast die Erinnerungen ablesen, die in ihrem Kopf Revue passieren. Sie hat ein faszinierendes Gesicht, so ausdrucksstark. Meine Großmutter hätte gut Schauspielerin werden können. Auch die Bilder, die ich aus ihrer Jugend gesehen habe, zeigen eine beeindruckende Persönlichkeit mit einem wunderschönen Gesicht. Eine Frau, die mit ihrem Aussehen und ihrer Haltung einer Grace Kelly durchaus die Stirn hätte bieten können. Doch dies wäre ein Weg, den sie niemals auch nur in Erwägung gezogen hätte.

Ich parke vor dem kleinen Gutshaus und reiße sie damit aus ihren Überlegungen, sodass sie hochschreckt und mich befangen anlächelt.

»So, rein in die gute Stube. Willkommen in meinem ersten eigenen Heim.« Ich stoße die Tür auf und mache eine einladende Geste in Richtung Flur.

»Oh, Marie! Das sieht ja so hell und freundlich aus, ganz anders als das düstere Loch, als das ich es in Erinnerung habe. Wunderschön!«

Nach und nach zeige ich ihr die Zimmer. Zum Schluss das Gästezimmer, das genau wie das Schlafzimmer in Weiß gehalten ist und das ich mit Blümchengardinen und dazu passender Bettwäsche dekoriert habe. Sie ist vollkommen hingerissen und fühlt sich augenscheinlich wohl. Ich bin stolz auf meine Arbeit und grinse sie an wie ein Honigkuchenpferd.

»Richte dich doch ein wenig ein, ich gehe runter und bereite unser Abendessen vor. Was hältst du davon?«

»Eine prima Idee, mein Schatz! Danke.«

* * *

Nach einem ausgiebigen Essen machen wir einen Spaziergang auf dem Dorfanger, und Oma Ella erzählt mir Geschichten aus ihrer Kindheit. Sie zeigt mir die Orte, an denen sie sich versteckt hat, um nicht die Kühe und Ziegen melken zu müssen, oder wenn sie einfach nur mal allein sein wollte. Kurze Zeit später stehen wir vor dem Baum, und sie wird still und schaut mich durchdringend an. Ihr forscher Blick macht mich ganz verlegen.

»Möchtest du es mir erzählen?«

Betreten sehe ich sie an, doch sagen kann ich nichts. »Meinst du wirklich, ich hätte nicht mitbekommen, wie bedrückt du bist? Das Naheliegendste ist zurzeit der Baum, da muss man kein Hellseher sein. Erzähl schon.«

»Ach, Omi, es ist so schrecklich. Etwas Furchtbares ist dort passiert! Als ich zurück in unsere Zeit reisen wollte, hat ein Mann versucht, mich zu ermorden.« Ich merke selbst, dass mein atemloses Gestammel verrät, unter welchem Schock ich offenbar immer noch stehe.

Sie greift nach meinen Schultern und dreht mich zu sich. »Was? Um Gottes willen! Wie denn das? Erzähl mir alles von Anfang an. Und bleib ruhig, es ist vorbei. Nun bist du in Sicherheit, hier kann dir nichts passieren.« Bei diesen Worten nimmt sie mich in die Arme.

Erst da merke ich, wie nötig ich diesen Körperkontakt brauchte. Dankbar kuschele ich mich in ihre Umarmung und gebe mich dem Gefühl der Geborgenheit hin. Dann hakt sie sich bei mir unter, und wir schlendern zurück zum Hof. Nacheinander erzähle ich ihr alles, auch von ihrer Halbschwester, von der sie bisher nichts wusste.

Sie hört mir zu und stellt ab und zu eine Verständnisfrage. Immer wieder streichelt ihre Hand liebevoll meinen Arm, aber sie bleibt die ganze Zeit die Ruhe in Person, was man von mir nicht sagen kann. Ich fange an, am ganzen Körper zu zittern.

»Weißt du, mein Schatz, so was in der Art habe ich mir schon gedacht. Mutter ging, nachdem sie von der langen Abwesenheit zurückkam, öfter zum Baum als früher. Manchmal sogar mehrmals täglich. Mit einem Kind hatte ich nicht gerechnet, aber das es einen Mann gab, das war mir irgendwie klar. Meine Halbschwester kam wahrscheinlich erst auf die Welt, als ich schon nach Berlin gezogen war. Und du sagst, es gibt niemanden, der dort die Gabe geerbt hat?«

»Nein, ich habe gleich danach gefragt. Es wäre schön gewesen zu wissen, dass es da jemanden gibt, der Bescheid weiß. Jemanden, der das alles versteht.«

Mittlerweile sitzen wir in der gemütlichen Küche an dem alten Holztisch und trinken heiße, süße Schokolade. In emotional brenzligen Situationen geht einfach nichts über heiße Schokolade. Sehr beruhigend, jedenfalls wirkt sie auf mich immer so.

Irgendwie ist es merkwürdig – wir reden über die Sache, als wäre das Ganze nur ein anderer Ort, dabei ist es auch und vor allem eine andere Zeit. Die Menschen, die ich dort kennengelernt habe, leben nicht mehr. Es ist schwer zu begreifen, dass das, was ich vor ein paar Tagen erlebt habe, im Grunde schon 170 Jahre her ist. Ich schüttele den Kopf, aber das hilft überhaupt nicht dabei, es zu begreifen.

»Hast du die Namen der Menschen, die du dort getroffen hast, mal im Internet abgefragt? Ich denke, einen Versuch wäre es wert!« Meine Großmutter ist trotz ihres Alters eine eifrige und erfolgreiche Nutzerin der Neuen Medien.

»Ja, das war das Erste, was ich getan habe, als mein Gehirn wieder funktionsfähig war … aber nichts. Absolut nichts. Wäre ja auch zu schön gewesen.«

Wir grübeln noch ein wenig gemeinsam und diskutieren darüber, kommen aber zu keinem Ergebnis. Schließlich huschen wir völlig übermüdet ins Bett.

* * *

»Aaaah!«

Der Schrei meiner Großmutter dringt mir durch Mark und Bein. Sofort weiß ich, dass sie starke Schmerzen hat. Es muss noch früh am Morgen sein. Das Licht fällt durch die zugezogenen Gardinen. Im Zimmer breitet sich dieses diffuse Schimmern aus, das davon zeugt, dass die Sonne noch nicht sehr hoch am Himmel steht. Ich springe aus dem Bett und renne die Treppe hinunter, immer zwei Stufen auf einmal nehmend. Als ich in der Küche ankomme, ist mir sofort klar, warum Oma so geschrien hat. Wie es aussieht, wollte sie mir eine Freude machen und schon das Frühstück anrichten. Auf einem Tablett steht alles, was ich morgens liebe.

Den Kaffee wollte sie mit einem Kaffeebereiter machen, doch die Glaskanne liegt zerbrochen auf der Anrichte verteilt. Überall ist Kaffee, und Oma hat Verbrennungen und Schnittwunden an den Händen und Armen. Im Moment versucht sie, diese unter dem Wasserhahn zu kühlen.

»Marie, es tut mir leid, ich habe die Kanne kaputt gemacht!«

»Mensch Oma, das ist doch unwichtig. Du bist verletzt, zeig mir mal deine Hände.«

Als sie mir ihre Hände reicht und ich diese berühre, durchzuckt mich wieder dieser kribbelnde Schmerz, aber diesmal ist es anders. Ich merke es sofort. Es ist, als würde eine Wärme aus meinen Fingern strömen – und da wird es mir klar. Ich kann heilen.

An den Stellen, über die ich streiche, hören die Wunden auf zu bluten, und die gerötete Haut der Verbrennungen verblasst wieder. Oma und ich bekommen beide große Augen und halten den Atem an, bis ich fertig bin. Auf ihrer Haut ist nur noch ein leichter rosafarbener Schimmer zu erkennen. Ansonsten ist von der schweren Verletzung, die noch vor ein paar Sekunden klar zu sehen war, nichts mehr da.

»Marie, das ist … das ist fantastisch!«

Wir umarmen uns stürmisch. Aufgrund der Aufzeichnungen wusste ich ja bereits, dass ich nach der Vereinigung mit dem Baum diese Heilkräfte besitzen sollte. Aber durch das, was mir dort passiert war, hatte ich daran keinen Gedanken mehr verschwendet.

Doch nun bin ich so begeistert, dass mir Tränen des Glücks in die Augen treten.

»Hat meine Mutter dir geschrieben, wie stark diese Kräfte sind? Was kannst du alles heilen? Gibt es einen Preis, den du als die Heilende dafür zahlen musst?« Oma Ella ist so euphorisch, dass ich nur noch beschwichtigend die Hände hebe, um den stetigen Strom an Fragen zu stoppen.

»Theoretisch sind diese Kräfte sehr stark, aber alles kann ich nicht heilen. Wer dem Tode geweiht ist, was immer das heißen mag, kann auch von mir nicht mehr gerettet werden. Der Preis, wie du es genannt hast, ist der Haken. Was ich heile, nimmt mir auch ein Stück meiner Kraft. Im Normalfall reicht es, wenn ich dann schlafe, um mich zu erholen. Aber wenn die Wunden sehr schlimm waren, bleibt mir nur die Verbindung mit dem Baum. Den muss ich in einem solchen Fall aufsuchen, da ansonsten meine Gesundheit und Abwehrkräfte daran zugrunde gehen würden. Womit wir wieder bei dem Problem sind, dass die Leute von Wulfson in der Vergangenheit Jagd auf mich machen.« Die Erinnerung daran raubt mit buchstäblich die Luft. »Und falls ich sehr stark angeschlagen sein sollte, muss ich eventuell sogar ein paar Wochen dort verbringen. Wahrscheinlich muss ich meine Entscheidung, was und wen ich heile, genau abwägen. Das wird wohl nicht gerade einfach, oder?«

»Nein, das wird mit Sicherheit nie ein einfacher Weg sein. Aber jetzt geht es dir gut?« Oma ist sichtlich besorgt.

»Ja, ich fühle mich nur ein bisschen müde. Das kann allerdings auch daran liegen, dass es noch so früh ist.« Ich versuche witzig zu sein, um ihr ein besseres Gefühl zu geben.

»Dann marschierst du jetzt sofort wieder nach oben in dein entzückendes Schlafzimmer und schläfst noch ein Stündchen. Ich kümmere mich um diese Schweinerei hier, dessen Urheberin ganz offensichtlich ich war. Abmarsch!« Sie scheucht mich regelrecht aus der Küche, und ich erhebe keine Einwände, so müde bin ich.

Schon kurze Zeit nachdem ich in meinem weichen Bett liege, fallen mir die schweren Augen zu.

* * *

Wir verbringen ein absolut entspanntes, wunderschönes Wochenende miteinander. Als ich Oma frage, ob sie noch bis Freitag bleiben möchte, da ich an diesem Tag sowieso nach Berlin muss, willigt sie sofort ein, was mich unheimlich freut. Am Montag fahren wir erst mal nach Eberswalde, die nächstgrößere Stadt, und ich kaufe mir einen richtigen Kaffeevollautomaten. Den wollte ich mir schon immer mal zulegen.

Wir entwickeln ein gemeinsames Ritual: Jeden Abend nach dem Essen machen wir zusammen einen Spaziergang auf dem Dorfanger. Dabei reden wir oft über die Gabe und über Urgroßmutter Lizzy. Begierig sauge ich die Informationen auf wie ein trockener Schwamm. Das Bedürfnis nach Nähe zu meiner Urgroßmutter treibt mich an, immer mehr Fragen zu stellen. Nachsichtig und geduldig beantwortet Oma sie alle. Wir sind uns einig, dass ich die Gabe nicht gebrauchen sollte, da ich schreckliche Angst habe, nochmals den Baum aufzusuchen und in die Vergangenheit zu reisen. Obwohl mich das Wiedersehen mit einem bestimmten Mann schon reizen würde. Ehrlich gesagt sehne ich mich regelrecht nach ihm. Wie gern würde ich ihn näher kennenlernen. Vielleicht wäre er dann auch gar nicht mehr so anbetungswürdig – aber nur vielleicht. Doch immer wieder erinnere ich mich selbst an das, was ich mir vorgenommen habe, und an die verwandtschaftlichen Verhältnisse, die uns auf ihre Weise trennen und wiederum verbinden.

Die Woche vergeht wie im Flug, und als wir am Freitag zusammen im Auto sitzen und zurück nach Berlin fahren, versuche ich nochmals, Oma zu einem Umzug zu überreden.

»Es war total schön, die ganze Zeit mit dir. Denk doch noch mal darüber nach, hierher zu mir zu ziehen. Bitte, Oma!«

Ablehnend verschränkt sie die Arme. »Nein. Auf keinen Fall. Ich habe es dir erklärt, ich will nicht mehr zurück. Wenn du möchtest, komme ich dich öfter besuchen, und dann auch gern für eine Woche. Aber mein Zuhause ist in Berlin, und ich möchte, dass es so bleibt. Bitte versteh das, Schatz.«

Ich frage nicht noch einmal. So gut kenne ich meine Oma – es hätte keinen Sinn. Wenn sie sich etwas vorgenommen hat, kann selbst ich daran nichts ändern.

Resigniert zucke ich mit den Schultern und ziehe einen Schmollmund. Als sie es sieht, muss sie lachen, und ich falle mit ein.

KAPITEL 6

Januar 2013

Nach und nach stellt sich bei mir eine gewisse Routine ein. Tagsüber arbeite ich an den Übersetzungen, und abends gehe ich spazieren, bevor ich mich mit einem guten Buch zurückziehe. Doch bis ich einschlafe, dauert es oft lange. Die Erinnerungen an Wulfsons Tod verfolgen mich sogar bis in meine Träume. Die leisen nächtlichen Geräusche zerren an meinen Nerven und lassen mich hin und wieder an der Entscheidung zweifeln, hier draußen allein zu leben.

So vergehen die Wochen und Monate, immer mal durchbrochen durch die Besuche in der Redaktion und bei meiner Oma. Zweimal ist sie auch noch für je eine Woche zu Besuch gekommen, was mich aus meiner selbst gewählten Einsamkeit gerissen hat. Ihre Anwesenheit beruhigt mein überreiztes Nervenkostüm immer ungemein.

Und doch bin ich inzwischen hier angekommen und beinahe glücklich. Mehr brauche ich im Moment nicht.

Langsam wird es doch noch winterlich. Obwohl das neue Jahr bereits begonnen hat, war bisher vom Winter nicht viel zu sehen gewesen. Ich habe mich ganz schön eingeigelt. Soziale Kontakte habe ich bis auf das Ehepaar Peters keine. Allerdings muss ich sagen, dass ich auch nichts vermisse. Hier im Ort wohnen fast nur alte Menschen. Die jungen Leute sind weggezogen, um in den größeren Städten Arbeit zu suchen. Eigentlich typisch für Brandenburg und die anderen ehemaligen Ostgebiete.

Offenbar habe ich den Altersdurchschnitt dieses Dorfs um die Hälfte reduziert.

All das geistert mir im Kopf herum, als ich aus dem beschlagenen Schlafzimmerfenster schaue. Und was sehe ich da? Draußen liegt der erste Schnee. Mein Garten ist mit einer dicken, weißen Schicht bedeckt. Wie ein Versprechen von Romantik glitzert alles in der hellen Wintersonne, so als wäre die gesamte Landschaft in Watte verpackt und dann mit Diamantenstaub bestreut worden. Märchenhaft. Keine Spuren von Autoreifen, die dieses Bild zerstören.

Kurz schweifen meine Gedanken in die Vergangenheit, in die Winter der vergangenen Jahre. In Berlin wären die Straßen um diese Uhrzeit schon in ein matschiges Grau getaucht. Hier hoppelt tatsächlich gerade ein kleiner Hase über die verschneite Wiese. Wer oder was hat ihn wohl aufgeschreckt, dass er so durch meinen Garten hüpft. Mein Garten. Das hört und fühlt sich gut an, so gut, dass ich zufrieden lächeln muss, bevor ich von dem Fenster zurücktrete. Die tägliche Routine treibt mich fort von dem schönen Ausblick und drängt mich nach unten.

Als ich mit dem Frühstück fertig bin, werfe ich jedoch meine Pläne für den heutigen Vormittag über Bord, ziehe warme Kleidung an und gehe hinaus. Als ich die ersten Schritte nach draußen mache, grinse ich wie ein kleines Kind. Auf dem Teich hat sich eine dünne Eisschicht gebildet. Es ist so still, der Schnee dämpft alle Geräusche, nur das Knirschen meiner Stiefel ist zu hören. Begeistert stelle ich fest, dass ich der erste Dorfbewohner bin, der auf die Idee gekommen ist, einen Spaziergang auf dem Dorfanger zu machen. Die Schuhe hinterlassen Abdrücke in dem noch jungfräulichen Weiß. Natürlich schlage ich den Weg zum Baum der Bäume ein. Majestätisch steht er da, als wollte er zum Ausdruck bringen, wie besonders er ist. Er reckt seine Äste in den Himmel und scheint dabei an den Wolken zu kratzen. Jeder meiner Spaziergänge zieht mich hierher, doch die Verbindung habe ich seit diesem einen Mal nicht mehr erneuert. Allein bei dem Gedanken daran schaudert es mich.

Mein Blick fällt auf den Schnee vor der alten Eiche, und plötzlich legt sich eine eiskalte Hand um mein wild pochendes Herz. Ich muss mich zusammenreißen, damit mir kein lauter Schrei entfährt. Vor dem grünen Riesen sind ein paar Fußabdrücke, die aus dem Nichts zu kommen scheinen. Sie führen um den mächtigen Baum herum. Aber was noch viel schlimmer ist: Diesem Weg folgt eine blutige Spur.

Wie versteinert bleibe ich stehen, halte entsetzt den Atem an und lausche. Es ist nichts zu hören, also gehe ich vorsichtig um den Baum. Die Blutspur führt ins Unterholz.

»Hallo? Ist da jemand? Brauchen Sie Hilfe?« Meine Stimme hört sich schrill und zittrig an. Wieder versuche ich nicht zu atmen, und dann höre ich etwas. Ganz leise, aber ich bin mir sicher, es gehört zu haben. Ein Geräusch … da stöhnt jemand. Ich zittere. Nicht von der Kälte des frühen Wintermorgens, sondern aus Angst vor dem, was ich dort finden werde. Bin ich dem gewachsen?

Das Dickicht zwingt mich dazu, mich zu bücken, um weiter voranzukommen. Da entfährt dem Verletzten ein neuerliches Stöhnen. Mir wird klar, dass es sich um einen Mann handelt, und es muss ihm sehr schlecht gehen.

Kurz darauf stehe ich auf einer Art Lichtung inmitten des Unterholzes, und da liegt er, zusammengesunken in embryonaler Stellung und am ganzen Körper zitternd. Als ich den Mann auf den Rücken drehe und sein Gesicht sehe, höre ich plötzlich mein Blut in den Ohren rauschen. Ich spüre das Schlagen meines Herzens hart in der Brust, und es hat eine Geschwindigkeit aufgenommen, die beängstigend ist. Die Erkenntnis trifft mich wie ein Schlag. Richard!

»Oh Gott, steh' mir bei!« Beim Aussprechen der Worte bilden sich weiße Wölkchen, die langsam davonschweben und sich schließlich auflösen. Was soll ich nur tun? Er ist so schwer verletzt, dass es mir förmlich die Kraft absaugen wird, ihn zu heilen. Hilfe kann ich nicht holen, da ich nicht sicher bin, ob er es schafft, so lange durchzuhalten. Ich habe keine andere Wahl. Wozu hat der liebe Gott mich sonst mit dieser Gabe gesegnet, als einem Menschen und dann noch einem, dem ich mich verbunden fühle, in solcher Not zu helfen? Richard hat es geschafft, in kürzester Zeit meine mühsam errichteten Mauern niederzureißen. Ich will ihm helfen, und das mehr als alles andere.

Vorsichtig setze ich mich neben ihn, um zu sehen, welche Verletzungen er hat. Als ich sein Hemd hochschiebe, wird die Schwere seiner Verwundung sichtbar. Entsetzt ziehe ich scharf den Atem ein. Das warme Blut schwängert die Luft mit dem Geruch nach Eisen, und ich versuche krampfhaft, durch den Mund zu atmen, um dem zu entgehen.

An Richards Bauch klafft eine riesige Wunde, und er blutet so stark, dass für mich nur eine Vermutung naheliegt. Die Hauptschlagader im Bauch muss leicht verletzt worden sein, denn bei einem Riss wäre er mit Sicherheit nicht mehr am Leben. Er verblutet.

Schnell reibe ich die Handflächen aneinander, damit ich ein wenig Gefühl in meine Finger bekomme. Handschuhe anzuziehen, hatte ich völlig vergessen.

Ganz langsam, um ihn nicht zu erschrecken und dadurch noch stärkere Schmerzen durch eine unkontrollierte Bewegung zu riskieren, lege ich die Hände über die Wunde, ohne ihn zu berühren. Ich schließe die Augen und versuche, die Energie zu der Stichwunde zu leiten. Ich spüre die Wärme, die sich um unsere Körper bildet, und die heilende Kraft aus meinen Händen, die seine Verletzung versiegelt. Ich vergesse alles um mich herum, höre nichts mehr und habe das Gefühl, in einem Vakuum zu sein.

Richard hört auf zu zittern. Als ich aufsehe, hebt er die Lider, und ich schaue in diese grünen Augen, die mich sofort wieder fesseln. Ich bin außerstande, den Blick abzuwenden und versinke regelrecht in ihnen, verliere mich.

»Hallo, Marie!«

Seine warme, tiefe Stimme reißt mich aus meiner Erstarrung, und ich merke, wie erschöpft ich bin.

»Hallo, Richard, wie kommst du hierher?«

Er richtet sich auf, die Wunde ist nur noch als helle Narbe zu erkennen, und das Gewebe darum weist einen rosafarbenen Schimmer auf.

Tränen der Erleichterung rinnen mir aus den Augen.

In diesem Moment merke ich, wie mich die Kraft verlässt, und ich werde zum ersten Mal in meinem Leben ohnmächtig.

* * *

Als ich wieder zu mir komme, wird mir ganz übel von dem Geschaukel. So recht kann ich mir nicht erklären, was ich in den Armen von Richard mache und wo er mich hinbringt. Dann fällt mir alles wieder ein, und es trifft mich hart.

»Wo bringst du mich hin?« Es ist mehr Genuschel als alles andere, aber der Mann mit den wunderschönen grünen Augen scheint mich trotzdem verstanden zu haben.

»Du musst ins Warme, also liegt es doch nahe, dass ich dich nach Hause bringe. Das ist das Mindeste, nach allem, was du für mich getan hast.«

Was soll ich darauf noch erwidern?

Richard muss wissen, wo ich wohne, denn er schlägt den richtigen Weg ein.

Irgendwie ist mir diese Situation unheimlich peinlich. Ich bitte ihn, mich abzusetzen, woraufhin er mich skeptisch anschaut. Dennoch kommt er offenbar zu dem Schluss, dass ich körperlich in der Lage bin, allein das Haus zu betreten. Er setzt mich ab und hält mich kurz fest, bis er sicher ist, dass ich ohne seine Hilfe stehen kann. Erst dann lässt er mich los.

Drinnen sieht sich Richard neugierig um. »Hat sich einiges verändert!«

Langsam sickert das, was er gesagt hat, in mein Gehirn, und als ich es verarbeitet habe, reiße ich erschrocken die Augen auf.

»Was …? Woher weißt du, wie es vorher ausgesehen hat?«

»Liebe Marie, es ist nicht das erste Mal, dass ich diese Reise gewagt habe.« Zielsicher steuert er auf die Küche zu und setzt sich dort auf das Sofa neben dem alten Ofen. »Komm, setze dich zu mir und wärme dich erst einmal auf. Ich würde dir ja einen Tee machen, doch mit diesen modernen Geräten kenne ich mich nicht wirklich aus.«

»Das schaffe ich auch allein!« Eigentlich wollte ich gar nicht so schroff klingen, aber jetzt ist es zu spät. Ich versuche zu retten, was zu retten ist. »Möchtest du einen Tee oder einen Kaffee? Hast du Hunger?«

»Ich wäre für beides dankbar. Als Getränk würde ich einen Kaffee bevorzugen.«

Er sitzt lässig auf dem Sofa und schaut mir schmunzelnd dabei zu, wie ich den Kaffee zubereite und Brot, Aufschnitt und Butter auf den Tisch stelle. Während dieser simplen Tätigkeit habe ich genügend Zeit zum Nachdenken. Wie es aussieht, handelt es sich bei Richard um den Enkel, von dem das Ehepaar Peters geredet hat. Nun wird mir einiges klar.

»Großmutter hat gar nicht erwähnt, wie hübsch du bist.«

Er versucht eindeutig, mich aus dem Konzept zu bringen. Als ich in seine vor Witz sprühenden Augen schaue, kribbelt es in meinen Fingern, das Handtuch, das ich in den Händen halte, nach ihm zu werfen.

Ich muss einen furchtbaren Anblick bieten, so durchnässt, wie ich bin. Dazu bin ich ungeschminkt und von der Heilung wahrscheinlich ganz grau im Gesicht. Da erst wird mir bewusst, dass ich mich eigentlich richtig gut fühle. Wie ist das nur möglich? Ich verenge meine Augen zu Schlitzen, starre zurück und fordere ihn auf, an den Tisch zu kommen. Schweigend sitzen wir beieinander und sind während des Essens mit unseren Gedanken beschäftigt. Ein Schweigen, das nicht unangenehm ist, sondern sich gut anfühlt.

Er beendet seine Mahlzeit und hat meinen Vorrat an Brot und Aufschnitt aufgebraucht. Als er aufschaut, bemerkt er, wie ich ihn beobachte.

»Fang an!«

Seine ruppige Aufforderung irritiert mich, und ich frage ihn, was er damit meint.

»Marie, man kann förmlich sehen, wie die Fragen in deinem Kopf kreisen und nach Antworten suchen.«

Mit seiner arroganten Art treibt er mich dazu, mich wie ein bockiges Kind zu benehmen. »Ich weiß nicht, was du meinst!«, platzt es aus mir heraus. So benimmt man sich nicht, wenn man erwachsen ist, doch ich kann in seiner Gegenwart keinen vernünftigen Gedanken formen.

Er fängt auch prompt laut an zu lachen und kann sich kaum noch auf seinem Stuhl halten.

Mittlerweile hat mein Gesicht bestimmt die Farbe einer reifen Tomate angenommen, und dieser Typ hört immer noch nicht auf zu lachen.

Würdevoll – jedenfalls versuche ich, so auszusehen – stehe ich auf und verlasse den Raum. Ich haste ins Schlafzimmer, um mich umzuziehen, da meine Sachen immer noch nass sind, und lasse mir absichtlich viel Zeit dabei.

Als ich wieder in der Küche angekommen bin, muss ich feststellen, dass der unerwartete Besuch auf der alten Couch eingeschlafen ist. Auch während er schläft, kann ich kaum die Augen von ihm abwenden. Was ist es bloß, das mich so magisch zu diesem Mann hinzieht? Ich meine, ich habe doch schon oft gut aussehende Männer gesehen, und trotzdem hatte keiner von denen je eine solch intensive Wirkung auf mich. Ich trete näher und erlaube mir, ihn noch genauer zu betrachten. Sein Gesicht sieht aus wie gemeißelt, und ein paar leichte dunkle Schatten zaubern diesen gefährlichen Ausdruck darauf. Aber im Schlaf wirkt er friedlich und gelöst. Sein bronzener Teint malt einen fremdländischen Hauch auf sein Antlitz. Fast schon spüre ich seine Haut auf meiner, als ich mir vorstelle, mit den Fingern sanft über seine Wange zu streichen.

Stopp! Das geht eindeutig zu weit, ich bin doch nicht mehr sechzehn und schwelge hier auch nicht in einer kleinen Mädchen-Schwärmerei. Entschlossen wende ich mich ab, gehe ins Arbeitszimmer und lasse ihn schlafen.

* * *

Erschrocken zucke ich zusammen, als es leise klopft, denn ich war gerade vollkommen vertieft in meine Übersetzung. »Herein!«

Richard öffnet vorsichtig die Tür, lehnt sich lässig an den Rahmen und sieht mich abwägend an, doch er sagt keinen Ton.

»Hallo! Ausgeschlafen?« Treu meinem Vorsatz, freundlicher zu sein, lächele ich ihn an.

Nach kurzem Zögern kommt er rein. Offenbar wollte er erst einmal abwarten, wie meine Stimmung ist, bevor er die Höhle des Löwen betritt.

Mit seinem leicht zerzausten schwarzen Haar sieht er einfach umwerfend aus. Warum müssen wir miteinander verwandt sein? Er wirkt putzmunter. Ein Blick auf die Uhr des Laptops verrät mir, dass er fast drei Stunden geschlafen hat.

»Ja, das war nötig. Danke, dass du mich nicht geweckt hast.« Er schlendert im Arbeitszimmer herum.

»Setz dich. Und bitte, erzähl mir alles.«

Er sieht mit hochgezogenen Augenbrauen und spöttischem Grinsen zu mir rüber. Es kostet mich Überwindung, doch dann sage ich: »Es tut mir leid, dass ich mich vorhin so kindisch benommen habe. Klar bin ich neugierig, nur konnte ich das nicht zugeben. Mittlerweile habe ich mir ein paar Gedanken gemacht, und einiges kann ich nicht ganz nachvollziehen.« Nervös streiche ich meine Haare glatt. Den Text hatte ich mir bereits zurechtgelegt, aber wahrscheinlich hatte das schlaue Köpfchen das schon bemerkt, denn er lächelt in sich hinein.

Ernst schaue ich ihn an. »Warum zum Beispiel geht es mir so gut, obwohl ich dich geheilt habe? Hat meine Urgroßmutter dir alles beigebracht? Warum kannst du in die Zukunft reisen?«

Als ich kurz Luft hole, um genug Atem für die vielen anderen Fragen zu haben, höre ich ein »Stopp!« aus seinem Mund, der mich nun noch breiter angrinst. »Am besten, ich beginne am Anfang, oder?«

Ein Blick in diese Augen, und ich bin nur noch zu einem Nicken fähig. Es sind ja nicht nur seine Augen – es ist auch sein Gesicht, sein Körper, einfach alles. Atemberaubend. Schön und trotzdem männlich. Das kurze Kopfschütteln, das mich in die Normalität zurückbringen soll, nützt leider überhaupt nichts.

»Wie du bereits weißt, bin ich der Enkel von Paul von Weilheim und deiner Urgroßmutter Lizzy … somit sind wir entfernt verwandt.«

Ja, wie könnte ich das vergessen?

»Großmutter hatte sich schon immer gedacht, dass ich die Gabe habe, war sich aber nicht sicher, da damit die Theorie von nur einem Nachkommen nicht stimmen würde. Zumindest hat sie es mir so erzählt, doch ich bezweifele, dass es genauso war.«

Einen Moment lang überlege ich, was er mir damit sagen möchte, doch als er weiter erzählt, versuche ich meine uneingeschränkte Aufmerksamkeit auf seine Worte zu richten. »Also beobachtete sie mich. Eines Morgens, es war kurz nach meinem sechzehnten Geburtstag, bat sie mich, sie auf einem Spaziergang zu begleiten. Wie sich herausstellte, ging sie mit mir zu dem Baum der Bäume und bat mich, das Zeichen der Verbindung mit der Hand über die Rinde zu streichen. Und tatsächlich, der Baum eröffnete mir eine neue Welt. Oma Lizzy zeigte mir eure Zeit, und wir wiederholten dieses Prozedere sehr oft. Irgendwann fühlte ich mich hier so sicher, dass ich nicht mehr weiter auffiel. Manchmal kam ich auch ohne Großmutter her.« Er lächelt und fährt sich dabei durch sein dichtes dunkles Haar – kein Zeichen mehr von der Überheblichkeit, die mich so sehr auf die Palme bringt. Diese kleine Geste macht ihn mir noch sympathischer.

»Wir kamen überein, niemandem davon zu erzählen – nur Großvater, Mutter und Vater wissen es. Jedenfalls stellten wir während dieser Reisen fest, dass mein Körper nur heilt, wenn ich aus dieser Zeit hier in meine Zeit übertrete. Umgekehrt funktioniert es nicht, genau wie bei dir und Großmutter. Das erklärt dir, denke ich, am besten, warum ich schwer verletzt im Gebüsch lag. Heilen kann ich, wie ihr beide auch, aber mir entzieht es keine Kraft. Ich brauche lediglich ein paar Stunden Schlaf und Essen danach. Als du vorhin ohnmächtig warst, habe ich dich geheilt, deshalb fühlst du dich so gut.« Er schaut aus dem Fenster, wirkt irgendwie verloren. »Warum ich in die Zukunft reisen kann, kann ich dir nicht sagen. Lizzy und ich haben die Theorie aufgestellt, dass ich eigentlich in dieser Zeit hätte geboren werden müssen, da sie ja von hier stammt. Das ist jetzt grob zusammengefasst, aber es müsste dir ein wenig helfen zu verstehen, oder?«

Bevor ich ihm antworte, muss ich erst mehrmals ein- und ausatmen, um das gerade Gehörte zu verarbeiten. »Helfen ja, aber so ganz habe ich das alles noch nicht realisiert. Warum bist du verletzt gewesen?« Vor Aufregung und Neugier kann ich nicht mehr sitzen bleiben und laufe nun nachdenklich im Raum hin und her.

»Die Regierung. Es wurden alle Männer des Ordens verhaftet, genau wie ihre Angehörigen. Sie waren auch hinter meiner Familie her, nachdem Wulfson nicht zurückgekommen ist. Wir vermuten, dass er ein Spitzel war. Warum er allerdings Morde begeht, kann ich nicht verstehen. Mit Sicherheit steht die Regierung nicht dahinter? Theoretisch können sie uns nichts nachweisen.«

Bei der Erwähnung von Wulfsons Namen bleibe ich abrupt stehen. Mein ganzer Körper fängt an zu zittern und ich muss aschfahl geworden sein, denn Richard kommt rasch zu mir. Vorsichtig hebt er mein Kinn an und schaut mir tief in die Augen. »Er kann dir nichts mehr tun. Du bist hier sicher.« Langsam streicht sein Daumen über meine Wange.

Mein Herz schlägt Purzelbäume, doch dann räuspert er sich verlegen und wendet sich von mir ab. Der Zauber ist verflogen, und Richard fährt mit seiner Erklärung fort.

»Jedenfalls hat mein Großvater mir erzählt, was passiert ist. Was Wulfson getan hat. Und was du erlebt hast.«

Ich muss schlucken, da die Erinnerung mir den Hals austrocknet.

»Das war der Zeitpunkt, an dem mir klar wurde, dass einiges aus dem Ruder lief, also verständigte ich die Familie. Wir haben unsere wichtigsten Habseligkeiten zusammengepackt und sind zu sechst auf und davon. Wir waren gerade auf dem

Weg zu Großvater, der sich eine kleine Behausung in einer Höhle angelegt hat, als wir von zwei Reitern angegriffen wurden. Den einen konnte ich mit einem Überraschungsangriff zur Strecke bringen, der andere durchbohrte mich mit seinem Messer. Mein Bruder hat ihn getötet und dann beide Leichen versteckt. Der eine war Wulfsons Bruder, den anderen kannten wir nicht.«

Ruhelos tigert er durch den Raum.

»Wir rechneten damit, dass bald noch mehr von ihnen kommen würden. Großvater nahm uns auf und vernichtete alle verdächtigen Spuren, doch es ging mir von Minute zu Minute schlechter. Die Blutung war nicht zu stoppen, und so kamen Großvater und ich überein, dass ich nur eine Chance zum Überleben hätte. Dich!«

An diesem Punkt setze ich mich wieder in den Lesesessel und frage: »Aber warum bist du nicht zu mir gekommen?«

Entschuldigend zuckt er mit den Schultern. »Tja, ich weiß nur noch, wie ich in den Baum hineintrat. Was danach passierte, kann ich erst ab dem Zeitpunkt, an dem ich die Augen aufgeschlagen und dein Gesicht gesehen habe, wiedergeben. Alles, was dazwischen geschah …?!« Er schüttelt den Kopf.

Beruhigend lege ich ihm die Hand auf den Arm. »Wahrscheinlich hattest du einen Schock wegen des hohen Blutverlusts. Aber was hast du nun vor? Wann gehst du zurück? Was ist mit deiner Familie?«

»Mein Großvater sagte, ich soll erst in acht Wochen wiederkommen. Er wird dann da sein und auf mich warten. Bis dahin versuchen die Männer für sich, die Frauen und das Kind eine angemessene Unterkunft zu finden. Vielleicht werden sie auch unter anderem Namen einen neuen Wohnort suchen, vorzugsweise in Berlin. Wir hoffen, falls die Regierung involviert ist, dass sie bis dahin ihr Interesse an uns verloren hat.« Resigniert zuckt er mit den Schultern. »Ich würde gern hierbleiben, wenn es dir recht ist. Einen anderen Ort habe ich nicht, wo ich hin kann.« Er schaut mich abwartend an.

»Selbstverständlich! Ich habe ein Gästezimmer. Etwas Kleidung und was du sonst noch brauchst, können wir dir besorgen. Es würde mich freuen, dich näher kennenzulernen.« Oh, was habe ich da gesagt? Als mir klar wird, wie dieser idiotische Satz bei einem Mann ankommen könnte, werde ich rot und verdrehe die Augen.

Lächelnd reicht er mir seine Hand. »Das ist sehr nett von dir. Im Gegenzug werde ich dir natürlich helfen, wo ich nur kann. Danke.«

Unsere Finger berühren sich, und ich erschauere. Es ist, als wäre Elektrizität in die Atmosphäre gelangt, und durch unsere Berührung, würde alles um uns herum knistern. Wie schon vorhin, als ich ihn geheilt habe, wird es ganz warm um uns herum.

Erschüttert entziehe ich ihm meine Hand. Er lächelt wissend, sagt aber nichts dazu.

* * *

Wenig später sitzen wir im Auto und sind im Begriff, gemeinsam einkaufen zu fahren. Nachdem ich den Schlüssel ins Schloss gesteckt habe, riskiere ich einen Blick zu Richard. Er sieht aus wie einer dieser Aussteiger auf einem Bio-Bauernhof, mit seinen Kleidern, die aus einer ganz anderen Epoche stammen. Da solche Leute hier in der Gegend gar nicht selten sind, wird er nicht weiter auffallen. Anspannung zeichnet sein Gesicht. Selbst nach der kurzen Zeit mit ihm ist mir klar, dass das nicht zu ihm passt, doch dann dämmert es mir, warum.

»Bist du schon mal mit einem Auto gefahren?«

Er schüttelt den Kopf und antwortet: »Nein, bisher habe ich sie nur vorbeifahren sehen. Merkt man mir meine Unsicherheit an? Ich sollte wohl ein wenig daran arbeiten, meine Mimik unter Kontrolle zu halten.« Er zwinkert mir zu, und ich muss lachen.

»Na ja, du wirkst eher ein bisschen verspannt.« Ich drehe den Zündschlüssel und fahre los. Aus dem Radio erklingt Klassik und hüllt uns ein. Nach einer viertelstündigen Fahrt durch die verschneite Winterlandschaft parken wir auf dem Parkplatz eines großen Supermarktes, der laut eigener Werbung einfach alles hat.

»Und, war es so schlimm?«

Er schaut mich wieder mit diesem Lächeln an, das mir die Knie weich werden lässt. »Nein. Ehrlich gesagt finde ich es großartig. Vielleicht kannst du es mir eines Tages beibringen.«

* * *

Mit wachem Blick läuft er durch die Gänge und fragt neugierig nach, wenn er etwas nicht kennt. Es macht mir richtig Spaß, ihm die Dinge zu erklären. Mit diesem Mann, dem die Frauen mit Sicherheit nicht nur wegen seiner extravaganten Kleidung nachschauen, könnte ich mich glatt ans Bummeln gewöhnen.

Der Einkaufswagen ist schon total überfüllt, da ich von allem etwas hineinlege, damit er probieren kann, was unsere Zeit ihm zu bieten hat. Pralinen, verschiedene Obst- und Gemüsesorten, Antipasti und vieles mehr.

Dann schlendern wir weiter in die Textilabteilung, und ich höre immer wieder sein warmes Lachen, wenn er Kleidungsstücke entdeckt, die er für albern hält. Mit hochgezogenen Augenbrauen schaut er mich an, während er ein Bart-Simpson-T-Shirt hochhält. Allein bei dem Gedanken an einen Richard, der dieses Teil trägt, muss ich kichern.

Ich packe zwei Jeans, mehrere T-Shirts und etwas Unterwäsche für ihn in den Wagen. Eine dicke Winterjacke und eine Mütze müssen bei der Kälte auch sein. Als ich die Rechnungssumme von der Kassiererin genannt bekomme, versuche ich nicht mit der Wimper zu zucken, bin aber doch schockiert.

* * *

Ich habe uns aus den vielen Leckereien eine Kleinigkeit zum Abendessen zubereitet. Nun sitzen wir hier an dem alten Holztisch und essen gemeinsam. Offensichtlich mag Richard Antipasti. Als er fertig ist, legt er seine Gabel zur Seite, verschränkt die Arme vor der Brust und schaut mich mit diesem intensiven Blick an, der mir immer durch und durch geht.

»Darf ich dich etwas fragen? Wenn es dir zu intim ist, brauchst du nicht darauf zu antworten.«

Ich nicke und bin gespannt, was jetzt kommt.

Seine Augen versinken in meinen. »Warum bist du allein? Warum gibt es keinen Mann in deinem Leben? Du lebst hier einsam und allein. Haben die Männer in dieser Zeit keine Augen im Kopf? Schau dich nur an, du stehst in der Blüte deines Lebens. Bei uns hättest du jede Menge Verehrer oder wärst schon längst verheiratet.«

»Das ist eine lange, lange Geschichte!« Verunsichert zucke ich mit den Schultern, und doch freue ich mich über sein Kompliment.

Er tut es mir gleich, zuckt ebenfalls mit den Schultern und sieht mich mit verschränkten Armen abwartend an. »Ich habe sehr viel Zeit. Erzähl sie mir, Marie.«

Nun blicke ich wieder wie hypnotisiert in diese unergründlich tiefen Augen. Wie ein Reh im Scheinwerferlicht eines herannahenden Autos. »Es ist keine schöne Geschichte … ich glaube nicht, dass du sie hören möchtest.« Nervös stehe ich auf, um das Geschirr abzuräumen.

Seine Hand greift nach meinem Handgelenk. »Doch!«

Dieses eine Wort erfreut mich, und gleichzeitig lässt es ein Frösteln meine Haut emporkriechen. Dahin ist mein Grundsatz, niemandem mehr von damals zu berichten.

»Also gut. Dann bin ich Scheherazade und erzähle dir ein Märchen aus Tausend und einer Nacht. Aber ich warne dich vor – es hat kein gutes Ende, wie du dir sicherlich schon denken kannst.«

Die helle Deckenbeleuchtung ist aus, sodass wir nur beim Schein von zwei Kerzen beieinandersitzen.

»Es war einmal ein junges Mädchen, das, wie so viele andere Mädchen auch, von einem Prinzen träumte, der um sie kämpfen und sie auf Händen tragen würde. Und wenn sie nicht gestorben sind, dann leben sie noch heute. So hatte sie es sich immer gewünscht, und so sollte es auch sein.

Nachdem sie lange, lange gewartet hatte und der besagte Prinz nicht auftauchte, verliebte sie sich in den falschen Mann. Warum? Das ist ein Rätsel, das zu ergründen bisher niemandem zustand. Auch dem Mädchen selbst nicht.

Aber letztlich zerbrachen ihre Träume und ihr Herz. Sie erwachte und stand mitten in dem Scherbenhaufen ihrer Seele. Gedemütigt durch körperliche Züchtigung, betrogen durch Untreue, war es schwierig für sie, sich einen Weg durch die Scherben zu bahnen, ohne dass sie sich noch mehr verletzte. Doch sie schaffte es.

Sie leckte ihre Wunden, und langsam zog etwas in ihrem Herzen ein, etwas Kleines, Zartes, das zu einer neuen Seele heranwuchs. Stärker, härter, nicht mehr so verträumt und romantisch. Aber sie war wieder da. Lebte! Skeptisch und nun ständig alles hinterfragend, trat sie in die Welt hinaus und begann ein neues Leben. Ein Leben ohne Mann, aber ein Leben in Würde.«

Als ich fertig bin, ist er ganz still. Er sieht von der Kerzenflamme auf, und sein Blick ist fast schon als hart zu bezeichnen. Hatte ich etwas Falsches gesagt? War er wütend auf mich?

»Was hat er dir angetan, Marie?«, fragt er, während er über den Tisch nach meiner Hand greift.

Ich muss mich beherrschen, ihm den Arm nicht zu entreißen. »Wie gesagt, es ist lange her. Die Narben sind verheilt. Lass uns nicht mehr darüber sprechen, das ist es nicht wert. Das war er nie.« Ich bin erleichtert, dass seine negativen Gefühle nicht mich als Ziel haben. Dieser Blick von ihm war beängstigend. »Alles, was mit dir zu tun hat, ist es wert, dass man darüber spricht. Du bist etwas Besonderes, Marie. Und das nicht nur, weil du die Gabe hast. Du bist empfindsam, zerbrechlich, gleichzeitig stark und kämpferisch, wunderschön … Mir fallen noch Hunderte dieser Attribute ein, die dich beschreiben.« Sanft streicht sein Daumen über meinen Handrücken. Dann richtet er sich abrupt auf. »Du bist vom gleichen Blut wie ich. Es ist doch selbstverständlich, dass du etwas Besonderes bist.«

Meine Gefühle fahren Achterbahn, was mich total verwirrt. Einerseits fühle ich mich geehrt, dass ein Mann wie Richard, der weiß Gott an jeder Hand hundert Frauen haben könnte, so mit mir spricht. Andererseits bin ich schockiert über das Chaos, das diese wenigen Worte in meinem Inneren auslösen. Was mir bleibt, ist die Flucht, also entziehe ich ihm meine Hand, schalte das Licht wieder ein und fange an, den Tisch abzuräumen. Während ich das tue, beobachtet er mich, jede meiner Bewegungen, was mich nur noch nervöser macht.

Als ich fertig bin, bringe ich lediglich zwei Sätze zustande und kann ihm dabei auch nicht in die Augen schauen. »Ich geh' jetzt schlafen … wo das Gästezimmer ist, weißt du ja. Schlaf gut. Bis morgen.«

Er akzeptiert den Rückzug und lässt mich gehen. Erleichtert, aber auch enttäuscht, gehe ich hoch in mein Schlafzimmer.

* * *

Als ich gerade den Frühstückstisch fertig gedeckt habe, kommt Richard gut gelaunt vor sich hin pfeifend in die Küche.

»Guten Morgen, schöne Blume.« Frech setzt er sich, lächelt mich an und gießt sich einen Kaffee ein.

»Guten Morgen, du Kaktus.« Provozierend hebe ich die Augenbrauen und schaue auf seine Stoppeln, die sich dunkel auf seinem Gesicht bemerkbar machen.

Zufrieden greift er nach einer Scheibe Brot. »Was hast du heute vor? Du siehst so verändert aus.«

Ich habe das Bürooutfit an, den weinroten Hosenanzug. Es ist mein Lieblingsteil, da ich mich darin ein wenig erhaben fühle. »Ich fahre gleich nach Berlin. Es ist Freitag. Freitags habe ich immer eine Besprechung im Büro. Wenn du möchtest, kannst du mitkommen. Dann zeige ich dir Berlin und stelle dir meine Großmutter vor, deine Tante.«

»Keine schlechte Idee. Soll ich mich noch rasieren?«

Ich fange an zu kichern. »Nur wenn du das willst. Lass uns frühstücken. Abfahrt ist in einer halben Stunde.«

In Berlin angekommen, verliert Richard doch ein wenig seiner Coolness und starrt fasziniert aus dem Fenster. Ich versuche, die Umgebung mit seinen Augen zu sehen, und verstehe, warum er so erstaunt ist. Die vielen Autos, die Doppeldecker-Busse, die riesigen Häuser, blinkende Reklametafeln, Frauen in aufreizender Kleidung und es gibt jede Menge anderer Dinge, die seine Aufmerksamkeit erregen müssen.

Er steckt es verhältnismäßig gut weg. Das Büro des Verlags ist am Potsdamer Platz, dort fahre ich in die Tiefgarage. »Mit hochnehmen kann ich dich nicht. Aber da an der Ecke ist ein Coffeeshop, ein Kaffeehaus. Da kannst du einen Tee oder Kaffee trinken, Zeitung lesen und Leute beobachten. Es dauert ungefähr eine Stunde. Vielleicht etwas länger. Warte bitte dort, sonst finden wir uns in diesem Gedränge nie wieder.« Mir ist schon ein bisschen bange bei der Vorstellung, dass Richard hier allein umherirrt.

»Selbstverständlich, Herr General, ich werde bei einer Tasse Kaffee die Stellung halten.« Zackig salutiert er vor mir.

Das sieht so formvollendet aus, dass mir bewusst wird, wie wenig ich eigentlich über ihn weiß. War er beim Militär? Was macht er beruflich? Welche Bücher mag er?

Lächelnd winke ich ab und gehe durch die Drehtür Richtung Büro.

* * *

Die Sitzung zieht sich hin wie Kaugummi. Konzentration ist mir heute eindeutig ein Fremdwort. Pausenlos wandern meine Gedanken zu Richard und zu den Eindrücken, die er zu verarbeiten hat, während er an seinem Kaffee nippt. Warum ich an diesen Besprechungen überhaupt teilnehmen muss, habe ich bis jetzt noch nicht verstanden. Wenn ich mich recht entsinne, habe ich noch nie einen Beitrag zu den Entscheidungen geleistet. Wie auch, ich bin Übersetzerin. Aber meine Vorgesetzte denkt, es wäre gut für das Wir-Gefühl der Angestellten.

Fast seufze ich vor Erleichterung auf, als ich das Büro verlasse und den Weg zum Coffeeshop einschlage.

Richard ist nirgends zu sehen. Nun stöhne ich doch, aber vor Entsetzen. Wo kann er sein?

Ich warte kurz – vielleicht ist er ja nur zur Toilette gegangen. Aber nach zwei, drei Minuten ist er immer noch nicht da und meine Panik eindeutig gewachsen. Leise vor mich hin fluchend, mache ich mich auf die Suche nach ihm.

Vor dem Eingang schaue ich mich um, dann entdecke ich ihn. Den Kaffee in einem To-go-Becher, lehnt er fasziniert an der Bande der Eiskunstlauffläche und beobachtet die Menschen, die sich hier amüsieren. Lachende Kinder, die versuchen, Pirouetten zu drehen, entsetzte Eltern, die zu ihren am Boden liegenden Kleinen eilen, und ein paar Profil-Neurotiker, die unbedingt ihrer Umwelt zeigen möchten, wie gut sie auf den Kufen sind.

»Na, schöner Mann, schon was gesehen, das Ihnen gefällt?« Lässig stelle ich mich neben ihn und schaue mir das Schauspiel ebenfalls an.

Er dreht sich zu mir. »Ja, bereits heute Morgen.« Seine Augen sind dunkel, und es scheint, als blicke er mir direkt in die Seele.

Ich schlucke, und meine Lässigkeit ist dahin.

* * *

Wir erkunden die Stadt mit dem Auto und gehen zwischendurch eine Currywurst essen, typisch für Berlin, zumindest in der heutigen Zeit.

Ich zeige ihm das Brandenburger Tor, die Museumsinsel, den Berliner Dom, das rote Rathaus, das Schloss Charlottenburg. Irgendwann schaut er mich schmunzelnd an.

»Was ist?«, frage ich verblüfft.

»Marie, ich war schon mal in Berlin. Die ganzen alten Gebäude, die du mir hier vorstellst, sind zwar schön, aber ich kenne sie bereits. Allerdings waren sie da noch etwas neuer und auch eleganter anzusehen«, sagt er lachend.

»Ach ja.« Ein ziemlich hirnloser Kommentar, doch mir fällt nichts anderes ein.

Richard kugelt sich mittlerweile vor Lachen auf dem Beifahrersitz. Ich knuffe ihn in die Seite.

»Okay, dann werde ich dir noch etwas zeigen, das es damals definitiv nicht gab.«

Unser Weg führt zum Alexanderplatz. Der riesige Turm, der vor uns aufragt, ist 368 Meter hoch und ein wirklich imposantes Gebäude.

Da zurzeit keine Ferien sind, müssen wir uns nicht lange anstellen, um in den Fahrstuhl zu gelangen.

»Wusstest du, dass der Fernsehturm das höchste Bauwerk Deutschlands ist? Nein, woher auch. War nur Spaß!«, erkläre ich schnell, als ich seinen bösen Blick auffange.

Oben bestaunen wir gemeinsam die Aussicht, die heute wirklich phänomenal ist. Man kann ganz Berlin überblicken, kein Dunstschleier trübt die Sicht. Zusammen versuchen wir, in der Ferne die verschiedenen Gebäude zu erkennen. Immer wieder berühren sich unsere Hände oder Schultern, und die Spannung, die sich zwischen uns aufbaut, ist beinahe greifbar. Doch irgendwann müssen wir wieder nach unten. Der Fahrstuhl ist keinem von uns geheuer. Ich bin froh, als wir ankommen, da ich ein mulmiges Gefühl im Magen hatte.

»Gut, das hatte ich von Berlin noch nicht gesehen, touché.« Als wir zurück zum Auto schlendern, reicht er mir seinen Arm, und ich hake mich bei ihm ein.

»Das hatte ich auch nicht erwartet. Jetzt lass uns zu meiner Großmutter fahren, sie wartet sicherlich schon.«

Er bleibt stehen und schaut mich ernst an. »Weiß sie, dass ich mitkomme?«

Ich zucke mit den Schultern. »Ehrlich gesagt, nein. Wie hätte ich ihr erzählen können, wen ich zum Essen mitbringe?«

»Ja, da hast du wohl recht. Ich hoffe, sie ist nicht allzu schockiert, wenn sie erfährt, wer ich bin. Oder möchtest du es ihr lieber verschweigen?«

»Nein, auf keinen Fall, sie hat ein Recht darauf zu wissen, wer du bist. Als Erstes wird sie schockiert sein, dass ich überhaupt jemanden mitbringe. Ich glaube, das ist noch nie vorgekommen, jedenfalls nicht ohne vorherige Ankündigung. Aber keine Angst, meine Oma wird das schon verkraften.«

* * *

Da ich immer noch den Schlüssel zur Wohnung besitze, benutze ich ihn auch und mache erst drinnen auf mich aufmerksam.

»Ich bin da, Oma!«

»Ja, ich bin im Wohnzimmer, bin wohl etwas eingeschlafen.« Lächelnd nehme ich Richards Hand und ziehe ihn zu Großmutter Ella.

»Oma, ich habe jemanden mitgebracht.« Als wir eintreten, sehe ich noch, wie sie schnell von ihrem Sofa aufspringt und die gehäkelten Kissen richtet.

Ich stelle die beiden einander vor. Als ich Oma erkläre, wer Richard ist, ist sie doch etwas vor den Kopf geschlagen, lässt sich auf die Couch sinken und bekommt kurzfristig keinen Ton heraus.

»Ich dachte auch, es wäre besser gewesen, wenn Marie Sie vorgewarnt hätte …« Richard versucht sich für die Überraschung zu entschuldigen, was Oma aus ihrer Erstarrung reißt.

»Papperlapapp, wie hätte sie mich denn telefonisch darauf vorbereiten sollen? Dann doch besser von Angesicht zu Angesicht.« Dabei macht sie eine wegwerfende Handbewegung.

»Siehst du, was habe ich dir gesagt!« Ich kann ein selbstzufriedenes Grinsen kaum unterdrücken – eindeutig richtig entschieden.

Oma dirigiert uns an den rustikalen Esszimmertisch, wo sie bereits für den Nachmittagstee gedeckt hat. Sogar Kerzen und Blumen stehen auf dem Tisch.

»Setzt euch, ich hole nur schnell ein drittes Gedeck. Und dann berichtet ihr mir alles. Wirklich alles. Ich platze fast vor Neugier.«

Richard erzählt ihr alles, was seit meinem letzten Besuch passiert ist. Wie ich ihn gefunden habe und wie wir uns gegenseitig geheilt haben.

»Das ist ja, als wenn ihr zwei zusammenpassende Teile seid. Solange ihr zusammenbleibt, könnt ihr euch schützen und helfen. Kaum zu glauben. Aber offenbar wahr!« Oma ist total euphorisch.

Richard räuspert sich. »Ja, aber dennoch sind wir nicht unbesiegbar, Frau Sage.«

»Nein, Richard, das seid ihr nicht, aber doch ein sehr gutes Team. Jetzt lass mal diese förmliche Anrede, ich bin Tante Ella. Einverstanden?« Sie lächelt und bietet ihm eine Umarmung an, die Richard bereitwillig annimmt.

»Gern, Tante Ella. Es ist wirklich schön, dich kennenzulernen. Du ähnelst in vielem deiner Mutter. Dieses forsche, alles bei den Hörnern packende Selbstbewusstsein hast du mit Sicherheit von ihr. Sie trug ihr Herz auch immer auf der Zunge. Marie ist da irgendwie aus der Art geschlagen. Bei ihr weiß ich nie, was sie denkt.« Der Blick, den er mir zuwirft, ist auch nicht gerade eindeutig.

Also sage ich: »Dasselbe kann ich von dir auch sagen.«

Da ist es wieder, dieses Lächeln, mit dem er mein Herz so schnell erobert. »Dann sind wir ja quitt. Du kannst mich jederzeit fragen, wenn du dir nicht sicher bist, wie ich etwas meine. Jederzeit.«

Oma hilft mir aus dieser peinlichen Situation: »Richard, was machst du eigentlich beruflich? Wie sah dein Werdegang bisher aus? Wie alt bist du? Bist du verheiratet oder verlobt?«

»Nein, weder verheiratet noch verlobt. Ich bin 27 Jahre alt und wurde im Jahre des Herrn 1816 geboren, genauer gesagt am 21. Februar.«

Großmutter und ich schnappen gleichzeitig nach Luft und schauen uns an. »Das gibt es doch nicht! Ich bin am gleichen

Tag geboren worden, natürlich nicht im selben Jahr«, entfährt es mir.

Schmunzelnd erzählt er weiter: »Ja, das wusste ich, da meine Großmutter mir das schon gesagt hat. Wer weiß, vielleicht hat das ja etwas zu bedeuten.«

Wieder einmal versinken unsere Blicke ineinander.

»Aber nun zurück zu deiner Geschichte.« Oma kann es scheinbar nicht erwarten, den Rest zu hören.

»Nach dem Abitur bin ich zur Universität gegangen, die übrigens hier in Berlin war. Was dir, Marie, vielleicht erklärt, warum ich schon so viel von dieser schönen Stadt gesehen habe.« Ernst schaut er mich an. »Jedenfalls habe ich an der Friedrich-Wilhelms-Universität studiert, ich glaube, sie heißt heute Humboldt-Universität. Ich habe das Studium der Medizin abgeschlossen und jetzt habe ich die Ehre, mich Doktor der Medizin zu nennen. Allerdings habe ich mit Großmutters Hilfe in dieser Zeit das Studium fortgesetzt. Sie besorgte mir immer alle mögliche Literatur in den Bibliotheken, sodass ich mein Wissen noch vertiefen konnte. In unserem Dorf praktiziere ich als Arzt.«

Oma und ich hängen beide an seinen Lippen, dann legt ihm Oma ihre Hand auf den Unterarm und beglückwünscht ihn zu seinem exzellenten Werdegang. Sie ist sichtlich beeindruckt.

»Vielleicht kannst du ja als Gasthörer an den Vorlesungen der Uni teilnehmen. Du könntest dann bei mir wohnen. Maries bisheriges Zimmer steht leer.«

Mir wird bewusst, dass sie einsam ist und sich wirklich freuen würde, wenn ihr Neffe einige Zeit bei ihr sein würde. Ein schlechtes Gewissen macht sich in mir breit.

»Wenn alles geregelt ist, werde ich bestimmt mal darauf zurückkommen, aber erst muss ich wissen, wie es dem Rest meiner Familie geht, bevor ich mich weiteren Studien widmen kann. Ich danke dir trotzdem vielmals für das Angebot.« Richard freut sich über die Herzlichkeit seiner Tante, das kann man ihm ansehen. Völlig unbefangen redet er mit ihr.

»Also willst du wirklich zurückgehen?« Oma hielt das bisher nicht für möglich, da sie nun einen entsetzten Gesichtsausdruck an den Tag legt.

Richard legt ihr tröstend den Arm um die Schulter. »Selbstverständlich, ich kann die meinen unmöglich im Stich lassen. Sobald ich wieder hier bin, komme ich dich besuchen und werde mir mal meine alte Uni anschauen. Mach dir keine Sorgen, Tante Ella.«

»Schluss jetzt mit den Sentimentalitäten. Oma, was gibt es denn zum Abendessen?« Hunger habe ich keinen, aber wenn Oma sich mal emotional in etwas hineinsteigert, endet das nachher noch in Heulerei, und das möchte ich Richard nun wirklich ersparen.

»Ich habe Hühnerfrikassee gemacht.« Ein wenig vor den Kopf geschlagen steht sie auf, aber die Sorge um Richard ist weiterhin in ihrem Gesicht zu sehen. Sie hat ihn, genau wie ich, schon nach kurzer Zeit sehr gern.

»Das hört sich vielversprechend an.« Richard bemüht sich, sie ein wenig abzulenken, und ich versuche, es ihm gleichzutun.

»Ja, das ist es auch. Oma macht das leckerste Hühnerfrikassee weit und breit!«

KAPITEL 7

Januar 2013

Ich renne durch einen dunklen Wald und weiß weder wo, noch in welcher Zeit ich mich aufhalte. Ich fühle mich gehetzt. Hinter mir höre ich aufgebrachte und laute Männerstimmen. Sie sind hinter mir her. Ich habe Todesangst. Meine Flucht führt immer weiter, bis ich plötzlich über eine große Baumwurzel stolpere, die aus dem Nichts zu kommen scheint. Als ich gerade wieder aufstehen will, packt mich jemand grob an meinem Kleid. Ich schlage wild um mich, versuche mich zu befreien, schreie – und genau in diesem Moment werde ich wach.

Schweißgebadet, mit ausgedörrter, wunder Kehle und am ganzen Körper zitternd. Immer noch in den Fängen dieser kaum auszuhaltenden Angst. Hektisch suche ich den Schalter der Nachttischlampe, um nicht weiter in dieser alles verschlingenden Dunkelheit zu sitzen. Mir ist, als würden von überall her grobe Hände nach mir greifen und ein warmer Atem über meine Wange streichen.

Dann erwische ich endlich den Lichtschalter, und das Schlafzimmer wird in einen gelblichen Schein getaucht. Erleichtert atme ich auf. Alles wirkt still und friedlich, nur in mir tobt noch ein Tornado der Gefühle. Langsam beruhige ich mich, und mein Puls nimmt wieder seinen gewohnten Rhythmus an.

Ein Albtraum! So etwas hatte ich schon lange nicht mehr. Ich versuche, den Traum festzuhalten, ihn nicht zu vergessen.

Immer neue Einzelheiten fallen mir ein. Das war nicht ich, zumindest war das nicht mein Körper, auch wenn ich das Gefühl hatte, als wäre ich auf der Flucht. Nein, das war nicht ich in diesem furchtbaren Traum … die Frau war groß und hatte lange blonde, lockige Haare, und sie trug Kleider, die aus einer längst vergangenen Zeit stammten. Was hatte das zu bedeuten? Der Angstklumpen in der Magengegend nagt noch an mir.

Mein trockener Mund und die Zunge aus Sandpapier treiben mich aus dem Bett und in die Küche, aus der ich mir ein großes Glas Wasser hole. Andächtig genieße ich, wie das kühle Nass meine Kehle hinunterläuft. Ich habe das Gefühl, die Flüssigkeit verdunstet bereits dort, bevor sie überhaupt im Magen ankommen kann. Das Ticken der antiquarischen Küchenuhr beruhigt mich langsam, und der Rhythmus meines Herzens passt sich diesem Tick-Tack an. Ich setze mich auf das alte Küchensofa und ziehe die Beine an, umschlinge sie mit den Armen, da mir nun doch ein wenig kalt wird. Zurück in mein Schlafzimmer möchte ich nicht.

Da höre ich ein Geräusch, ganz leise, sodass ich mir zuerst nicht sicher bin, es überhaupt gehört zu haben. Es kommt von irgendwoher aus dem Haus. Vorsichtig horche ich auf. Nichts. Dann blicke ich durch die offene Küchentür in den dunklen Flur.

Unter der Tür, die zu dem leer stehenden Raum führt, in dem früher einmal der Ziegenstall untergebracht war, sehe ich einen Lichtschein.

Ängstlich und mit zitternder Hand suche ich aus meiner Handtasche das Pfefferspray heraus, das ich immer dabei habe.

Als Berlinerin trägt man so etwas bei sich, wie andere das Handy und den Geldbeutel. Es gehört dort einfach zur Grundausstattung einer Frau.

Darauf bedacht, kein Geräusch zu machen, schleiche ich mich langsam an die geschlossene Tür heran. Ich berühre die Klinke, die sich kalt unter meinen Fingern anfühlt, in der anderen Hand halte ich krampfhaft die Spraydose. Ich merke, wie mein Herz schon wieder anfängt zu rasen. Pures Adrenalin schießt mir durch die Venen.

Entschlossen öffne ich die Tür.

Was ich nun sehe, beruhigt mich zwar ein wenig, lässt aber einige Fragen offen.

Auf dem Boden sitzt Richard im Schneidersitz, vor ihm steht eine alte Holzkiste. Schnell packt er einen vergilbten Briefumschlag zurück in die Kiste, als hätte er etwas zu verheimlichen.

»Was machst du hier?«, entfährt es mir.

Erschrocken sieht er auf. »Das könnte ich dich auch fragen. Warum geisterst du wie ein Gespenst und spärlich bekleidet durch das Haus und erschreckst mich fast zu Tode?« Schnell schließt er die Truhe. Es ist offensichtlich, dass er nicht möchte, dass ich den Inhalt sehen kann.

Erst jetzt wird mir bewusst, dass ich nur in einem dünnen weißen Nachthemd vor ihm stehe, dazu noch völlig zerzaust und verschwitzt. Das wäre sicherlich zu seiner Zeit sehr unschicklich gewesen. Eigentlich ist es auch heute nicht tolerierbar, schließlich kennen wir uns kaum.

»Ich hatte einen Albtraum und bin wach geworden. Dann hörte ich hier drin ein Geräusch.«

Geschmeidig erhebt er sich, und ich kann nicht umhin, ihn mit einer Raubkatze zu vergleichen. Gefährlich langsam kommt er auf mich zu, streicht mit einem Finger über meine Wange und sagt: »Es tut mir leid, wenn ich dir Angst gemacht habe.«

Seine Stimme ist so tief, rau und leise, dass ich mich automatisch ein wenig entspanne, aber gleichzeitig steigt in mir eine Nervosität auf, die meinen Herzschlag flattern lässt. Die Knie drohen unter mir nachzugeben.

»Ich habe keine Angst vor dir.« Ich versuche den Blick gesenkt zu halten, da ich genau weiß, welche Wirkung seine Augen auf mich haben.

»Du solltest vielleicht doch Angst haben, Marie. Es ist mitten in der Nacht, du bist nur mit einem Hauch von Nichts bekleidet. Ich bin auch nur ein Mann. Kein Heiliger.« Mittlerweile streicht seine Hand sanft an meinem Hals entlang, zu meinem Nacken hin, und ich vergesse zu atmen.

»Ja, vielleicht hast du recht«, bringe ich hervor. Schnell drehe ich mich um und renne fast aus dem Raum. »Gute Nacht.«

Ich höre noch, wie auch er den Atem gepresst ausstößt, den er scheinbar genau wie ich angehalten hatte. Immer zwei Stufen auf einmal nehmend, stürme ich die Treppe zum Schlafzimmer hinauf.

* * *

Oben angekommen bleibe ich schwer atmend mit dem Rücken an der eiskalten Schlafzimmertür stehen, als hätte ich Angst, Richard würde mir nachkommen und ich müsste irgendwie verhindern, dass er in mein Zimmer vordringt. Das ist nun schon das dritte Mal, dass ich aus einer solchen Situation mit ihm flüchte.

Wie bringt mich dieser Mann dazu, mich wie eine Pubertierende zu benehmen? Das ist mir noch nie passiert, dass ich so die Kontrolle über mich verliere. Unfassbar. Ist das kitschig und theatralisch, ich erkenne mich selbst kaum wieder.

Langsam beruhige ich mich, aber an Schlaf ist nun nicht mehr zu denken. Da ich aus meinen Fehlern gelernt habe, ziehe ich mir eine Jogginghose und ein altes Sweatshirt an, bevor ich nach unten schleiche.

Alles ist still, genau wie vorhin. Ich weiß nicht, ob Richard schon in seinem Zimmer oder noch im ehemaligen Ziegenstall ist.

Was hat er dort wohl getrieben? Im Nachhinein habe ich das Gefühl, dass er dort etwas vor mir verbergen wollte.

Ich kann die zärtliche Berührung seiner Hände auf meiner Haut immer noch spüren. War diese kleine sexuelle Anspielung nur ein Ablenkungsmanöver, damit ich die Flucht ergreife? Na, dann war er erfolgreich. War eigentlich klar, dass so ein Typ wie Richard nicht auf so ein graues Mäuschen wie mich steht.

Aber was war in dieser hölzernen Kiste? Was hat Uroma Lizzy dort für ihn versteckt oder aufbewahrt?

Die Neugier frisst an mir wie Säure. Ich konnte noch nie damit leben, ein Rätsel nicht lösen zu können.

Vielleicht hilft mir eine warme Milch, um dem Gedankenkarussell ein wenig die Fahrt zu nehmen.

In dem Moment, als ich die Milch aus der Mikrowelle hole, räuspert sich mein Feriengast viel zu nah hinter mir. Erschrocken zucke ich zusammen und lasse fast die Tasse fallen.

»Entschuldige Marie, ich wollte dich nicht erschrecken, aber ich dachte, wenn ich jetzt an dir vorbei nach oben schleiche, ist das auch nicht richtig.«

»Ja, stimmt.« Ich merke selbst, wie schroff die Worte klingen. Unhöflich bleibe ich mit dem Rücken zu ihm stehen und trinke meine Milch.

Doch als ich nach einiger Zeit immer noch nicht das Gefühl habe, dass er gegangen ist, drehe ich mich um.

Trotz meiner Skepsis ihm gegenüber und der vielen Fragen, die unbeantwortet zwischen uns stehen, starre ich ihn dümmlich an und bekomme den Mund nicht auf. »Ich wollte dir erklären, was ich da vorhin im Stall getrieben habe.« Offenbar unsicher zuckt er mit den Schultern und sieht mich eindringlich an.

Vorsichtig stelle ich die Tasse auf die neue Anrichte und drehe mich wieder zu ihm. »Du musst mir nichts erklären. Obwohl ich sagen muss: Ich war schon lange nicht mehr so neugierig.« Die Arme vor der Brust verschränkt, warte ich auf eine Antwort seinerseits.

»Ich werde deine Neugier stillen. Komm, setzen wir uns.« Er dirigiert mich zum Esstisch, zündet eine Kerze an, löscht die Deckenbeleuchtung und setzt sich zu mir.

»Weißt du, Marie, ich war so oft in diesem Haus, dass ich aufgehört hatte zu zählen. Ständig ertappte ich mich dabei, wie ich mich regelrecht danach gesehnt habe, hierher zurückzukommen. Meine Großmutter, deine Urgroßmutter, sagte, ich könnte kommen, wann immer ich das Bedürfnis hätte. Im Garten unter dem großen Blumentopf hat sie einen Schlüssel für mich versteckt, sodass ich ins Haus konnte. Der Ziegenstall war das Versteck für etwas angebrachtere Kleidung und Erinnerungsstücke, die ich nicht in meine Zeit mitnehmen konnte. Darunter waren zum Beispiel Fotografien von Großmutter und mir.«

Das erklärt natürlich die Kiste. Der Blick, den er mir zuwirft, bittet um Verständnis.

»Das war es, was ich mir gerade im Stall angeschaut hatte, als du reinkamst. Ich schwelgte in Erinnerungen und war einfach fürchterlich sentimental in diesem Moment. Mich hat ihr Tod sehr getroffen. Sie war meine engste Vertraute. Mit ihr konnte ich über alles sprechen wie mit niemandem sonst. Nun, ab jetzt vielleicht mit dir.«

Ich nicke bekräftigend.

»Schließlich haben wir ja offenbar das gleiche Problem, oder wie alle anderen so schön sagen: Wir besitzen beide die Gabe. Von meiner wussten nur Großmutter und Großvater.

Wir hielten es vor allen geheim, um die Familie und auch mich vor der Willkür der anderen Menschen zu schützen.« Er starrt auf seine großen schmalen Hände und scheint genau wie ich gar nicht zufrieden damit zu sein, dieses außergewöhnliche Geschenk vom lieben Gott bekommen zu haben.

Dann schaut er mich ernst an. »Was hattest du so Schreckliches geträumt, dass du mitten in der Nacht hier herumgeirrt bist?« Seine Hand berührt ganz vorsichtig meine, sein Blick sucht meinen. »Marie? Bitte, lauf nicht schon wieder davon.« Seine Stimme ist dunkel und weich wie Samt, allein ihr Klang versetzt meine Seele in Aufruhr.

»Ich laufe doch nicht weg. Es ist nur alles etwas verwirrend für mich.« Ich widerstehe dem Impuls, ihm meine Hand zu entziehen, und beschreibe ihm den Traum. Als ich ihm erzähle, wie die Frau aussah, spannen sich seine Muskeln an.

»Hast du von irgendeiner Person ein Gesicht sehen können?«

»Nein, aber warum regt dich das so auf … es war doch nur ein Traum?«

»Großmutter hat mir erzählt, dass die Frauen mit der Gabe hin und wieder Träume ereilen, die ihnen Zukunftsvisionen bringen. Oder sie zeigen, was auf der anderen Seite des Baumes passiert. Die Frau, die du beschreibst, könnte meine Schwägerin sein.« Nun schleicht sich ein ängstlicher Unterton in seine Stimme, was mir eine Gänsehaut verursacht. »Was, wenn die Häscher sie gefunden haben? Wenn ich nach der abgemachten Zeit zurückgehe, sind sie vielleicht alle nicht mehr am Leben. Oh Gott, was soll ich nur tun? Ich kann doch nicht hierbleiben und sie im Stich lassen.« Verzweifelt schlägt er die Hände vor das Gesicht.

Es schockiert mich, ihn so hilflos zu sehen. Er, der immer so erhaben über die menschlichen Probleme hinwegsieht, sodass er einem manchmal fast schon arrogant vorkommt.

»Richard?« Vorsichtig lege ich ihm die Hand auf seine breite Schulter. »Wenn es so war, wie du denkst, haben sie deine Familie wohl bereits gefangen. Wenn …! Aber vielleicht war es wirklich nur ein Traum. Bitte überstürze nichts.« Während ich rede, merke ich selbst, wie sehr mich der Gedanke ängstigt, ihn wieder gehen zu lassen. Gehen zu lassen in eine Zeit, die gefährlicher ist, als mir lieb ist.

»Wenn es keiner war, muss ich zurück. Sie brauchen meine Hilfe.«

»Genau das ist es, was diese Leute wollen – sie wollen unsere Familie ausrotten. Wenn du zurückgehst und sie kriegen dich, dann haben sie das, was sie immer wollten. Das wusste mit Sicherheit auch dein Großvater. Die große Zeitspanne hat er bestimmt mit Absicht so kalkuliert. Ich schätze, dieser Mann macht nichts ohne Grund.«

»Ich kann sie doch nicht im Stich lassen.« Resigniert schüttelt er den Kopf.

»Nein, natürlich nicht, aber wenn du gehst, gehe ich mit.« Bevor ich mir der Tragweite der Worte überhaupt bewusst bin, habe ich sie bereits ausgesprochen.

Erschrocken sieht er mich an und steht auf. »Nein, das erlaube ich dir nicht!«

Ich springe entrüstet von dem Stuhl, der dabei fast umkippt. »Also Moment mal, warum denkst du, dass ich auf deine Erlaubnis angewiesen bin?« Empört stemme ich die Hände in die Hüften.

»Na, weil ich dein einziger männlicher Angehöriger hier bin.« Er legt die Hände auf meine Schultern und sieht auf mich herab, was mich nur noch mehr aufregt.

»Nun mal langsam. In meiner Zeit sind Frauen nicht auf die Einwilligung von Männern, ob nun verwandt oder nicht, angewiesen. Ich bin durchaus in der Lage, Entscheidungen selbstständig zu treffen.« Ich versuche, mich seinem Griff zu entwinden.

»Ja, das habe ich bereits bemerkt.« Sein Schmunzeln treibt mich dazu, ihm ordentlich vor die Brust zu boxen. Als ich mich abwenden will, um mal wieder zu flüchten, zieht er mich in eine Umarmung. Einen Arm fest um mich gelegt, nimmt er mit der Hand des anderen Arms mein Kinn und zwingt mich so, ihm in die Augen zu schauen. Fast schon erwarte ich, erneut den leisen Spott darin zu sehen, doch es ist etwas anderes. Eine Leidenschaft strahlt aus diesen grünen Augen, die noch eine Spur dunkler werden, und meine Knie werden weich, aber er hält mich fest. Dann senkt er ganz langsam den Kopf und küsst mich.

* * *

Wow! Das ist der einzige Gedanke, zu dem ich fähig bin. Das ist also der Stoff, von dem in Liebesromanen oder kitschigen Hollywood-Schnulzen immer erzählt wird.

Es schnürt mir die Luft ab, und mein Herz schlägt wie ein Presslufthammer. In meinem Magen fliegen so viele Schmetterlinge, dass ich theoretisch schon vom Boden abheben müsste. Nie zuvor habe ich so etwas gespürt. Als er seinen Mund von meinem löst, bleibe ich mit geschlossenen Augen stehen und versuche, genug Sauerstoff einzuatmen, damit in meinem Gehirn keine Unterversorgung herrscht. Meine Lider öffnen sich zaghaft, und ich schaue in dieses wundervolle Grün. Tiefes Verlangen blickt mir daraus entgegen. Ich kämpfe gegen den Impuls an, wieder einmal die Flucht zu ergreifen, und warte ab, wie er sich verhalten wird.

Sein Daumen streicht über meine Unterlippe. »Das war interessant.«

Interessant? War er noch bei Verstand? Interessant ist eine neue technische Erfindung – aber das hier war Wahnsinn! Nie hätte ich gedacht, dass mich ein einziger Kuss dermaßen aus der Bahn werfen könnte.

»Nun, interessant ist nicht ganz das richtige Wort«, gebe ich etwas schnippisch zurück. »Du küsst sehr gut. Übung hattest du offenbar genug, auch ohne Ehefrau.«

»Ja, ein wenig.«

Aha, ein Genießer, der schweigt. Aber sein überhebliches Grinsen macht mich wütend. Wieder einmal.

Ich versuche mich aus dem Bann der Geschehnisse zu befreien, indem ich mich umdrehe und die leere Tasse in den Geschirrspüler räume.

Ein leichtes Poltern im Flur lässt mich zusammenfahren. Richard ist nicht mehr in der Küche. Diesmal hat er die Flucht ergriffen.

Super, wieder einen tollen Mann vertrieben. Entweder ich flüchte, oder ich schlage jeden potenziellen Anwärter auf den Job des festen Freundes an meiner Seite in die Flucht. Das muss auch erst einmal gelernt sein. Und doch wird er nie diese Rolle in meinem Leben einnehmen können. Schließlich verbindet und trennt uns unsere Verwandtschaft auf ihre Weise.

Nachdem ich das helle Küchenlicht ausgeschaltet habe und auf dem Weg nach oben bin, überlege ich es mir anders und schlurfe zum alten Ziegenstall. Wie ich es vermutet hatte, finde ich Richard dort. Mit der großen Kiste in der Hand dreht er sich zu mir um.

»Warte bitte. Ich wollte dir noch etwas zeigen.« Als er mir mit dem Kasten entgegenkommt, ist sein Blick ernst und verschlossen.

Langsam folge ich ihm ins Arbeitszimmer, wo er die Kiste auf den Schreibtisch wuchtet.

»Setz dich am besten. Es wird mit Sicherheit ein wenig Zeit in Anspruch nehmen.« Er zeigt auf den Schreibtischstuhl und zieht sich selbst den Besucherstuhl heran. Vorsichtig öffnet er die alte Verriegelung, deren Scharniere quietschen, und schlägt den Deckel zurück.

Auf den ersten Blick erkenne ich ein paar Gegenstände, die in verschiedene Stoffe eingeschlagen sind. Ein kleines, in Leder gebundenes Notizbuch. Briefumschläge. Einen ausländischen Pass.

Richard zieht zielsicher einen Umschlag hervor und reicht ihn mir. Sein Nicken bedeutet wohl, dass ich ihn öffnen soll.

Ich ziehe einen dünnen Stapel Fotos heraus. Auf dem ersten Bild schaut mir eine ältere Version der Urgroßmutter aus meiner Kindheit entgegen, auf dem zweiten ein viel jüngerer Richard. Dann Fotos, die mit Selbstauslöser aufgenommen wurden und beide zusammen auf der Couch sitzend zeigen. Lächelnd. Glücklich. Vertraut.

Ein kleiner Stich trifft mein Herz. Eifersucht. Gern hätte ich meine Urgroßmutter richtig kennengelernt. Wie war sie? Welchen Humor besaß sie? Konnte man mit ihr Pferde stehlen? Oder war sie eher strenger, so wie Oma Ella? Aber egal, wie viele Fragen ich habe, sie würden unbeantwortet bleiben, zumindest von ihr. Richard zu fragen, wage ich mich nicht, da seine Trauer noch so frisch ist.

»Die wollte ich dir zeigen, damit du vielleicht darauf erkennen kannst, wie viel mir Großmutter bedeutet hat. Ich habe bereits einen wertvollen Menschen an diese Schurken verloren. Eindeutig einen zu viel. Ich möchte das nie wieder erleben. Es gibt für mich nur diesen einen Weg, nämlich zurück, um den meinen zu helfen. Versteh mich bitte, ich kann dich nicht mitnehmen. Es ist zu gefährlich. Hier bist du in Sicherheit.«

Ich schaue mir weiter die Bilder an, um keine unüberlegte Antwort zu geben.

Hastig fügt er hinzu: »Versteh mich doch. Ich weiß nicht, was mich dort erwartet. Es wird schon schwer genug werden ohne ein Weib an meiner Seite.«

Mit Bedacht stecke ich die Fotos zurück in den Umschlag und reiche sie ihm. »Kannst du dir vorstellen, welche Ängste ich hier durchstehen werde, bis ich eine Nachricht von dir erhalte – wenn ich überhaupt eine bekommen sollte? Ich kann heilen. Vielleicht wirst du Hilfe brauchen, schließlich kannst du die Gabe nicht bei dir selbst anwenden.« Um die Worte zu unterstreichen, umfasse ich seinen Unterarm. Ich bin total aufgelöst und versuche, ihm die Dringlichkeit meiner Bitte nahezubringen. Doch er steht nur da und schüttelt langsam den Kopf.

»Marie, du weißt noch nicht mal ansatzweise, wie du deine Gabe zu gebrauchen hast. Merkst du, was du gerade tust? Mein Arm fängt gleich an zu schmoren.«

»Was …?« Erschrocken reiße ich die Hand zurück. Wie ist das möglich? Hatte ich wirklich …?

»Es ist so, dass man in emotional aufregenden Situationen die Gabe zurückhalten muss, da man sonst immensen Schaden verursachen kann. Theoretisch könntest du, wenn deine Gabe stark genug ist, durch Handauflegen einen Menschen töten. Vorausgesetzt, du kommst so nah und auch so lange an deinen Gegner heran.« Seine große Hand legt sich auf meine, und sofort durchströmt mich eine angenehme Wärme. Mir entfährt ein sanfter Seufzer, den ich nicht zurückhalten kann.

»Das sind meine Gefühle für dich.«

»Als ich dich kennengelernt habe und du mir deine Hand gereicht hast, wurde es sehr warm. Wie kam das?«

»Was soll ich sagen? Ich habe von einem auf den anderen Augenblick ein wenig die Fassung verloren, da du deine Gefühle mir gegenüber auch ganz offen gezeigt hast.« Schmunzelnd beobachtet er meine Mimik.

»Oh.« Ich merke, wie mir die Röte ins Gesicht steigt. »Dann war das wohl eine gegenseitige Reaktion.«

»Kann man so sagen.« Meine Wange streichelnd, lächelt er mich weiter an.

Erschüttert erkenne ich, dass ich nicht einmal annähernd verstehe, was mit mir geschehen ist, nachdem ich in den Baum getreten bin. »Noch ein Grund mehr, mit dir zu kommen. Nur du kannst mir das alles beibringen.« Eigentlich ein genialer Grund.

Doch Richard ist da offensichtlich anderer Meinung, denn er wendet sich abrupt von mir ab und stöhnt genervt. »Das ist das Problem mit euch Frauen, nie erkennt ihr, wenn ihr einfach mal auf einen Mann hören solltet. Marie, mir liegt etwas an dir.« Sein fast schon verzweifelter Blick sucht meinen. Obwohl die Situation alles andere als schön ist, lässt diese Erklärung es mir doch ein wenig warm um mein Herz werden. Ihm liegt etwas an mir. Gut, an meinem Wellensittich, den ich als Kind hatte, lag mir auch etwas. Blöder Vergleich, der mir gleich wieder das schöne Gefühl nimmt. Masochistisch veranlagt, würde ein Psychologe wohl sagen. Oder ist das normal, dass ich immer alles in Frage stelle? Ich weiß es nicht. Ich bin einfach unsicher, habe nicht viel Erfahrung mit Männern. Woher soll ich denn wissen, wie sie ticken?

»Richard, zusammen sind wir stark, wir können uns gegenseitig helfen und deine Familie … unsere Familie retten!«

Entnervt schießen seine Hände nach oben, doch ich merke, dass der Geste die Spannung fehlt. Er resigniert.

»Gut, wir versuchen es. Wir werden morgen früh deine Kenntnisse vertiefen, damit du wenigstens das Grundsätzliche verstehst und anwenden kannst.«

Ich muss mich bremsen, um nicht euphorisch wie ein Kleinkind im Raum herumzuspringen oder ihn vor Freude zu umarmen, als mir etwas einfällt. »Aber nicht, dass du denkst, du kannst mir heute Nacht einfach so entwischen und zum Baum der Bäume flüchten. Dann komme ich dir hinterher.«

»Ja, das habe ich mir schon fast gedacht. Das ist der Grund, warum ich mich nun für das geringere Übel entschieden habe.«

Na toll, er weiß wirklich, wie man einem die Freude verderben kann.

»Geh schlafen, damit du morgen wohlauf bist. Du wirst deine Kraft und Konzentration benötigen.« Mit diesen Worten lässt er mich stehen und stapft missmutig die Treppe hoch ins Gästezimmer.

Als er die Tür unsanft ins Schloss knallt, zucke ich zusammen.

Plötzlich ist die Angst vergessen, und ich komme mir unheimlich mutig vor. Nur einen klitzekleinen Augenblick denke ich an die Konsequenzen, die mein Tun haben könnte, und an Oma Ella – dann schiebe ich diese Gedanken gleich wieder weg. Mein neues Ich, das mutiger ist als das alte, denkt nicht an Misserfolge. Nein, vielmehr setze ich jetzt einen Erfolg voraus.

Doch dann kommt mir der gerade eben erlangte Sieg plötzlich zu einfach vor. Was hatte ich übersehen? Richard ist bestimmt nicht der Mensch, der so schnell klein beigibt. Ich beschließe, den morgigen Tag einfach auf mich zukommen zu lassen. Positiv denken, Spaß haben.

Langsam gehe ich nach oben in mein Zimmer, da fällt mir wieder der Kuss ein, der so unbeschreiblich war. Empfindet er wirklich dasselbe für mich? Irgendwie erscheint mir das zu schön, um wahr zu sein. Nein, irgendeinen Haken hatte die Sache mit Sicherheit. Die verwandtschaftlichen Verhältnisse sind bestimmt nicht der Rede wert, aber was weiß ich, was in seinem Kopf vorgeht? Rein gar nichts. Immer diese elenden Zweifel.

Ich wälze mich von einer Seite auf die andere und versuche mir darüber klar zu werden, wie ich mit meinen Emotionen für Richard umgehen soll. Mir wird bewusst, dass wir das vor uns liegende Abenteuer am besten bewältigen können, wenn uns solche Gefühle nicht die Sicht auf das Wesentliche vernebeln. Ich entscheide mich, diese Empfindungen vorerst in mir zu verschließen und stattdessen die wichtigeren Probleme bei den Hörnern zu packen. Vorerst.

* * *

Am nächsten Morgen sehe ich das Ganze gar nicht mehr so positiv wie am Abend zuvor. Meine Euphorie angesichts meines Erfolgs Richard gegenüber ist verflogen, und an ihre Stelle sind nun doch Angst und Skepsis getreten. Doch ich nehme mir fest vor, mir das nicht anmerken zu lassen. Als ich in die Küche komme, erwartet mich eine kleine Überraschung. Richard hat uns das Frühstück vorbereitet!

»Das ist aber nett von dir.« Begeistert lächle ich ihn an.

Er dreht sich vom Herd um, wo er gerade ein paar Eier brutzelt, und lächelt zurück. »Ich sagte doch, dass ich dir auch helfe. Das Einzige ist, dass ich mich nicht mit diesem Kaffeeautomaten anfreunden konnte. Würdest du bitte den Kaffee für uns beide machen?«

Ja, mit dem Kaffeevollautomaten muss man erst mal klarkommen. Als ich ihn neu gekauft hatte, brauchte ich fast eine Stunde, um ihn mit Hilfe der Anleitung einigermaßen in Betrieb zu nehmen. Mittlerweile verstehen der Automat und ich uns schon sehr viel besser.

Nach unserem Frühstück, bei dem wir kein einziges Mal den Kuss erwähnen, treffen wir uns im Arbeitszimmer wieder. Als Richard den massiven Schreibtisch zur Seite schiebt und die Notizen von meiner Urgroßmutter, seiner Großmutter, herausholt, wird mir klar, dass es kaum etwas gibt, das sie ihm nicht erzählt hat.

Mit hochgezogenen Augenbrauen schaut er mich vorwurfsvoll an und sagt: »Solltest du diese Aufzeichnungen nicht vernichten?«

Erwischt. »Ja, stimmt. Aber ich dachte mir, dass ich sie vielleicht noch mal brauchen könnte. Ich hätte mir unmöglich alles merken können, was darin stand.« Diesmal habe ich mich zwar nicht wie ein Kleinkind benommen, aber ich fühle mich wie eins. Wie eins, das beim Blödsinn machen ertappt worden ist.

»Nun, wir werden das später nachholen.« Damit lässt er das kleine Ringbuch knallend auf den Tisch fallen. »Die erste Lektion, die du lernen musst: Sei vorsichtig! Wenn man dir sagt, vernichte es, dann, in Gottes Namen, tu es auch!«

Fast hätte ich die Augen verdreht, halte mich aber im letzten Moment zurück, da sein Blick fest in meinem verankert ist. Sein Eindruck von mir ist bereits erbärmlich genug.

* * *

Als ich am frühen Abend vollkommen fertig und angezogen auf dem Bett liege, lasse ich den Tag noch einmal Revue passieren: Das Erste, was Richard mir beibrachte, war, wie ich die Energie steuern kann. Wie es also möglich ist, mit denselben beiden Händen, die heilen können, jemandem enormen Schaden zuzufügen. Das fiel mir sehr schwer, aber dennoch schaffte ich es nach fast zwei Stunden, mit der freigesetzten Energie das Ringbuch vom Tisch zu fegen. Und das, ohne es zu berühren. Ich hielt einfach nur die Finger kurz vor den Block.

Danach erklärte mir Richard ausdrücklich, wie wichtig es ist, meine Träume nicht einfach so abzutun. Ich soll versuchen, sie zu verstehen und zu deuten und nach Möglichkeit aufschreiben, um keine der relevanten Einzelheiten zu vergessen. Er machte den Eindruck auf mich, als wäre er regelrecht sauer, dass diese Gabe so an mich verschwendet wurde. Einig waren wir uns heute kaum mal, immer wieder kam es zu kleinen Reibereien. Es war klar, dass er das alles im Grunde gegen seinen Willen tat.

Richard war ein strenger Lehrer, aber ich lernte schnell. Zwischendurch merkte ich, wie er respektvoll zu mir rüberschaute, wenn ich das, was er mir erklärt hatte, exakt umsetzte.

Wenn ich die Gabe richtig einsetze, kann ich auf Tiere und auf Menschen einen beruhigenden Einfluss nehmen. Nur für den Fall, man würde einem wild gewordenen Löwen oder ähnlichem begegnen. Sehr nützlich.

Unsere Gespräche führten uns dann an den PC, an dem wir gemeinsam versuchten, Hintergrundinformationen zu den Wulfsons zu sammeln. Eine Doktorarbeit zum Thema Hexenverfolgung im späten Mittelalter, die im Internet veröffentlicht wurde, erregte unsere Aufmerksamkeit. Eine Familie mit dem gleichen Namen wurde damals von der katholischen Kirche verfolgt und in inquisitorischen Verhören gefoltert. Hierbei legte das Familienoberhaupt Heinrich Wulfson ein umfassendes Geständnis ab, indem er angab, dass er mit mehreren Zeitreisenden in Kontakt stünde, die über Hexenkräfte verfügen würden. Der Sohn dieses Mannes wurde als Einziger am Leben gelassen. Er sollte die Hexengemeinschaft ausfindig machen und nach Möglichkeit vernichten. Ein paar Jahre später wurde er wegen Brandstiftung in einem Privatarchiv verhaftet und musste fünfzehn Jahre Zuchthaus hinter sich bringen.

»Vielleicht war es das Archiv des Ordens!«

Da es nicht viele Wulfsons in der damaligen Zeit und in dieser Gegend gegeben hat, könnte er ein Vorfahre von *unserem* Wulfson gewesen sein. Was wäre, wenn er Kinder bekommen hatte, denen er seine Geschichte erzählt hat? Und wenn diese Nachkommen einen solchen Hass auf unsere Urahnen entwickelt haben, dass sich ihre Aversion immer weiter in der Familie vererbt hat? Ich schrecke aus meinen Überlegungen auf, da es leise an die Schlafzimmertür klopft. »Ja? Komm rein!«

»Entschuldigung, Marie. Ich wollte dich nicht stören.« Respektvoll senkt er den Blick, um mich nicht zu kompromittieren.

»Richard, ich bin angezogen, du darfst mich ruhig anschauen. Und du störst auch nicht, nicht im Geringsten. Ich bin nur noch mal in Gedanken den Tag durchgegangen.« Ich setze mich auf und ordne die Kissen so, dass wir beide auf dem Bett sitzen können.

»Mir ist nur gerade eingefallen, es wäre besser, du würdest einen Block und einen Stift neben deinem Schlafplatz liegen haben, damit du dir gleich aufschreiben kannst, was du geträumt hast, sobald du morgens aufwachst.« Ernst blickt er mich an, reicht mir die genannten Utensilien und macht Anstalten zu gehen.

»Warte bitte, Richard. Ich wollte dich noch etwas fragen. Setz dich doch her zu mir.« Ich zeige auf die zweite Betthälfte.

Mit hochgezogenen Augenbrauen lässt er sich nieder, aber an das mir gegenüberliegende Fußende und damit so weit wie möglich von mir entfernt. »Ja?« Fast schon spöttisch schaut er mich mit verschränkten Armen auffordernd an.

»Wann wollen wir zurück?«

»Morgen, denke ich. Sollten wir zu lange warten …! Wir wissen nicht, was uns dort erwartet.« Nun tritt ein angespannter Ausdruck auf sein attraktives Gesicht. »Ich könnte es mir nie verzeihen, wenn ihnen etwas zugestoßen ist, während ich hier in Sicherheit bin. Und das alles nur, um mich zu schützen.« Er greift kurz hinter sich und zieht einen vergilbten Briefumschlag aus der Tasche seiner Jeans. Nachdenklich hält er ihn in den Händen. »Den habe ich in der Kiste entdeckt. Ist schon länger her.« Er reicht ihn mir.

Auf dem Umschlag steht in einer schönen alten Schrift: *Bitte an Ella Fiedler weiterleiten, im Januar 2013, vor meiner eigenen Rückkehr in meine Zeit. Nicht vorher öffnen. Richard.*

»Der ist von dir?«

Richard nickt. »Offenbar. Allerdings weiß ich davon noch nichts.«

Ein mulmiges Gefühl macht sich in mir breit. Warum hat er diesen Brief in der Vergangenheit geschrieben?

»Wie wollen wir nun vorgehen?«

»Natürlich schicken wir ihn ab. Irgendetwas werde ich mir dabei schon gedacht haben. Und dann werden wir das tun, was wir uns sowieso vorgenommen haben.« Damit hakt er das Thema ab. »Wir werden also zuerst in dem alten Unterschlupf meines Großvaters nachschauen – wenn sie nicht dort sind, haben sie vielleicht eine Nachricht für uns hinterlassen. Sollte das nicht der Fall sein, werden wir in die nächste Stadt, das ist Neustadt-Eberswalde, weiterziehen. Da wohnt ein entfernter Verwandter von mir, der bestimmt bereit ist, mir zu helfen. Wir haben zur gleichen Zeit in Berlin studiert. Eventuell weiß er auch schon mehr.« Vor Aufregung ist Richard mittlerweile wieder aufgesprungen und läuft im Zimmer auf und ab.

»Was willst du ihm sagen, wenn er fragt, wer ich bin? Du kannst ihm ja schlecht die Wahrheit erzählen, oder?« Ich werde fast panisch bei dem Gedanken, mein Schicksal in völlig fremde Hände zu legen.

»Na, das, was am nächsten liegt. Laut dem kleinen Johann sind wir ja schon verlobt. Ab morgen sogar verheiratet! Was sagst du dazu, Weib?« Dabei kniet er vor mir nieder und schaut mich mit einem Hundeblick an.

Kichernd wie ein Backfisch reiche ich ihm die Hand. »So hatte ich mir immer einen Heiratsantrag vorgestellt. Ja, Richard, ich würde mit Freuden deine Frau werden.«

»Gut. Ich meine, ich fühle mich geehrt. Dann fehlen uns noch die Ringe und eine Geschichte, wie es zu unserer plötzlichen und geheimen Hochzeit gekommen ist.« Auch er hat Schwierigkeiten, ernst zu bleiben.

Entschlossen gehe ich zu der Schatulle, in der ich Urgroßmutters Silberschmuck aufbewahre, und nehme zwei Ringe heraus. Als ich sie ihm reiche, nimmt sein Gesicht einen sehr feierlichen Ausdruck an. Offensichtlich hat er sie erkannt. Er greift nach dem schmaleren mit den wunderschönen Intarsien und steckt ihn mir an den Finger. Für sich selbst wählt er den breiteren, schlichten Reif.

»Die hat Großmutter mit mir zusammen bei einem Silberschmied gekauft. Ich war noch klein, als sie mich das erste Mal mit zu diesen Raubzügen, wie sie es nannte, mitgenommen hat. Der Silberschmuck war ihr alleiniges Zugeständnis an etwas Luxus. Der einzige Überfluss, den sie sich gönnte. Sie liebte es, mit der Verkäuferin zu feilschen, bis sie ihren Willen bekam. Es kam mir immer vor, als wäre es eine Art Wettkampf, den sie für sich entscheiden wollte. Aber am schönsten war ihr Lächeln, wenn sie den Kampf gewonnen hatte. Wie ein kleines Mädchen, das sich über ein Geschenk freut.« Entspannt schaut er ins Leere, als sehe er die Situation wieder vor sich, und lächelt. »Ich denke, sie würde sich freuen, wenn uns ihre Trophäen in unserem Kampf unterstützen. Den, der vor uns liegt, den möchte und werde ich diesmal gewinnen. Oder besser gesagt wir.«

»Gut, dann noch eins: Wir müssen unsere Vergangenheit klären.«

»Da bleibt uns in Anbetracht der Eile, mit der wir uns vermählt haben, nichts anderes übrig, als dass man uns in flagranti erwischt hat.«

Nun bin ich doch peinlich berührt und bekomme rote Wangen bei dem Gedanken an Richard und wie er sich mit mir in einer eindeutigen Situation befindet.

»Dein Vater hat uns dabei ertappt, wie wir uns in einem dunklen Durchgang geküsst haben, und arrangierte sofort unsere Hochzeit. Das ist nun zwei Wochen her. Das erklärt dann auch, warum wir bestimmte Fakten unseres Lebens voneinander noch nicht kennen, falls wir in der Hinsicht auf irgendeine Weise negativ auffallen sollten.«

Fast schon erleichtert atme ich geräuschvoll aus, was Richard wiederum dazu treibt, sich den Bauch vor Lachen zu halten, da er ganz offensichtlich meinen Gesichtsausdruck richtig gedeutet hat. Nun muss ich mich bremsen, nicht wieder in mein kindisches Benehmen der letzten Tage zu verfallen, was ihn noch mehr zum Lachen bringt.

Mit verschränkten Armen sitze ich auf dem Bett und sende zornige Gedanken in seine Richtung. Aber je mehr er lacht, desto entspannter sehe ich die Situation. Und schon liegen wir beide lachend auf dem Bett, bis unsere Augen ganz nass von den Tränen sind, die wir vor lauter Albernheit vergossen haben.

»Ich muss sagen, das Warten hat sich gelohnt. Das Weib, das mir in der Not nun aufgedrängt wurde, ist nicht schlecht anzusehen, und Humor hat sie ebenfalls.« Zwinkernd schaut er mich an.

»Ja, ich denke, klagen kann ich auch nicht. Doch nun ab mit dir in dein Zimmer, schließlich sind wir erst ab morgen verheiratet, und es gehört sich ganz und gar nicht, in der Nacht vor der Hochzeit im Schlafzimmer seiner Braut herumzugeistern.« Ich versuche, entrüstet auszusehen, muss aber immer wieder schmunzeln. »Spaß muss sein, aber etwas Wahres ist dennoch dran. Geh jetzt schlafen, damit wir morgen ausgeruht sind, bevor wir in den Kampf ziehen«, wähle ich bewusst seine Worte vom Abend zuvor.

Er räuspert sich und macht eine Verbeugung. »Schlaf schön.«

Und dann ist er schon zur Tür raus.

KAPITEL 8

Januar 2013 / 1844

Es ist früh am Morgen. Sehr früh. Der langsam beginnende Tag vertreibt gerade erst die dunkle Nacht. Die spannungsgeladene Atmosphäre knistert förmlich. Ein dichter weißer Nebelvorhang wabert vor sich hin, als wir auf dem Weg zum Baum der Bäume sind, und verschluckt sämtliche Geräusche. Ich kann kaum einen Meter weit schauen. Es ist unheimlich. Die feuchte Kälte zieht die Wärme aus mir heraus, und ich fange an, wie Espenlaub zu zittern. Richard hat wieder seine alte Kleidung angelegt, mit der er gekommen ist. Ich habe sie geflickt und gewaschen. Meine Garderobe besteht aus einem schlichten Wollkleid, das in verschiedenen Brauntönen gehalten ist, die Haare habe ich zu einem Knoten hochgesteckt. Der wollene Umhang soll mich gegen die Kälte schützen, aber mir ist bitterkalt, was natürlich auch an der Aufregung und Anspannung liegen kann.

Als mein Ehemann dies merkt, greift er nach meiner Hand und hält sie fest, bis wir vor der alten Eiche stehen. Erst als er loslässt und mich langsam wieder die Panik ergreift, begreife ich, dass er für mein furchtloses Voranschreiten verantwortlich war. Mit seiner Gabe hat er mir das Gefühl gegeben, stark genug zu sein, um das vor mir Liegende bewältigen zu können.

»Ich zuerst. Warte fünf Minuten, dann kommst du nach. Bis dahin habe ich mich umgeschaut, ob Gefahr droht.« Während er mir diese Worte beruhigend ins Ohr flüstert, streicht seine Hand über meinen Nacken.

Ich schließe kurz die Augen. Eine Gänsehaut überzieht meinen ganzen Körper. Als ich wieder zu ihm schaue, tritt er gerade durch das Portal. Der Baum verschließt sich, und ich bin allein.

Allein in dieser unheimlichen Stille. Woher soll ich wissen, wann fünf Minuten um sind? Eine Uhr durfte ich nicht mitnehmen. Richard hat mir ausdrücklich die Gefahr erklärt, in der wir schweben könnten, wenn jemand die moderne Uhr bei einem von uns finden würde.

Ich werde immer ungeduldiger. Die nicht vorhandene Uhr setzt ein stetiges Tick-Tack frei. In Gedanken spiele ich alle Horrorszenarien durch, in denen sich Richard gerade befinden könnte. Tick, tack. Tick, tack.

Von wilder Sorge ergriffen, die mir deutlich macht, wie sehr mir dieser Mann schon ans Herz gewachsen ist, trete ich vor und streiche über die Borke.

* * *

Gleißendes Sonnenlicht blendet mich. Immer noch in der Angst um Richard gefangen, schaue ich mich um. Er ist nirgends zu sehen.

Auch hier hat der Winter Einzug gehalten. Eine dünne Schneedecke bedeckt das Gras und die hohen Bäume. Auf dem Boden entdecke ich Fußspuren, die von der Eiche wegführen.

Da wir es so verabredet haben, bleibe ich stehen und warte.

»Na, war da jemand mal wieder ängstlich?«, flüstert er mir leise ins Ohr.

Ich drehe mich um und schließe erleichtert die Lider. »Angst?«, fragt er noch mal.

»Ja, ich hatte, wie du so schön sagtest, Angst um dich.«

Er nimmt mein Kinn in die Hand und zwingt mich so, ihm in die Augen zu schauen. »Marie, ich kann ganz gut auf mich aufpassen. Du brauchst dich nicht um mich zu sorgen.«

Das Bedürfnis, ihn in die Arme zu nehmen, unterdrücke ich mit aller Macht. Langsam entfernt er sich, doch dann dreht sich Richard noch einmal zu mir um und sagt: »Aber ich muss sagen, es ist schon gut zu wissen, dass ich meiner Frau so viel bedeute.« Sein Lächeln ist einfach entwaffnend. »So, und nun Abmarsch!«

Wir bahnen uns den Weg durch ein Dickicht, um zur Höhle von Richards Großvater zu gelangen.

Hinter den Bäumen und Sträuchern beginnt der Berg aus der Erde zu wachsen, und selbst als ich unmittelbar vor dem grauen Felsen stehe, kann ich den schmalen Durchlass kaum erkennen. Wir schieben uns hindurch. Feuchte, kalte Luft schlägt mir entgegen und eine alles verschlingende Dunkelheit hüllt uns ein. Das Echo unseres Atems hallt unnatürlich laut von den Steinwänden zurück. Richard holt irgendetwas aus seiner Tasche, es raschelt und klappert leise, dann flammt ein Streichholz auf. Ich schaue ihn fragend an, woraufhin er grinsend mit den Schultern zuckt.

Leider ist die Höhle verlassen, und eine Nachricht ist nirgends zu finden. Wir beschließen, gleich weiter zu marschieren, damit wir noch vor dem Abend bei dem besagten Freund ankommen.

Es ist ein schwerer Marsch. Keine richtigen Gehwege, Straßen oder platt gelaufene Pfade. Dazu die Kälte. Vor Anstrengung komme ich trotzdem ins Schwitzen.

Gegen Mittag, ich schätze, wir sind schon ungefähr zwei Stunden unterwegs, entscheiden wir uns, eine Pause einzulegen. Als wir aus einem Waldstück heraustreten, liegt zu unserer rechten Seite ein See und dahinter, ich kann es kaum fassen, das nicht restaurierte Kloster Chorin. Ich war erst vor einigen Wochen dort gewesen, hatte mich an der schönen Örtlichkeit und diesem wundervollen historischen Gebäude erfreut. Nun zeigt sich mir ein ganz anderes Bild. Es ist eine Ruine, zum Teil bis auf die Mauern abgebrannt, verwildert und offenbar nur spärlich bewirtschaftet.

Wir entschließen uns, unter ein paar urigen Bäumen unsere Mahlzeit einzunehmen. Immer wieder wandert mein Blick in die Richtung des Bauwerkes. Es ist eine Sache, sich die Bilder anzusehen, wie die Gemäuer vor der Restaurierung aussahen, aber eine ganz andere, es hier vor Ort wahrzunehmen. Erschreckend. Ich nehme mir fest vor, das Kloster ein weiteres Mal zu besuchen, wenn ich zurück bin, und mir alles bewusster anzuschauen.

Wir hatten uns Brote gemacht und dazu Obst und Gemüse mitgenommen. Gut, dass ich noch eine alte mundgeblasene Glasflasche hatte, in die wir Wasser gefüllt und mit einem Korken verschlossen haben.

Schweigend essen wir. Dabei genieße ich die Natur, die so unverbraucht ist. Keine Geräusche, die mir den Spaß verderben. Es ist still, so still, dass mir meine eigenen Kaugeräusche peinlich sind.

»Es ist wunderschön hier«, entfährt es mir plötzlich. »Aber wenn du das nächste Mal zu mir kommst, werde ich dir das Kloster zeigen, wie es heute aussieht, nachdem es zum Teil restauriert wurde. Es ist kaum vorstellbar, wie wundervoll es gewesen sein muss, da man lediglich die Ruine sieht.«

»Ja, das sollten wir tun. Eine gute Idee. Ich finde, es hat bereits in diesem heruntergekommenen Zustand eine berauschende Ausstrahlung. Aber leider können wir es nicht länger genießen. Wir müssen weiter.« Fast schon düster wirkt sein Verhalten. Das Unbeschwerte, das er eben noch an den Tag gelegt hat, ist plötzlich verschwunden. Wahrscheinlich kreisen seine Gedanken immer wieder um das Schicksal seiner Familie. Auch er ist offenbar der Meinung, dass es zwischen uns keine romantischen Gefühle geben sollte, so wie er sich gerade verhält. Mir soll es recht sein.

Ich packe alles ein, und wir laufen weiter. Schweigend, jeder in seinen eigenen Gedanken gefangen. Fort von dem Kloster, vorbei an verschneiten Feldern und hinein in einen Wald.

* * *

Irgendwann stört mich diese Brüterei von Richard, und ich versuche, ein Gespräch mit ihm zu beginnen.

»Erzählst du mir ein wenig von dem Freund, zu dem wir gehen?« Mit ihm Schritt zu halten und dabei beim Sprechen nicht außer Atem zu kommen, fällt mir schwer.

Richard schaut nachdenklich vor sich hin. »Sein Name ist Heinrich, ich kenne ihn schon mein ganzes Leben lang. Er ist der Sohn der Nichte meines Großvaters.« Als ich ein ratloses Gesicht mache, lacht er glucksend vor sich hin. »Entfernt verwandt, wie ich bereits sagte. Irgendwann gingen wir dann zusammen auf die Universität. Ich wurde Arzt und er Apotheker. Mittlerweile ist er verheiratet und erwartet sein erstes Kind. Er ist sesshaft geworden. Lange Zeit war er so etwas wie mein bester Freund. Ist er eigentlich immer noch.«

»Und Neustadt-Eberswalde, ist das tatsächlich das spätere Eberswalde?«

Er nickt. »Und du, Marie, hattest du auch eine beste Freundin in Kindertagen oder in deiner Jugend?«

»Ja, früher hatte ich eine. Sie hieß Sabine. Sie war ein wahrer Sonnenschein, immer hat sie gelacht, und wenn sie lachte, musste man automatisch mitlachen. Wir haben fast jeden Tag miteinander verbracht, gespielt, gebastelt und Unfug angestellt. Doch als meine Mutter starb, musste ich nach Berlin ziehen, und so haben wir uns nur noch geschrieben. Später dann, an meinem neuen Heimatort, wurde ich nicht so recht warm mit den anderen Mädchen. Sie waren alle schon weiter als ich, und ich kam mir ständig fehl am Platze vor, wie das fünfte Rad am Wagen. Bekanntschaften hatte ich jede Menge, aber echte Freundschaft ist mir nicht mehr begegnet. Leider.« Ich zucke mit den Schultern, als Richard stehen bleibt und mich eindringlich mustert.

»Das tut mir leid. Irgendwie kommt mir das Ganze bekannt vor. Außer Heinrich habe ich niemanden an mich rangelassen. Ich hatte aber auch nicht wirklich das Bedürfnis danach. Meine Familie hat mir gereicht.«

»Es muss dir nicht leidtun. Alles, was einem passiert, macht aus uns den Menschen, der wir sind. Hebbel hat dazu mal einen wirklich tollen Satz formuliert. *Dein Schicksal ist der Nachklang deines Charakters.* Ich finde, das trifft es gut.«

Er schaut mich nachdenklich an, dreht sich dann um und geht weiter.

* * *

Wir marschieren weitere drei oder vier Stunden. Als wir die kleine Stadt erreichen, gehen wir auf direktem Wege zu Richards Freund. Das Geschäft ist in der Hauptstraße. Über dem Eingang hängt ein großes Schild mit dem Namen: Adler-Apotheke.

Bei unserem Eintreten läutet ein Glöckchen. Der Raum ist in dunklem Holz getäfelt, und vor uns steht ein Ladentisch, hinter dem sich Regale mit Schüben und braunen Flaschen befinden, in denen die Medikamente aufbewahrt werden. Wie weit war die Medizin damals? Gab es schon Antibiotika? Welche Mittel vertrieb ein solcher Laden im 19. Jahrhundert?

Vom Läuten gerufen, kommt ein kleiner blonder Mann herein. Seine stecknadelkopfgroßen Augen blicken durch eine runde Brille aus Draht. In dem Moment, als er Richard entdeckt, reißt er sie auf und lächelt.

»Alter Freund. Ich freue mich, dich zu sehen. Was treibt dich in mein bescheidenes Geschäft?« Nachdem er um die Ladentheke herumgelaufen ist, ergreift er Richards Hand und schlägt ihm freundschaftlich auf die Schulter, wobei er sich strecken muss, um so weit nach oben zu kommen.

»Ach Heinrich, das ist eine lange und unschöne Geschichte, die ich nicht hier von mir geben möchte. Aber darf ich dir meine Frau vorstellen? Heinrich, das ist Marie.«

»Das sind ja mal schöne Neuigkeiten. Wann habt ihr geheiratet?«

Ich ergreife seine Hand und lächele ihn an.

»Vor zwei Wochen.« Eindringlich schaut Richard ihn an und versucht offenbar, ihm mit den Augen zu erklären, dass es sich um eine heikle Sache handelt.

Heinrich hebt beide Augenbrauen, als er die Peinlichkeit unserer Situation begreift. »Verstehe, verstehe, alter Haudegen. Ich wusste nicht, dass du so einer bist! Ihr seid natürlich meine Gäste und herzlich willkommen. Was immer euch hierher führt.«

»Danke, Heinrich. Wie geht es Hilde?«

»Sie wird mir nächsten Monat mein erstes Kind schenken. Stell dir mal vor. Beide sind wir unter der Haube, und ich erwarte in nicht allzu ferner Zukunft Nachwuchs. Kaum vorstellbar.« Er fährt sich aufgeregt durchs Haar, bevor er seine Brille zurechtrückt. »Mir ist es, als wäre es erst gestern gewesen, dass wir auf dem Kirschbaum hinterm Haus gesessen und uns vor unseren Müttern versteckt haben, weil wir mal wieder irgendeinen Unfug angestellt hatten. Oder weißt du noch, während der Studienzeit hatten wir revolutionäre Ansichten! Wir können froh sein, dass die Regierung nicht die Garde auf uns gehetzt hat!« Lächelnd schüttelt er den Kopf.

»Ja, kaum zu glauben. Aber meinst du nicht, es wird Hilde zu viel sein, in ihrem Zustand?«

»Nein, sie ist so fidel, die Schwangerschaft lässt sie regelrecht aufblühen. Sie schäumt über vor Energie, und sollte etwas sein, haben wir dann den Arzt gleich im Haus.« Er strahlt. Sein Lächeln reicht von einem Ohr zum anderen. Man kann ihm deutlich ansehen, wie stolz er auf seine Frau ist – er betet sie vermutlich an. »Kommt, ich bringe euch nach oben. Hilde wird sich freuen, dich wiederzusehen und deine Marie kennenzulernen.«

Über eine schmale, steile Treppe gelangen wir in das obere Stockwerk, das als Wohnbereich dient. Es ist wunderschön, wie in einer kleinen Puppenstube. Eine echte Biedermeier-Wohnstube. Die zarten, aber auch praktischen und schönen Möbel sind auf Hochglanz poliert. In der Nische steht ein Klavier, auf dem noch ein paar Notenblätter lose verstreut liegen. Alles wirkt gemütlich und einladend.

»Hilde, mein Augenstern, schau mal, wen ich dir mitgebracht habe!«

Das Erste, was ich von ihr sehe, ist der Bauch – dann lange Zeit nichts anderes, und dann kommt eine junge Frau um die Ecke, die der Inbegriff einer glücklichen und strahlenden Schwangeren ist. Sie ist mir auf Anhieb sympathisch. Ihre positive Ausstrahlung ist einfach ansteckend, und ich erwische mich dabei, dass ich grinse wie ein Honigkuchenpferd.

»Richard!« Hilde umarmt ihn stürmisch, soweit das mit dem überdimensionalen Bauch möglich ist. »Und wer ist das? Nein, sag mir nicht, dass du heimlich geheiratet hast!« Sie schaut zwischen uns beiden hin und her.

Richard schmunzelt vor sich hin. »Das ist Marie, meine Frau.«

Nun zieht sie auch mich in eine alles verschlingende Umarmung. »Na dann, Marie, willkommen. Ich hoffe, wir werden Freunde, so wie unsere Ehemänner.«

Ich erwidere ihre überschwängliche Begrüßung und freue mich, so gern gesehen zu sein. »Ja, Hilde, das wäre toll. Schön, dich kennenzulernen.«

»Ich war gerade dabei, das Abendbrot vorzubereiten. Ihr bleibt doch bestimmt über Nacht?« Als sie das Nicken von Richard sieht, strahlt sie und klatscht aufgeregt in die Hände. »Gut, Richard, du weißt ja, wo das Gästezimmer ist. Richtet euch ein, macht euch frisch, und dann essen wir in einer halben Stunde.«

Kein Wunder, dass Heinrich sie anbetet. Sie lacht vor Glück und eilt zurück in die Küche.

Ihr Ehemann wendet sich uns zu. »Gut, Hilde hat recht. Du kennst dich hier aus. Ich bin noch mal unten im Laden und mache meine Abrechnungen fertig. Wir sehen uns dann gleich. Wo hast du deine Kutsche untergestellt? Bei Brauers?«

»Nein, wir sind auf Schusters Rappen unterwegs.«

Heinrich sieht uns fassungslos an. »Zu Fuß?« Seine Stimme geht dabei eine Oktave höher. »Das ist ein Scherz, oder?«

»Nein, leider nicht. Wie gesagt, es ist eine lange, unschöne Geschichte.«

»Na, jetzt bin ich aber neugierig. Wie wäre es, wenn du Marie euer Zimmer zeigst und schnurstracks zu mir runter in den Laden kommst? Dort können wir alles besprechen. Hört sich ja ziemlich ernst an, euer Problem.«

»In Ordnung, ich bin gleich bei dir.«

Richard nimmt meine Hand und führt mich durch den engen Flur zu einem Gästezimmer. Als ich das schmale Bett sehe, wird mir klar, dass wir hier gemeinsam übernachten werden.

Irgendwie muss er meinen Blick richtig gedeutet haben, denn er hebt provokant die rechte Augenbraue und meint: »Tja, unsere Hochzeitsnacht hatte ich mir auch ein wenig romantischer vorgestellt. Aber wenn es dir lieber ist, schlafe ich auf dem Boden.«

Peinlich berührt trete ich von einem Fuß auf den anderen und weiß nicht so genau, was ich darauf sagen soll.

»Lass gut sein, Marie. Ich werde dich nicht in Verlegenheit bringen.« Er schaut mich beleidigt an.

Kopfschüttelnd und mit schlechtem Gewissen erwidere ich: »Nein, wir sind erwachsene Menschen, ich denke, wir können in einem Bett schlafen, ohne wie die Tiere übereinander herzufallen!«

Nachdem ich das von mir gegeben habe, hebt er erneut seine Braue und grinst mich überheblich an.

»Wenn du meinst …«, antwortet er gedehnt. Nun hat er mich wieder so weit. Mit drei kleinen Worten und einem Blick bringt er mich dazu, ernsthaft sauer auf ihn zu sein.

»Ja, das meine ich!« Damit drehe ich mich um und beginne, unsere Tasche auszuräumen. Dabei fällt mir ein winziges Päckchen heraus. »Was ist das denn?«

»Ähm, das ist eine Packung Streichhölzer. Ich dachte, so etwas gibt es bestimmt schon in dieser Zeit, und man kann es immer mal wieder gebrauchen.« Offensichtlich ist er mit meiner Erklärung zufrieden, Gott sei Dank. Schließlich reicht er mir die Schachtel und geht ohne ein weiteres Wort nach unten zu Heinrich. Er soll sich nicht einbilden, ich hätte vergessen, dass er selbst eine solche Schachtel in der Tasche hat.

* * *

Wir sitzen alle entspannt am Tisch und unterhalten uns bei einem Glas Wein. Es ist, als würden wir vier uns schon ewig kennen. Wir lachen und albern viel herum. Heinrich erzählt lauter Anekdoten aus Hildes Schwangerschaft, die er zur allgemeinen Belustigung auch mit körperlichem Einsatz zu veranschaulichen versucht. In meiner Zeit wäre er mit Sicherheit ein begehrter Comedian.

Irgendwann kann Hilde ein herzhaftes Gähnen nicht mehr unterdrücken, und mir geht es keinen Deut besser. Den weiten Weg, den wir zurückgelegt haben, merke ich nun doch. Wann habe ich jemals einen solchen Marsch hinter mich gebracht? Bisher noch nie!

»Ich finde, wir sollten uns jetzt schlafen legen. Morgen ist auch noch ein Tag.« Mit diesen Worten erhebt sich Richard und reicht mir seine Hand.

»Ja, meine Lieben. Es war schön, euch heute Abend hier zu haben. Schlaft recht gut. Wir sehen uns dann in der Frühe.« Hilde steht ebenfalls auf, augenscheinlich hat sie große Probleme dabei. »Das lange Sitzen bekommt mir gar nicht gut. Heinrich, hilfst du mir bitte?«

Er springt wie von der Tarantel gestochen auf. Verflogen ist seine weinselige Stimmung. Er überschlägt sich regelrecht.

* * *

Leise schließt Richard die Tür hinter uns und dreht den Schlüssel, bis das Schloss kaum hörbar einrastet. Erschrocken starre ich ihn an. Habe ich mich doch in ihm getäuscht? Oder ist der Alkohol an Richards Verhalten schuld?

»Marie, beruhige dich. Ich schließe nur ab, weil ich nicht möchte, dass jemand sieht, wie ich auf dem Boden schlafe!« Genervt gestikuliert er nach unten in Richtung Parkett.

»Es tut mir leid, ich wollte nichts Schlechtes von dir denken.« Ich habe wohl doch zu viele Filme gesehen. Rasch bemühe ich mich um ein versöhnliches Lächeln, aber Richard schüttelt nur den Kopf und zieht Schuhe, Socken und Hemd aus. Nachdem er die Bettdecke und das Kissen genommen hat, legt er sich auf die Holzdielen und ignoriert mich.

Ich vertreibe ihn aus meinen Gedanken, was mir nicht sonderlich gut gelingt. Im Unterkleid lege ich mich in das aus dunklem Holz gefertigte, schmale Ehebett und hoffe, dass die Müdigkeit bald eintritt. Dem ist natürlich nicht so – es wäre auch zu schön gewesen, um wahr zu sein. Immer wieder versuche ich nachzuvollziehen, wie es kommt, dass wir andauernd aneinandergeraten. Warum wir ständig sauer aufeinander sind. Langsam komme ich zu der Überzeugung, dass dazu zwei Menschen gehören, wahrscheinlich bin ich nicht ganz unschuldig an der Situation. Irgendwie habe ich ein schlechtes Gewissen, denn Richard muss wegen mir auf dem Boden schlafen.

»Richard? Es tut mir leid!«

»Ja, ist schon gut.« Nach einer kurzen Pause fährt er fort. »Ich zerbreche mir nur gerade den Kopf, wie ich morgen noch einmal mit Heinrich sprechen und versuchen werde, ihm ein paar Details unseres Problems zu schildern, ohne ihm zu viel zu erzählen. Wir benötigen dringend seine Hilfe. Er ist sehr neugierig, musst du wissen. Heute wollte er unbedingt unsere Geschichte von der Hochzeit erfahren. Schlaf jetzt. Gute Nacht, Eheweib.« Man hört, dass er beim letzten Satz lächelt. Mir fällt ein Stein vom Herzen.

* * *

Die Wintersonne kitzelt mich in der Nase, als ich mich noch einmal genüsslich im Bett räkele. Richard ist schon aufgestanden und nirgends zu sehen. Ein guter Geist hat mir eine Schüssel und einen Krug mit frischem Wasser hingestellt, damit ich mich waschen kann.

Nachdem ich mich zurechtgemacht habe, schlendere ich zu Hilde in die Küche, die vor sich hinsummt und Geschirr abwäscht. »Guten Morgen, Hilde. Kann ich dir helfen?«

»Guten Morgen, Marie. Nein, lass gut sein. Ich bin schon fertig. Wenn du Richard suchst, der ist mit Heinrich unten im Laden. Sie wollten wichtige Männergespräche führen. Was mir ganz recht ist, dann können wir zwei auch einmal ungestört miteinander sprechen. Setz dich, dein Frühstück steht bereits da. Keine falsche Scheu, iss ordentlich. Dein Mann hat mir gesagt, dass ihr wahrscheinlich heute wieder weiterzieht. Also stärke dich.«

Man muss diese Frau einfach gernhaben, selbst wenn sie jeden herumkommandiert.

»Danke.« Mit einer etwas mulmigen Vorahnung stelle ich die Frage, die mich beschäftigt. »Was möchtest du mit mir besprechen?«

»Marie, ich will mich nicht in eure Angelegenheiten einmischen, aber ich habe das Gefühl, dass zwischen dir und Richard irgendetwas nicht stimmt. Ich kenne ihn schon sehr lange, da unsere Familien miteinander befreundet sind. Er liegt mir am Herzen wie ein Bruder, weshalb ich nun doch mit dir reden möchte.«

»Aha, dann fang' mal an.« Ich bin gespannt, was nun kommt.

»Er kam heute Morgen aus eurem Zimmer gestapft, als wäre er wütend auf dich. Ich wollte dir nur sagen, du kannst jederzeit mit mir sprechen, wenn du einen Rat benötigst. Verheiratet sein ist nicht immer einfach, man muss daran arbeiten, lernen, miteinander zurechtzukommen.« Hilde wirkt ganz aufgeregt.

»Ähm, danke.« Was soll ich darauf antworten? »Es ist alles in Ordnung … denke ich.«

Hilde legt ihr Küchentuch zur Seite und setzt sich zu mir. »Ist es das Körperliche, mit dem du nicht zurechtkommst?« Mütterlich breitet sie ihre Hand über meine.

Ich habe das Gefühl, dass mein Gesicht rot aufglüht. »Hm, ich weiß nicht. Ehrlich gesagt sind wir noch nicht so weit gegangen.« Betreten schaue ich auf unsere Finger. Auch ohne sie anzusehen, kann ich mir vorstellen, wie sie die Augen aufreißt.

»Oh! Das erklärt natürlich einiges. Ich dachte nur, da ihr so überstürzt geheiratet habt …?«

»Nein. Wir haben uns nur geküsst. Mein Vater ist ein strenger Katholik und hat darauf bestanden, dass Richard mich heiratet.« Gut, dass Richard und ich uns hinsichtlich der Vorgeschichte abgesprochen haben.

»Aber du weißt schon, wie das funktioniert zwischen Mann und Frau? Du bist doch aufgeklärt worden von deiner Mutter?« Sie senkt den Kopf und versucht, mir in die Augen zu sehen.

Wenn überhaupt möglich, hat mein Gesicht nun eine noch intensivere Rottönung angenommen. »Ja, ich weiß Bescheid. Wir hatten bisher nur noch keinerlei Gelegenheit dazu.« Was immer ich mit diesen Worten auch ausdrücken möchte, Hilde scheint sich damit zufriedenzugeben.

»Gut. Halte ihn nur nicht zu lange hin. Damit können die Herren nur bedingt umgehen. Iss jetzt.« Hilde fängt wieder an zu summen, während sie das schöne Geschirr mit dem filigranen Blumenmuster wegräumt.

Ich beeile mich mit dem Frühstück, um ihr zu helfen, und hoffe inständig, dass dieses Thema abgehakt ist.

Gemeinsam bringen wir die Wohnung auf Vordermann und spazieren dann zum Markt, um für das Mittagessen einzukaufen.

Auf einer Freifläche erwartet mich ein kleiner Bauernmarkt. Ich nehme den Duft von Geräuchertem wahr, dazu dringen mir noch viele andere köstliche Gerüche in die Nase, sodass mir das Wasser im Mund zusammenläuft. Ich bin froh, dass ich gegessen hatte, bevor ich zu diesem Abenteuer aufgebrochen bin.

Es ist nicht viel anders als auf Märkten in meiner Zeit, nur dass man hier keine exotischen Früchte findet. Da Winter ist, werden hauptsächlich Kohlgemüse und Kartoffeln verkauft.

Fasziniert schlendere ich zwischen den Ständen hindurch. Alles sieht aus wie in einem historischen Film.

Die Dächer der Buden sind mit dickem Tuch bezogen, und die Waren werden in handgefertigten Kisten aufbewahrt. Hier und da steht ein Kohlebecken, an dem sich die Verkäuferinnen und auch Kunden die kalten Hände wärmen können. Obwohl Hilde schimpft, kann ich mich trotzdem durchsetzen und den Korb tragen. Ich fühle mich, als hätte ich eine wichtige Schlacht gewonnen.

Beim Fleischer ersteht Hilde einige Rinderknochen und erklärt mir, dass sie heute Kohleintopf kochen möchte und ein paar Markklößchen dazu macht. Markklößchen! Die hatte meine Mutter immer in die Suppen getan. Lecker.

Gut gelaunt schlendern wir in Richtung Hauptstraße. Auf unserem Weg kommen wir an einem schönen Haus vorbei. In einem kleinen Schaufenster ist Ware ausgestellt. Es glitzert mysteriös, sodass ich magisch davon angezogen werde. Hilde lacht neben mir, ja, sie kichert regelrecht, als sie merkt, wie fasziniert mein Blick an der Auslage hängen bleibt. Ich drücke die Nase gegen die Scheibe. Die feinen Haare auf meinen Unterarmen schnellen empor, und eine Ahnung zieht kribbelnd durch meine Adern.

Wunderschöner Silberschmuck ist hier zu sehen. So filigran sind die Arbeiten, dass es mir schwerfällt, jeden der feinsten Unterschiede aufzunehmen. Ein Silberschmied.

»Können wir kurz hineingehen?« Ich bin ganz versessen darauf, in den Laden zu kommen.

Hilde freut sich offensichtlich, greift nach meiner Hand und zieht mich in den Geschäftsraum. Überall glitzern die ausgestellten Silberschmuckstücke.

»Na, Fräuleins, gibt es etwas, das Ihre Augen zum Leuchten bringt?« Die Frau hinter der Ladentheke lächelt.

Hilde antwortet keck: »Die Frage müsste lauten, ob es etwas gibt, das uns nicht gefällt. Guten Tag, Rita.«

Sie unterhalten sich ein wenig, während ich mir alles ganz genau anschaue. Der Schmuck sieht aus wie der, den ich bei Uroma im Schlafzimmer gefunden habe. Vielleicht hat sie ihn hier bei dieser Verkäuferin erstanden. Mir wird fast schwindelig bei dem Gedanken und der Erinnerung an das, was mir Richard über die Beutezüge der beiden erzählt hat.

Plötzlich höre ich mich sagen: »Mein Ehering, er ist wunderschön … haben Sie ihn hergestellt?« Ich reiche ihr die Hand, damit sie sich das gute Stück genauer ansehen kann.

»Ja, der Ring ist von uns, aber den hat eine meiner liebsten Kundinnen gekauft. Woher hat Ihr Mann ihn?« Sie schaut mich skeptisch an, als würde sie mir von einem auf den anderen Augenblick nicht mehr trauen.

»Es ist ein Erbstück. Er hat ihn von seiner verstorbenen Großmutter.«

Die Verkäuferin schlägt sich die Hand vor den Mund.

»Frau von Weilheim ist von uns gegangen? Das kann doch nicht sein. Mein aufrichtiges Beileid. Sie war eine wundervolle Dame. Dann muss Ihr Mann Richard sein. Hierzu kann ich Ihnen wiederum nur gratulieren.« Sie reicht mir eine Hand, die ich ergreife.

»Danke. Für beides.«

Sie tätschelt meine Wange und macht danach eine wegwischende Handbewegung. »Keine Ursache. Kann ich Ihnen sonst noch behilflich sein?«

»Nein, heute nicht, vielleicht ein andermal.« Wir verabschieden uns von ihr und treten auf die Straße hinaus. Ein eisiger Wind bauscht unsere Umhänge auf und treibt mir die Tränen in die Augen.

Wir sprechen nicht miteinander, bis wir an Hildes Haus ankommen, da jeder dem Echo seiner eigenen Gedanken lauscht.

* * *

In der großen Küche duftet es herrlich würzig. Mir läuft das Wasser im Mund zusammen. »Kannst du bitte unsere beiden Männer zum Essen rufen, Marie?«

»Bin schon unterwegs.« Diese Aufgabe übernehme ich gern, denn so kann ich das Gebäude genauer inspizieren.

Nachdem ich die schmale Stiege hinuntergegangen bin, stehe ich in dem verlassenen Verkaufsraum. Hier ist es dunkel und kalt, und draußen hat es angefangen zu schneien. Kein Mensch ist mehr vor der Tür, da es mittlerweile stürmt. Der Wind treibt dicke Schneeflocken vor sich her. Ausgelassen tanzen sie in der eisigen Luft, bevor sie sich auf dem Boden niederlassen und dort eine dünne Schneeschicht bilden. Ich vernehme die Stimmen der beiden, hinter einer der Holztüren, die von der schmalen Nische neben der Theke abgehen. Es ist nur ein leises Gemurmel, verstehen kann ich nichts. Trotzdem zieht es mich magisch an. Ich habe seit etlichen Jahren an keiner Tür gelauscht, aber man verlernt es offensichtlich nicht. Als ich nahe genug stehe, höre ich Richard sprechen.

»... werde ich nachher. Mal sehen, wann der Nächste fährt. Ich dachte, wir könnten heute noch nach Berlin.«

»Richard, du weißt, du bist uns immer willkommen, und es ist in Ordnung, solltet ihr noch ein paar Tage hierbleiben. Wäre Hildes Schwangerschaft nicht schon so weit fortgeschritten, wäre ich mit von der Partie. Ich an deiner Stelle ließe meine Frau hier. Es kann schließlich sehr gefährlich werden.«

»Ja, ich bin mir sicher. Ich denke, dass ich sie nicht dazu bewegen könnte, hierzubleiben. Sie hat einen ausgesprochenen

Dickkopf, sobald sie sich mal etwas in den Kopf gesetzt hat.« In dieser Sache kennt er mich schon ganz gut.

Heinrich lacht aus vollem Halse. »Ja, wie mein Hildchen. Du solltest ihr aber trotzdem zeigen, wer der Herr im Hause ist. Sonst tanzt du noch nach ihrer Pfeife, ehe du es merkst.«

»Ach, Heinrich, das musst gerade du sagen. Hilde hat dich doch in der Hand, und du fühlst dich da pudelwohl!«

»Ja, da hast du recht.« Heinrich kichert glücklich vor sich hin. »Ich liebe sie einfach. Ich hoffe, es ist dir vergönnt, für deine Frau auch so zu empfinden.«

Neugierig drücke ich mein Ohr gegen das Holz, doch leider knirscht bei dieser kleinen Bewegung irgendetwas laut unter meinem Schuh. Genervt von meiner eigenen Unfähigkeit, klopfe ich an die Tür.

Heinrich räuspert sich. »Herein.«

»Hilde bittet mich, euch zum Essen zu rufen.« Es fällt mir schwer, Richard anzuschauen, aber aus dem Augenwinkel sehe ich, wie er amüsiert die Augenbrauen hochzieht und sich von seinem Stuhl erhebt.

Offenbar hatte er bemerkt, dass ich gelauscht habe, oder er konnte es sich denken, da ich im exakt richtigen Moment geklopft habe.

Doch sein Gesicht zieht meinen Blick auf sich, und als ich den Spott in seinen Augen aufblitzen sehe, tue ich noch etwas, das ich seit sehr langer Zeit nicht mehr gemacht habe. Ich strecke ihm die Zunge raus.

Sein lautes, warmes Lachen begleitet mich bis nach oben in die Küche.

* * *

Beim Mittagessen herrscht wieder dieselbe ausgelassene Stimmung wie bereits am Abend zuvor. Man merkt, dass sich diese drei Menschen von Herzen mögen, und ich bilde mir ein, nun ein wenig dazuzugehören.

»Ich bin so froh, dass du eine so nette, liebe Frau dein Eigen nennen darfst. Verdient hast du es ja nicht. Musstest ja auch zu unlauteren Mitteln greifen, damit sich ihr Vater überhaupt mit einem solchen Schwiegersohn zufriedengibt.« Hildes Humor ist nicht von schlechten Eltern.

»Da hast du recht, mein Augenstern!« Heinrich hält es kaum noch auf seinem Stuhl vor Lachen.

Irgendwie fühle ich mich bemüßigt, meinen Ehemann in Schutz zu nehmen. »Ich finde, ich hätte es ungünstiger treffen können. Seht ihn euch an. Er ist ausnehmend attraktiv, mit dem dunklen, verwegenen Aussehen. Sein Intellekt lässt eigentlich nichts zu wünschen übrig. Er ist humorvoll und geistreich. Ich bin eine glückliche Frau.«

Richard schaut mich perplex an. Hilde und Heinrich warten gespannt und schmunzelnd auf seine Reaktion.

Er räuspert sich, nimmt meine Hand und sagt sehr leise: »Ja. Ich denke, ich bin auch ein glücklicher Mann. Gut, dass das Schicksal uns zueinander geführt hat.« Langsam führt er meine Finger an seinen Mund und küsst sie, einen nach dem anderen. Dabei versinken unsere Blicke ineinander. Meine Haut glüht an der Stelle, an der seine Lippen sie berührt haben. Fast vergesse ich zu atmen.

»Ist das schön. So romantisch.« Geräuschvoll schnäuzt sich Hilde.

Heinrich legt liebevoll einen Arm um die Schulter seiner Angebeteten. »Ja, wo wären wir Männer, wenn wir nicht hin und wieder ein wenig Romantik als Waffe gegen euch starke Frauen einsetzen würden?«

Entrüstet schlägt Hilde mit der Serviette nach ihm, woraufhin wir alle anfangen zu lachen.

»Hildchen, unsere beiden Turteltäubchen bleiben noch eine Nacht. Der nächste Zug Richtung Berlin geht erst morgen früh.«

Hilde springt auf, was mit der beträchtlichen Leibesfülle kaum für möglich zu halten ist, und umarmt erst Richard stürmisch und dann mich.

»Das freut mich. Wenn es nach mir gehen würde, könnte der Zug frühestens nächste Woche fahren. Ich finde es, wie ich bereits sagte, sehr schön euch hier zu haben. Oh …«

Plötzlich sackt sie in sich zusammen und atmet ganz schwer.

Heinrichs Stuhl kippt scheppernd um, als er zu ihr stürzt. »Hilde! Was ist los, um Gottes willen?«

»Oh. Ah … Ich glaube, das Kind kommt.«

Entsetzt reißt der werdende Vater die Augen auf. »Aber … aber es ist doch viel zu früh!«

Hilde hat die erste Wehe gerade überstanden und richtet sich mit Hilfe ihres Ehemannes auf. »Was weiß ich, vielleicht hat sich die Hebamme vertan?«

Richard und ich stehen nur da und sind wie erstarrt. Mir kommt es vor, als wären wir Zuschauer eines Theaterstücks. Bisher habe ich so etwas noch nie erlebt, und als im nächsten Moment die Fruchtblase platzt, japse ich erschrocken nach Luft und bin kurz davor, ängstlich und schreiend aus dem Zimmer zu rennen.

Nachdem sich die erste Aufregung gelegt hat, reinige ich mit der wirklich über alldem stehenden Hilde den Boden. Ich bin ganz unsicher, was ich nun tun soll.

»Meinst du nicht, wir sollten die Hebamme holen?« Dann hätten wir wenigstens professionelle Hilfe.

»Nein, Marie, dafür sind die Abstände zwischen den Wehen zu groß. Außerdem ist das meine erste Geburt, da dauert das immer etwas länger. Für den Notfall haben wir ja unseren Doktor Richard. Warst du denn noch nie bei einer Niederkunft dabei?« Neugierig schaut sie mich an.

Ängstlich schüttele ich den Kopf, während mein Herz rast. »Ehrlich gesagt weiß ich nicht, was man in einer solchen Situation macht. Tut mir leid, dass ich dir keine große Hilfe sein werde.«

Hilde tätschelt meine Hand. »Dann wird dies dein erstes Mal sein. Das ist gut, schließlich musst du wissen, was dich bald erwartet, wenn du selbst schwanger bist. Es geht wieder los …«

Schade, ich hatte leider nicht die Zeit, ihr die Hand zu entziehen, was mir nun schmerzhaft bewusst wird. Nach ein paar Sekunden ist der Spuk vorbei, und ich massiere meine Finger, denn ich habe das Gefühl, sie sind im Begriff abzusterben.

Richard und der vor Aufregung glühende Heinrich kommen zurück in die Wohnstube. Sie hatten zwischenzeitlich den Tisch abgeräumt.

Plötzlich stöhnt Hilde wieder. Die andere Wehe war doch noch nicht einmal zwei Minuten her! Es geht schneller, als wir dachten.

»Vielleicht solltest du trotzdem die Hebamme holen, Heinrich.« Hilde wirkt gar nicht mehr so locker wie eben noch, und in ihren Augen ist eine Furcht zu sehen, die mich frösteln lässt.

»Ja, bin schon unterwegs!« Aufgeregt schnappt er sich seinen Mantel und poltert die Treppe hinab.

»Hilde, lass mich dich untersuchen.« Richard geht auf sie zu.

Hilde stöhnt erneut, und es wirkt, als könnte sie sich kaum noch auf den Beinen halten, dennoch schnellt ihre Hand in einer abwehrenden Geste nach oben. »Nein! Bringt mich ins Schlafzimmer. In der Truhe sind saubere Tücher, legt die aufs Bett. Und du, Richard, gehe bitte in die Küche und koch Wasser. Lass uns jetzt allein.«

Entsetzt reiße ich die Augen auf, aus Angst, in diesen Momenten ohne ihn bei Hilde zu sein.

»Ja, meine liebe werdende Mutter. Komm, ich helfe dir beim Hinlegen.« Vorsichtig hilft Richard ihr, dann kommt er zu mir und legt mir die Hand auf die Schulter. Er versucht, mich durch seine Berührung zu beruhigen. »Tu bitte alles in deiner Macht

Stehende. Alles. Ich kümmere mich danach um dich. Hab keine Angst, du kannst das. Wir schaffen das. Weißt du noch, zusammen sind wir unschlagbar!« Er zwinkert mir zu. »Ich muss euch jetzt allein lassen. Das ist eindeutig Frauensache.«

»Ja«, ist das einzige Wort, das ich hervorzubringen vermag. Mit einem Mal geht es sehr schnell. Hildes Schreie zerreißen mich regelrecht, und sie blutet so stark, dass mir fast die Beine den Dienst versagen. Immer wieder versuche ich, sie dazu zu bewegen richtig zu atmen, aber sie hat solche Schmerzen, dass es ihr schlichtweg unmöglich ist.

Nach ein paar weiteren Wehen zieht sie intuitiv die Schenkel an und beginnt zu pressen. Kurze Zeit später sieht man das Köpfchen, das von einem schwarzen Haarflaum bedeckt ist. Allerdings verliert sie immer noch sehr viel Blut. Viel zu viel. Die Kraft verlässt sie, schon sinken ihre Beine hinab. Ihre Augenlider flattern.

Vorsichtig lege ich ihr meine Hände auf den mächtigen Leib. Ich versuche, alle Energie, die ich habe, zu kanalisieren.

Eine letzte Wehe erschüttert ihren Körper, und das Kind liegt zwischen ihren Schenkeln. Nur Hilde bewegt sich nicht mehr. Ich habe schreckliche Angst, trotzdem konzentriere ich mich auf sie. Erneute Kontraktionen lassen sie wimmern. Die Nachgeburt. Jäh schnappt Hilde nach Luft, und dann geht ihr Atem wieder regelmäßig. Es geht ihr besser, sie lächelt mich sogar an.

Benommen schaue ich zu dem kleinen Erdenbürger, der gerade anfängt zu schreien, und reiche ihn Hilde. Plötzlich wird um mich herum alles schwarz.

* * *

»Nein, es geht ihr wirklich gut, macht euch keine Sorgen um sie. Ich denke, das war einfach eine enorme Aufregung für meine zarte Blume.« Richards Stimme schwebt, wie in Watte verpackt, an meinem Ohr vorbei. Welche Aufregung?

Und dann erwischt mich die Erinnerung an das, was passiert ist, wie ein Keulenschlag.

Hilde. Die Geburt. Das viele Blut. Das Baby. Ich hatte gar nicht mehr nach dem Baby geschaut. War alles in Ordnung mit dem kleinen blutigen Knäuel?

Lange kann ich meine Gedanken nicht aufrechthalten. Eine bleierne Müdigkeit erfasst meinen Körper. Ich merke noch, wie Richard sich neben mich setzt und mir die Haare aus dem Gesicht streicht. Doch dann gleite ich wieder davon, die Watte fängt mich weich und sanft auf, und ich werde erneut bewusstlos.

* * *

Als ich das nächste Mal aufwache, ist es schon dunkel draußen. Auf dem Tisch in unserem Zimmer steht eine kleine Gaslaterne, die ein warmes und flackerndes Licht im Raum verteilt. Schatten tanzen an der Wand in einem unruhigen Rhythmus, der mich, wäre ich allein, ängstigen würde.

Neben mir liegt Richard auf dem Bauch, alle viere von sich gestreckt, und schläft tief und fest. Das hatte er sicherlich nötig, nachdem er mich heilen musste.

Leise schleiche ich aus der Kammer, um nach Hilde, dem Kleinen und Heinrich zu schauen. In der Wohnstube brennt noch ein schwaches Licht. Ganz sacht wehen die lieblichen Töne eines Schlafliedes an mir vorbei.

Hilde singt für ihr Baby.

Dort sitzt sie, auf dem großen Ehebett, den Säugling an der Brust, und summt eine herzergreifende Melodie.

Tränen treten mir in die Augen, so gerührt bin ich von dem Bild, das sich mir offenbart.

»Marie.« Hilde hat mich entdeckt.

Hastig versuche ich zu blinzeln, damit sie nicht merkt, wie sehr mich die Szene bewegt.

Sie streckt ihre Hand nach mir aus. »Komm her. Sieh sie dir an, unsere wunderschöne Tochter.«

Vorsichtig lasse ich mich auf der Matratze nieder, um den neuen Erdenbürger nicht zu stören.

»Wir haben sie Johanna genannt, nach meiner Großmutter. Eine wahre Kämpferin, sonst hätte sie den Weg auf diese Erde nicht gefunden. Und ihren zweiten Namen verdankt sie dir. Marie.«

Ein kleines schwarzhaariges Köpfchen ist zu sehen. Lange Haare und Fingernägel und keine Käseschmiere zeugen davon, dass sich die Hebamme definitiv verrechnet hatte.

»Ich bin so froh, dass es euch beiden gut geht. Ich dachte schon, wir hätten dich verloren.« Nun fange ich doch an zu weinen.

Hilde nimmt mich in den freien Arm und gurrt und zischt, um mich zu beruhigen.

Erst nach einer ganzen Weile versiegen meine Tränen. »Es tut mir leid. Herzlichen Glückwunsch zu deiner süßen, kämpfenden Prinzessin. Ich bin so stolz auf dich.«

Die zuerst strahlende Mutter schaut mich nun ernst an, während das kleine Mädchen schmatzend an ihrer Brust saugt. »Marie, ich muss mich bei dir bedanken. Wärst du nicht gewesen, gäbe es mich wahrscheinlich nicht mehr, und vielleicht auch nicht mein Kind. Ich habe das viele Blut gesehen.« Als ich etwas erwidern will, legt sie mir ganz sacht ihren Finger auf die Lippen und fährt fort. »Da ich schon bei etlichen Geburten dabei war, weiß ich, dass es völlig ungewöhnlich verlaufen ist. Ich muss innere Blutungen gehabt haben. Ich wäre eigentlich gestorben. Während der Entbindung hatte ich das Gefühl, diese Welt zu verlassen. Was du getan hast, ist mir ein Rätsel, und ich möchte es auch nicht wissen, aber du verdienst meinen Dank. Ich werde immer in deiner Schuld stehen, bis zu meinem letzten Atemzug. Als du dann einfach so in dich zusammengesackt bist, habe ich mich ganz schön erschreckt. Aber Richard kam gleich hereingestürzt, als ich ihn gerufen habe, und daraufhin hat er sich liebevoll um dich gekümmert. Er war so besorgt, er muss dich sehr lieben.«

Ein dicker Kloß bildet sich in meinem Hals. »Kam die Hebamme noch?«

»Nein, sie war bei einer anderen Geburt und wäre sowieso nicht mehr rechtzeitig gekommen.«

Plötzlich poltert es an der Zimmertür. »Wo sind denn meine Mädchen?« Heinrich kommt ins Zimmer gewankt. Offenbar hat er auf das Wohl der beiden angestoßen.

»Ah, Marie, geht es dir besser? Sag deinem Göttergatten, dass ich morgen mit ihm anstoße.« Schon fällt er auf das Bett und fängt fast im selben Moment an zu schnarchen.

Hilde und ich kichern.

Ich ziehe Heinrich die Schuhe aus, er verströmt eine Dunstwolke, die mir in den Augen brennt. Nachdem ich Hilde etwas zu trinken gebracht habe, wickele ich das zuckersüße Baby. Mutter und Kind kuscheln eng beieinander und geben ein idyllisches Bild ab.

Kurze Zeit später schlurfe ich erschöpft zurück in unser Zimmer. Richard liegt noch immer im Tiefschlaf. Da er das Federbett weggestrampelt hat, decke ich ihn zu. Er sieht friedlich aus, wie er da so schläft. Von den dunklen Wolken, die ihn die letzten Tage umgeben haben, ist nichts mehr zu sehen.

Kurz überlege ich, mich auf den kalten Boden zu legen, zucke dann aber mit den Achseln und schlüpfe zu Richard ins Bett. Schon trägt mich die schwere Müdigkeit davon, und ich schlafe ein.

KAPITEL 9

Januar 1844

»Nein, keine Widerrede. Das ist das Mindeste, was ich für dich tun kann.« Mit verschränkten Armen steht Hilde vor mir und sieht aus, als wolle sie gleich mit den Füßen aufstampfen. »Ich weiß sehr wohl, was du gestern für mich und Johanna getan hast. Das ist mit nichts wiedergutzumachen. Also nimm wenigstens die alten Gewänder und unnützen Dinge von mir an. Bitte.«

Sie reicht mir eine lederne Reisetasche, in der sich drei Kleider, Unterwäsche und ein paar unnütze Dinge, wie sie es so schön genannt hat, befinden. Außerdem hat sie mir bereits eine winzige Handtasche und einen warmen Mantel mit passendem Hut geschenkt. Unentbehrlich in Berlin, meinte sie. Sie wolle sich ja nicht für meine Wenigkeit schämen.

»Danke, Hilde, für alles.« Ich räuspere mich, um den Kloß aus dem Hals zu bekommen. Der hat sich allerdings beharrlich dort eingenistet. »Auch dafür, dass wir Freundinnen geworden sind. Ich werde dich sehr vermissen, aber ich glaube, auf dem Rückweg werden wir eure Gastfreundschaft noch einmal in Anspruch nehmen müssen. Falls ihr es erlaubt.«

Wir schließen uns in die Arme und versuchen beide krampfhaft, nicht zu weinen.

»Wehe euch, wenn ihr auf der Heimreise nicht herkommt. Dann bekommt ihr meine Rache zu spüren.« Hilde kichert, während sie versucht, ein böses Gesicht zu machen.

Es klopft. »Herein!«, rufen wir wie aus einem Mund.

Heinrich öffnet die Tür und schaut zwischen uns hin und her. »Es wird Zeit, die Kutsche wartet. Komm, Marie, ich nehme deine Tasche.«

Nach einem letzten Blick auf die kleine Johanna, die friedlich schlafend in Hildes Arm liegt, folge ich Heinrich. Hinter mir höre ich Hilde leise schniefen, und auch ich kann nur mit Mühe und Not die Tränen zurückhalten.

* * *

Unten steht eine Art Droschke, vier Pferde sind eingespannt. Richard hat sie mit dem dazugehörigen Kutscher für die Fahrt zum Bahnhof gemietet. Die Bezahlung hierfür, für die Zugfahrkarten und auch das Geld, mit dem wir in Berlin erst mal über die Runden kommen, hat uns der gute Heinrich geliehen. Ich hoffe, wir werden in der Lage sein, es ihm zurückzuzahlen.

Als ich gerade einsteigen will, höre ich Hildes aufgeregte Stimme: »Wartet, ich habe noch eine Kleinigkeit zu essen und zu trinken für unterwegs eingepackt. Wer weiß, wann ihr wieder etwas bekommt.« Schniefend reicht sie mir den gefüllten Korb.

Heinrich nimmt Hilde sanft am Arm und sagt nun resoluter, als man es von ihm kennt: »Schluss jetzt. Ab mit euch, sonst verpasst ihr das dampfspeiende Ungeheuer. Und du, meine liebe frischgebackene Mutter, gehörst ins Bett.«

Womit er sicherlich recht behalten würde, wenn Richard und ich nicht unsere Hände mit im Spiel gehabt hätten.

Wir winken einander zum Abschied, dann schnalzt der Kutscher mit der Zunge. Das Gespann setzt sich in Bewegung, und ich lasse meinen Tränen ihren Lauf.

* * *

Wir fahren ein paar Kilometer durch verschneite Wälder und Wiesen, von der Stadt ist schon lange nichts mehr zu sehen.

Richard hat mir erklärt, dass die Bevölkerung von Neustadt-Eberswalde den Bahnhof nicht in ihrer Nähe haben wollte, da die Leute doch insgeheim Angst hatten vor den mit Dampf angetriebenen Lokomotiven. Er ist auch erst seit wenigen Monaten in Betrieb. Die Bahn fährt die Strecke Berlin – Stettin und zurück, wenn sie frei ist, sogar mehrmals täglich.

Der schweigsame Kutscher hilft uns mit unserem Gepäck bis zum Bahnsteig, dann verabschiedet er sich einsilbig von uns.

Richard schaut auf die große Bahnhofsuhr. »Die Eisenbahn sollte in zehn Minuten eintreffen. Möchtest du dich setzen?«

Energisch schüttele ich den Kopf. »Nein, die Fahrt hierher hat mir fürs Erste genügt. Im Zug sitzen wir ja auch eine ganze Weile. Ich denke, da schadet es nichts, sich noch ein wenig die Beine zu vertreten.«

* * *

Die Lokomotive ist schon von Weitem zu sehen. Stetig steigt der Qualm aus dem breiten Schornstein. Kein Wunder, dass die Neustädter diese Ungetüme nicht in ihrer Nähe haben wollen. Das Rumpeln der Räder lässt den gefrorenen Boden vibrieren, und als sie in den kargen Bahnhof einfährt, kreischen die Bremsen ein fürchterliches Lied, dass einem die Haare zu Berge stehen lässt.

Die Waggons für die Personenbeförderung erinnern an Kutschen mit Verdeck und verhangenen Fenstern. Richard hilft mir beim Einsteigen, da es mir in dem ausladenden Kleid, das Hilde mir geschenkt hat, recht schwerfällt, dort hineinzukommen.

Als die Fahrt losgeht, wird mir klar, dass es sich hierbei nicht um eine vertraute Reise mit der Bahn handelt. Es rattert und zischt, und immer wieder ruckelt der Waggon. Stoßdämpfer kannte man offensichtlich nicht in dieser Zeit.

Ich versuche mein Glück und beginne eine Unterhaltung mit Richard.

»Sag mal, wie kommt es, dass du deine Familie jetzt in Berlin vermutest? Ich meine, es ist ja ganz klar ein weiter und zum Teil auch beschwerlicher Weg.«

Seine dunklen, schön geschwungenen Augenbrauen fahren fragend in die Höhe. »Dafür müsstest du mehr über die Geschichte unserer Verwandten erfahren. Soll ich dir ein wenig von Lizzy und den anderen erzählen, dann vergeht die Zeit etwas schneller?« Als er mein Nicken sieht, fährt er fort: »Großvater war nicht immer der Greis, als den du ihn kennst. Du musst wissen, dass er ein sehr gebildeter Mann ist. Er studierte in Erlangen, und später dozierte er auch dort – er war ein angesehener Professor. 1784 besuchte er seine Eltern auf dem alten Familiensitz in der Nähe von Berlin. Er war mit dem Pferd unterwegs, als er auf deine Urgroßmutter traf, die zu Fuß des Weges kam und wohl einen hilfsbedürftigen Eindruck auf ihn machte. Selbstverständlich bot er ihr seine Hilfe an, die sie jedoch ablehnte. Nichtsdestoweniger begannen sie ein Gespräch. Lizzy gaukelte ihm irgendeine verworrene Geschichte vor, die er ihr natürlich nicht abnahm. Aber er hatte sich Hals über Kopf in dieses wundervolle Geschöpf, wie er später immer so schön erzählte, verliebt. Sie gingen zusammen ein Stück des Weges und unterhielten sich über dieses und jenes. Dabei fiel meinem Großvater auf, wie wenig Lizzy von der Welt wusste, obwohl sie sich sehr gewählt ausdrückte und aus gutem Hause zu stammen schien.

Vieles an ihr fand er widersprüchlich, obwohl sie ihn bezauberte. Nicht umsonst war er Professor für Geschichte geworden, ihn interessierten historische und politische Zusammenhänge und die dazugehörigen menschlichen Schicksale lagen ihm am Herzen. Es reizte ihn, hinter das Geheimnis der jungen Frau zu kommen.«

Fasziniert hänge ich an Richards Lippen und kann mir die Situation bildlich vorstellen.

»Sie kehrten beide in einem Gasthof unweit des Weges, an dem sie sich begegneten, ein. Dort kam es zu einem schlimmen Streit zwischen Paul und zwei Trunkenbolden, die es darauf abgesehen hatten, die etwas merkwürdig gekleidete Lizzy zu beleidigen. Insgeheim hatten sie wohl gehofft, ein kleines Stelldichein mit ihr zu haben. Großvater wollte die Ehre der Dame unbedingt verteidigen, doch einer der Männer zog plötzlich ein Messer und stach es ihm in die Rippen. In dem großen Tumult, der daraufhin in dem Wirtshaus entstand, beugte sich Lizzy über ihn und heilte seine Verletzung.«

Wie mutig von ihr. Gebannt lausche ich der Geschichte.

»Da er bei Bewusstsein war, bekam er alles mit. Lizzy war einer Ohnmacht nahe, doch er kümmerte sich rührend um die geschwächte Helferin und eroberte dadurch noch den Rest ihres Herzens im Sturm. Sie erzählte ihm ihre Geschichte. Eine Geschichte, die ihm entfernt bekannt vorkam, da er in alten Schriften etwas Ähnliches gelesen hatte.« Lächelnd schaut mich Richard an, bevor er lebhaft weitererzählt. »So verliebten sie sich ineinander, und bereits eine Woche später heirateten sie. Lizzy wurde zu Elisabeth von Weilheim, Gattin des Professors Paul von Weilheim. Eine angesehene Frau, die so manches Geheimnis hatte. Paul widmete sich hingebungsvoll der Erforschung des neuen Familiengeheimnisses. Jede freie Minute brütete er über den Büchern und wollte mehr über die Gabe erfahren.«

Das kann ich sehr gut nachvollziehen, da es mir genauso geht.

»Im Jahre des Herrn 1790 wurde dann die Liebe der beiden mit der Geburt meiner Mutter Lena belohnt. Sie vergötterten sie, hatten die zwei in ihrem Alter doch nicht mehr mit gemeinsamen Kindern gerechnet. Leider war es zur damaligen Zeit nicht erlaubt, dass Frauen studierten. So kam es, dass Lena zu Hause von einem Privatlehrer unterrichtet wurde. Ihr herausragender Intellekt fiel allen auf. Großvater nahm sie bei der Hand und stellte sie als seine persönliche Assistentin ein, was viele für einen verrückten Einfall hielten.«

Ich habe das Bedürfnis, Richard eine widerspenstige Locke aus der Stirn zu streichen, halte jedoch kurz vorher inne, da er mich mit einem ernsten Blick mustert.

»Da es sich aber um seine eigene Tochter handelte, fand man daran nichts Anstößiges. 1811 wurde er an die neu gegründete Universität in Berlin berufen. Lena und Lizzy, die bei Paul war, so oft es ging, zogen mit ihm in die Stadt. Hier gehörte er zu dem Umfeld von so wichtigen Männern wie Friedrich Ludwig Jahn und Schleiermacher. Er wurde Mitglied des patriotischen Kreises, war einer der Befürworter der Burschenschaften und nahm am Wartburgfest teil. Dadurch schaffte er sich mächtige Feinde.«

Allein die Lebensgeschichte meiner Großmutter wäre es wert, verfilmt zu werden.

»Meine Mutter hatte indes meinen Vater Burkhard von Reichen kennen und lieben gelernt. Sie heirateten, und 1814 wurden sie erstmals Eltern. Bernhard kam zur Welt, und 1816 zog der kleine Richard nach. Im Jahre 1819 setzte dann Metternich die Karlsbader Beschlüsse durch. Weißt du, was es damit auf sich hat?«

Mittlerweile kommt es mir vor, als wäre ich im Besitz eines Privatdozenten der Geschichte, daher bin ich ein wenig überrumpelt, als er mich so unverhofft direkt anspricht. »Nein. Ich kann mich nur dunkel an diese Epoche erinnern. Hatte es nicht mit der Sache zu tun, dass man Gelehrten und Studenten das freie Denken verbieten wollte?«

»Ja, in etwa.« Er wirkt etwas irritiert von meiner plumpen Zusammenfassung, was ich an seinem Stirnrunzeln erkenne. »Man könnte es so erklären: Die Burschenschaften wurden verboten, Bücher und Zeitungen zensiert, Universitäten und Professoren überwacht, jeder kritische Geist bekämpft – das war die Demagogenverfolgung.« Während dieser Aufzählung hält er nacheinander die Finger seiner Hand nach oben und macht ein ernstes Gesicht. »Die Schlingen um die Hälse von Vater und Großvater zogen sich also beständig fester zu. So kam es, dass unsere Familie Berlin verließ. Wir zogen aufs Land. Die beiden Männer gründeten eine kleine Schule und unterrichteten dort. Der Kontakt zu den Freigeistern ist bis heute nicht abgebrochen. Da nun andere Zeiten anbrechen, trauen sie sich wieder in den Hexenkessel Berlin, denn hier haben sie immer noch viele Freunde, die mittlerweile auch einflussreicher geworden sind. Ich denke, bei einem von ihnen werden wir die Unseren finden.« Er lächelt mich an, was ich etwas befangen erwidere.

»Wie hat deine Mutter es verkraften können, dass Urgroßmutter Lizzy ständig weg musste?« Ich versuche mich in das zarte Kinderherz hineinzuversetzen, das jedes Mal für eine gewisse Zeit von seiner Mutter getrennt wurde.

»Das ist eine gute Frage. Sie zeugt davon, wie einfühlsam du bist. Großmutter hatte sie von klein auf darauf vorbereitet. Immer wieder sagte sie ihr, dass Mama für eine kurze Weile weggehen würde, jedoch bald wieder nach Hause käme. Sie versicherte ihr beständig ihre Liebe, und dadurch fiel es Lena nicht so schwer. Die meisten Jahre ihres Lebens verbrachte Lizzy in unserer Zeit. Ab und zu wollte sie nach dem Rechten sehen, und sie hegte stets die Hoffnung, dass deine Oma oder du selbst sich bei ihr melden würde. Klar war das winzige Kinderherz traurig, aber trotz allem kam sie ja immer zurück. Bis vor Kurzem.« Tiefe Trauer zeichnet sein Gesicht.

»Ja, aber der Schuldige hat seine gerechte Strafe erhalten«, versuche ich ihn aufzumuntern.

»Meiner Meinung nach hätte er eine härtere als den Tod verdient!«

Wir schweigen, und jeder denkt über die gerade gesagten Worte nach. Das scheint auf dieser ruckeligen Fahrt zur Routine zu werden.

»Warum war deine Großmutter nur so wild entschlossen, dich von Lizzy fernzuhalten?« Richard dreht seinen Oberkörper zu mir, um meine Miene besser deuten zu können. Eindringlich mustert er mich.

»Wenn ich das nur wüsste. So, wie ich es verstanden habe, war sie als Kind der ganzen Sache gegenüber sehr aufgeschlossen. Ich kann mir ehrlich gesagt nicht vorstellen, dass sie als erwachsene Frau immer noch eifersüchtig war, weil das Erbe der Gabe nicht für sie bestimmt war. So ein engstirniger Mensch ist sie eigentlich nicht.« Ratlos schüttele ich den Kopf.

»Genau das habe ich auch gedacht, als ich sie kennengelernt habe. Da muss es eine andere Erklärung geben. Nur welche?«

Wir schauen uns an, in der Hoffnung die Antwort beim Gegenüber zu finden.

»Vielleicht schaffen wir es ja eines Tages, auf die Lösung dieses Geheimnisses zu kommen.«

Richard streichelt mir sanft den Unterarm. »Es ist nur so, dass es deiner Urgroßmutter ein Leben lang ein Rätsel geblieben ist, warum sich die eigene Tochter so abrupt von ihr abgewandt hat. Das hat sie tief getroffen, schließlich seid ihr auch ein Teil der Familie.«

Nun ist es an mir, ihm etwas zu gestehen, über das ich mir schon meine Gedanken mache, seit ich in dieses Abenteuer geschlittert bin. »Du musst wissen, dass es mich schwer belastet.

Ich habe ein schlechtes Gewissen aufgrund der Geschichte. Es ist mir unerklärlich, warum ich selbst als erwachsene Frau keinen Kontakt zu ihr gesucht habe. Ich schäme mich, dass ich mich so instrumentalisieren ließ und nicht eigenständig nachgedacht habe. Das macht mir zu schaffen. Es tut mir so leid, sie nie richtig kennengelernt zu haben.« Tränen treten mir in die Augen, die ich versuche wegzublinzeln.

Richard sieht es trotzdem und nimmt mich tröstend in die Arme.

»Ich kann dir versichern, Marie, sie hätte dich über alle Maßen gern gehabt. Du bist ihr teilweise sehr ähnlich.« Seine Hand streichelt liebevoll meinen Rücken. Selbst durch die verschiedenen Stofflagen der Kleidung spüre ich die Wärme, die sie ausstrahlt.

Eine solche Geborgenheit habe ich schon lange nicht mehr gefühlt. Verlegen hebe ich die Wange von seiner Brust und lächele zaghaft. Ich merke, wie erneut der Sog der Anziehungskraft an mir reißt, doch ich wende mich von ihm ab. »Eine weitere Frage, die mir auch immer wieder durch den Kopf geht: Warum hat sie ihre Ansicht so plötzlich geändert?«

Richard macht ein nachdenkliches Gesicht, kommt aber zu keinem befriedigenden Ergebnis. Er zuckt mit den Achseln und versucht mich von meinen grübelnden Gedanken abzulenken, indem er sagt: »So, Mariechen, jetzt denken wir mal an etwas anderes und genießen ein wenig die Fahrt mit diesem ausgesucht schnellen Gefährt.« Fröhlich zwinkert er mir zu. Draußen ziehen die Felder und Wälder langsam vorbei – bei dem Tempo sind wir erst nächste Woche in Berlin.

* * *

Ich muss eingeschlafen sein, denn plötzlich werde ich vom Quietschen der Bremsen wach. Der Zug kommt ruckelnd zum Stehen.

»Berlin, ick liebe dir«, gibt Richard schmunzelnd von sich. Kaum dass seine Füße den Boden des Bahnsteigs berührt haben, eilt auch schon ein Junge in zerlumpter Kleidung heran.

»Hallo Meester, kann ick Ihre Koffer tragen?«

Ich muss mich zusammenreißen, so kitzelt das eben Gesagte an meinen Lachmuskeln.

Der kleine Kerl schaut mit hochgezogenen Augenbrauen zu mir. »Veralbern kann ick ma selba.«

Als er sich umdrehen und beleidigt davoneilen will, hält Richard ihn zurück und erklärt ihm, dass ich das erste Mal in Berlin bin und daher auch erstmals den hiesigen Dialekt höre. Offenbar genügt ihm das als Erklärung, denn er lässt sich dazu herab, unseren Koffer zum Ausgang zu tragen.

Draußen herrscht emsige Betriebsamkeit. Der Bahnhof liegt inmitten einer belebten Gegend, so recht erkennen kann ich nichts, aber es fasziniert mich. Richard erklärt mir, dass dies der Potsdamer Platz ist, früher einmal Platz vor dem Potsdamer Thor genannt.

Die Allee ist mit Kopfsteinen gepflastert, und außer Kutschen in allen erdenklichen Ausführungen sind keine weiteren Gefährte zu sehen. Die meisten Menschen gehen zu Fuß, dick in Mäntel eingehüllt, da ein eisiger Wind durch die Straßen fegt. Die Umgebung wirkt grau und trist, als hätte jemand eine Schwarz-Weiß-Aufnahme gemacht. Der kleine Kofferträger ruft uns noch eine Kutsche und zieht dann freudestrahlend mit seinem Lohn davon.

»Du hättest dich nicht über ihn lustig machen sollen.« Richard schaut mich streng an.

Erneut muss ich schmunzeln, als ich an die Aussprache des Jungen denke. »Nein, ich habe ihn nicht ausgelacht, er war einfach so niedlich mit der Berliner Schnauze.«

»Du hast den Stolz des Kleinen verletzt«, wirft er mir tadelnd vor.

»Und du hast ihn mit einem ordentlichen Trinkgeld wieder repariert«, gebe ich gespielt schnippisch zurück.

Nun muss Richard lachen. »Dennoch wird er so schnell keiner vornehmen Dame mehr in die Augen schauen können, wenn er mit ihr spricht. Dank dir.«

»Ja ich bin eine männermordende Schlange. Zisch«, erwidere ich kichernd. »Aber jetzt erzähl mir mal bitte, wo wir hinfahren.«

»Wir fahren zu Henriette Herz, sie wird dir gefallen. Sie ist eine enge Freundin unserer Familie.«

Kurz darauf halten wir vor einem hohen weißen Gebäude, das durch seine schlichte Eleganz besticht.

* * *

»Richard, mein Schatz. Was bringt dich dazu, einer ältlichen Frau wie mir einen Besuch abzustatten?« Formvollendet beugt sich der Angesprochene über die ihm angebotene Hand und haucht einen unsichtbaren Kuss auf sie. »Und wer ist dieses entzückende Wesen, das sich so diskret im Hintergrund hält?«

Damit bin wohl ich gemeint. Ich trete zu der nicht mehr ganz so jungen, aber immer noch sehr schönen Henriette und mache einen kleinen Knicks. Machte man damals so etwas?

»Wie reizend. Sag mir nicht, du hast geheiratet und dich einem anderen Geschöpf als dir selbst ausgeliefert? Jedoch, wenn ich mir das Mädchen so anschaue, kann ich es dir nicht verdenken.« Sie mustert mich von oben bis unten.

Dank meines errötenden Gesichts erstrahlen ihre Wangen noch mehr. Ihr weiß-silbriges Haar leuchtet wie ein Heiligenschein auf dem Kopf.

Richard, der die ganze Zeit still vor sich hin gelächelt hat, macht uns miteinander bekannt. »Liebe Henriette, darf ich dir meine Gemahlin Marie von Reichen vorstellen?«

»Also doch. Gratuliere euch beiden. Wenn du nur annähernd so intelligent wie hübsch bist, dann werdet ihr ein glückliches gemeinsames Leben haben. Ich wünsche es euch von ganzem Herzen.« Sie reicht mir die Hand.

»Danke. Sie können mich gern Marie nennen.«

»Glaube mir, Marie, was anderes hatte ich auch gar nicht vor!«

Von wegen Frauen in der Zukunft haben ein loses Mundwerk. Diese Dame ist direkter als so manches weibliche Wesen in meiner Zeit. Man hat das atemlose Gefühl, von ihr niedergerissen zu werden, wenn sie mit einem spricht. Sie ist der Wahnsinn.

»So, und nun erzählt ihr mir, warum ihr unangekündigt hier auftaucht … was kein Vorwurf sein soll.« Vornehm zeigt sie auf die beiden eleganten Stühle.

Nachdem ich Platz genommen habe, schaue ich mich diskret um. Die Einrichtung wirkt sehr gediegen. An den Wänden hängen Gemälde und Landschaftsbilder, alles in Öl auf Leinwand gemalt. Manche dieser Kunstwerke sind so faszinierend, dass es den Betrachter reizt, näher heranzutreten.

Das Mobiliar sieht edel aus und war sicherlich für damalige Verhältnisse sehr teuer. Allein die Stoffe, mit denen die Stühle bezogen sind, müssen ein Vermögen gekostet haben.

Richard versucht, Henriette die Vorfälle in zensierter Fassung zu schildern, und endet mit der Frage, ob sie oder einer ihrer Freunde wüsste, wo sich Paul von Weilheim aufhält.

Bedauernd schüttelt Henriette den Kopf. »Ich enttäusche euch nur ungern. Mir ist der Aufenthaltsort deines Großvaters nicht bekannt. Ich werde ein paar Briefe schreiben und einen Boten zu den verschiedenen Herren schicken, die damals mit Paul verkehrten, vielleicht hat jemand von ihnen etwas von ihm gehört. Betrachtet euch als meine Gäste. Das Personal wird euch zu eurem Gemach führen. Die Bibliothek steht meinen Besuchern selbstverständlich uneingeschränkt zur Verfügung. Abendessen gibt es um sieben.«

Damit sind wir wohl entlassen. Sie läutet nach einem der Mädchen, das uns auf das Zimmer bringen soll.

* * *

»Die Frau ist eine Naturgewalt. Ich fühle mich wie durch den Wolf gedreht. Aber ich finde sie bewundernswert.« Begeistert rudere ich mit den Armen.

Richard beobachtet mich lächelnd. Wir stehen in dem Schlafzimmer und packen die Kleidungsstücke aus, die Heinrich und Hilde uns mitgegeben haben.

»Ja, sie ist eine faszinierende Dame. Ich dachte mir bereits, dass sie dir imponieren würde.«

Zu den Räumen gehört auch ein kleiner Salon, in dem man uns in diesem Moment einen Tee serviert.

Nachdem wir ausgepackt haben, setzen wir uns an das kleine Tischchen. Richard erklärt mir nun ausführlicher, welch herausragende Stellung Henriette Herz in der Berliner Gesellschaft des beginnenden 19. Jahrhunderts hatte. Ich bin beeindruckt. Sie ist noch einflussreicher, als ich bisher dachte. Eine schillernde, historische Größe, der ich persönlich begegnen darf – ich fühle mich geehrt.

»Wollen wir nach unten in die Bibliothek? Dort können wir uns ein Buch ausleihen. Lesen vertreibt die Last des Wartens.«

Richard hält es nicht lange ohne eine Beschäftigung aus. Da ich im Moment genug damit zu tun habe, mir jede Kleinigkeit in den beiden Zimmern anzuschauen, kann bei mir von Langeweile keine Rede sein. Es ist, als wäre ich in einem Museum, jedoch darf ich hinter die Absperrung und die Dinge, die ich sehe, anfassen.

»Mm, ja, können wir machen.« Ich tue mich schwer, von alldem Nippes abzulassen, nehme mir aber vor, nachher mit meiner Inspektion fortzufahren.

* * *

Entgeistert halte ich eine signierte Ausgabe von Goethes Faust in der Hand. »Für Henriette?«

»Das wollte ich dir gern zeigen. Das ist das Buch, durch das ich Goethe kennen und schätzen gelernt habe.«

»Sie kannte sogar ihn?« Ich muss einen lustigen Anblick bieten, denn Richard fängt laut an zu lachen und kriegt sich nicht mehr ein. Am liebsten würde ich ihn erwürgen.

Als er sich beruhigt hat, lässt er sich dazu herab, mir die Frage zu beantworten. »Ja, Marie, sie ist mit vielen Leuten eng vertraut, die in deiner Zeit fast jedes Kind kennt. Zu ihrem Freundeskreis gehören unter anderem die Gebrüder Grimm, die übrigens auch mit Großvater in ständigem Kontakt stehen. Sie ist sogar mit den Humboldt-Brüdern, Fichte, dem ersten Rektor der hiesigen Universität, befreundet, und der berühmte Theologe Schleiermacher hat es ihr besonders angetan. Man munkelt hinter vorgehaltener Hand, dass sie seinetwegen dem christlichen Glauben beigetreten ist.« Vielsagend hebt er seine rechte Augenbraue.

»Du musst wissen, sie war vorher Jüdin. Ich halte dies aber für ein Gerücht, denn wenn Henriette etwas will, dann holt sie es sich. Solche Umwege wären unter ihrem Niveau. Jetzt schaust du wieder so zornig, nur weil ich Dinge weiß, die du nicht weißt. Wie sagte deine Urgroßmutter so schön: Mut zur Lücke!« Immer noch muss er ein Lachen verkneifen, und in seinem unschuldigen Blick kann ich eindeutig Spott erkennen.

Nachdem wir uns beide ein Buch ausgesucht haben, ziehen wir uns in unser Zimmer zurück, wo wir uns die Zeit bis zum Abendessen mit Lesen vertreiben. Ich versuche, ihn so gut es geht zu ignorieren, was mir nicht sonderlich gut gelingt. Immerzu wandern meine Augen von selbst zu seinem wie gemeißelten Antlitz.

* * *

Der Wein, den Henriette zum Essen kredenzt, schmeckt köstlich. Er rinnt meine Kehle hinab und lässt ein angenehm warmes Gefühl im Magen zurück, als plötzlich ein Dienstbote ins Zimmer kommt und der Hausherrin einen Umschlag überreicht.

Sie öffnet den Brief und reicht ihn schließlich nach einem kurzen Blick auf den Inhalt an Richard.

Er liest ihn schnell und gibt ihn mir dann, ohne ein weiteres Wort zu sagen.

Mein geliebter Sohn,
zu Deiner Schande muss ich wieder einmal feststellen: Du hast Dich nicht an unsere Vereinbarung gehalten.
Wir sehen uns geehrt, die Gastfreundschaft der Gebrüder Grimm in Anspruch nehmen zu dürfen.
Da der Brief unserer Freundin Henriette erst spät am Abend bei uns eingetroffen ist, sind dein Großvater und ich übereingekommen, heute nicht mehr das Haus zu verlassen.
Es würde uns sehr freuen, Dich morgen im Tiergarten an der Löwenbrücke zu treffen. Gegen zehn, das wäre eine gute Zeit für einen morgendlichen Spaziergang. Die Familie wird uns begleiten.
Wir sehen dem morgigen Tag mit Freude entgegen.
Ich verbleibe liebevoll, Dein Vater.

Ich kann mir nur vorstellen, dass sich Onkel Burkhard so geschwollen ausdrückte, weil er vor dem Abfangen des Briefes Angst hatte.

Langsam lasse ich das Papier sinken und schaue zu Richard.

»Ich denke, das sind doch gute Neuigkeiten, mein Lieber.« Henriette scheint in der kurzen Zeit, in der sie das Schriftstück in den Fingern hielt, genug gelesen zu haben.

»Ich hoffe es. Warten wir ab, was sie uns morgen erzählen. Henriette, wenn du uns jetzt entschuldigen würdest. Ich bin sehr müde von der Reise und möchte zeitig zu Bett, um in der Frühe frisch zu sein.« Er erhebt sich und reicht mir die Hand, die ich augenblicklich ergreife.

»Ihr Lieben, selbstverständlich habe ich dafür Verständnis. Schlaft recht schön.«

Sie nickt uns huldvoll zu und macht dann eine wegscheuchende Handbewegung in unsere Richtung. Das Lächeln, das sich hierbei auf ihrem Gesicht zeigt, beruhigt mich, und wir gehen nach oben.

* * *

Wieder eine Nacht im selben Bett. Ich bin gestern Abend gleich schlafen gegangen, während Richard noch im Salon nebenan gelesen hatte. Ob er mir damit aus dem Weg gehen oder uns irgendwelche Peinlichkeiten ersparen wollte, kann ich nicht sagen. Aber er hilft mir dadurch natürlich, die Distanz zu ihm zu halten. Körperlich. Der seelische Abstand verringert sich mit jedem Tag, den ich mit ihm verbringe. Meine Gefühle für ihn gehen schon über einfache Verliebtheit hinaus. Wie könnte man einen solchen Mann nicht begehren? Charismatisch, dunkel, gefährlich, einfühlsam, alles in allem eine Mischung, die einem unter die Haut geht. Und immer wieder plagt mich das schlechte Gewissen, da ich weiß, dass es falsch wäre, meinen Gefühlen Raum zu lassen. Ich kann und darf ihnen nicht nachgeben.

Als ich nun wach werde, liegt sein dunkler Haarschopf auf dem Kissen neben mir. Es wäre so leicht, jetzt die Hand auszustrecken und über seine Haare zu fahren. Dieser Mann zieht mich an. Kurz flammt vor meinem geistigen Auge ein Bild auf, wie eine Motte, fasziniert vom Licht, doch plötzlich verbrennt sie in der Flamme und sinkt leblos zu Boden. Ich habe regelrecht Angst, mir die Finger an ihm zu versengen und dann mit gebrochenem Herzen am Boden zu liegen. Ich bin ein gebranntes Kind, und die scheuen bekanntlich das Feuer. Mir soll es recht sein, dass wir zusammen in einem Bett schlafen, denn er ist ein Mann von Ehre. Aber dem Sog, den er auf mich ausübt, werde ich versuchen zu entkommen. Entschlossen stehe ich auf und wasche mich mit dem Wasser aus dem bereitstehenden Krug. Es ist bitterkalt. Hier lerne ich die kleinen Annehmlichkeiten meines bisherigen Alltags zu schätzen.

Nachdem ich mich notdürftig frisch gemacht und angekleidet habe, wecke ich den schlafenden Adonis. Zaghaft berühre ich ihn an der Schulter. »Richard, aufwachen.«

Müde öffnet er die Augen, wie zwei Magnete lassen sie meinen Blick nicht mehr los. »Ähm, ich … die Sonne scheint bereits. Wenn wir noch frühstücken wollen, bevor wir uns mit den anderen im Park treffen, solltest du jetzt aufstehen.« Er richtet sich ein Stück auf und stützt den Kopf auf seine Hand. Er beobachtet mich, wie ein Raubtier die greifbare Beute, und sagt dabei kein Wort.

Ich versuche, mir nicht anmerken zu lassen, wie nervös mich der wenig bekleidete Richard mit seinem hypnotisierenden Blick macht. Es misslingt mir, was ich an dem anzüglichen Grinsen erkenne. Von wegen Mann von Ehre!

Demonstrativ drehe ich ihm den Rücken zu und gehe in den angrenzenden Salon, wo ich artig sitzen bleibe und auf ihn warte, während ich das Buch von gestern weiterlese.

* * *

Jemand hat Sand auf den Gehwegen im Park verstreut, damit niemand auf dem zentimeterdicken Eis ausrutschen kann, das sich auf den Trampelpfaden gebildet hat. So ist es uns möglich, den Spaziergang an diesem schönen sonnigen Wintermorgen zu genießen.

Die Sonne lässt den Schnee in den Bäumen hell glitzern, hin und wieder huschen ein einsames Eichhörnchen oder ein Hase über das jungfräuliche Weiß. Es ähnelt ein bisschen dem Tag, an dem ich Richard blutend im Dickicht fand. Die Erinnerung daran lässt mich frösteln.

Richard greift wie selbstverständlich nach meiner Hand und legt sie auf seinen Arm.

»Wir haben noch ein wenig Zeit. Komm, wir spazieren ihnen entgegen. Die Grimms wohnen am südöstlichen Ende des Tiergartens, wenn wir sie in der Mitte treffen, können wir sicherer sein, nicht belauscht oder verfolgt zu werden. Zumindest nicht, ohne es mitzubekommen.« Er wirkt angespannt, versucht es jedoch so gut wie möglich zu verbergen. Jemanden, der ihn nicht kennt, kann er damit vermutlich täuschen, mir ist er aber mittlerweile so vertraut, dass ich das Laienspiel durchschaue.

Unsere Schritte passen sich an, und wir gehen, einem geheimen Rhythmus folgend, harmonisch nebeneinander her. Fast ist es mir etwas unheimlich, wie unsere Füße in stillem Einklang ihren Weg durch den Tiergarten suchen. Mein kleines romantisches Herz erfreut sich daran und jubiliert in lauten Tönen.

Es ist gut, dass die Sonne uns wärmt und die Kälte vergessen lässt. An den Atemwolken, die vor uns herschweben, erkennt man die wahren Temperaturen, die zurzeit vorherrschen.

Die Bäume und Sträucher sind nicht annähernd so hoch wie in 170 Jahren, dadurch können wir besser erkennen, wenn jemand näher an uns herankommt. Aber um diese Uhrzeit ist kaum eine Menschenseele zu erblicken. Trotzdem nehme ich mir vor, immer ein Auge auf die Umgebung zu haben.

Dann sehen wir sie. Richard drückt meine Hand, und zum Zeichen, dass ich sie auch gesehen habe, streiche ich über seinen

Arm. Gemessenen Schrittes gehen wir weiter. Die anderen tun es uns gleich, nur Johann stürmt uns entgegen. Überschwänglich rudert er mit den Ärmchen und fliegt auf uns zu.

»Onkel Richard, Onkel Richard!« Dieser breitet die Arme aus und fängt den kleinen, jauchzenden Mann auf, um sich anschließend wild mit ihm im Kreis zu drehen.

»Hey, Großer. Bist du etwa schon wieder gewachsen und schwerer geworden? Ich kann dich kaum noch hochheben.«

»Nein, Onkel, das ist so, wenn man alt ist, dann wird man auch schwächer!« Ganz altklug nickt er eifrig mit seinem Lockenköpfchen.

Langsam kommt der Rest der Familie hinzu. Richard und ich sind erleichtert, die blonde Else zu sehen. Von den anderen werden wir ebenfalls liebevoll begrüßt.

In diesem Moment schaut mich Paul kopfschüttelnd an. »Mädel, ich hatte dir doch eindeutig gesagt, dass du nicht herkommen sollst, wenn es sich vermeiden lässt?« Sein Blick wandert zu Richard. »Was geht in deinem Kopf vor, sie einer solchen Gefahr auszusetzen?«

Der Verurteilte senkt pflichtschuldig das Haupt. Paul strahlt eine solche Autorität aus, es ist kaum zu fassen, dass er fast 100 Jahre alt ist. »Sie war nicht davon abzubringen. Ich hätte sie größerer Gefahr ausgesetzt, wäre sie mir auf eigene Faust gefolgt, also habe ich sie mitgenommen. Wir ergänzen uns ausgezeichnet«, fügt Richard trotzig hinzu.

»Und wie, bitteschön, hast du Henriette die Anwesenheit von Marie erklärt?«, fängt Burkhard an, sich ebenfalls an diesem Streitgespräch zu beteiligen.

Richard tritt verlegen gegen einen unsichtbaren Stein und lächelt dabei wie ein kleiner verschmitzter Junge. Ich kann kaum meinen Augen trauen, als ich sehe, dass eine leichte Röte sein Gesicht überzieht. »Tja, da habe ich mich der Idee von Johann bedient. Marie ist meine Frau. Wir sind seit ungefähr zwei Wochen miteinander verheiratet, nachdem ihr Vater darauf bestanden hatte.« Schulterzuckend sieht er von einem zum anderen.

Paul schaut ihn ernst an. »Für das Erste ein guter Einfall, doch so schnell lässt sich eine Heirat nicht lösen, das ist dir hoffentlich bewusst, oder?« Nun blickt er mich erneut grimmig an. »Solltet ihr vorhaben, diesem Spielchen Taten folgen zu lassen, müssen wir uns etwas überlegen. So eine Sünde dulde ich in meiner Familie nicht. Da du auf die eine wie mittlerweile auch auf die andere Weise ein Familienmitglied bist, möchte ich dich bitten, das zu akzeptieren.«

Wieder einmal verzweifele ich an meinem Gesicht, das sich anfühlt, als wäre ein Heizstrahler darauf gerichtet. Mit Sicherheit kann jeder meine glühenden Wangen sehen.

Tante Lena eilt mir beschützend zur Hilfe. »So, Vater, jetzt lass das Mädchen mal in Ruhe, sie ist hier nicht aufgewachsen, weiß aber bestimmt, was Sitte und Anstand gebieten. Komm, kleine Schwiegertochter. Wir zwei gehen ein wenig spazieren, während die Männer miteinander sprechen.« Sie hakt sich bei mir ein und schlendert an Johann und Else vorbei, die mir einen mitleidigen Blick zuwirft.

»Warum bist du mit ihm zurückgekommen?«, beginnt sie ihr Verhör.

Was soll ich ihr darauf antworten? Die Wahrheit! Ja, aber wie soll man ehrlich sein, wenn man die Antwort selbst nicht kennt? »Ich weiß es nicht. Irgendwie wollte ich ihn nicht allein in diese Gefahr ziehen lassen. Solange ich bei ihm bin, kann ich ihm wenigsten helfen. Und ich hatte Angst um euch. Dann hatte ich einen Albtraum. Ich sah, wie Männer Else gefangen nahmen. Richard, der mir erklärt hat, dass es eine Vorhersage sein könnte, war nicht dazu zu bewegen, bis zum Ablauf der vereinbarten Wochen zu warten. Er dachte, ich hätte gesehen, was passiert ist.« Zu meiner eigenen Überraschung fange ich an zu weinen – da erst merke ich, unter welcher emotionalen Anspannung ich die ganze Zeit gestanden habe. Lena zieht mich in ihre mütterliche Umarmung, was nicht nur körperlich wärmend ist, nein, diese Frau streichelt damit auch meine Seele. Leider hat das den negativen Nebeneffekt, dass mich immer mehr Schluchzer zum Beben bringen. Sie hält mich fest in den Armen und gibt mir Halt, wie ein Fels in der Brandung.

»Ist gut, Kleine, wein dich nur aus. Wir sind alle ganz schön angegriffen und durcheinander. Du musst verstehen, dass die Männer aufgeregt sind. Bisher dachten sie, wenigstens Richard wäre in Sicherheit. Plötzlich erscheint er viel zu früh und hat dich noch an seiner Seite … zwei Leute mehr, um die sie sich Sorgen machen müssen.«

Ich habe das Gefühl, eine Ewigkeit in ihren Armen gewiegt zu werden, aber letztlich besitze ich die Kraft, mich wieder aufzurichten. Tante Lena reicht mir ein mit Spitzenrand versehenes Stofftaschentuch, das ich dankbar annehme.

»Deine Vorahnung, mein Schatz, war nicht ganz falsch. Es kamen Männer, die Else im Wald gestellt haben.« Sie guckt etwas betreten. »Wie soll ich mich am besten ausdrücken? Mein Vater hat sie entsorgt.«

Entsetzt reiße ich die Augen auf – dann war es doch kein Traum!

Sie räuspert sich, bevor sie fortfährt. »Marie, seid ihr beiden, du und Richard ein Paar? Ich frage nur, weil ich mir kaum einen anderen Grund vorstellen kann, warum dich Richard sonst als seine Frau ausgegeben hat. Ich meine ja nur … hätte es nicht genügt, Henriette zu erzählen, dass du eine entfernte Cousine bist?«

Nun bin ich doch ein wenig vor den Kopf geschlagen. »Es war sein Vorschlag. Ich dachte, es sei eine gute Idee!«

Sie lächelt geheimnisvoll, hakt sich wieder bei mir ein, und wir laufen ein paar Schritte. »Im Grunde genommen ist es das, aber nur, wenn man nicht hier lebt, so wie du. Wie soll Richard erklären, warum er vielleicht irgendwann eine andere heiratet. Alle werden fragen, was mit dir geschehen ist. Scheidungen gibt es in deiner Zeit sicherlich oft, jedoch bei uns nicht.«

Mein ganzer Körper versteift sich bei dem Gedanken, Richard würde eine andere heiraten. Lena bemerkt es sofort und bleibt augenblicklich stehen. Mit ihrem strengen mütterlichen Blick, der einem in die Seele zu schauen scheint, durchdringt sie meine Mauern. »Marie, liebst du Richard?«

Ich bin nur zu einem Nicken im Stande, nachdem mir bewusst ist, dass es so ist. Ich liebe ihn. Einen Mann, der laut seiner Familie keine Bindung eingehen möchte. Wir leben in verschiedenen Zeiten. Wo soll das hinführen? Erneut fange ich an zu weinen, und wieder hält mich meine Tante im Arm, bis ich ruhiger werde.

»Er ist ein guter Kerl. Wenn du ihn erst einmal an der Angel hast, wird er dir den Himmel auf Erden bereiten. Das sage ich nicht nur, weil ich seine Mutter bin. Ich wäre geehrt, eine so bezaubernde Schwiegertochter wie dich zu haben. Doch er ist ein harter Brocken, und es wird schwer, ihn einzufangen.«

»Tante Lena, ich bin mir nicht sicher, ob das der richtige Schritt ist, schließlich sind wir blutsverwandt.« Meine Verzweiflung lässt sie, zu meiner Verwunderung, ganz zufrieden aussehen.

»Die Sorge mit der Verwandtschaft ist völlig unbegründet.« Meine Stirn legt sich in Falten, als ich sie fragend anschaue.

»Es gibt da eine Sache, die selbst Richard nicht weiß. Ich vertraue dir, Marie. Bitte enttäusch mich nicht. Ich werde dir jetzt etwas erzählen, das nur wenige Familienmitglieder wissen.« Sie macht eine bedeutungsvolle Pause. »Richard ist nicht unser Kind.«

Ich dachte, dass mich nie irgendetwas, das aus dem Mund der gutherzigen Lena kommt, schocken könnte, doch sie hat mir das Gegenteil bewiesen.

»Er wurde uns anvertraut. Man sagte uns, dass sein Name Richard sei und es sich bei ihm um einen Träger der Gabe handelte. Man würde uns kennen und wissen, dass es in unserer Familie ebenfalls Träger geben würde. Wir sollten ihn wie einen Sohn aufziehen. Ihn lieben und beschützen. Und letztendlich in den Ritualen unterweisen. Und das taten wir auch. Er ist genauso mein Kind wie Bernhard.«

»Aber, Richard … weiß er es?«

»Nein, er ahnt es nicht einmal. Ich werde es ihm heute noch sagen. Das ist schon lange überfällig.« Lena sieht fast traurig aus.

»Es liegt nicht nur daran. Er ist teilweise so abweisend zu mir, behandelt mich von oben herab. Und sofern er etwas für mich empfinden sollte, wo würden wir leben? Hier oder in meiner Zeit? Für den Fall, dass wir blieben – wie könnte ich das alles Großmutter erklären? Wie würdet ihr damit umgehen, falls ihr eure Enkel nicht sehen dürftet, weil es ihnen unmöglich wäre, zwischen den Jahrhunderten zu reisen?«

»Noch ist es nicht so weit. Ihr könntet uns jederzeit besuchen. Unter der Voraussetzung, dass ihr Kinder bekommen würdet, wäre das wunderschön. Was dann ist, ist nichts, was man heute schon kleinreden müsste. Du musst dir sicher sein, was du möchtest. Gesetzt den Fall, dass du ihn willst, mit jeder Faser deines Seins, werde ich dich in allem unterstützen. Wenn nicht, lass ihn ziehen. Denk darüber nach und handele ohne Zweifel. Das ist eigentlich alles, was man jetzt sagen kann. Außer, dass ich der Meinung bin, dass mein Junge etwas für dich empfindet. Das sehe ich ihm an. Kopf hoch.« Sie berührt zärtlich mein Kinn und zaubert ein weiteres Taschentuch hervor, wischt mir die Tränen weg und drückt mir einen Kuss auf die Wange.

* * *

Langsam schlendern wir zu den anderen zurück. In meinem Kopf schlagen die Gedanken Purzelbäume. Richard ist nicht mit mir verwandt. Empfindet er wirklich etwas für mich, oder interpretiert Tante Lena da völlig Falsches in Richards Verhalten hinein? Ich kann mir kaum vorstellen, dass jemand wie er etwas für mich empfinden könnte. Er wirkt immer so überlegen, so unnahbar. Und möchte ich überhaupt, dass er mir solche Gefühle entgegenbringt? Eine noch kompliziertere Beziehung als die zwischen uns ist kaum vorstellbar.

Die ganze Familie setzt sich in Bewegung, und wir spazieren durch den Tiergarten in Richtung Osten, während wir das weitere Vorgehen absprechen.

Richards Großvater erklärt uns, dass er die meiste Zeit, seit sie angekommen sind, in der Königlichen Bibliothek zu Berlin verbracht hat. Er versuchte, zusätzliche Details über die Gabe herauszubekommen und ob in der Literatur irgendein Hinweis auf eine Vereinigung seitens der Kirche, die gegen uns vorgeht, zu bekommen sei. Bei der Suche hatte er herausgefunden, dass die Geschichte, die damals meiner Urgroßmutter erzählt wurde, einer irischen Sage entspringt. Das heißt, der Ursprung unserer Familie ist keinesfalls in Deutschland zu finden. Was wiederum darauf schließen lässt, dass der Baum kein Einzelstück ist.

Wie viele der Art gibt es? Wie viele von uns gibt es? Sind Richard und ich die Einzigen? Diese eine Information stellt nun unser bisheriges Wissen in Frage. Wir beschließen, ein gemeinsames Mittagessen einzunehmen, und gehen an der mittelalterlichen Stadtmauer entlang. Zusammen kehren wir im *Bierstübchen zum Glockenspiel* ein. Während des gesamten Essens geht es in der großen Runde hoch her. Jeder schlägt etwas vor, wie wir weiter verfahren wollen, und wir besprechen jeweils das Für und Wider. Leider kommen wir zu keinem richtigen Schluss. Wie soll es weitergehen? Die Diskutierenden haben verschiedene Vorschläge. Burkhard erklärt Richard und mir, dass Paul ein Haus im Herzen Berlins gekauft hat. Es wird gerade für die Familie vorbereitet. Spätestens in einer Woche stünde das Gebäude zur Verfügung, und wir dürften einziehen. Doch ich merke, dass ich im Grunde nicht gebraucht, ja, sogar eher als Last empfunden werde.

»Könnte mich einer von euch zurück zum Baum bringen?« Sämtliche Blicke richten sich auf mich, die Gespräche sind verstummt. »Ich meine, da sich jetzt hier alles zum Guten gewendet hat, braucht ihr mich ja nicht mehr, oder?«

Ein Stuhl scharrt über die Dielen des Gasthofs, als Richard unerwartet aufsteht. Zielgerichteten Schrittes kommt er zu mir. »Komm bitte mit nach draußen.«

Es ist, als würde die Luft um ihn herum vibrieren, solch eine Anspannung strahlt er aus. Wütend starrt er mich an.

Da ich kaum reagiere, nimmt er meine Hand und zerrt mich regelrecht vom Stuhl.

»Moment mal, du brauchst mich nicht hier rauszuschleifen, ich begleite dich freiwillig.«

Abrupt lässt er los, als hätte er sich die Finger an mir verbrannt.

Als wir vor der Tür stehen, läuft er immer wieder hin und her, schnaubt vor sich hin. Ich verharre mit verschränkten Armen und schaue ihm zu. Er benimmt sich wie ein aufgeplusterter Gockel. Langsam schleicht sich ein Lächeln auf mein Gesicht. Das ist nicht mehr der Richard, der über allem steht. Endlich bröckelt auch mal seine Fassade. Er ist also nicht perfekt.

Als er mein Feixen bemerkt, entgleisen ihm die Gesichtszüge. Seine Augen sind fast schwarz von der unterdrückten Aggression, die in ihm schwelt.

»Was möchtest du, Richard?« Kalt erwidere ich seinen Blick, obwohl mir die Knie zittern unter der Last seiner Wut.

»Was ich will, fragst du?« Er bleibt jäh vor mir stehen, dabei wirkt er wie ein Gorilla, kurz bevor er seinen Feind attackiert.

Das Herz schlägt mir bis zum Hals, doch ich versuche, ruhig zu bleiben. »Ja, immerhin hattest du das Bedürfnis, mit mir rauszugehen, und ich vermute, du wolltest mit mir sprechen. Also, fang an.« Ich verlagere das Gewicht auf den anderen Fuß, verweile aber ansonsten weiter mit verschränkten Armen und versuche, nicht zu blinzeln, während ich seinem Starren standhalte.

Er kommt ein Stückchen näher, sieht mich noch ernster an, falls das überhaupt möglich ist, und sagt: »Morgen brechen wir auf, Marie. Sofern es das ist, was du möchtest.«

Wäre ich größer, bräuchte ich nur einen Schritt nach vorne zu treten, um ihn zu küssen. Das ist es, was ich will. Ein Wunsch, den ich nur mir gegenüber zugebe.

Er schaut zu mir herunter, kalt und abschätzend. Das hat er eindeutig besser drauf als ich. Mich fröstelt es.

»Ja«, sage ich ganz leise.

Wieder schnauft er. »Gut, dann haben wir ja alles besprochen, was es zwischen uns zu besprechen gibt.«

Damit dreht er sich um und stürmt zurück ins Lokal.

Ich blinzele, da es in meinen Augen brennt, aber eine einzelne Träne kann ich nicht mehr zurückhalten.

Beschämt wische ich sie weg, bevor ich ihm nach einer kurzen Weile folge.

* * *

Alle verabschieden sich herzlich von mir. Tante Lena nimmt mich liebevoll in den Arm und flüstert mir ins Ohr, ich solle auf mein Gefühl achten, und dass sie ihm, als ich noch allein draußen war, alle Details erzählt hat. Ungläubig schaue ich sie an. Sie nickt. Ein Stein purzelt mir vom Herzen. Und anders herum bin ich erschrocken, dass theoretisch sämtliche Hürden beseitigt sind.

Ich würde ja so gern auf diese Empfindung Rücksicht nehmen, aber dafür müsste ich mir Richards Liebe sicher sein. Das bin ich nicht. Das kann ich nicht sein. Sein ablehnendes Verhalten hat mich eines Besseren belehrt und die Hoffnung, die ich empfunden hatte, zunichte gemacht.

Wir fahren mit einer Droschke zurück zu Henriettes Haus und reden kein Wort mehr miteinander.

Für den Rest des Tages versuchen wir, uns aus dem Weg zu gehen, was uns auch ganz gut gelingt.

Ich bin allein im Zimmer, entkleide mich und husche ins Bett. Immer wieder kreisen meine Gedanken um die Situation am Mittag. Dann kann ich die Empfindungen nicht länger zurückhalten und fange an zu weinen. Als der Damm erst einmal gebrochen ist, gibt es kein Entrinnen. Der Sog der Gefühle zieht mich weiter mit, und ich kann nicht mehr aufhören. Ich schluchze, bis der Schlaf mir irgendwann Erlösung schenkt.

* * *

Der Baum! Nein! Er brennt lichterloh! Ich spüre, wie die Härchen auf meinem Unterarm versengt werden. Die Wangen glühen von der Hitze des Feuers.

Mir bricht der Schweiß aus. Die dunkle Erde frisst sich in den kleinen Raum zwischen Fingernagel und Haut, als ich die Hände verzweifelt in den Erdboden kralle.

Der Qualm zerfrisst mir ätzend die Lungen, und meine Augen brennen.

Entsetzt beginne ich zu weinen und zu schreien.

Ich wache genauso auf, wie ich es geträumt habe: schwitzend, schreiend und weinend. Richard hat mich, während ich in dem Traum gefangen war, in die Arme genommen, und versucht mich nun zu trösten. Er schenkt mir Geborgenheit, eine Empfindung, die ich in diesem Moment so sehr brauche.

»Scht, kleine Blume. Scht. Alles wird gut, hör auf zu weinen. Bitte!«

Ich dränge mich an seine Brust, vergrabe das Gesicht in seiner Halsbeuge und atme tief ein, bis ich nichts mehr wahrnehme, außer diesen Geruch nach wilden Kräutern und Nadelholz, der so charakteristisch für ihn ist. Mein Herz schlägt so schnell, dass es mir regelrecht die Atmung abschnürt, und das liegt nicht nur an dem vergangenen Albtraum.

Als ich mich etwas beruhigt habe, spricht er weiter. »Bitte, Marie, erzähl mir, was dich so aus der Fassung gebracht hat!« Immer wieder streicht er mir über den Rücken und das Haar. Plötzlich wird mir bewusst, wie wenig wir beide anhaben, nur die Decke trennt unsere Körper voneinander.

Ich rücke ein bisschen von ihm ab, was er mit einem Stirnrunzeln quittiert. »Ich habe geträumt, dass der Baum in Flammen steht. Er brannte wie Zunder und war verloren. Ich konnte nicht mehr zurück. Nie wieder!«

»Was?« Erschrocken fährt er sich mit der Hand übers Gesicht. »Ich hoffe für uns, dass es nur ein Traum war und nichts anderes.« Unruhig springt Richard aus dem Bett und tigert auf und ab. »Von hier aus können wir in keinerlei Hinsicht irgendetwas unternehmen. Wir werden morgen früh aufbrechen. Vater hat mir genügend Geld mitgegeben. Wir fahren mit dem Zug und kaufen uns in Eberswalde zwei Pferde, um schneller voranzukommen. Du bist doch schon geritten?« Er schaut mich fragend an.

»Meine Mutter hat mir bereits mit fünf Jahren das Reiten beigebracht. Auf unserem Rappen Prinz ritt ich sogar ohne Sattel. Keine Angst, ich würde selbst im Dunkeln einem widerspenstigen Esel das Zaumzeug anlegen können. Um also deine Frage zu beantworten: Ja, ich kann reiten.«

»Gut, in diesem Fall müssten wir gegen Nachmittag am Baum ankommen, dann sehen wir weiter. Am besten, wir legen uns jetzt schlafen, damit wir morgen einen klaren Kopf haben. Ich weiß ehrlich gesagt nicht, was geschieht, wenn der Baum verbrennt. Theoretisch würde Großmutter Lizzy nie ihren Paul kennenlernen … und wir uns auch nicht.«

Ich nicke, und wieder weiß ich nicht, woran ich mit ihm bin. Würde er einfach aufhören zu existieren, wenn dieser fürchterliche Albtraum zur Realität wird? Wir würden uns nie kennenlernen. Das würde ihm, genau wie mir, nicht gefallen. Langsam lasse ich mich auf das Bett nieder, ziehe mir die Decke bis zum Kinn und drehe Richard den Rücken zu.

Ich bin kaum dazu in der Lage zu atmen, es ist, als würden meine Gefühle für ihn in mir anschwellen und wären kurz vorm Überlaufen. Nur mit Mühe unterdrücke ich ein Schluchzen.

Die Matratze wackelt, als er sich in der anderen Hälfte zum Schlafen legt.

Die Spannung kann man förmlich mit den Händen greifen. Mir ist, als würden wir beide die Luft anhalten. Eine Ewigkeit später höre ich seine regelmäßigen Atemzüge, dir mir verraten, dass er eingeschlafen ist.

KAPITEL 10

Januar 1844

Der Abschied von Henriette fiel kurz aus, da sie davon ausging, uns bald wiederzusehen, und wir haben sie auch nicht weiter aufgeklärt.

Nun befinden wir uns im Zug nach Neustadt-Eberswalde. Erneut rattert das Fahrwerk über die ungeraden Schienen. Das Tempo ist viel zu langsam. Wieder einmal bin ich sauer auf Richard, ohne genau zu wissen, warum. Was für ein Gefühlschaos!

Ein Gewicht am Oberarm lässt mich aus meinen Überlegungen hochschrecken. Er ist eingeschlafen. Sein Kopf ruht auf meiner Schulter. Vorsichtig, um ihn nicht zu wecken, streiche ich ihm eine seiner dunklen Locken aus der Stirn. Er seufzt im Schlaf und murmelt leise: »Marie?«

»Scht. Alles ist gut, schlaf weiter.«

Traurig schließe ich die Augen und genieße, wie seine Wärme langsam auf mich übergleitet. Ich werde ganz schläfrig. Ich will nicht einschlafen. Das hier sind wahrscheinlich die letzten friedlichen Minuten, die wir gemeinsam haben, und die möchte ich bewusst mitbekommen.

Draußen ziehen die verschneiten Felder vorbei, während in meinem Kopf alle möglichen Zukunftsszenarien Revue passieren. Mit und ohne Richard.

Meine unruhigen Gedanken wandern in die Vergangenheit, in jene Vergangenheit, in der meine Mutter noch lebte. Meine kleine liebevolle Mama.

Verwundert stelle ich fest, dass ich mich selbst heute noch an ihren Geruch erinnern kann, als stünde sie neben mir. Sie roch nach Rosenseife, die sie zur Wäsche packte, damit auch die Kleidung den Duft annahm. Und ich erinnere mich an ihre kupferfarbenen Locken, die sie stets kinnlang trug, praktisch, wie sie war. Bei ihr hatte ich immer das Gefühl, sicher zu sein. Ich war der Meinung, mit ihr an meiner Seite, könnte ich jeden Kampf aufnehmen. Dann verlor sie ihren eigenen Kampf, den Kampf gegen den Krebs. Meine Welt ging unter. Nie wieder hatte ich solche Emotionen, solch intensive Geborgenheit empfunden. Ich dachte, ich würde niemals mehr so fühlen und war mir sicher, all das mit meiner Mutter beerdigt zu haben. Bis letzte Nacht. Als Richard mich in seinen Armen gehalten hatte, da hatte ich es erneut gefühlt, tief in mir drin: ein furchtsames Pflänzchen, das langsam den Kopf reckte, um zu wachsen. Kurze Zeit später war es unter einer Eisschicht begraben worden.

Das Schlimme an solchen Gefühlen ist: Man wird süchtig nach ihnen. Man kann nicht ohne sie leben, auch wenn man es sich bis gestern eingebildet hatte. Krampfhaft sucht die eigene Seele kleine positive Zeichen, damit die geheimen Wünsche erfüllt werden.

Warum musste nur alles in meinem Leben so kompliziert sein? Schon immer war ich nicht wie andere. Hatte nicht dieselben Gefühle wie andere Mädchen meines Alters. Bisher hatte ich dies auf mein fehlendes Vertrauen geschoben. Bringst du den Leuten keins entgegen, kannst du eine tiefere Zugehörigkeit vergessen. Weder zu meiner Oma noch zu einem anderen Menschen war es mir je wieder gelungen, eine tiefe Beziehung einzugehen, an die ich glaubte und auf die ich vertraute. Oma Ella war nahe dran, aber die Angst, sie zu verlieren, nagte ständig an mir.

Freundschaften, Liebe, das war mir einfach nicht möglich, obwohl ich es mir stets aus tiefster Seele wünschte. Alles stelle ich in Frage, nie bin ich mir sicher, doch ich wäre mir so gern sicher.

Und dann schweifen meine Gedanken zu meinem Vater. Leider habe ich hier nur verschwommene Erinnerungen: Er wirbelt mich durch die Luft, spielt mit mir das Hoppereiter-Spiel, aber alles, was ich habe, ist nichts Greifbares. Kein Geruch, keine Stimme, ich weiß noch nicht mal mehr, wie es sich anfühlte, von ihm in den Arm genommen zu werden. Es ist zu lange her, ich war zu klein. Wie gern würde ich mich klarer an ihn erinnern.

Ich bin so in Gedanken vertieft, dass ich erschrocken zusammenfahre, als der Zug ruckartig bremst. Richards Kopf rutscht von meiner Schulter, und er wird abrupt geweckt.

»Aufgewacht, du Schlafmütze, wir sind da.«

Er streckt sich und gähnt herzhaft. »Ich habe schon lange nicht mehr einen solch erholsamen Schlaf gefunden wie in ihren Armen, holde Maid.«

»Du alberner Charmeur!« Er schafft es mal wieder, mich zum Lachen zu bringen.

* * *

Gott, war das lange her, aber man verlernt es nie, genauso wenig wie Fahrrad fahren. Ich liebe es, auf einem Pferd zu sitzen und mir den Wind durch die Haare wehen zu lassen. Freiheit in seiner reinsten Form. Der Rappe, auf dem ich reite, sieht meinem Prinz so ähnlich, dass ich mich zurückhalten muss, ihn nicht so zu nennen, wenn ich mit ihm rede. Er ist eindeutig feuriger als mein gutmütiger Begleiter aus Kindertagen. Das Fell des Burschen glänzt im hellen Sonnenlicht, als wäre es mit Öl eingerieben worden.

Richard, der auf einem Fuchshengst reitet, schaut mich an und sagt: »Du siehst so glücklich aus. Vermutlich wie das kleine Mädchen, das du einmal warst. Wild und ungezähmt. Leider ist hiervon heute nicht mehr oft etwas zu sehen. Schade.«

Er blickt mir mal wieder so tief in die Seele, als könnte er erahnen, wohin meine Gedanken vorhin gereist sind.

»Ungezähmt? Na warte, lass uns mal ausprobieren, welches der Pferde schneller ist.«

Und schon bin ich auf und davon, während er noch damit beschäftigt ist, seinen Mund zu schließen. Innerlich triumphierend reite ich im Jagdgalopp dahin. Mein Lachen steigt mir von tief unten aus dem Bauch nach oben. So ausgelassen war ich wirklich nicht mehr seit meiner Kindheit.

Auf den Pferden schaffen wir die Strecke natürlich in viel kürzerer Zeit als zu Fuß. So kommen wir am frühen Nachmittag an unserem Baum an.

Da steht er. Wie immer beeindruckend anzusehen. Ich lege den Kopf in den Nacken und schaue durch das spärliche Blätterwerk zum Himmel hinauf, bis mir schwindelig wird. Schnell schließe ich die Augen.

Als wir absteigen, habe ich ein beklemmendes Gefühl. Nun heißt es Abschied nehmen.

»Richard?«

Er sieht zu mir. »Ja?«

»Tante Lena hat mir erzählt, dass du ein Findelkind bist.« Ihn beobachtend, warte ich ab. Ängstlich darauf bedacht, nicht zu viel Hoffnung in meinen Blick zu legen.

»Ich weiß.« Mehr sagt er nicht. Mit keinem Wort erwähnt er das eben von mir Gesagte.

Meine Mauern wachsen, und ich schließe meine Gefühle einfach aus. Soll er doch mit jemand anderem darüber reden und letztendlich glücklich werden. »Könntest du auf dem Rückweg nach Hilde und der kleinen Johanna sehen? Ich habe die zwei in mein Herz geschlossen und würde mich wohler fühlen, wenn ich wüsste, dass es den beiden gut geht.«

Nun wirkt sein Gesicht noch verschlossener als bisher. »Natürlich. Das hatte ich sowieso vor. Ich werde alle herzlich von dir grüßen.« Er schaut mich kalt an, keine Gefühlsregung seinerseits ist zu erkennen. Selbst in diesem vor Stolz strotzenden Zustand ist er schön.

Ich versuche, meine Gefühlswelt für einen Moment zu verschließen, da ich mittlerweile der Meinung bin, dass meine Rückkehr die richtige Entscheidung ist. Wie konnte ich auch nur eine Sekunde daran glauben, ein Mann wie er würde mich begehren? Welch ein Tagtraum. Es ist das Beste, ich verschwinde und schaue nicht zurück.

»Danke. Ich gehe jetzt besser.« Ich trete vor den Baum, hebe die Hand, und plötzlich wird mir etwas bewusst. Es ist, als hätte jemand sämtliche Hintergrundgeräusche abgedreht. Es ist totenstill.

Richard schaut mich an, fixiert meinen Blick, deutet mir damit an, es auch bemerkt zu haben. Seine Finger greifen in die Manteltasche, um das Messer herauszunehmen. Im selben Moment stürzt ein halbes Dutzend Kerle hinter den Bäumen hervor und kreist uns ein. Ein hagerer rothaariger Mann tritt auf uns zu und beginnt zu sprechen.

»Endlich erwischen wir Euch.« Er kommt zu mir und greift nach meinem Kinn. »Und dann auch noch so ein hübsches Ding. Wo sind meine Männer, Schätzchen? Was habt Ihr mit ihnen gemacht?«

»Nehmt Eure dreckigen Finger von ihr!« Richard versucht zu mir zu kommen, wird jedoch mit den Waffen der Angreifer in Schach gehalten.

»Ich weiß nicht, wovon Ihr redet. Mein Ehemann und ich wollen an diesem schönen Platz rasten.« Das Zittern in meiner Stimme muss ich nicht vorgaukeln, ich habe enorme Angst. Sind das die Gefolgsleute von Wulfson? Und wenn ja, warum haben sie uns nicht sofort getötet? Worum geht es hier? Kurz spiele ich mit dem Gedanken, die Kräfte einzusetzen, wie Richard es mir gezeigt hat, verwerfe das aber gleich wieder. Die Kerle haben ihre Waffen auf Richard gerichtet. Jeglicher Versuch meinerseits würde ihn wahrscheinlich das Leben kosten. Also beschließe ich, die Scharade weiter fortzuführen. »Von welchen Männern sprecht Ihr?«

Er drückt mir den Kopf unsanft nach oben, sodass ich ihm in die Augen schauen muss. »Liebes Fräulein Marie Sage, ich weiß, wer Ihr seid, und auch Herr Richard von Reichen ist mir nicht unbekannt, also bitte beendet das Schauspiel, im Interesse von uns allen. Wir werden Euch nichts tun, wenn Ihr euch kooperativ zeigt.«

Wütend reiße ich mein Kinn fort. »Und das soll ich glauben, nachdem Ihr und Eure Häscher meine Urgroßmutter ermordet haben? Ihr wisst offenkundig, wer wir sind. Aber wer seid Ihr eigentlich? Welche Rolle spielt Ihr in diesem Theaterstück?« Die Hände in die Hüften gestemmt, schaue ich ihn herausfordernd an.

Offenbar biete ich einen lustigen Anblick, denn der Mann hat doch tatsächlich den Mut und fängt an zu lachen.

»Ihr seid ja ein famoses Weibsbild!« Und so schnell, wie sein Gelächter begann, endet es auch wieder. »Darf ich mich vorstellen? Ich heiße Kuhn, Gunnar Kuhn. Wir gehören einem kleinen alten Orden der katholischen Kirche an. Schon lange haben wir uns darauf spezialisiert, bestimmte Menschen ausfindig zu machen und sie dahin zurückzubringen, wo sie keinen Schaden mehr anrichten können. Das hoffen wir wenigstens.« Er schaut mich fragend an. »Ihr erwähntet den Namen Wulfson. Leider ist uns der Mann nicht unbekannt. Die Brüder Wulfson wollten von uns aufgenommen werden. Wie soll ich mich ausdrücken …? Sie passten nicht zu uns. Im Gegensatz zu diesen Kriminellen haben wir uns Gott verschrieben. Eins der Gebote Gottes lautet: Du sollst nicht töten. Wir werden Euch nicht töten. Aber wir sind der Ansicht, dass Ihr so nicht weiter Einfluss nehmen dürft. Das ist nicht Gottes Wille.«

Meine Neugier ist geweckt, auch wenn mir vor Angst die Knie zittern. »Was habt Ihr mit uns vor? Wie viele von uns gibt es?«

Herr Kuhn fängt an, leicht wahnsinnig vor sich hin zu kichern, was ihn mir nur noch unsympathischer macht. »Ach, Fräulein Sage, welch ein erfrischend direktes Wesen Ihr habt. Ihr amüsiert mich! Es gibt nur noch wenige von Euch. Die Hexenverfolgung in Europa hat eine Menge erwischt. Unser Orden existiert schon sehr, sehr lange. Wir suchen bereits seit Ewigkeiten die Nachkommen des großen Iren. Ich persönlich und auch meine Männer haben erstmals das Glück, einem Erdenkind mit diesen Fähigkeiten zu begegnen. Euch.«

Moment mal – einem? Das heißt, sie gehen davon aus, dass nur ich sie besitze. Sie wissen nicht, dass Richard ebenfalls über die Gabe verfügt.

»Und was wollt Ihr jetzt mit mir machen? Lasst meinen Großcousin laufen! Er hat mich lediglich begleitet.« Der Beschützerinstinkt in mir ist erwacht. Es muss doch möglich sein, wenigstens Richard vor diesen Kerlen in Sicherheit zu bringen.

Sein Lächeln ist so siegessicher, dass mir angst und bange wird. »Wir werden ihn freilassen, sobald wir mit Euch fertig sind.« Wieder das fiese Grinsen, das mich frösteln lässt. »Fangt an!« Der Befehl galt seinen Leuten, die sich in Bewegung setzen. »Und Ihr zwei, auf den Boden mit euch. Ich erlaube, dass Ihr von dort aus diesem grandiosen Schauspiel beiwohnen könnt!«

Richard und ich lassen uns auf der Erde nieder, ungefähr fünf Meter voneinander entfernt.

Die beiden Männer häufen Reisig um den Baum der Bäume auf, und mir wird schlagartig bewusst, was sie vorhaben. Wie von der Tarantel gestochen springe ich auf und schreie: »Neiiin!!«

Kuhn versetzt mir einen harten Hieb auf das Brustbein, wodurch ich das Gleichgewicht verliere und in den Schnee falle. Sofort ist Richard neben mir und nimmt mich in den Arm. »Beruhig dich. Wir sind nicht in der Lage, gegen so viele etwas zu unternehmen. Das würde unweigerlich in unserem Tod enden. Bitte, Marie.«

Schluchzend erwidere ich: »Sie wollen ihn verbrennen, wie in dem Traum! Ich werde nie mehr zurück können. Nie wieder!« Mein ganzer Körper bebt. Mir ist, als könnte ich noch die Hitze auf den Unterarmen spüren, wenn ich an die furchtbare Vision zurückdenke. Es war kein Traum, ich habe es vorhergesehen.

Da ertönt ein leises Knacken. Sie haben das Feuer bereits entfacht. Unnatürlich schnell fängt der Baum an zu brennen. Innerhalb kürzester Zeit steht er in Flammen, und dunkler Qualm verfinstert den Januarhimmel. Richard hält mich währenddessen im Arm, um mir eine Stütze zu sein. Aber sein Körper drückt eine enorme Anspannung aus. Auch er verliert hier gerade einen wertvollen Teil des Lebens.

Ich beginne zu schreien, zu weinen, zu schwitzen. Die Hitze versengt mir die Haut. Doch im Gegensatz zu dem, was wir angenommen haben, sitzt Richard immer noch neben mir und die Vergangenheit hat sich nicht verändert. Ein Paradoxon.

Erst, als nur noch eine gruselige schwarze Ruine übrig ist, fordert Gunnar Kuhn uns auf, aufzustehen. »Auf die Gäule. Ihr reitet beide mit uns. Keine dummen Gedanken. Eure Pferde werden bei uns festgebunden, dann brechen wir auf.«

Ich bin so erschüttert, dass ich nicht einmal mehr in der Lage bin zu fragen, wo er hin will, aber Richard schafft es. »Werter Kuhn, wo bringt Ihr uns hin?«

»Das werdet Ihr noch früh genug erfahren! Los jetzt!«

* * *

Apathisch sitze ich auf dem Rappen. Die Euphorie und Freiheit, die ich im Sattel des edlen Pferdes empfunden hatte, ist wie weggeblasen. Ich bin eine Gefangene, nicht nur der Männer, nein, auch dieser Zeit. Nie wieder werde ich Oma sehen. Nie wieder. Ein Schluchzer bahnt sich seinen Weg durch meine Kehle und ertönt so laut, dass Richard sich zu mir umdreht und mich mit seinen traurigen Augen anblickt. Ein tiefer Schmerz ist darin zu lesen, und obendrein ein Hass, der kaum zu bändigen ist. Er hat definitiv nicht aufgegeben oder wie ich den Kopf eingezogen. Leise flüstert er: »Wir schaffen das, Marie.« Aber die Worte verpuffen, bevor sie in meinem Unterbewusstsein ankommen.

Es ist bereits mitten in der Nacht, ich kann mich vor Müdigkeit mehr schlecht als recht im Sattel halten.

»Haaalt!« Kuhn gibt den Befehl, ein Nachtlager zu errichten. Richard und mir werden die Hände gefesselt, sodass wir die Gabe nicht anwenden können. Sehr geschickt. Ob man so etwas in ihrem Orden lernt?

Als ich mich hinlege, berühre ich kaum noch die Unterlage, da bin ich auch schon eingeschlafen.

* * *

Wir reiten viele Tage hindurch.

Der Winter macht langsam milderem Wetter Platz. Richard, dem es verboten ist, mit mir zu reden, versucht mir immer wieder mit seinen Blicken Kraft zu geben. Er wurde mittlerweile geknebelt, da er zuerst diesem Befehl nicht nachgekommen ist und weiter probierte, mit mir zu sprechen. Leider bin ich in der Trauer um den Verlust meines bisherigen Lebens gefangen, sodass ich kaum etwas um mich herum wahrnehme.

Ab und zu jedoch stiehlt sich ein klarer Gedanke in mein umnebeltes Gehirn. Wo wollen sie mit uns hin? Wir müssen schon ganz Deutschland durchquert haben. Alles zieht an mir vorbei, wie durch einen Schleier sehe ich meine Umwelt. Es ist, als wäre ich ein unbeteiligter Zuschauer, den das Geschehen nicht interessiert.

Doch eines Abends kommt Kuhn zu mir, setzt sich neben mich und versucht, mit mir ein Gespräch zu beginnen. Mein Unterbewusstsein schreit in mir drin, ich solle aufwachen, und als ich langsam zu mir komme, wird mir schnell klar, auf was das Ganze hinauslaufen wird. Immer wieder schmeichelt er mir. Wie schön ich sei. Wie begehrenswert. Legt wie beiläufig seine Hand auf mein Knie. Ob ich einsam wäre – er könne mich wärmen. Richard, der in nicht allzu weiter Ferne gefesselt am Boden liegt, brüllt durch den Knebel und windet sich, um seine Fesseln abzustreifen, was Kuhn nur mit einem höhnischen Grinsen quittiert.

»Ach, so ist das, hast dir einen Liebsten zugelegt. Dann tut es mir ja unendlich leid, euer Glück zu zerstören.« Der Ausdruck in seinem Gesicht brennt sich in meine Netzhaut. »Ihre Braut wird demnächst dort landen, wo man entsprechende Maßnahmen gegen Hexen ihrer Art ergreift. Von da wird sie keinen Weg mehr zu Euch finden können. Ihr werdet euch wohl oder übel eine andere Gespielin suchen müssen.« Wieder dieses süffisante Grinsen. Wenn ich nur nicht gefesselt wäre!

»Wo wollt Ihr mich hinbringen?« Ich weiß nicht mehr, wie oft Richard ihn das gefragt hat, aber heute scheint er in Redelaune zu sein.

»Die Frage ist nicht, wohin, sondern wann. Wir haben Mittel und Wege, von denen du nur träumst. Die Samenkörner des Baumes sind in ganz Europa, in allen erdenklichen Epochen von uns verteilt worden, wodurch es uns möglich ist, dich in die Zeit der Inquisition zu schicken. Dafür ist der Orden da. Nicht, um zu töten, das übernehmen andere für uns.« Mit einer Geste, als würde er sich die Hände waschen, fährt er fort. »An unseren Händen wird nicht dein Blut kleben, wenn wir den Tag des Jüngsten Gerichts erleben. Nachdem du eingetreten bist, wird der Baum zerstört, sodass du keinen Weg zurückfindest. Gefangen in der Zeit. Die gerechte Strafe für Menschen wie dich!« Nun hat er mit dem Redeschwall auch seine Lust an mir verloren – er spuckt mir vor die Füße und geht pfeifend davon. Bei dem Gedanken, was er mit mir hätte anstellen können, wird mir übel. So gefesselt wäre ich noch nicht einmal in der Lage gewesen, mich zu wehren.

Aber das Schicksal, das mich nun erwartet, ist kaum zu ertragen. Abgeschnitten von all den Menschen, die mir etwas bedeuten. Hier hätte ich wenigstens Richard und seine Familie gehabt. Dort, wo sie mich hinschicken, ist niemand. Frauen sind Freiwild, Frauen wie ich Hexen. Die Inquisition, das lässt auf das Mittelalter schließen. O Gott, steh mir bei.

Richard versucht, auf sich aufmerksam zu machen. Als ich zu ihm hinschaue, schließt er die Augen. Was möchte er mir damit kundtun? Es gibt dazu nichts zu sagen. Das Schicksal, das mir bevorsteht, ist grauenhaft. Ich habe fürchterliche Angst, die mir niemand nehmen kann. Nicht einmal er.

* * *

Als wir das nächste Mal rasten, fesseln sie Richard an einen Baum, der sehr nah neben dem steht, an den sie mich anbinden. Kaum haben sich die Männer um das Feuer versammelt, da beginnen wir beide flüsternd eine Unterhaltung.

»Wieso schleppen sie uns durch halb Deutschland, nur um uns in der Zeit zurückzuschicken? Das hätten sie doch genauso mit unserem Baum tun können?«, flüstere ich so leise, dass Richard wahrscheinlich Probleme hat, die Worte zu verstehen. Sein Gesicht hat einen konzentrierten Ausdruck angenommen.

Er zuckt mit den Schultern, soweit das in dieser Position möglich ist. »Darüber zerbreche ich mir auch schon die ganze Reise über den Kopf.«

Gott sei Dank haben sie ihm die Knebel abgenommen, als er vorhin etwas getrunken hat. Offenbar hat niemand mehr daran gedacht, sie ihm wieder anzulegen.

»Und? Bist du zu einer Lösung gekommen?«, will ich wissen.

»Nur Vermutungen. Eventuell hat der Orden der Orchidee in dieser Zeit bereits Anhänger und wäre dir hilfreich. Oder umgekehrt, ihre eigene Vereinigung gibt es ebenfalls an dem Ort und in der Zeit, in die sie dich bringen wollen, und die nehmen dich dann gleich in ihre Obhut.«

Ich lasse den Kopf hart gegen die Borke des Baumes knallen. »Ja, so was Ähnliches habe ich mir auch schon gedacht.«

Wir schweigen und denken weiter über die Beweggründe der Männer nach. Meine Lider werden immer schwerer, die Feuchtigkeit des kalten Bodens dringt unaufhaltsam durch die Kleider, und der Geruch des Lagerfeuers, an dem Kuhn mit seinen Gefolgsleuten laut lachend sitzt, beißt mir in der Nase. Allen Problemen zum Trotz gleite ich langsam in den Schlaf.

* * *

Wir sind offenbar am Ziel der Reise angekommen. Man reißt uns von den Pferden, und die Männer fangen an, vor einer imposanten Eiche Reisig aufzuhäufen. Das muss er sein, der andere Baum. Gleich wird man mich zwingen, hindurchzutreten. Weg von Richard. Hinein ins Ungewisse!

So langsam beginne ich, hysterisch zu werden. Alle Pläne, die ich schmiede, muss ich verwerfen. Nichts hat Aussicht auf Erfolg.

Es ist zum aus der Haut fahren. Aber Moment mal – wenn sie wollen, dass ich das Zeichen auf den Baum streiche, müssen sie mir die Fesseln abnehmen. Vielleicht schaffe ich es, einen von ihnen zu berühren, und dann … Ja, was und dann? Dann sind da immer noch fünf Männer mit Waffen und ein wehrloser Richard.

Ich beginne zu resignieren.

»Kuhn?«, melde ich mich zu Wort.

Er dreht sich zu mir um und schaut mich an wie ein lästiges Insekt. »Was ist?«

Ich nehme allen Mut zusammen. »Wenn ich Euch verspreche, friedlich zu kooperieren, können wir uns dann darauf einigen, dass Ihr Richard von Reichen laufen lasst?«

Das Funkeln in seinen Augen weckt in mir eine Ahnung, dass er das Falsche in meine Äußerungen hineininterpretiert hat. »Darauf könnten wir uns einlassen, da wir mit dem Tölpel sowieso nichts anzufangen wissen. Aber was versteht Ihr unter Kooperieren? Was schwebt Euch da vor?« Er kommt näher, seine schwitzige Hand greift in meinen Nacken. Er zieht meinen Kopf heran und drückt mir seine nassen Lippen für einen harten Kuss auf den Mund. Mir wird schlecht.

Richard dreht im Hintergrund völlig durch, er schreit und versucht sich loszureißen, um mir zu Hilfe zu kommen. Irgendeiner der Ordensmitglieder schlägt ihm einen Knüppel auf den Schädel, und Richard sackt leblos und blutend zu Boden. Mir knicken die Knie ein. Ich will zu ihm, aber wenn ich das zeige, weiß ich nicht, was sie ihm noch antun werden.

Ruckartig reißt mir Kuhn die Röcke hoch und drängt sich mit seinem Becken gegen mich. Es besteht kein Zweifel daran, was er möchte, das kann ich anhand der Erektion deutlich spüren.

Mir kommt eine wahnwitzige Idee: »Ich bin noch Jungfrau, Ihr wollt Euch doch nicht an mir vergehen?« Eine glatte Lüge, aber was habe ich zu verlieren? Die Hand, die mittlerweile meine Brust umfasst und knetet, hält inne.

»Du lügst, du abgebrühtes Miststück.« Ich habe das Gefühl, dass der Schlag, der meine Wange trifft, mir fast die Haut aufplatzen lässt. Das ist etwas, mit dem ich schon vertraut bin. Nicht ein Wimmern verlässt meinen Mund, und ich schaue ihm kalt in die Augen, bevor ich antworte. »Nein, es ist keine Lüge, ich habe meine Jungfräulichkeit für Gott aufgespart.«

Ihm entgleisen die Gesichtszüge. Er zieht seine schmierigen Hände von mir weg, als hätte er sich verbrannt, und schlägt mir erneut so hart ins Gesicht, dass meine Lippe anfängt zu bluten.

»Los, Männer, schneidet dem Tölpel die Fesseln durch, damit er hier nicht elend verreckt, wenn wir weg sind. Ihr beide, ihr kommt her, jeder von euch nimmt einen Arm der Hexe.« Damit schiebt er mich zu der Eiche. Die Kerle greifen nach mir, ein weiterer eilt mit einer Fackel heran, während Kuhn die Seile an meinen Handgelenken durchschneidet. Er greift meine Hand und fährt mit ihr in der exakt richtigen Bewegung über den Baum, leider nicht spiegelverkehrt. Es knarrt und ächzt, und dann hat sich der Stamm geöffnet.

»So, du Hexenweib, tritt ein in deine Zukunft und komme nicht auf die Idee, zurückkommen zu können. Sobald das Portal geschlossen ist, wird dein Schicksal mit einem kleinen Feuer besiegelt.«

Sie schieben mich hinein und lassen schnell los. Ich drehe mich ein weiteres Mal nach hinten, um einen letzten Blick auf Richard zu werfen, der immer noch bewusstlos am Boden liegt. Die Angst, die von mir Besitz ergreift, ist nicht die vor der Zeit, in die ich geschickt werde. Es ist die Angst, ihn nie mehr wiederzusehen. Meine Augen brennen von den nicht vergossenen Tränen.

Leb wohl. Ich trete vor, dann wird es dunkel, und die beruhigende Wärme dringt in jede Faser meines Körpers, gibt mir Ruhe und Kraft.

* * *

Als ich aus dem Baum stolpere, schaue ich mich schnell um, da ich nicht weiß, was mich erwartet. Vielleicht sind schon die Schergen der Inquisition da. Der dichte Wald sieht auf den ersten Blick genauso aus wie noch vor zwei Minuten. Die winterliche Sonne scheint durch das kahle Geäst des Laubwaldes und lässt unheimliche Schattenbilder entstehen. Aber alles ist ruhig, niemand ist zu sehen. Erst da lasse ich meinen Gefühlen freien Lauf, sacke in mich zusammen und fange an, hemmungslos zu weinen. Die Verzweiflung greift mit kalten, harten Klauen nach meinem Herzen. Tief in mir drin ist ein dunkler Riss, der sich beängstigend schnell vergrößert, bis ich nicht mehr weiß, was ich tun soll.

Erschrocken fahre ich hoch. Was war das für ein Geräusch? Von einem Augenblick auf den anderen beginnt es, im Geäst des riesigen Baumes zu knacken. Man kann das Feuer nicht sehen, aber durch die Eiche geht ein Vibrieren. Es dauert eine gefühlte Ewigkeit, bis das grausige Schauspiel ein Ende hat. Eine beängstigende Stille breitet sich aus.

Fassungslos starre ich auf den Baum. Es wirkt, als wäre er seiner natürlichen Magie beraubt worden. Trotzdem versuche ich, das Zeichen anzuwenden. Nichts geschieht. Jetzt sitze ich hier fest. Gefangen. Allein. Kein Entrinnen. Die gerechte Strafe für so eine wie mich, hatte Kuhn gesagt. Mir ist, als würde sich der Boden vor mir öffnen und einen Blick in die Hölle freigeben. Dann kehren meine Gedanken zurück, zurück zu dem Mann, dem mein Herz gehört.

Hoffentlich haben sie Richard nichts getan. Sie sagten, sie würden niemanden töten. Ich hoffe inständig, dass sie sich an diese Aussage halten werden.

Der Wald dreht sich unaufhaltsam, bei der Vorstellung, was sie ihm angetan haben könnten. Mein Gehirn steht vor einem Kollaps.

Ich versuche, mich zu entspannen, und atme tief ein, doch es gelingt mir nicht, zu mir zu finden. Das Gefühl, dass mein Verstand überschwappt und ich regelrecht in eine Hysterie verfalle, erfasst mich. Ich renne von Baum zu Baum und probiere einen zu entdecken, der sich öffnen lässt, damit ich mit ihm eine Verbindung eingehen kann. Natürlich gibt es keinen weiteren. Das wäre auch zu einfach gewesen. Resigniert lasse ich mich wieder auf der Erde nieder, starre zu dem Baum, der nun wirkt wie jeder andere in diesem Wald.

Plötzlich fährt ein Knacken und Knarren durch die Eiche. Der Boden beginnt zu vibrieren. Was, wenn er entwurzelt und einfach umkippt? Ich springe auf, laufe ein Stück weg und verstecke mich hinter einem anderen Baum, um abzuwarten.

An diesem Punkt kann ich meinen eigenen Augen nicht mehr trauen, denn was ich sehe, ergibt keinen Sinn. Das Holz öffnet sich ungefähr einen Meter über dem Boden, und dann schaut ein blutüberströmter Kopf hervor. Nach kurzem Überlegen kann ich Richard erkennen. Mein Herz macht einen Satz.

* * *

Das muss ein Traum sein, ein Wunschtraum. Das kann nicht wahr sein. Mein Unterbewusstsein gaukelt mir irgendetwas vor. Wunschdenken. Sie haben den Baum verbrannt, man kann ihn nicht mehr nutzen.

Aber Richard springt sehr real zu Boden, ächzt und stöhnt, als sein Körper hart aufschlägt. Langsam kommt er zu mir gekrochen, er hat überall Brandblasen.

Ich komme schnell hinter dem Versteck hervor und renne ihm entgegen, als mir klar wird, dass er wahrhaftig hier ist. »Wie hast du das geschafft?« Vorsichtig lege ich ihm die Hände auf den Kopf und beginne mit der Heilung der Platzwunde. Es sind keine großen Verletzungen, aber alles in allem bestimmt sehr schmerzhaft, was man auch an seinem verzerrten Gesicht sehen kann.

Als ich fertig bin, reiße ich mir ein Stück Stoff vom Unterrock ab und weiche es in dem kleinen Bach, der ein paar Schritte neben dem Baum fließt, ein. Richard liegt immer noch ein wenig abseits auf dem Boden, als ich zurückkomme. Ich reinige sein Gesicht, seine Hände und Arme, die schwarz sind vom Ruß. Ächzend richtet er sich auf und schaut mich ernst an.

Dann kann ich mich nicht mehr zurückhalten und fange an zu weinen. »Ich dachte, ich sehe dich nie wieder.« Er greift nach mir und zieht mich in eine Umarmung, wiegt mich und streichelt sanft über meinen Rücken. »Ein paar schreckliche Minuten lang habe ich das auch vermutet.«

»Was ist passiert?« Ich schaue ihm tief in die Augen. Diesmal setze ich mich bewusst ihrer Gefahr aus, streiche ihm die dunklen Locken aus dem Gesicht, dabei kullern mir unentwegt Tränen die Wangen hinunter.

Mit einer vom Rauch heiseren Stimme beginnt er zu erzählen. »Als du weg warst, schwangen sich die Männer auf die Pferde und ritten los. Keiner beachtete mich mehr, da sie dachten, ich sei noch bewusstlos. Als ich mir sicher war, dass sie fort waren, stürzte ich zum Baum und schlug mit dem Mantel auf die Flammen ein. Es gelang mir lediglich, das Feuer weiter oben zum Stillstand zu bringen. Und bevor mich der Mut verließ, machte ich das Zeichen auf die halb verkohlte Eiche. Zu meiner eigenen Überraschung funktionierte es. Ich hatte etwas Schwierigkeiten hineinzuklettern, schaffte es dann aber doch. Und hier bin ich nun.« Um es mir zu bestätigen, schließt er mich nochmals in die Arme. »Komm, wir gehen zurück! Schnell!«

Wir stürzen zum Baum und probieren es an jeder erdenklichen Stelle. Richard fährt mit der Hand über die Rinde. Nichts geschieht.

Verzweifelt schauen wir uns an, suchen eine andere Position, aber auch hier tut sich nichts. Wir versuchen es gemeinsam. Nichts.

Nach etlichen erfolglosen Anstrengungen geben wir schweren Herzens auf. Er kann uns nicht zurückbringen. Ein egoistischer Teil von mir denkt, dass ich jetzt wenigstens mit Richard zusammen bin. Vereint werden wir es schaffen. Zumindest hoffe ich das.

* * *

Richard läuft auf und ab. Man kann förmlich sehen, wie es in seinem Kopf arbeitet. »Als Erstes müssen wir herausfinden, in welcher Zeit und wo wir sind. Das Einzige, was ich mitbekommen habe, ist, dass wir immer weiter Richtung Süden geritten sind. Ich könnte mir vorstellen, dass dies der Bayrische Wald ist. Nur gut, dass wir unsere Kleidung gewechselt haben, bevor wir von Eberswalde fort sind. So, wie wir jetzt aussehen, werden wir nicht allzu sehr auffallen, egal, welches Jahr wir schreiben.«

Ich schaue an mir hinunter. Das braune Wollkleid und der Umhang sehen etwas mitgenommen aus, aber beides ist schlicht geschnitten und robust.

Vom Wetter her hat sich hier einiges verändert, der Frühling hält bereits Einzug. Es ist Anfang Februar, und der Boden ist nicht mehr gefroren. Wenigstens müssen wir keine Angst haben zu erfrieren.

Richard plant immer weiter. »Wir werden uns weiterhin als Mann und Eheweib ausgeben. Je nachdem, in welcher Zeit wir gelandet sind, bin ich Arzt oder Bader, damit können wir uns ein wenig Geld dazu verdienen, eventuell auch nur ein paar Lebensmittel. Du darfst dein wahres Alter nicht preisgeben, du siehst sowieso jünger aus, als du bist. Mit sechsundzwanzig Jahren sind die meisten Frauen in der Vergangenheit ältere Damen, das würde dann ebenfalls erklären, warum wir noch keine Kinder haben. Falls nötig, werden wir Neugierigen erzählen, du hättest bereits zwei Totgeburten durchlitten. Danach dürfte niemand mehr weiterfragen.« Er redet und redet, dass es mir schwerfällt, ihm zu folgen.

»Richard? Atme tief durch und lass uns loslaufen. Der Rest wird sich schon ergeben. Wir werden unsere Gabe nur im absoluten Notfall gebrauchen, um nicht aufzufallen. Aber hast du einen Plan, wo wir hinwollen?« Langsam, fast schwerfällig, erhebe ich mich von dem Platz, an dem ich zusammengebrochen war, nachdem wir festgestellt haben, dass es keinen Weg mehr zurückgab.

Er nimmt aufgeregt meine Hände in seine und fährt fort: »Ich habe mir ein paar Gedanken gemacht, was Großvater mir über die historischen Schriften erzählt hat. Du weißt, die, in denen er etwas von unseren Vorfahren entdeckt hat. Diese Werke müssen schon sehr alt gewesen sein. Vielleicht gibt es davon Abschriften, das heißt, wir sollten eine der relevanten Bibliotheken finden, um sie genauer studieren zu können. Ich habe mehrere Samen des Baumes bei mir, allerdings weiß ich nicht, wie es funktioniert … wie lange es dauert, bis man den Sprössling nutzen kann.«

Erschrocken berühre ich ihn an der Schulter. »Du hast *was* bei dir?«

Sanft legt er mir seine Hand auf die Wange. »Ja, meine Blume, es gibt Hoffnung, jedoch ist das Wie die fragliche Komponente des Ganzen.«

Meine Gedanken beginnen wieder zu kreisen. »Welche Bibliotheken sind die ältesten? Nicht, dass wir eine völlig falsche Wegstrecke wählen.«

Richard und ich verschränken unsere Finger. »Ich denke, erst einmal müssen wir weiter, und dann entscheiden wir, was wir als Nächstes tun. Sobald wir wissen, wo wir uns hier befinden. Aber grundsätzlich tendiere ich dazu, den Weg in Richtung St. Gallen fortzusetzen.«

»Moment, wie kommst du denn jetzt auf St. Gallen?«

»Kuhn hatte gesagt, dass wir Nachkommen des großen Iren sind. Kannst du dich noch erinnern?«

Etwas ratlos nicke ich.

»St. Gallen wurde ursprünglich durch den irischen Mönch Gallus gegründet, er erbaute dort eine Einsiedelei. Daraus wurde später ein Benediktinerkloster. Vielleicht haben die Schurken ihre Kenntnisse von ihm und seinen Niederschriften. Schließlich ist es ja ein katholisches Kloster.«

Woher nimmt er nur dieses umfangreiche Wissen?

»Und nun komm. Mal sehen, zu welcher Zeit uns ein anderes menschliches Wesen über den Weg läuft, von dem wir erfahren können, wo und wann wir jetzt sind.«

Es wirkt fast, als würde ihm die Situation sogar Spaß bereiten. Unfassbar.

»Warum wenden wir uns nicht an den Orden? Soweit ich es verstanden habe, gab es ihn doch schon extrem lange?«

Richard schüttelt den Kopf. »Nein. Die Schriften verbrannten bereits vor vielen Hunderten von Jahren. Wenn wir nun den ganzen Weg zurückgehen, und es ist ein sehr weiter Weg, und dort ist niemand, der uns helfen kann? Das wäre der Moment, in dem wir nur sämtliche in dieser Zeit lebenden Ordensmitglieder in Gefahr bringen würden. Ich gehe davon aus, dass sie uns nicht allzu fern in die Vergangenheit schicken konnten. Also führt unser Weg in die andere Richtung. Wer weiß, welche Informanten sie hier bereits eingeschleust haben. Komm.«

Und ich folge ihm, ohne zu zögern. Froh, dass er wieder bei mir ist.

KAPITEL 11

Februar ????

Ich höre mehrere Männer aufgeregt miteinander reden. Abrupt bleiben wir stehen, blicken uns um und verstecken uns schnell hinter einem nicht ganz so kahlen Busch.

Meine Hand krallt sich regelrecht in Richards.

Dann sehe ich sie. Sie sind zu dritt und bewaffnet. Zielgerichtet treten sie an den Baum, schauen ihn sich genau an und suchen etwas. Die Verfolger schwärmen aus, Gott sei Dank in die entgegengesetzte Richtung.

Richard flüstert mir ins Ohr: »Nun wissen wir, warum sie dich hierher geschickt haben.«

Mein Kopf nickt bestätigend, wie mir scheint, ohne jede Hilfe von mir. Als wir sicher sind, dass sie nicht mehr in unserer Nähe suchen, richten wir uns auf und gehen weiter. Immer wieder halten wir kurz inne und horchen, ob die Männer zurückkommen. Doch es bleibt still.

Ohne Richard hätte ich mich hoffnungslos verlaufen. Da alle Bäume gleich aussehen, orientiert er sich an der Sonne. Und jetzt, da sie gerade am Horizont verschwindet, stehen wir am Rande eines riesigen Feldes, das winterlich brach vor uns liegt.

»Ich denke, wir sollten uns hier im Wald ein ruhiges, trockenes Plätzchen suchen und morgen weiterziehen.«

Richard hat recht, also laufen wir ein paar Schritte zurück. Offensichtlich hat er ein bestimmtes Ziel. An einem ausgehöhlten und verknöcherten Baum wollen wir rasten. Als Erstes beginnen wir mit dem Sammeln von Reisig und entzünden es mit den mitgebrachten Streichhölzern.

In der Tasche, die nach wie vor über meiner Schulter hängt, befindet sich glücklicherweise eine Flasche, in die wir nun Wasser vom Bach abfüllen. Unsere Mägen machen sich lautstark bemerkbar. Da wir so eng beieinandersitzen, hören wir auch das Knurren des anderen. Seit dem Frühstück, das aus Haferbrei bestand, haben Richard und ich keinen Bissen mehr zu uns genommen. In dem Survival-Paket sind nicht nur die Streichhölzer, die ich ohne Absprache mitgenommen habe, sondern außerdem eine Packung Zwieback, ordentlich in Butterbrotpapier eingewickelt. Wortlos reiche ich ihm etwas davon. Er sieht mich mit hochgezogenen Augenbrauen an, was ich genauso erwidere, während ich in ein Stück beiße. Da beginnt er, aus vollem Halse zu lachen. Ich scheine ihn ungemein zu amüsieren. »Du bist einfach wundervoll dickköpfig. Danke.« Damit beißt er herzhaft zu und macht ein seliges Gesicht.

Ein Glucksen bahnt sich seinen Weg aus mir heraus, und kurz darauf beginne ich loszuprusten. Richard kann nicht mehr an sich halten. Langsam fällt die Anspannung von uns ab, und wir können kaum noch aufhören herumzualbern.

* * *

Für die Nacht haben wir uns zu zweit in den hohlen Baum gequetscht, unsere Mäntel benutzten wir als Decken. Mit dem

Feuer davor war es einigermaßen warm, und wir konnten schlafen.

Nach unserem Lachanfall war uns das Reden vergangen, und jeder hing seinen eigenen Gedanken nach, bis uns die Augen vor Müdigkeit zufielen.

Nun, am frühen Morgen, die Flammen sind längst niedergebrannt, frieren wir, denn es ist bitterkalt. Wir beginnen mit dem Fußweg. Ein Marsch ins Ungewisse. Einem Weg folgend, weiter Richtung Süden, in der Hoffnung, auf eine Ansiedlung zu treffen.

Gegen Mittag erreichen wir einen großen Bauernhof, wo wir unsere Dienste als medizinisch Bewanderte anbieten wollen.

Die zotteligen Hofhunde kommen uns bellend entgegen, laufen aber schwanzwedelnd um uns herum. Gutmütige Kerle. Als ich einen streicheln möchte, zieht Richard meine Hand fort. »Lass es. Du weißt nicht, welche Tiere noch alles auf diesem verlausten Vieh herumkrabbeln!«

Gemessenen Schrittes treten wir durch ein bogenförmiges Tor in den weitläufigen Innenhof. Dampfend steigt ein übler Geruch aus dem Misthaufen, der an der rechten Außenmauer steht.

Von dem Gebell der Hunde aufmerksam geworden, kommen zwei junge Männer aus dem Stallgebäude, das links von dem großen Wohnhaus liegt. Unfreundlich fragen sie uns, was wir wollen. Nachdem wir ihnen unser Anliegen geschildert haben, führen sie uns zur Besitzerin des Hofes.

Die Alte blickt uns mürrisch an, als Richard sich vorstellt. Aber als er ihr dann seine Dienste anbietet, hellt sich plötzlich ihr Gesicht auf, sie scheint regelrecht auf uns gewartet zu haben. Sofort führt uns die Bäuerin in die Küche und trommelt alle zusammen, die irgendwie an einer Verletzung oder Erkrankung leiden. Richard behandelt ein paar eingewachsene Zehennägel bei einem betagten Knecht und zieht der Köchin einen vereiterten Zahn.

Dann kommt eine junge Frau, die von einem fürchterlichen Husten gequält wird. Sie ist fast noch ein Kind, wahrscheinlich die Tochter des Hauses. Ihr Gesicht wirkt blass und ihre Erscheinung zart und zerbrechlich. Richard schickt sie nach seiner Untersuchung ins Bett. Eine Magd erhält die Anweisung, heiße Kartoffeln in einem Handtuch zu zerquetschen und sie ihr auf die Brust zu legen. Der Umschlag soll alle halbe Stunde erneuert werden, außerdem muss sie einen Tee aus Spitzwegerich trinken. Wäre diese junge Frau nicht krank gewesen, hätte uns die Bäuerin vermutlich bereits an der Tür verjagt, denn die Arbeiter hier sind ihr offenbar nicht sehr viel wert. Wahrscheinlich schickte sie die Leute erst einmal vor, um zu schauen, ob wir Ahnung von dem haben, was wir anbieten, bevor sie uns auf das Mädchen losließ.

Während der Behandlung eines Mannes fragten wir ihn, wie alt er sei und wann er geboren wurde, wodurch wir nun wissen, in welchem Jahr wir uns befinden. Von der Magd erfuhren wir, wo wir uns befanden.

Nach und nach eilen noch ein paar andere Arbeiter herbei, die wir alle bis in den Abend hinein behandeln.

Als Bezahlung vereinbarten wir das Mittag- und Abendessen sowie ein Quartier. Quartier ist natürlich übertrieben, aber wir dürfen auf dem Heuboden schlafen, was eindeutig eine Steigerung im Vergleich zur vorherigen Nacht ist.

* * *

»Sieh mal, da hinten in der Ecke liegen ein paar alte Jutesäcke, die können wir als Unterlage und zum Zudecken nehmen.« Richard zeigt in die besagte Richtung.

So machen wir uns daran, das Bett für die Nacht herzurichten. Wie gern würde ich mich mal waschen, geschweige denn duschen. Mein Körper hat seit einer Ewigkeit kein Wasser mehr gesehen. Ich muss fürchterlich riechen. Schnell versuche ich, diese unangenehmen Gedanken zu verscheuchen, aber es gelingt mir nicht ganz.

»Komm, kleine Blume, leg dich hin, morgen müssen wir weiterziehen. Das wird unweigerlich wieder sehr anstrengend werden.« Damit schlägt er die provisorische Decke zurück, und wir kriechen in unser *Bett*.

Richard dreht sich zu mir um und stützt seinen Kopf mit der Hand ab, während er mich erneut einer eingehenden Überprüfung unterzieht. In meinem lädierten Zustand eine überaus peinliche Prozedur.

»Wie sollen wir weiter vorgehen?«, versuche ich von mir abzulenken.

Die Pupillen seiner ernsten Augen verändern sich leicht, als er den Blick in die Ferne schweifen lässt. »Wir wissen nun, dass wir das Jahr 1608 schreiben, und wir befinden uns in der Nähe von Passau. Genauer gesagt im Hochstift Passau. Wir müssen uns damit abfinden, dass ein sehr langer Weg vor uns liegt. Die Bibliothek in St. Gallen, die Stiftsbibliothek, ist bestimmt 500 Kilometer entfernt. Dort könnten wir etwas finden. Leider hatte Kuhn recht, die Hexenverfolgung ist noch stark verbreitet. Was weißt du über die Zeit, in der wir uns befinden?«

Oh nein, nicht schon wieder Geschichtsunterricht! »Richard, ich war in Geschichte nie eine gute Schülerin, was vermutlich an dem trockenen Stoff lag. Hätte ich damals die Möglichkeit gehabt, die mir hier geboten wird, wäre ich mit ziemlicher Sicherheit anders an die Sache herangegangen. Ich weiß nur, dass wir uns in der Renaissance aufhalten, aber beschwören könnte ich das nicht.«

Richard schüttelt den Kopf und ist sichtlich um Fassung bemüht. »Nein, eher die frühe Neuzeit, der Dreißigjährige Krieg steht noch bevor. Das Volk ist verarmt. Die Sterblichkeitsrate ist so hoch, dass man von einer sehr niedrigen Lebenserwartung ausgehen kann. Hygienemaßnahmen gibt es keine. Also wirklich genau die Zeit, in die man sich hineinwünscht.«

»Okay, wenn du es sagst! Du bist der Sohn und Enkel von Geschichtsprofessoren, du musst es ja wissen. Aber jetzt mal Spaß beiseite, wie stellst du es dir vor, nach St. Gallen zu gelangen? Zwischen uns und der Bibliothek liegen die Alpen. Das dürfte zu dieser Zeit kein Pappenstiel gewesen sein, oder?« Ich kann mir beim besten Willen keinen Marsch über das Gebirge vorstellen, und Geld besitzen wir nicht. Eine Kutsche zu mieten, liegt damit außerhalb unserer Möglichkeiten.

»Ja, da hast du wohl recht. Lass es auf uns zukommen. Erst einmal gehen wir grob in die Richtung, bestimmt ergibt sich irgendetwas von selbst.«

Hört sich ja ganz gut an, aber ich bin nicht der Mensch, der gern irgendwas auf sich zukommen lässt. Nein, ich bin die Planerin.

»Weißt du, Marie, im Grunde bleibt uns gar nichts anderes übrig.« Sanft streicht er mir eine Locke aus dem Gesicht.

»Ich weiß.« Die letzten Worte kommen nur noch flüsternd über meine Lippen, und ich schlafe völlig erschöpft ein.

* * *

Beim ersten Hahnenschrei schrecken wir beide aus einem unruhigen Schlaf auf. Die Jutesäcke legen wir zusammen und packen sie heimlich in meine Tasche – wer weiß, wann wir sie das nächste Mal brauchen.

Wir sind gerade im Begriff, den Hof zu verlassen, als die Bauersfrau uns herbeiruft. Richard soll noch mal nach der Tochter schauen.

Zu Beginn, als ich das Mädchen in ihrem Bett liegen sehe, fällt mir auf, dass sie wieder Farbe im Gesicht hat. Bei der Untersuchung bedankt sie sich ständig. Es sei die erste Nacht gewesen, in der sie schlafen konnte, da sie am gestrigen Nachmittag endlich die ungesunden Säfte abgehustet hatte. Und tatsächlich kann auch Richard nichts anderes feststellen, als dass sie auf dem Wege der Besserung ist. Die Mutter bedankt sich überschwänglich und bietet uns einen weiteren Teller Hafergrütze an. Dankend nehmen wir an.

Beim Essen erzählt sie uns immer wieder, sie wäre davon ausgegangen, ihre Tochter zu verlieren. Dem Fieber ist bisher kaum jemand entkommen.

Zum Abschied steckt sie uns noch ein paar Kreuzer zu und bittet mich um ein Gespräch unter vier Augen.

Sie führt mich in eine kleine Stube. »Ihr werdet verfolgt«, beginnt sie ohne Umschweife. »Gestern Abend waren Männer hier, die eine fremde Person suchten, sie wussten allerdings nicht, ob sie nach einem Mann oder einer Frau Ausschau hielten. Sehr merkwürdig. Meine Leute sagten kein Wort, und auch ich habe mich unwissend gestellt. Aber Ihr solltet es wissen. Passt auf.«

»Ich danke Euch für die Warnung.«

Sie winkt ungeduldig ab und ich laufe schnell zu Richard. So machen wir uns gesättigt und mit etwas Geld in der Tasche an den nächsten Abschnitt unserer Reise.

* * *

Die Tage ziehen dahin, wir wandern von Hof zu Hof und bieten überall Richards medizinische Künste an. Wir achten stets darauf, kaum aufzufallen, da wir nicht wissen, wie weit die Verfolger uns hinterherjagen.

Langsam wird es Frühling, wodurch bei uns beiden die Laune unweigerlich steigt. Ich liebe diese Jahreszeit, wenn alles anfängt, grün zu werden. Die Vögel zwitschern, und die Sonne zeigt jedem, wie wundervoll das Leben ist, egal, in welcher verfahrenen Situation man gerade steckt. Das ist fast so schön, wie sich den Wind um die Ohren pusten zu lassen, während man auf einem Pferd dahinfliegt. Leider sind wir weiterhin auf unsere Füße angewiesen. Und ich vermute, dass es sehr lange dauern wird, bis wir endlich in St. Gallen eintreffen werden.

Zweimal bemerkten wir bereits von Weitem eine Kutsche, aber wir verließen jedes Mal vorsorglich den Weg, da wir nicht erkennen konnten, wer sich dort hinter den zugezogenen Vorhängen verbarg. Wir sind uns einig, lieber auf Nummer sicher zu gehen.

Bisher wurden wir überall mit offenen Armen empfangen. In solch abgelegenen Gegenden gibt es für einen über Land ziehenden Arzt eine Menge zu tun. Meistens haben wir einen vollen Bauch und ein Dach, unter dem wir schlafen können, und das Silber in dem kleinen Beutel vermehrt sich langsam, aber stetig.

Wir versuchen, einen Bogen um Städte zu schlagen, um erstens nicht weiter irgendeiner kirchlichen Institution aufzufallen. Und zweitens würde es dort bestimmt wenig für uns zu tun geben. Scharlatane und Bader gibt es in größeren Ansiedlungen meistens zuhauf, denn mit dem Unglück anderer lässt sich genügend Geld machen.

* * *

Die langen Märsche geben genug Gelegenheit, uns besser kennenzulernen, was leider dazu führt, dass sich meine Verliebtheit langsam aber sicher wandelt. Ich bin mittlerweile nicht nur verliebt, sondern empfinde eine unerschütterliche, tief verwurzelte Liebe für Richard. Seine stille, ruhige Art fasziniert mich. Sein intelligenter, untergründiger Humor bringt mich ständig zum Lachen. Mir schnürt es fast die Kehle zu, sobald sich unsere

Hände zufällig berühren. Es juckt mir in den Fingern, die seinen zu ergreifen, ihn in den Arm zu nehmen, ihn zu küssen und mir eine gemeinsame Zukunft mit ihm vorzustellen.

Aber selbst wenn er mir entgegenkäme – wie könnte ich mir seiner Liebe sicher sein? In solchen Extremsituationen reagieren die Menschen keinesfalls wie sonst. Wieder fallen mir Tante Lenas Worte ein. Sie sagte, er würde etwas für mich empfinden. Wie gern würde ich daran glauben.

* * *

Als ich erwache, weiß ich im ersten Moment nicht, wo ich bin. Dann kommt alles zurück, und ich bin versucht, mich einfach umzudrehen und die Augen für den Rest des Tages geschlossen zu halten. Wieder einer dieser Heuböden. Immer noch der kratzende Jutesack. Wenigstens konnte ich mich gestern Abend am Wassertrog der Kühe waschen. Meine Zähne putze ich mittlerweile mit einem Birkenzweig, ich hatte irgendwo einmal gelesen, dass es damit ganz gut klappen sollte. Richard meinte nur, jede Art von Mundhygiene ist besser als keine. So benutzen wir unsere Zahnbürsten zwei- bis dreimal am Tag, wodurch ich mich eindeutig besser fühle.

Jemand streichelt meine Wange. Ein Auge von mir ist neugieriger als das andere und öffnet sich selbstständig.

Richard. Immer wieder er. Es muss einer dieser Träume sein, die ich öfters habe, seit wir gemeinsam unterwegs sind. Unerfüllt und schön.

Doch dann wird mir bewusst, dass es gar keiner ist. Ungläubig öffne ich das zweite Auge.

»Herzlichen Glückwunsch zum Geburtstag, Marie!«

»Oh!« Erschrocken fahre ich hoch, und prompt stoßen unsere Köpfe zusammen. »Entschuldigung. Das wünsche ich dir auch, von ganzem Herzen.«

»Danke, Kleine. Was hältst du davon, wenn wir uns heute einen Gasthof suchen, vielleicht haben wir ja Glück und einer liegt auf dem Weg. Dann führe ich dich aus.«

Allein die Idee lässt mir das Wasser im Mund zusammenlaufen. Einmal was anderes als Hafergrütze oder dünne Gemüsebrühe mit Brot – ein Traum.

»Das wäre toll. Wirklich.« Dümmlich grinse ich ihn an, als er sich plötzlich zu mir beugt und mir einen sanften, keuschen Kuss auf die Lippen haucht.

»Gut, dann lass uns gleich losgehen, damit wir die Chancen steigern, eine Gaststätte zu finden.« Lächelnd macht er sich daran, unsere Sachen zusammenzupacken, während ich noch dabei bin, meine Gefühle zu sortieren.

Wir albern größtenteils herum, wodurch die Zeit schneller vergeht. Und tatsächlich kommen wir am frühen Nachmittag an einem Gasthof vorbei. Er steht am Weg unter einer großen alten Linde, und wie könnte er anders heißen als *Zur Linde*?

Ich bin so aufgeregt, als wäre es das erste Mal, dass ich mit einem Mann essen gehe. Richard ergreift meine Hand, bevor wir das Lokal betreten.

Drinnen ist es ganz schummrig und es riecht nach abgestandenem Bier, Tabak und Essen. Niemand ist zu sehen.

Wir setzen uns an einen Tisch am Fenster, zu meiner Überraschung ist er sauber, und auch der Rest des Raums macht einen beruhigenden Eindruck auf mich.

Aus der Küche kommt eine junge Frau und spricht uns freundlich an. »Guten Tag, ihr beiden. Willkommen in unserer Gaststube. Was treibt Euch des Weges? Was kann ich Euch Gutes tun?«

»Guten Tag, wertes Fräulein. Mein Weib und ich sind auf dem Weg nach St. Gallen. Wir haben bereits einen weiten Weg hinter uns und einen noch weiteren vor uns. Nun haben wir beschlossen, Euer Gasthaus in Anspruch zu nehmen und zu rasten. Was könnt Ihr uns Schönes anbieten?«

Sie schaut wie ein betäubtes Lamm in Richards hypnotisierende Augen und erliegt augenblicklich seinem Charme, den er eindeutig richtig einzusetzen weiß. »Wollt Ihr hier übernachten? Wir haben ordentliche, saubere Zimmer.«

Nach kurzem Verhandeln werden die beiden sich einig. Wir werden die Nacht an diesem Ort verbringen. Abendessen und für jetzt Tee und Brot sind uns sicher. Und das zu einem annehmbaren Preis, den wir uns auch leisten können. Unsere Geburtstagsfeier kann beginnen.

* * *

Das Zimmer ist sauber, selbst die Bettwäsche macht den Anschein, frisch gewaschen zu sein. So ein Luxus. Da Richard noch einmal nach unten gegangen ist, ziehe ich mich kurz entschlossen aus und wasche mich mit dem kalten Wasser, das in einem Krug neben der Waschschüssel steht. Wäre ich eine Katze, würde ich jetzt schnurren, da ich mich endlich wieder wohlfühle.

Nachdem ich mir ein frisches Kleid angezogen und die Haare ordentlich zu einem Knoten gebunden habe, gehe ich mit dem dreckigen Gewand über dem Arm nach unten. Ich frage Gertrud, so heißt die junge Frau, wo ich es waschen kann. Aber sie schüttelt fassungslos den Kopf und nimmt es mir vom Arm. Sie bietet mir an, unsere Kleidung bis morgen zu säubern. Noch mehr Luxus.

Als Richard mich sieht, springt er auf und kommt mir wie eine Katze auf Raubzug entgegengeschlichen, den Blick unverwandt auf seine Beute gerichtet. »Du siehst atemberaubend aus. Das Hellblau deines Kleides passt perfekt zu deinen Augen.« Er nimmt meine Hand und lässt mich an dieser eine Pirouette drehen. Als ich die Drehung beende, zieht er mich in eine Umarmung und fesselt mich mit seinen Augen. »Da heute mein Geburtstag ist, würde ich mir gern etwas wünschen.«

»Und das wäre?«, frage ich atemlos. Ich bin froh, dass er mich so fest in seinen Armen hält, da ich sonst sicherlich das Gleichgewicht verloren hätte.

Ganz bedächtig kommt sein Kopf näher zu meinem, als er sagt: »Das.« Unsere Lippen treffen aufeinander, und ich vergesse wer, wann und wo ich bin. Ich verschmelze mit ihm, öffne mich für ihn und lasse alle Schutzbarrieren fallen. Langsam löst sich sein Mund von meinem. In Anbetracht des Aufruhrs, der in mir tobt, halte ich die Augen noch geschlossen. Richard hebt mein Kinn an und bittet mich, ihn anzusehen, was ich nur widerstrebend tue. »Ich war bisher unsicher, was du für mich empfindest. Heute dachte ich, dass es Zeit ist, es herauszufinden.«

Nein, spielt er etwa schon wieder mit mir? Ich kann förmlich spüren, wie sich meine Pupillen verengen, und als ich ihm das Kinn entreißen möchte, hält er es umso fester und zwingt mich, ihn weiter anzuschauen. »Bitte verschließe dich nicht erneut vor mir. Es ist keinesfalls so, wie du denkst. Ich bin niemand, der mit den Gefühlen von anderen jongliert. Ich hatte dir bereits gesagt, ich würde dir nie wehtun. Du bist etwas so Wertvolles, dass ich mir auf keinen Fall sicher war, ob ich unsere Freundschaft riskieren kann, um diesen Schritt zu wagen.« Ich verstehe gar nichts mehr. Leise flüstert Richard: »Bleib bei mir, Marie.«

Es dauert eine Weile, bis die Worte in mein Bewusstsein sickern und ich ihre Bedeutung begreife. Als ich mir dessen bewusst bin, verschlingt er mich bereits leidenschaftlich mit einem Kuss. Ich halte ihn fest in den Armen, aus Angst, ihn zu verlieren.

Zaghaft lassen wir voneinander ab. Ich lege die Stirn gegen seine und höre ihn leise flüstern: »Du Dummerchen, dachtest du wirklich, ich ließe dich einfach so gehen? Als du vor dem Baum standest, war ich gerade im Begriff dich aufzuhalten, doch da kamen Kuhns Männer. Du bist die erste Frau, die mein Herz berührt. Die Einzige, mit der ich mir eine Zukunft vorstellen kann. Ich wäre dir überallhin gefolgt, um dich zu erobern.« Wieder dieser durchdringende Blick.

»Richard, das ist nicht so einfach. Du bist immer so kalt und abweisend zu mir. Ich dachte, ich wäre dir nur eine Last.«

Vorsichtig legt er seinen Zeigefinger an meine Lippen. »Scht. Seit dem Tag, als du in unserer Küche standest, musste ich ständig an dich denken. In dem Moment, als meine Augen dich sahen, war es um mich geschehen. Ich hatte alle Hände voll zu tun, mich davon abzuhalten, dir zu folgen. Immerzu sagte ich mir, sie kommt zurück, doch du bist nicht zurückgekommen. Es war die Hölle für mich, auf dich zu warten.«

Tränen rinnen bei diesem Geständnis über meine Wangen.

Mit beiden Händen greife ich nach seinem Gesicht, sehe ihm tief in die Augen und sage: »Mir ging es genauso, aber mir kamen meine Gefühle so übertrieben vor, also habe ich versucht, sie zu ignorieren.«

Stürmisch reißt er mich in seine Arme, bedeckt mein Gesicht mit Küssen und dreht sich dann mit mir im Kreis, bevor er mich zum reichlich gedeckten Tisch führt.

Unser Geburtstagsessen schmeckt so gut, dass ich alles bis auf den letzten Krümel aufesse. Immer wieder wechseln wir verliebte Blicke, flirten miteinander und halten uns schüchtern an den Händen.

* * *

Ganz langsam gehen wir die Stufen nach oben, und er öffnet unsere Tür. Vorsichtig betrete ich den Raum.

Starke Arme legen sich besitzergreifend um meinen Oberkörper. Er küsst meinen Nacken und zieht meinen Kopf nach hinten, um meinen Mund mit seinem zu bedecken.

Die Zärtlichkeit zerreißt meine mühsam zurückgehaltenen Empfindungen, ich drehe mich zu ihm um. Wir fallen in eine Umarmung, halten uns fest, als wären wir zwei Ertrinkende.

Gierig streichen seine Hände über meinen Körper und wollen mir aus dem Kleid helfen, als er plötzlich stoppt und sagt: »Das ist zu schnell. Wir werden das Ganze etwas langsamer angehen, schließlich ist Vorfreude die schönste Freude.« Und so beginnt er erneut an meinem Ohrläppchen zu knabbern, was mich schier um den Verstand bringt. Ich tue es ihm gleich und beginne, vorsichtig die Hüften gegen seine zu pressen, woraufhin er mir mit einem Stöhnen antwortet. Seine Hände wandern zum Ausschnitt des Kleides und öffnen die Knöpfe in einer Geschwindigkeit, die einer Schnecke gleicht. Auch ich fange an, ihn auszuziehen, etwas schneller und ungehaltener als er. Richard erkundet jeden Zentimeter der Haut, die er zum Vorschein bringt, mit seinem Mund. Meine Emotionen machen mich hilfloser, als ich es gern hätte. Aber das gehört eindeutig zu seinem Spiel, wie mir bewusst wird.

Als ich nackt vor ihm stehe, schaut er fasziniert auf mich herunter, die Augen dunkel vor Erregung, und flüstert ehrfurchtsvoll: »Mein Gott, bist du schön. Noch schöner, als ich es für möglich gehalten habe. Ich begehre dich so sehr. Komm her, meine Blume.«

* * *

Ich liege in seinen Armen und lächele verträumt vor mich hin. Nie im Leben war ich so glücklich. Glücklich, obwohl um mich herum das reinste Chaos herrscht. Nie habe ich jemandem mehr vertraut. Nie jemanden mehr geliebt. Nie jemanden mehr gebraucht.

»Das war interessant!« Entrüstet richte ich mich auf und schaue ihn wütend an. »Keine übertriebene Aufregung, du lässt mich nicht ausreden. Wo soll das nur hinführen? Gerade mal wenige Stunden ein Paar, und du hast keinerlei Interesse an einer Konversation mit mir!« Sein provozierend unschuldiges Lächeln bringt mich zum Lachen.

»Interessant ist auch eine Fliege, wenn man sie sich genauer ansieht«, erwidere ich.

»Da habe ich mich wohl nicht richtig ausgedrückt, das war definitiv die falsche Wortwahl. Phänomenal. Elektrisierend. Du machst mich süchtig. Nach dir und nach dem, was wir gerade miteinander getan haben.«

Seine Offenheit beschämt mich doch ein wenig. Und wieder mal verrät mich mein Gesicht. »Weißt du, kleine Blume, du bist das schönste Geburtstagsgeschenk meines Lebens.«

KAPITEL 12

März 1608

»Neiiiiin!« keuche ich.

»Wach auf, Marie, wach auf! Ich bin bei dir, du brauchst keine Angst zu haben.«

Richard zieht mich in seine Arme und versucht, mich zu trösten, aber die Finger der Vergangenheit haben gierig ihre Fühler nach mir ausgestreckt.

Nicht einmal in einer solchen Nacht lässt mich der Mistkerl in Ruhe. Immer wieder überfallen mich jene Albträume von meinem ehemaligen Freund, dann durchlebe ich erneut die Erniedrigungen, die er mir angetan hat.

»Hast du wieder von dem Baum geträumt?« Sanft streichelt seine Hand über meinen Arm. Tränen kullern mir aus den Augenwinkeln, als ich den Kopf schüttele. Ich will nicht darüber reden, will diese Nacht nicht mit Dreck beschmutzen.

Richard akzeptiert es still, lässt mich meinen Gedanken nachhängen.

Er geht zur Waschschüssel, weicht einen Waschlappen ein und reicht ihn mir. Das kühle Tuch ist eine Wohltat, und ich wische mir erst einmal die Überreste dieses Horrortrips ab. Dabei schließe ich die Augen und lege den Kopf in den Nacken. Richard zieht geräuschvoll die Luft ein, und mir wird bewusst, was für einen Anblick ich ihm hier biete. Nur das Unterkleid bedeckt meine Blöße, Wassertropfen, die ihren Weg dorthin gefunden haben, machen es an manchen Stellen durchsichtig.

»Tut mir leid, ich wollte nicht …« Langsam lasse ich den Lappen sinken.

»Was wolltest du nicht?« Wie eine Raubkatze taxiert er mich mit seinen grünen Augen und schleicht vorsichtig heran.

»Dich auf falsche Gedanken bringen«, stoße ich gepresst hervor.

Er kommt immer näher, seinen Blick kann man nur als düster bezeichnen. »Wer sagt dir, was falsch und was richtig ist?«

Mein Puls erreicht eine Geschwindigkeit, die den gesunden Bereich überschritten hat. Worte kommen mir nicht mehr über die Lippen.

»Kleine Blume, du spielst mit dem Feuer, das weißt du!« Noch einen Schritt näher, und schon steht er vor dem Bett.

Ich schlucke heftig, da sich mittlerweile ein Kloß in meinem Hals gebildet hat.

Sein rauer Handrücken streicht meine Wange entlang, weiter am Hals herunter und verharrt an meinem Brustbein. Mit Bedacht beugt er sich zu mir hinab und fährt mit seinen Lippen über meine. Hastig atme ich durch die Nase ein, als sein Kopf sich ein wenig entfernt. Nur seine Augen halten weiterhin den Kontakt mit mir. Sie fesseln mich, und ich ertrinke in diesen grünen Teichen, kann nicht mehr schwimmen und gehe unter.

* * *

Mein erster Gedanke: Liebe! Ich liebe Richard!

Als ich nun wach werde, traue ich mich kaum, die Augen zu öffnen … aus Angst, dass ich mir alles nur eingebildet habe. Letzten Endes ergebe ich mich dem Schicksal und blinzele, als das helle Tageslicht seine Strahlen blendend nach mir ausstreckt.

Richard ist nicht da. Niedergeschlagen lege ich mich wieder ins Bett und gebe mich meinen Tagträumen hin.

Plötzlich verschleiern Schatten meine Sicht auf das Schöne, und Zweifel schleichen sich bei mir ein.

Liebt er mich auch? Er sagte lediglich, dass er mich begehrt. Das sind zwei verschiedene Gefühle.

Verrenne ich mich in diese Sache, interpretiere ich vielleicht doch zu viel hinein?

Leise öffnet sich die Tür, und Richard tritt ein, ein Tablett in der Hand. »Guten Morgen, kleine Orchidee. Ich dachte, nach einer solchen Nacht wäre Frühstück im Bett genau das Richtige.«

Ich kann es kaum fassen, dass wir nun ein Paar sind, und selten war ich mir einer Entscheidung so sicher wie dieser. Ich will ihn, mit jeder Faser meines Seins, wie Tante Lena so schön sagte. Am liebsten wäre ich schon früher über ihn hergefallen, aber ich erinnere mich noch gut an die mahnenden Worte von Paul. Andere Zeiten, andere Moralvorstellungen. Ich habe mich der simplen Bitte von Richards Großvater gefügt. Bis gestern.

Hoffentlich werden wir Tante Lena wiedersehen, damit ich ihr von unserem Glück berichten kann.

Da ich weiß, welche Strapazen noch vor uns liegen, lasse ich mich verwöhnen und esse das frische Brot mit Butter und Honig mit einer Inbrunst, als wäre es meine letzte Mahlzeit.

Richard schaut immer wieder lächelnd zu mir rüber, während auch er das Frühstück genießt.

»Was mir jetzt noch zum Glück fehlt, ist eine Tasse Kaffee. Aber so etwas gibt es hier nicht.« Er hebt sein Trinkgefäß mit dem warmen, gewürzten Wein, genannt Hippocras, und ich tue es ihm gleich.

»Auf uns, mein irischer Prinz!« Unsere Becher stoßen mit einem dumpfen Geräusch aufeinander.

»Irischer Prinz sagst du? Richard of Ireland! Ja, und wo sind die Bediensteten und ach ja, die Kutsche soll vorfahren, ich bin des Laufens überdrüssig. Warum irischer Prinz?«

Ich zeige auf seinen Kopf, als würde das alles erklären, aber er zieht weiterhin ein fragendes Gesicht.

»Na, schau dich doch an. So stelle ich mir einen Iren vor. Dunkle Haare, grüne Augen, wildes Aussehen, nur deine Größe stimmt nicht ganz mit meinen Vorstellungen überein. Ich denke, Riesen haben die damals nicht auf den Thron gesetzt. Und schlussendlich stammen wir vom großen Iren ab. Wobei das groß sich nicht auf mich bezieht.« Ich kichere vor mich hin, während mein Freund sich zu seiner vollen Körpergröße aufbaut und gefährlich und wild blickend zu mir schreitet.

»Teuerste Prinzessin von Irland, versichert mir Eure Liebe und Treue mit einem Kuss, danach schreiten wir zu unseren Staatsgeschäften und fahren mit dem ermüdenden Alltag fort.« Der Kuss ist so berauschend – kurz vergesse ich unsere Probleme und lasse mich einfach nur treiben.

* * *

Gertrud verabschiedet sich freundschaftlich von uns und reicht mir ein paar Brote, die sie in ein Tuch eingeschlagen hat. Auch eine Flasche mit dem süßen Würzwein gibt sie uns mit. Dankbar nehme ich die Lebensmittel an und verabschiede mich, bevor wir weiterziehen.

Für unseren Weg habe ich wieder das schlichte braune Wollkleid angezogen. Da es nun frisch gewaschen ist, fühlt es sich viel besser an als vorher.

Richard greift nach meinem Arm, und wir gehen gemeinsam, irritiert, aber glücklich über die Wendung, die unsere Beziehung innerhalb der vergangenen vierundzwanzig Stunden genommen hat.

Die körperliche Anziehungskraft, die wir aufeinander ausüben, ist schwer im Zaum zu halten, nun, da wir von der Frucht gekostet haben. Hier ein Kuss, dort eine heimliche Berührung, wir weisen uns eindeutig als frisch verliebtes Paar aus.

* * *

Nach nunmehr knapp zwei Wochen sind wir auf einer Straße zwischen Augsburg und München. Am Wegesrand steht ein riesiger Findling, der anzeigt, dass zu beiden Städten fast dieselbe Entfernung besteht.

Ich bekomme schon Bauchschmerzen bei dem Gedanken, mich so nah an einer großen katholischen Stadt zu befinden.

Wie einfach wäre es für uns, dort unsere Finanzen aufzustocken, aber auch so einfach, den falschen Leuten aufzufallen. So lassen wir dieses lohnende Geschäft links und rechts von uns liegen. Wir beschließen, in den nächsten zwei Tagen die abgelegenen Höfe nicht zu besuchen, bis wir Augsburg und München weit hinter uns gelassen haben.

* * *

An diesem Tag ist Richard ungewöhnlich still. Als ich nach dem Grund frage, schaut er mich ernst an. »Ich mache mir gerade Gedanken über meine Mutter und meinen Vater. Selbst nun, da ich weiß, dass sie nicht meine leiblichen Eltern sind. Bei aller

Zuversicht muss ich doch damit rechnen, hier eine Weile festzusitzen, eventuell sogar für immer. Vielleicht komme ich nie dazu, ihnen zu sagen, wie dankbar ich bin. Und dass ich es nie für möglich hielt, nur ein Findelkind zu sein. Sie haben mir das ganze Leben lang so viel Liebe und Geborgenheit geschenkt.«

Sanft streiche ich ihm über die Wange. »Wir sollten positiv denken. So, wie uns diese Schurken in der Zeit herumgeschickt haben, gibt es sicherlich noch Hoffnung. Wir müssen nur daran glauben und nicht den Kopf hängen lassen.« Wenn ich dem nur selbst Glauben schenken könnte.

Entschlossen strafft Richard seine Schultern und zieht das Tempo der Schritte an. »Ja, du hast recht. Jetzt weiß ich, warum du in diese Lethargie verfallen bist, nachdem sie unseren Baum abgebrannt hatten. Wir werden es schaffen, für unsere Familie und für uns. Selbst wenn es lange dauern mag, wir werden niemals aufgeben, einen Weg zu finden.«

Eifrig nicke ich, doch ich kann seinen Enthusiasmus im Moment nicht teilen. Meine Schritte passen sich den seinen an, was mir unheimlich gut gelingt. So als wären wir füreinander bestimmt. Das Schicksal hatte uns wohl schon immer diese Rolle zugedacht. Ich könnte mir bereits nach so kurzer Zeit kein Leben mehr ohne ihn vorstellen.

* * *

Kurz darauf beginnen wir wieder damit, Höfe aufzusuchen und dort für unser Auskommen zu heilen, jedoch ohne die Kräfte einzusetzen.

Als wir ein paar Tage später mit eben dieser Arbeit fertig sind und weiterziehen wollen, kommt der Hofherr und bittet um ein Gespräch mit uns.

»Auf ein Wort, werter Arzt. Mein Eheweib stammt aus dem schönen Kaufbeuren, das ist eine Stadt unweit von hier.

Ihr müsst wissen, die guten Kaufbeurener suchen immer händeringend eifrige, fromme Einwohner. Solltet Ihr sesshaft werden wollen, könntet Ihr euch dorthin wenden. Der Weg nach St. Gallen ist nicht allzu fern von dort, sodass Ihr auch eure Verwandtschaft des Öfteren besuchen könnt. Was haltet Ihr davon? Ich würde euch ein Empfehlungsschreiben mitgeben.« Wohlwollend schlägt er Richard auf die Schulter, der durch den Schlag der fleischigen Pranke beinahe das Gleichgewicht verliert, was bei seiner Erscheinung schon etwas heißen will.

»Das ist überaus freundlich von Euch. Ja, so ein Schreiben wäre sicherlich nützlich. Wir wollen uns allerdings erst einmal nach St. Gallen begeben, und wenn man uns dort nicht gebrauchen kann, werden wir Euren Rat beherzigen.« Wie macht er das bloß? Den Menschen eine Abfuhr erteilen und das stets so gut verpackt, dass sich der andere auch noch geehrt fühlt. Das ist etwas, dass ich nicht beherrsche. Leider falle ich ständig mit der Tür ins Haus. Ein Job als Politikerin wäre keine Alternative für mich. Diplomatie ist mir ein Fremdwort. Klar, ich versuche immer, das notwendige Taktgefühl walten zu lassen, doch es gelingt mir seltener, als ich möchte.

Nachdem uns der gute Mann das Schreiben ausgehändigt hat, befinden wir uns wieder auf dem Weg, der uns unweigerlich an der Stadt Kaufbeuren vorbeiführen wird. Erst einmal wenden wir uns nach kurzer Zeit dem nächsten Hof zu. Auch dort sind wir gern gesehen. Als Bezahlung vereinbaren wir ein Abendessen und eine Übernachtung auf dem Heuboden, da hier eindeutig ärmere Verhältnisse herrschen als auf dem Hof davor. Ich bin mir nicht mal sicher, ob der Bauer überhaupt Papier und Tinte sein Eigen nennt.

* * *

Die Jutesäcke kratzen auf unserer nackten Haut, als wir uns ins Stroh legen. Doch auch daran gewöhnt man sich.

Wir lieben uns, als gäbe es kein Morgen, und liegen uns dann in den Armen. Ganz still, jeder in seine Gedankenwelt versunken.

Richards Räuspern holt mich zurück in die Realität. Er legt sich auf die Seite und sieht mich ernst an.

»Marie, ich möchte nicht, dass du schwanger wirst.«

Er hätte mir ebenso gut ins Gesicht schlagen oder mir einen Eimer Eiswasser über den Kopf kippen können.

Ich wollte auch nicht schwanger werden, zumindest nicht jetzt, nicht in dieser Situation. Aber hätte er es nicht irgendwie liebevoller verpacken können?

Langsam richte ich mich auf und kleide mich an.

»Marie, hörst du?« Als er nach meiner Hand greifen will, ziehe ich sie schnell aus seiner Reichweite.

»Ja, ich habe dich gehört. Du brauchst dir keine Sorgen um eine ungewollte Schwangerschaft zu machen. Ich hatte im Januar einen Termin bei einer Frauenärztin, und sie hat mir eine Drei-Monats-Spritze gegeben. Damit wären wir bis Anfang April auf der sicheren Seite. Danach müssen wir uns was überlegen.«

Er starrt mich an, als wäre ich eine Außerirdische. Ich sinke erschöpft zurück, decke mich zu und drehe mich in die andere Richtung. Ich will ihn nicht länger sehen.

Er bleibt regungslos, macht keine Anstalten, sich ebenfalls schlafen zu legen. Ich versuche, ihn zu ignorieren, bin beleidigt.

Warum eigentlich? Ich möchte nicht schwanger werden. Vielleicht könnten wir dann nie wieder zurück, da wir unser Kind kaum hierlassen würden. Doch warum hat mich diese eine Frage so verletzt?

Selbstverständlich mein neurotisches Selbstwertgefühl, oder besser: das nicht vorhandene. Ja, ich liebe ihn. Nein, er hat mir noch nie gesagt, dass er mich liebt. Ich ihm aber auch ebenfalls nicht. Patt-Situation.

Warum hat er so merkwürdig reagiert? In meinem Kopf rattert es hin und her. Dann wird es mir klar.

Ich drehe mich um. Er sitzt im Mondlicht. Versteinert. Um seinen Mund liegt ein harter Zug, sein Blick bohrt sich hart in meinen.

Fast schon ängstlich richte ich mich auf.

Er verfolgt jede meiner Bewegungen, rührt sich selbst aber keinen Millimeter. Nur seine Augen lassen erkennen, dass er ein lebendiges Wesen ist und nicht eine Statue des Kriegsgottes Ares. Mir schnürt es die Kehle zu, die Hände werden feucht, und mein Herz rast.

Ich habe Angst. Meine eigene Vorgeschichte frisst an meinen Nerven und bringt das Jetzt mit dem Vergangenen in Einklang.

Plötzlich beginnt mein Körper, unkontrolliert zu zittern, was Richard aus seiner Erstarrung reißt.

Ungläubig sieht er mich an. »Was ist los?« Er steht auf, nackt. Immer noch wütend und kommt näher, was meiner Kehle einen erstickten Schrei der Erinnerung entlockt. Ich beginne rückwärts zu kriechen.

»Marie, hast du Angst vor mir?« Er bleibt entsetzt stehen und wartet auf eine Antwort, zu der ich kaum fähig bin, da mein Mund so ausgetrocknet ist, dass die Zunge am Gaumen festklebt. Aber ich nicke.

Erschrocken reißt er die Hände hoch und geht ein paar Schritte zurück. »Ich tue dir doch nichts, Kleine. Was denkst du denn von mir? Ich würde dir nie wehtun.« Er setzt sich ins Stroh und wartet einfach nur ab, bis ich mich beruhigt habe. Es dauert ewig.

Seine Augen sind unentwegt auf mich gerichtet, beobachten jeden Atemzug, jeden Wimpernschlag.

Irgendwann löst sich meine Zunge, und ich bin fähig zu sprechen. »Bitte verzeih, dass ich so von dir gedacht habe. Du hast so aggressiv ausgesehen. Es hat mich an etwas erinnert. Verzeih.«

Immer noch wütend starrt er mich an, als er seine Worte herauspresst. »Vergleiche mich nie wieder mit deinem ehemaligen Freund. Nie wieder.«

Erneut bin ich angesichts dieser unterdrückten Wut nur zu einem Nicken in der Lage.

Seine Augen scheinen im Mondlicht zu glühen. »Mit wem schläfst du?«

Also war meine Vermutung doch richtig. Ich habe die Eifersucht gespürt, die sich wie Säure zwischen uns gefressen hat. »Ich schlafe mit niemandem, abgesehen von dir. Warum fragst du das?« Nur mühsam kann ich meine Wut im Zaum halten.

»Welchen Grund hättest du sonst, Verhütungsmittel zu benutzen?«

Die Worte kommen wie Ohrfeigen bei mir an. Es tut weh, dass er so von mir denkt.

Ich schüttele den Kopf. »Es gibt keinen anderen.«

Sein Blick sprüht vor Spott. »Aha, und das soll ich dir glauben? Weshalb bekommst du sonst eine Verhütungsspritze, wenn du nicht verhüten musst?« Seine verschränkten Arme strahlen eine solche Ablehnung aus, dass es mir körperliche Schmerzen verursacht.

Um diese abweisende Haltung aus meinem Kopf auszusperren, schließe ich die Augen. »Ich hatte enorme Beschwerden bei den letzten Blutungen. Außerdem waren sie sehr stark, sodass die Ärztin zu der Überdosis an Östrogenen geraten hat. In Tablettenform habe ich das Ganze kaum vertragen, also bekam ich eine Spritze. Außer mit dir habe ich bisher nur mit einem einzigen Mann geschlafen. Ich verschenke meinen Körper und meine Liebe nicht leichtfertig an jeden. Für mich ist das etwas Besonderes.«

Nun kann ich die Tränen nicht mehr zurückhalten. Heiß quellen sie unter meinen Lidern hervor.

Richard lässt die Arme sinken und kommt vorsichtig zu mir.

»Es tut mir leid, dass ich dich verletzt habe, kleine Blume. Es war die Eifersucht, die aus mir sprach. Wenn es um dich geht, vergesse ich jegliches Benehmen. Ich wollte dich nicht ängstigen. Ehrlich gesagt hast du mich ebenfalls verängstigt.«

Ganz leicht legt er seine Hand auf meinen Arm, während ich ihn fragend anblicke.

»Ich hatte Angst, jemand stünde zwischen uns. Niemals wäre ich dazu in der Lage, dich zu teilen, das ist mir eben klar geworden. Niemals. Ich bin dir verfallen, du hast mich in der Hand.«

Mein Herz macht einen irrationalen Freudensprung.

Ich gedulde mich. Still schaue ich ihm im sanften Mondlicht in die Augen und warte ab. Seine Finger gleiten sanft meinen Nacken empor und ziehen mich heran. Unsere Gesichter sind sich jetzt ganz nah. Ernst schaut er zu mir. »Ich liebe dich!«

Erschrocken halte ich den Atem an.

Er lächelt. »Du hast richtig gehört, mein Schatz. Ich liebe dich. Und so schnell wirst du mich nicht mehr los. Komm nie wieder auf die Idee, ich würde mich in irgendeiner Weise an dir vergehen, die du nicht möchtest.«

Ich öffne den Mund, um etwas zu sagen, aber er legt mir nur kopfschüttelnd einen Zeigefinger auf die Lippen. »Du musst jetzt nichts erwidern. Akzeptiere, was ich eben zu dir gesagt habe. Im Moment reicht mir das.«

Seine Arme umschließen mich, nehmen mich auf und geben mir die körperliche Sicherheit, die ich so dringend brauche. Vorsichtig legt er sich mit mir ins Stroh und hält mich einfach nur fest, bis ich eingeschlafen bin.

* * *

Als wir am nächsten Tag aufstehen und uns fertig machen, herrscht eine befangene Stimmung zwischen Richard und mir. Uns beiden ist die Situation von gestern Abend auf irritierende Art peinlich. Aber wir sprechen nicht darüber.

Nachdem wir ein paar Stunden gegangen sind, überrascht uns der Schnee. Was zuerst nur in kleinen Flöckchen vom grauen Himmel herunterfällt, wächst sich langsam zu einem Schneegestöber aus. Damit hatten wir nicht mehr gerechnet. Die Anzeichen des Frühlings haben uns in die Irre geführt. Es ist Ende Februar und immer noch Winter.

Wir wickeln uns die Jutesäcke um die Schultern und legen sie uns über den Kopf, um nicht völlig einzuschneien. Wir laufen ohne Pause, aus Angst, nachher den Weg kaum noch zu erkennen. Es ist bitterkalt. Die Temperaturen sind mit Sicherheit um einige Grad gefallen. Hinzu kommt der eisige Wind, der einem in jede Pore dringt und das Gefühl gibt, dass das eigene Blut kristallisiert. Man kann keine zwei Meter weit sehen.

Nach einem völlig ermüdenden Fußmarsch im Schnee stehen wir vor einer riesigen Stadtmauer, dahinter kann man ein paar Kirchtürme erahnen. Kaufbeuren.

Wir resignieren und werfen den Plan, einen großen Bogen um Städte zu machen, über den Haufen und schreiten durch das Stadttor.

Im Durchgang bleiben wir kurz stehen, um uns den Schnee abzuklopfen. »An wen sollst du dich hier wenden? Hat der Großbauer dir einen Namen genannt?« Neugierig schaue ich ihn an.

Richard zieht das besagte Schriftstück aus der Tasche und liest den Namen, der auf dem Umschlag steht. »Reinhold, Dreifaltigkeitskirche. Na toll, ein Geistlicher!« Frustriert steckt er das Schreiben wieder ein.

»Vielleicht ist er ja gar keiner. Lass uns doch erst einmal die Kirche suchen, und dann sehen wir weiter. Sei nicht so ein Pessimist.« Ich knuffe ihm in die Rippen. »Sag mal, großer Geschichtskenner, weißt du auch etwas über diese Stadt? Irgendetwas, das uns helfen könnte?«

Richard schüttelt den Kopf. »Nein, ich habe mir schon das Hirn zermartert, seit ich den Umschlag in die Hand gedrückt bekommen habe. Mir fällt nichts dazu ein. Es tut mir leid.«

»Dafür musst du dich doch nicht entschuldigen. Du weißt so viel. Alles kann ja auch nicht in deinem Gehirn abgespeichert werden.«

So machen wir uns auf den Weg, die Kirche zu finden, und als wir davor stehen, poltert uns ein Stein vom Herzen, da wir erkennen, dass es sich um ein protestantisches Gotteshaus handelt. Sie steht mitten in der Stadt und ist in einem schlichten Gelb und in Weißtönen gehalten. Sie muss neu sein, so wie die Farben strahlen.

Nachdem wir eine erneute Schneeladung abgeklopft haben, treten wir durch die hölzerne Tür ein und schauen uns ehrfurchtsvoll um.

Eine Kirche zu betreten, ist für mich stets, als würde ich die Intimsphäre eines anderen ungefragt überschreiten. Ich fühle mich ein wenig unwohl. Die Kühle, welche diese Räume immer ausstrahlen, lässt mich regelmäßig frösteln.

Es ist ein schlichter Kirchenbau mit einem Tonnengewölbe, an der Seite befindet sich eine lange Empore. Wer hier wohl sitzen darf? Die Reichen? Frauen? Ich weiß es nicht.

Auf der ersten Bank sitzt ein Mann in einer Art Soutane und ist in ein stilles Gebet vertieft, geheimnisvoll beleuchtet durch die Kerzen, die rechts von ihm in einem mannshohen Kerzenständer brennen.

Richard gibt mir ein Zeichen, dass wir uns in eine der Sitzreihen setzen sollen. Er möchte abwarten, bis der Geistliche das Gebet beendet hat, bevor er ihn anspricht. So harren wir ein paar Minuten aus, bis der Mann sich erhebt und sich schwungvoll zu uns umdreht. Offenbar hatte er unsere Anwesenheit doch bemerkt. »Kann ich Euch irgendwie behilflich sein?« Er kommt uns langsam entgegen. Da er bestimmt alle Schäfchen der Gemeinde kennt, wird ihm nicht entgangen sein, dass wir fremd sind, aber er lächelt uns unbefangen an.

Richard erhebt sich und stellt uns vor. »Wir suchen einen gewissen Reinhold.«

Der Mann entwaffnet mich mit seinem warmen Lächeln, bei dem man sich gleich willkommen fühlt. »Nun, meine Freunde, dann darf ich Euch die freudige Mitteilung machen, dass Ihr ihn gefunden habt. Was führt Euch zu mir?«

Richard erzählt ihm von dem Großbauern, der uns an ihn empfohlen hat, und unserem Problem, wie wir nun vom Schnee überrascht worden sind. Er ist aber auch so ehrlich und sagt diesem Reinhold, dass wir nur für kurze Zeit bleiben wollen.

Nachdem er den Brief gelesen hat, heißt er uns willkommen und nimmt uns mit in sein bescheidenes Pfarrhaus, in welchem er uns ein Zimmer gibt.

»Ruht Euch erst einmal aus, und dann sprechen wir nachher miteinander. Mal sehen, was ich Gutes mit so netten Gesellschaft anfangen kann.«

Als wir allein sind, lasse ich mich erschöpft auf das harte, schmale Bett fallen. »Ein Bett.« Seit unserer ersten gemeinsamen Nacht haben wir im besten Fall auf einem Heuboden geschlafen.

»Ja, kleine Blume, das ist ein Geschenk Gottes, das auch ich gern annehme.« Er sieht mich so eindringlich an, dass mir heiß und kalt zugleich wird. Wir haben wahrscheinlich beide den gleichen Gedanken.

Er kommt näher und beugt sich zu mir herunter, und nachdem er mir lange in die Augen geschaut hat, haucht er mir einen keuschen Kuss auf die Lippen.

Als ich wieder atmen kann, nehme ich ihn impulsiv in die Arme und gestehe ihm meine Liebe. Eigentlich war es gar nicht so schwer. Diesmal küsst er mich leidenschaftlich.

»Lass uns bitte hierbleiben, bis Frühling ist und wir uns ein bisschen erholt haben«, flehe ich ihn an.

Richard lächelt mich liebevoll an. »Das waren auch meine Gedanken. Wir werden an diesem Ort ein wenig, aber nur ein wenig sesshaft. Mal sehen, was man so für uns zu tun hat.«

* * *

Seit unserer Ankunft sind bereits vier Wochen vergangen. Wir fühlen uns schon fast heimisch. Tagsüber kümmern Richard und ich uns um die Kranken und versuchen, ihnen so gut es geht zu helfen, und abends haben wir frei. Die Nächte gehören nur uns beiden. In unserer ersten Nacht in Kaufbeuren lagen wir lange wach und haben uns ausgesprochen, versöhnt und geliebt.

Ich helfe der Frau des Hauses mit dem Haushalt, soweit sie es zulässt. Jedoch bin ich mit dem alten Drachen noch nicht warm geworden. Die kleinwüchsige, korpulente Frau mit den kleinen dunklen Knopfaugen sucht den ganzen Tag danach, Dinge zu finden, über die sie schimpfen und lästern kann. Leider bin ich ihr ständig ein Dorn im Auge. Heidelinde ist der Meinung, dass ich ihr den Platz in diesem Hause streitig machen möchte.

Für die ärztliche Zuwendung verlangen wir keinen Lohn. Allerdings kommt hin und wieder der eine oder andere doch auf uns zu und reicht uns einen Kreuzer, ein paar gestrickte

Socken, ein schönes Stück Stoff. Die Leute haben das Bedürfnis, sich auf diese Weise zu bedanken. Nach kurzer Zeit haben wir jede Menge nützliche und unnütze Dinge angehäuft. Die Hilfe haben viele bitter nötig, sie sind gebeutelt durch die ständigen Entbehrungen, die etliche Einwohner dahingerafft haben. Als Folge davon müssen alle härter arbeiten als zuvor und leiden dadurch zunehmend an Mangelerscheinungen und Schwächezuständen. Oft erwischt eine Erkältung jemanden so heftig, dass derjenige sich nie wieder davon erholt. Die Leute gönnen sich meistens nur Ruhe, wenn es gar nicht mehr anders geht. Kaufbeuren hat eine Apotheke, wo wir uns mit Kräutern und anderen Hilfsmitteln eingedeckt haben.

Leider liegt der Schnee immer noch sehr hoch. Wir hatten uns ja darauf geeinigt, unseren weiteren Weg erst anzutreten, sobald er geschmolzen ist und die Temperaturen es zulassen, auch mal eine Nacht unter freiem Himmel zu verbringen. Da dies bisher nicht der Fall ist, sitzen wir hier fest. Je länger wir in Kaufbeuren bleiben, desto schwerer fällt der Gedanke an den Abschied. Reinhold haben wir schon in unser Herz geschlossen, und er wiederum freut sich, dass er ein paar Verbündete gegen den Drachen hat. Warum er sich das alte Weib aufbürdet, versteht er wahrscheinlich selbst kaum. Nach dem Grund zu fragen, habe ich mich bisher nicht getraut.

Heute kommt tatsächlich die warme Märzsonne heraus. Der Schnee glitzert durch die Strahlen. Frau Holle hat ein Erbarmen und lässt ihn schmelzen, vielleicht sind unsere Tage an diesem Ort nun gezählt. Ich finde es hier wunderschön, aber so langsam wird es Zeit, dass wir aufbrechen und einen Weg entdecken, um nach Hause zu kommen.

Richard scheint derselben Meinung zu sein, denn als wir unterwegs sind zu den Kranken, fängt er an, ein fröhliches Lied zu pfeifen, und lächelt mich glücklich an. »Kleine Blume, ich denke, es ist bald so weit, dann können wir weiterziehen.«

Ich lächle zurück und bin einfach froh, diesen Mann gefunden zu haben.

Eine auf Hochglanz polierte Kutsche kommt uns entgegen. Man sieht sofort, dass der Besitzer ein wohlhabender Herr sein muss, so edel und deplatziert wirkt das Gefährt an diesem Ort.

Als sie auf unserer Höhe ist, hält der Kutscher die Pferde an. »Sagt, seid Ihr der Arzt, von Reichen?«

Richard neigt den Kopf und antwortet: »Ja, das bin ich. Warum fragt Ihr?«

Der Mann springt vom Kutschbock und tritt zu uns. »Herr, dürfte ich Euch bitten, mit mir zum Gasthof zu kommen? Der Sohn meines Herrn benötigt Eure Hilfe.« Damit öffnet er die Tür und erwartet, dass wir einsteigen.

Richard schaut mich verwundert an, zuckt mit den Achseln und greift meine Hand. »Nach dir, Liebste.«

Kaum sind wir eingestiegen, als der Fremde auch schon den Pferden die Zügel gibt, und wir eilen in schnellem Tempo zu besagtem Sohn.

* * *

Im Gasthof angekommen, kommt uns auch schon der aufgeregte Vater des Jungen entgegen. Er stellt sich uns als Alfons von Lübben vor. Eine imposante Erscheinung, groß, blond und energisch, er tritt zu Richard und erklärt ihm die Lage.

Das Kind sei am Fenstersims entlanggeklettert und habe plötzlich den Halt verloren. Daraufhin war er dann in die Tiefe gestürzt. Sein Arm stehe in einem merkwürdigen Winkel ab, und der Fuß sei blau angelaufen.

Im Anschluss führt er uns in das geräumige Zimmer, in dem der Junge auf einem großen Bett liegt und das Gesicht vor Schmerzen verzieht. »Peter, ich habe den Arzt mitgebracht, er wird sich um dich kümmern.«

Der kleine Kerl wimmert. »Sag mal, junger Herr, was hast du denn auf dem Fenstersims gemacht?« Richard verstrickt ihn in eine Unterhaltung, um ihn untersuchen zu können.

»Ich wollte raus. Papa hat gesagt, ich hätte Stubenarrest, da ich das Buch nicht zu Ende gelesen habe. Aber ich wollte doch so gern im Schnee spielen.« Er schnieft herzzerreißend.

»Aha, nächstes Mal hörst du besser auf deinen Vater. Wenn man seine aufgetragenen Aufgaben erfüllt hat, darf sicherlich auch ein Herr wie du im winterlichen Weiß herumtollen.«

Der Kleine nickt eifrig. »Ja, das werde ich nicht noch einmal machen.«

Richard sieht mich ernst an, spricht dann mit dem Vater. »Die Schulter ist ausgerenkt, eine sogenannte Luxation. Sie haben richtig gehandelt, als Sie mich so schnell zu dem Jungen riefen. So ist es mir möglich, die Schulter einzurenken, das nennt man Schulterreposition. Ich werde ihn danach bandagieren, um den Arm ruhigzustellen, dadurch hat er in den nächsten Tagen weniger Schmerzen. Allerdings kann ich nicht garantieren, dass Peter den Arm wieder vollständig bewegen kann. Diese Frage wird uns nur die Zeit beantworten können.«

Der Vater wirkt geschockt, nickt öfter und fragt letztendlich: »Wieso sollte er seinen Arm nicht mehr bewegen können?«

»Nun, es ist möglich, dass bei der Luxation Nerven eingeklemmt oder beschädigt wurden. Lassen Sie uns jedoch nicht den Teufel an die Wand malen.« Er wendet sich dem kleinen Jungen zu: »Sag, wie alt bist du?«

Peter schluckt und versucht das Weinen zu unterdrücken. »Ich bin acht.«

Richard geht in die Knie und legt ihm die Hand auf die unverletzte Schulter. »Du musst jetzt ganz tapfer sein, doch ich denke, da du ja schon acht bist, klappt das. Ich werde dir nun eine Medizin geben. Sie schmeckt nicht besonders gut, aber sie hilft dir, indem sie dir die Schmerzen nimmt und du müde wirst. Hast du das verstanden?«

Wieder ein eifriges Nicken.

»Gut, dann bring mir bitte das Laudanum, Marie, und ein wenig Wasser.«

Als der Kleine langsam schläfrig wird, beginnt Richard mit der Schulterreposition. »Herr von Lübben, ich renke jetzt die Schulter ein, hierzu werde ich nach Hippokrates vorgehen. Es sieht etwas rabiat aus.«

Peter wird in Rückenlage gelegt, Richard setzt seine Ferse in die Achselhöhle des Jungen und übt einen Längszug auf den Arm aus. Als die Schulter wieder eingerenkt ist, hört man, wie alle Anwesenden geräuschvoll ausatmen.

Vorsichtig legen wir ihm einen Schulterverband an, der Arm wird hierfür nach innen gedreht, die Hand auf dem Bauch.

»Langfristige und wochenlange Ruhigstellung mit dem Verband hat meines Erachtens wenig Sinn. Eigentlich ist das Tragen für einige Tage nur zur Schmerzbekämpfung notwendig. Spätestens nach einer Woche können Sie ihn abnehmen und mit leichten Bewegungsübungen beginnen. Wenn wir Glück haben, trägt er keinen Schaden davon. Der Fuß ist übrigens nur überdehnt und leicht geprellt. Hiervon wird er definitiv keine bleibenden Schäden zurückbehalten.«

Herr von Lübben tritt zu Richard und klopft ihm auf die Schulter. »Wie kann ich Ihnen nur danken? Ich stehe in Ihrer Schuld. Selbstverständlich werden Sie eine angemessene Bezahlung erhalten. Könnten Sie morgen noch einmal nach meinem Sohn sehen? Wir wollen in vier Tagen aufbrechen, wenn von Ihrer Seite keine Bedenken bestehen.«

»Natürlich kommen wir wieder. Es wird früher Nachmittag werden. Ist Ihnen das recht?«

* * *

Am darauffolgenden Tag ist der Schnee fast verschwunden. Der Frühling hält nun doch Einzug. Die ersten Vögel zwitschern um die Wette.

Richard und ich gehen gerade die Treppe hinunter, als es an der Tür klopft. Wie auf Kommando bleiben wir beide stehen, um zu horchen, wer so früh am Morgen Einlass verlangt.

»Grüß Gott die Herren, wie kann ich Ihnen behilflich sein?«, fragt Reinhold auf seine gewohnt freundliche Art.

Eine poltrige raue Stimme antwortet: »Wir sind Abgesandte aus Rom. Die Inquisition ist unser Auftraggeber. Wir suchen eine Person, die wir bereits seit vielen Tagen verfolgen. Es handelt sich um einen Ketzer. Sind Ihnen Fremde in der Gegend aufgefallen?«

Ich halte die Luft an. Was wird er antworten? Wir sind die Fremden hier im Ort. Niemand anders.

»Nein«, antwortet der gläubige Mann und lügt damit für uns. »Außer meinem Neffen, der sich bei uns als Arzt verdingt, hat niemand in letzter Zeit den Weg hierher gefunden, der nicht unserer Gemeinde angehört.«

»Gut. Sollten Sie jemanden bemerken, schicken Sie bitte unverzüglich eine Nachricht nach Rom.«

Wir warten noch eine Weile, halten uns an den Händen und gehen dann gemeinsam in die Küche.

Reinhold sitzt am Frühstückstisch und schweigt, doch man kann sehen, welche Probleme ihm die Lüge bereitet.

Ich fasse nach seiner Hand und spreche ihn an: »Warum sagst du uns nicht einfach, was du uns sagen willst?« Ein befangener Ausdruck breitet sich auf seinem Gesicht aus, und er schaut mich offen an.

»Wisst ihr, ihr beiden seid mir sehr vertraut geworden in der Zeit eurer Anwesenheit. Die Lüge lastet auf meiner Seele, doch ich habe nicht gezögert, da ich weiß, dass ihr gute Menschen seid. Warum bleibt ihr nicht? Kaufbeuren wäre über solch fromme, fleißige, neue Bürger wirklich glücklich. Niemand wird mehr an euch zweifeln.«

Ich räuspere mich, bevor ich ihm antworte. »Ja, Reinhold, wir haben bemerkt, dass wir mit offenen Armen empfangen wurden. Und ich danke dir, dass du uns nicht verraten hast. Das ehrt uns, jedoch treiben uns ernste familiäre Probleme nach St. Gallen. Wir können nicht bleiben, so gern wir es wollen. Wir fühlen uns sehr wohl in deinem Haus. Doch ich könnte nicht reinen Gewissens hierbleiben, da unsere Familie uns schon schmerzlichst vermisst. Bitte hab Verständnis dafür.«

Er schaut traurig zwischen uns beiden hin und her. »Ich habe Verständnis, aber ich dachte, dass ich versuchen sollte, euch zu überreden. Hier seid ihr in Sicherheit. Nun denn, dann werden sich unsere Wege wohl bald trennen, jetzt, wo sich das Wetter so schnell bessert. Ich werde euch stets in meine Gebete mit einbeziehen.«

Richard wartet kurz, bis er sich Reinholds Aufmerksamkeit sicher ist, dabei wirkt er etwas verlegen. »Reinhold, das beruht auf Gegenseitigkeit. Wir werden immer in deiner Schuld stehen. Ohne dich wären wir jämmerlich erfroren, und das so kurz nach unserer Hochzeit.«

Reinhold schaut von einem zu anderen und macht ein verblüfftes Gesicht. »Wieso kurz nach eurer Heirat, ich verstehe nicht. In dem Brief stand, ihr seid schon länger verheiratet und hattet bisher nur nicht das Glück, Kinder zu bekommen.«

Oh Gott, steh uns bei. Nun haben wir uns doch noch verraten.

Ich merke, wie meine Wangen wieder einmal eine Färbung annehmen, die verräterisch ist, also blicke ich schnell zu Boden.

Aber Reinhold hat es bereits bemerkt. »Marie, Richard?« Er schaut zwischen uns hin und her. »Das kann nicht sein. Ihr seid gar nicht verheiratet! Lebt jedoch zusammen wie Mann und Frau! Warum lasst ihr euch nicht trauen? Sollte aus eurer Liebe eine Frucht entspringen …« Völlig fassungslos schüttelt er den Kopf.

Richard bewahrt die Nerven. »Unsere Eltern waren gegen eine Hochzeit, also sind wir auf und davon. Das ist der Grund, warum wir unterwegs nach St. Gallen sind, um uns dort ein neues Leben aufzubauen.«

Reinhold schaut uns ernst an und stellt dann eine Frage, die mir den Boden unter den Füßen weggezogen hätte, säße ich nicht schon auf einem Stuhl.

»Wollt ihr, dass ich euch vermähle?«

Erschrocken sehe ich zu Richard, der mir tief in die Seele zu schauen scheint. So hatte ich mir einen Heiratsantrag nicht vorgestellt, aber um ihm mein Einverständnis zu zeigen, senke ich kurz die Lider.

»Ja, Bruder Reinhold, es wäre uns eine Ehre, wenn du unsere Trauung übernehmen würdest.« Er greift nach meiner Hand und küsst jeden Finger einzeln. In meinen Augen brennen unvergossene Tränen. Tränen des Glücks.

»Dann soll es so sein. Es darf allerdings niemand etwas erfahren. Ihr lebt mittlerweile schon einen Monat gemeinsam unter diesem Dach, und das unverheiratet. Heute Abend. Ich werde die Kirche kurzfristig abschließen, damit wir allein sind.«

* * *

Ich kann mich den Rest des Tages auf kaum etwas konzentrieren. Wir werden heiraten. Ich werde Richards Frau.

Nach unseren täglichen Besuchen bei den Kranken klopfen wir im Gasthaus an die Tür der von Lübbens, um zu schauen, wie es dem kleinen Mann geht.

Die Untersuchung zeigt keinerlei Schwierigkeiten im Heilungsverlauf auf, sodass einem Aufbruch in den nächsten Tagen nichts im Wege steht.

Der Junge ist auch sichtlich besserer Laune als gestern. Wenn er lacht, hat er niedliche Grübchen in den Wangen. Seine Haare weisen einen noch helleren Blondton auf als die seines Vaters. Verschmitzt schaut er uns an, greift unter die Bettdecke und zieht einen kleinen ledernen Beutel hervor, in dem es verdächtig klimpert.

Er kichert, als er zu sprechen beginnt. »Arzt meines Vertrauens, ich wollte meine Schulden bei Euch begleichen, selbst wenn man Eure Hilfe kaum mit nichtigem Silber aufwiegen kann.«

Der Vater des vorwitzigen Kerls fasst sich an den Mund, um seinen Gesichtsausdruck zu verbergen. Leise flüstert er: »Diesen Satz hat er heute früh fast zwei Stunden lang geübt.«

Ich muss mich ebenfalls leicht wegdrehen, damit man mir nicht ansieht, dass ich kurz davor bin, laut loszulachen. Lediglich Richard bleibt völlig gefasst. Wahrscheinlich schafft er das, weil er jahrelange Übung mit seinem Neffen Johann hatte. Schlagartig bin ich wieder ernst. Ob er gerade an ihn denkt? Sein Gesichtsausdruck ist undurchdringlich, und ich kann nicht erkennen, ob seine Gedanken in die gleiche Richtung gewandert sind.

»Ich danke Euch vielmals. Gerne nehme ich Euren Lohn an, da auch mein Eheweib und ich demnächst von hier aufbrechen werden und wir das besagte Geld dringend benötigen. Es war schön, Eure Bekanntschaft zu machen. Lebt wohl, junger Herr.« Richard macht eine übertriebene Verbeugung, wodurch das helle kindliche Kichern seines Gegenübers erneut zu hören ist.

»Wo wollt Ihr denn hin, mein Arzt?« Der Kleine richtet sich mühsam auf.

Richard hilft ihm ein wenig dabei, aber nur so viel, dass es Peter nicht wie Hilfe erscheint.

»Unser Weg führt uns erst einmal nach St. Gallen, und danach sehen wir weiter. Vielleicht werden wir die ganze Welt bereisen. Unserer Abenteuerlust steht nichts im Wege.«

»Papa, St. Gallen! Hast du das gehört? Wir könnten die beiden doch mitnehmen, bitte. Bitte, Papa, falls es mir dann schlechter geht, kann sich Herr von Reichen um mich kümmern.«

Der Vater von Peter tritt an das Bett des Jungen und erklärt Richard, dass sie auch auf dem Weg nach St. Gallen sind. Er ist ein angesehener Professor des Rechts und wird dort ein paar alte Schriftstücke in der Bibliothek abholen, um sie nach Florenz zur dortigen Universität zu bringen, an der er unterrichtet. Es wäre ihm eine Freude, solch nette Reisebegleitung wie unsere in Anspruch zu nehmen. Gern würde er uns mitnehmen, schließlich stünde er für immer in unserer Schuld.

Richard druckst verlegen herum und schaut fragend zu mir. Ich nicke, denn es wäre eine Hilfe. Wir müssten nicht mehr von Hof zu Hof und wären schneller und sicherer am Ziel, als wir es für möglich gehalten hätten.

»Keine Widerrede, hiermit stelle ich Sie für die Dauer der Reise als Hausarzt ein. Somit kann ich beruhigt sein, falls mein Sohn einen Rückfall erleidet.«

Richard gibt sich selbst einen Ruck und willigt ein.

Fröhlich klatscht Peter in die Hände und jauchzt herum. »Ich habe einen eigenen Arzt, ist das toll.«

So werden wir in den nächsten Tagen nach über vier Wochen Kaufbeuren verlassen. Mit einem lachenden und einem weinenden Auge werden wir unser erstes gemeinsames Heim hinter uns lassen.

* * *

Ich sitze mit dem guten hellblauen Kleid in unserem Zimmer im Gemeindehaus. Meine langen dunklen Locken habe ich gebürstet und zusammengesteckt. Als Mitternacht immer näher rückt, bekomme ich langsam Lampenfieber. Das Herz rast, und meine Hände beginnen zu schwitzen. Richard, der meine Unruhe falsch interpretiert, kommt zu mir und meint: »Wenn du es dir anders überlegen solltest – wir können auch einfach jetzt und hier unsere Zelte abbrechen und unverheiratet weiterreisen.«

Angespannt wartet er auf meine Reaktion.

»Du Quatschkopf, natürlich will ich dich heiraten. Nein, mein irischer Prinz, ich mache keinen Rückzieher.« Erleichtert schließt er mich in die Arme und bedeckt mein Gesicht mit Küssen.

»Ich glaube, ich hätte auch keinen Rückzieher akzeptiert, selbst im Angesicht der Tatsache, dass ich dich so nett gefragt habe. Ich liebe dich, meine kleine Blume.«

»Und ich liebe dich!« Als unsere Lippen sich berühren, vergesse ich alles andere um mich herum und sinke in seine Arme.

Langsam lösen wir uns wieder voneinander. Mir fällt etwas ein. »Deine Mutter hat mir gesagt, ich soll mir meiner Gefühle für dich sicher sein oder dich ziehen lassen. Ich war mir nie in meinem Leben meiner Gefühle sicherer als heute, hier mit dir.«

Ein leises Klopfen lässt uns hochschrecken und vertreibt das warme Lächeln auf Richards Gesicht.

Reinhold steht an der Tür. »Seid ihr fertig? Heidelinde schläft endlich. Wir können nun los«, flüstert er leise.

Mit bebendem Herzen folge ich ihm. Meine Hand ruht sicher in der meines zukünftigen Mannes, als wir durch den Pfarrgarten zur Kirche gehen.

In dem Gotteshaus brennen Dutzende von Kerzen, die Reinhold bereits angezündet hatte, bevor er uns abgeholt hat. Der Schein der vielen kleinen Feuer malt wunderschöne Schattenbilder an die Wand. Alles strahlt so festlich. In der kalten Luft kann man noch einen Hauch des Weihrauches erahnen.

Mit zitternden Knien und großen Augen trete ich nach vorne. Ich knie auf den Stufen vor dem Altar nieder, um den Segen der Kirche für unsere Ehe zu empfangen, und habe einen Kloß im Hals. Alles wirkt so entrückt. Wie in einem Märchen. Mein irischer Prinz kniet neben mir, seine schwarz schimmernden Haare glitzern im Kerzenschein. Seine Augen sind dunkler als zuvor. Ein Frösteln geht durch meinen Körper, das nicht nur von der Kälte in diesem alten Gemäuer kommt.

Wir halten uns bei den Händen. Richard lässt seinen Emotionen freien Lauf, und ich werde durch seine Berührung regelrecht von ihnen überflutet. Mein Herz macht einen Freudensprung, und ich zeige es ihm auf die gleiche Weise. Wir versinken in den Augen des anderen, und für einen kurzen Moment habe ich das Gefühl, dass die Kerzen noch heller strahlen und dass wir beide allein sind.

Dann dreht sich Reinhold zu uns und beginnt mit der Zeremonie. »Schön, dass ihr zwei den Weg in diese Kirche gefunden habt und nun auch den rechten Pfad zu Gott.« Ein leises Räuspern, und er wird ernst. »Marie Sage, willst du den hier anwesenden Richard von Reichen zu deinem Ehemann nehmen? Ihn lieben und ehren, bis dass der Tod euch scheidet?« Reinholds Stimme schwebt ruhig und warm durch das Gewölbe. Ein flüsterndes Echo wird von den Wänden an uns zurückgeschickt.

Ich schaue Richard tief in die von den vielen Kerzen erhellten Augen. »Ja, ich will.« Eine Gänsehaut überzieht meine Unterarme.

»Und du, Richard von Reichen, willst du die hier anwesende Marie Sage zur Ehefrau nehmen, sie lieben und ehren, bis dass der Tod euch scheidet?«

Als seine tiefe Stimme sagt: »Ja, ich will«, kann ich meine Gefühle kaum noch bändigen. Mich durchströmt eine solche Woge des Glücks, wie ich sie nie im Leben empfunden habe.

»Dann, Ihr Liebenden, erkläre ich euch hiermit zu Mann und Frau. Ihr dürft euch jetzt küssen.« Reinhold lächelt uns warm an.

Wir besiegeln den Schwur mit unserem ersten Kuss als Mann und Frau.

Unglaublich, dieser wunderschöne, intelligente Mann ist meiner. So Gott will, für immer und ewig!

In seinen Augen spiegelt sich die Liebe, die ich für ihn empfinde.

Vergessen ist die lange Reise, die wir noch vor uns haben. Es zählt nur das Hier und Jetzt.

KAPITEL 13

April 1608

Unsere Weiterfahrt in der noblen Kutsche starten wir als verheiratetes Ehepaar. Der kleine Junge ist einfach nur eine Freude, er ist wissbegierig und intelligent. Es macht Spaß, ihm etwas zu erklären, da er alles aufsaugt wie ein Schwamm. Und durch die unzähligen Fragen, die er ständig stellt, sorgt er für eine unterhaltsame Reise.

Abends rasten wir in Gasthöfen, für die stets Richards Arbeitgeber aufkommt, was unweigerlich zu weiteren Diskussionen zwischen den beiden Männern führt. Letzten Endes einigen sie sich darauf, dass Herr von Lübben für Kost und Logis aufkommt, Richard wiederum wird sich während der Fahrt und der gesamten Zeit des Aufenthaltes in St. Gallen um die gesundheitlichen Belange der Familie kümmern. Es erscheint ihm zwar ungerecht, aber er willigt notgedrungen ein, da unsere Ersparnisse keine andere Lösung erlauben.

In der Kutsche erzählt Richard Peter immer wieder neue Geschichten, oft schläft der kleine Mann an seiner Schulter ein. Die beiden verbindet mittlerweile eine ungleiche Freundschaft.

Ich denke, Richard sieht in ihm Johann, seinen Neffen, und freut sich, wenigstens wieder ein wenig Normalität im Leben zu haben. Und sei es nur in Form eines kleinen Jungen, der hingebungsvoll an seinen Lippen hängt. Die Schulter heilt gut, und man merkt kaum noch, dass Peter verletzt war.

Mir brennt die Frage auf der Zunge, was mit Peters Mutter ist, aber bisher war nie der richtige Zeitpunkt.

Wir kommen an Kempten und Wangen vorbei. Am vierten Tag unserer Reise erreichen wir gegen Mittag Dornbirn, ein kleines Dorf, in dem offenbar starke soziale Unterschiede herrschen. Auf den Straßen streifen Kinder in zerrissenen Kleidern umher, ohne Schuhe, mit verfilzten Haaren und abgemagert bis auf die Knochen. Dazwischen fahren offene Kutschen mit Frauen darin, die in teure Roben gekleidet sind und funkelnden Schmuck tragen. Eine gesunde Mittelschicht gibt es hier nicht.

Da das Wetter herrlich frühlingshaft ist, beschließen Richard und Peter, draußen vor dem Gasthaus ein wenig schlendern zu gehen. Herr von Lübben und ich sitzen im Garten unter einer Linde und schauen den beiden hinterher.

Die Temperaturen sind bestimmt schon auf zwanzig Grad gestiegen. Ein leichter Wind streicht über meine Haut und lässt die Blätter in den Bäumen rauschen, wie die Brandung eines Meeres. Die Vögel zwitschern ihr Liebeslied. Alles wirkt harmonisch. Da fasse ich mir ein Herz und überwinde meine Scheu.

»Wie kommt es, dass Sie beide allein reisen?« Ich hoffe, ich habe nun den richtigen Zeitpunkt abgepasst, da der Junge nicht dabei ist.

»Ach, Frau von Reichen, das ist eine traurige Geschichte.« Sein Blick schweift in die Ferne. »Der liebe Gott hat mir und meiner Mia lange Zeit keinen Nachwuchs geschenkt. Irgendwann haben wir uns mit diesem Los abgefunden und waren froh, uns zu haben. Ich liebte sie abgöttisch. Dann wurde sie schwanger, und wir dachten, unser Glück sei perfekt, aber sie starb bei der Geburt des Kleinen. Eine Welt zerbrach für mich, doch sie schenkte mir dieses Prachtexemplar eines Kindes. Er ist mein Leben. Mein Ein und Alles. Er ist das Einzige, was mir von ihr geblieben ist.« Während er erzählt, wirkt er verloren und seiner Größe beraubt.

Ich schlucke den Kloß im Hals hinunter. »Das muss schrecklich sein. Es tut mir unheimlich leid. Aber Sie haben recht, Peter ist ein gutes Kind.« Wie soll man jemanden trösten, dem das Liebste genommen wurde? Ich weiß es nicht. Ein Leben ohne Richard könnte ich mir, selbst nach einer solch kurzen gemeinsamen Zeit, nicht mehr vorstellen.

Er richtet sich wieder auf und lächelt seine traurigen Gedanken fort. »Bitte nennen Sie mich Alfons. Und nun zu Ihnen, was wollen Sie beide in St. Gallen?«

Ich habe das Gefühl, ihm etwas Ehrlichkeit zu schulden, nachdem er mir seine Geschichte erzählt hat. »Danke, Alfons, du kannst gern Marie zu mir sagen. Wir suchen Antworten auf Fragen, die unsere Vorfahren betreffen. Wir sind auf dem Weg in die Stiftsbibliothek und hegen die Hoffnung, dass wir fündig werden …« In diesem Moment hören wir Peter fast hysterisch schreien. Ein Hund bellt laut und knurrt. Wir springen beide auf, um auf die Straße zu schauen. Dort steht der Junge mit angstverzerrtem Gesicht, vor ihm ein wild gewordener Vierbeiner von enormer Größe, mit Schaum vor dem Maul. Tollwut! Auch das noch.

Mittlerweile haben sich ein paar Schaulustige vor dem Gasthof versammelt. Richard tritt zu dem Tier und redet unermüdlich auf es ein. Welche Worte er hierfür wählt, können wir nicht hören.

Alfons ist über den Zaun gesprungen und nähert sich seinem Sohn langsam von hinten. Ich kann mich nicht bewegen, so sehr hat die Szene mich gepackt.

Plötzlich setzt der Hund zum Sprung an, aber Richard packt ihn in diesem Moment am Hals. Er winselt. Dann geht eine Veränderung in dem wilden, von Tollwut geplagten Wesen vor. Es dreht sich zu Richard um und schleckt ihm über das Gesicht. Mit wedelndem Schwanz rennt es um ihn herum. Mir ist sofort klar, dass Richard seine Kräfte eingesetzt hat, um das Tier zu heilen und damit Peter zu retten. Auf dem Platz ist es mucksmäuschenstill. Offenbar merken auch alle anderen, dass es hier nicht mit rechten Dingen zugeht. Mir läuft es eiskalt den Rücken hinunter. Auf einmal ist es nicht mehr warm und schön. Der Wind fühlt sich an, als hätte er nur noch eine Temperatur um den Gefrierpunkt. Die Sonne scheint gleißend hell, und in den Schatten verbirgt sich etwas Böses.

Die Menschen schauen Richard feindselig an. Alfons, der jetzt Peter auf dem Arm hat, erkennt sofort die Situation. »Sieht so aus, als wäre es doch nicht die Tollwut, offenbar ist der Köter nur erschöpft. Vielen Dank, dass Sie meinen Jungen beschützt haben.« Damit dreht er sich zu mir um und kommt zurück zu unserem Tisch. Nur Richard steht noch da, irgendetwas hat er gesehen. Irgendwas, das ich von meinem Standort aus nicht erkennen kann. Langsam setzt er sich in Bewegung, gefolgt von dem Hund, der ihn mit dankbaren Augen anblickt.

Ich streichle dem Tier demonstrativ über den Kopf. »Na, was machst du denn für Sachen, Hasso? So kenne ich dich ja gar nicht!« Ob die Schauspielerei etwas nützt, kann ich nicht sagen. Ich versuche, die vielen Fremden zu ignorieren, und setze mich mit allen anderen an den Tisch, an dem das Mittagessen schon auf uns wartet. Peter schaut fragend von mir zu dem Hund, vor dem er enorme Angst hat. Ich schaue ihm ernst in die Augen und schüttele fast unmerklich den Kopf. Er versteht, denn er richtet sich sogleich auf und drückt entschlossen den Rücken durch.

»Lasst es euch schmecken.« Auch Alfons versucht, einen normalen Eindruck zu erwecken.

Wir würgen unsere Mahlzeit herunter, ohne zu erfassen, was wir eigentlich essen. Wir reden kein Wort miteinander, die Ohren auf eventuell näherkommende Schritte gerichtet. Als wir zu Ende gegessen haben, geht Alfons die Rechnung bezahlen und sagt dem Kutscher Bescheid, dass wir aufbrechen wollen.

* * *

An der Kutsche angekommen, steige ich eilig ein. Niemand redet, auch nicht Peter, der instinktiv spürt, dass er besser ruhig sein sollte.

Als ich nach draußen blicke, sehe ich, wie mehrere Männer auf uns zukommen. Laut grölend, Mistgabeln schwingend, teilweise mit Äxten bewaffnet.

Alfons stellt sich zwischen sie und Richard und versucht vergeblich, die überkochenden Emotionen zu beruhigen. Es wirkt fast, als wäre die Tollwut auf die Meute übergegangen. Auch der Hund steht nun wieder mit gefletschten Zähnen da, allerdings mit dem Rücken zu uns, darauf aus, seinen neuen Herrn bis aufs Blut zu verteidigen.

Die Stimmen werden immer lauter. Hexer. Magier. Teufel. Oh Gott, nein.

Sie ergreifen Richard, der Alfons sagt, er solle in die Kutsche steigen und Peter und mich in Sicherheit bringen. Dieser verneint entschieden. Der treue Hund beißt einem der Kerle, die Richard fest im Griff haben, in die Wade, der daraufhin schmerzerfüllt aufschreit. Mehrere Männer fangen an, wütend auf das Tier einzuschlagen. Die Menschen sind in einem wahren Blutrausch. Das abgemagerte Tier jault leidend, doch irgendwann verebbt das Winseln. Er hat seine Treue bitter bezahlt. Tränen rinnen mir aus den Augen. Der kleine Peter ist zu geschockt, um irgendeine Reaktion zu zeigen.

Eine Gestalt löst sich aus dem Schatten der Bäume, dunkel gekleidet, ein Pfarrer. Er kommt näher und erklärt: »Sie werden beschuldigt, Hexenkünste anzuwenden.« Sein stählerner Blick durchbohrt regelrecht den Angesprochenen.

Richard antwortet traurig: »Nein, mein Hund, den Sie gerade erschlagen haben, wollte nur spielen. Ich sah, dass er dem Sohn meines Freundes damit fürchterliche Angst einjagte, also ging ich dazwischen. Er hat sich sofort beruhigt, wie alle Anwesenden sicherlich bezeugen können.«

»Sie sind ein aufmerksamer Beobachter, wie ich feststelle. Haben gesehen, dass ich auch vor Ort war, also erzählen Sie mir bitte keine Märchen. Wie gut, dass wir morgen die Herren vom Gericht erwarten, die werden herausfinden, ob die Anschuldigungen gerechtfertigt sind oder nicht.« Der Pfarrer gibt den Männern ein paar Anweisungen, und schon führen sie Richard in Richtung Kirche davon. Er dreht sich noch einmal zu mir um, schaut mir tief in die Augen und sagt: »Ich liebe dich!« Daraufhin zerren sie ihn rigoros weiter, sodass er fast den Halt verliert.

Ich bin entsetzt, erstarrt, wie versteinert. Mir ist, als würde eine eiserne Faust mein Herz und meine Lunge in den Händen halten. Atmen kann ich nicht mehr, meine Augen sind weit aufgerissen, um ihm so lange wie möglich hinterherblicken zu können. Dann, als er um die Ecke des großen Hauses gebracht worden ist, löst sich meine Erstarrung, und ich breche bebend zusammen. Tränen brennen, finden aber nicht ihren Weg hinaus. Meine schlimmsten Albträume werden wahr.

Nach wenigen Minuten legt sich eine kleine Hand auf meine Schulter, und als ich aufblicke, sehe ich in ein Paar weinende, verzweifelnd blickende Kinderaugen. Peters Augen, die meine Gefühle widerspiegeln. Ich breite die Arme aus, und der Junge wirft sich mir entgegen, als könnte ich ihm die Erlösung schenken, auf die er hofft.

* * *

In dem Gasthaus sitze ich in einem von Alfons gemieteten Zimmer und halte Peter im Arm. Er ist eingeschlafen, und ich traue mich nicht, ihn ins Bett zu legen, aus Furcht, er könnte aufwachen und wieder anfangen zu weinen.

Weinen, das ist etwas, das ich bisher vermieden habe. Ich muss stark sein, für Richard. Ich habe Angst, nicht mehr aufhören zu können, wenn ich erst mal damit anfange.

Alfons ist vor geraumer Zeit zur Kirche gegangen, um dort eine Freilassung zu veranlassen. Aber er weiß so gut wie ich, dass dies unmöglich sein wird.

Der Gastwirt meinte nur, hier wären alle so abergläubisch, dass er sich wundert, warum überhaupt einer in das Gotteshaus geht. Das würden die Leute doch nur tun, um diese spektakulären Prozesse mitzuerleben.

Es ist, als hätte jemand etwas aus mir herausgerissen, das Wertvollste, das Liebste. Die Verzweiflung nagt an meiner Substanz, und ich kann mich nur mit Mühe aufrecht halten. Zusammenkrümmen und mich vor den Ereignissen verschließen, das ist der Wunsch, der in mir wütet. Die Tür wird geöffnet, und Alfons schlurft herein. An seinem resignierten Gesichtsausdruck kann ich das ablesen, was mir ohnehin klar war.

»Morgen kommt das Gericht zusammen und wird sich um alles kümmern. Wie das aussehen wird, habe ich schon gehört.« Er lässt sich kraftlos auf einen Stuhl sinken und vergräbt das Gesicht in den Händen. »Ich weiß ehrlich gesagt nicht, wie ich ihm helfen könnte. Es sah wirklich so aus, als hätte er den Köter verhext. Wie hat er das getan? Es ist doch offensichtlich gewesen, dass der von Tollwut befallen war.« Er sieht mich fragend an.

Was soll ich ihm darauf antworten? »Nein, sag nichts, ich will es gar nicht wissen. Ich werde alles unternehmen, was in meiner Macht steht, aber ich kann für nichts garantieren.«

Ich schlucke. »Danke.«

»Am besten, wir versuchen ein wenig zu schlafen, damit wir morgen einen wachen Geist haben, wenn der für das Verfahren zuständige Mann hier ist.«

Schlafen! Das ist etwas, das mir bestimmt nicht gelingen wird in dieser Nacht.

* * *

Auf dem Marktplatz herrscht ein enormes Chaos. Alle reden wild durcheinander. Es gibt sogar Stände, an denen Essen angeboten wird. Unfassbar, als wäre es eine Art Jahrmarkt und nicht eine Zusammenkunft, bei der über das Leben von unschuldigen Menschen entschieden wird.

Peter haben wir in der Obhut des Kutschers gelassen. So stehen Alfons und ich Schulter an Schulter im Gedränge der Menge.

Die Männer des Gerichts, das von Stadt zu Stadt zieht und alle Bürger auf dem Marktplatz hat antreten lassen, betreten das Podest.

Zuerst hält der Pfarrer eine Predigt, um dann – zu meinem Entsetzen – wieder alle nach Hause zu schicken. Er hat den Befehl an die Bewohner ausgegeben, bis morgen Mittag Ketzer bei ihm anzuzeigen. Damit hatte ich jetzt nicht gerechnet. Ich dachte, man würde meinem Mann gleich heute den Prozess machen.

Jeder Tag zählt, aber jeder Tag zerrt an meinen Nerven, jede Stunde, jede Minute und sogar jede Sekunde reißt mich innerlich in Stücke. Grausam bahnen sich Erinnerungen an mittelalterliche Foltermethoden ihren Weg in mein Gehirn. Ein Tag ist eine lange Zeit, wenn man der Willkür solcher Menschen ausgeliefert ist.

Wie in Trance trotte ich hinter Alfons her. Alle machen Platz und schauen uns an, als wären wir exotische Tiere. Sie wissen, wer wir sind und wie wir zu Richard stehen.

* * *

Die Zeit zieht an mir vorbei wie ein dunkler Strudel, und ich realisiere kaum etwas von dem, was um mich geschieht. Gedanken rasen in meinem Kopf herum, nehmen aber keine konkrete Gestalt an. Ganz so, als lebte ich in einem Vakuum.

Am nächsten Mittag erwache ich plötzlich und befinde mich wieder Schulter an Schulter mit Alfons in der wogenden Menge. Es ist, als hätte ich ein Déjà-vu. Und erneut tritt der Richter auf das Podest und spricht die Menschen an.

Diesmal zählt er einige Namen auf. Leute, die von jemandem denunziert wurden, darunter Richard von Reichen. Dadurch beruft er das Gericht ein. Mir sacken die Knie weg, Alfons stützt mich.

Alle stürmen hinter ihm her in ein provisorisches Gerichtsgebäude. Die Angezeigten werden nach vorne geschoben, damit keiner die Chance hat zu fliehen. Auch Richard wird hereingeführt. Gehetzt sucht er meinen Blick, und ich versuche zuversichtlich dreinzuschauen, was vermutlich eher in einer Fratze endet.

Alfons wendet sich an mich. »Es wäre besser, er würde es zugeben, dann kann er mit einer milderen Strafe rechnen.«

Entschieden schüttele ich den Kopf. Mildere Strafe, das garantiert einem doch niemand.

Richards Fall wird als Erstes verhandelt. Wobei, verhandelt ist das falsche Wort. Einer der Richter schildert kurz den Grund der Anklage. Keiner befragt Richard, und somit ist ihm die Möglichkeit genommen, sich zu verteidigen. Daraufhin verkündet der Dorfpfarrer, dass in Anbetracht der schweren praktizierten Hexenkünste eine peinliche Befragung durchgeführt werden soll. Es ist so still, dass man eine Stecknadel fallen hören könnte. Sämtliche Anwesenden halten den Atem an.

»Der Hexer wird noch heute der Befragung unterzogen. Wir werden sehen, ob er andere seiner Art kennt oder nennen kann.« Er gibt den Wachleuten einen Wink, und Richard wird abgeführt. Er geht aufrecht, sein Blick ist kämpferisch, er sieht mich die ganze Zeit unverwandt an, und ich gebe ihm das stille Versprechen, ihn nicht im Stich zu lassen.

* * *

Alfons bringt mich in mein Zimmer, ich sinke teilnahmslos auf einen Stuhl.

»Marie, ich werde jetzt noch einmal zu dieser Kirche gehen.« Er spuckt das Wort Kirche fast aus. »Vielleicht kann ich etwas erreichen. Alles ist besser, als nur abzuwarten.«

Ich nicke automatisch, obwohl die Worte in meinem Gehirn keinen Sinn ergeben.

Dann bin ich allein.

Ein Ruck geht durch meinen Körper, als Peter mich umarmt. Ich wache auf.

»Marie, komm bitte zu dir. Stimmt es, dass sie Richard zum Tode verurteilen werden? Bitte sag, dass das nicht wahr ist. Bitte!« Peter rüttelt verzweifelt an meiner Hand.

Was soll ich ihm darauf antworten? Soll ich ihn belügen? Darf man ein Kind in einer solchen Situation anlügen? Ich weiß es nicht.

Ich schaue ihn nur traurig an, was ihm Bestätigung genug ist.

»Dann müssen wir ihn mit Gewalt befreien. Ich kann kämpfen, Vater hat mich im Schwertkampf unterwiesen. Ich kann das. Richard ist mein Freund. Freunde helfen sich, oder?« Wieder schaut er mich an, als hätte ich die Antworten auf alle Fragen des Universums.

Und da, als ich diesem kleinen mutigen Jungen in die Augen schaue, die von einem Kampfwillen zeugen, der mir bisher völlig fehlte, wird mir klar, dass ich nicht länger nur hier herumsitzen kann, um alles anderen zu überlassen. Ich bin Richards Frau. Ich muss ihm helfen. Ich kann das und muss nur fest genug daran glauben. Einen sicheren Plan, das ist es, was ich jetzt brauche. Unermüdlich arbeitet mein Gehirn vor sich hin.

Als Alfons zurückkommt, erklärt er mir, dass er nichts erreichen konnte, da der Henker bereits mit der peinlichen Befragung der Angezeigten begonnen hat.

Das kann nicht sein … bitte nicht Richard.

In dem Moment reift ein Plan in mir heran. Verwegen. Unsicher. Aber die einzige Möglichkeit, die ich habe.

»Sag, Alfons, kannst du mir die Örtlichkeiten genau beschreiben? Und wie viele Wachen hat der Henker dabei?«

Er schaut mich skeptisch an und beantwortet mir dann diese und alle weiteren Fragen.

* * *

Ich laufe die dunklen Gassen entlang. Jetzt, da die Frühlingssonne untergegangen ist, ist es kalt. Ich zittere, jedoch mit absoluter Sicherheit nicht nur wegen der Temperatur.

Das hellblaue Kleid raschelt durch meine Bewegungen unnatürlich laut in der Stille des späten Abends. Die obersten Knöpfe sind offen und lassen dadurch den Ansatz meines Busens sehr gut erkennen. Meine Haare wippen bei jedem Schritt wild, und auf die Lippen habe ich etwas Butter geschmiert, damit sie glänzen.

Alfons hat immer wieder versucht, mir dieses Vorhaben auszureden, sich aber geschlagen gegeben, als ich ihn gefragt habe, wie weit er gegangen wäre, um seine Frau zu retten. Da kam aus seinem Mund nur ein leises, geflüstertes: »Unendlich weit. Ich hätte alles dafür getan!«

Alfons und Peter haben unsere Habseligkeiten in die Kutsche gebracht und warten nun mit ebendieser am Ortsrand, bis zum Morgengrauen. Danach fahren sie nach St. Gallen, ohne zurückzublicken. So haben wir es vereinbart, und ich hoffe inständig, dass er sich daran hält.

Sechs Wachen, wovon nachts nur zwei Männer Dienst versehen. Ich werde es schaffen! Immer wieder sage ich mir das, wie ein Mantra. Mein Mantra.

Entschlossen schreite ich zu dem Gebäude, das etwas abseits der anderen liegt. Ich schleiche darum herum, und da sehe ich die Tür, die in den Keller führt. Genau, wie Alfons es beschrieben hat. Er hatte versucht, zu Richard vorzudringen, man hat ihn aber nicht passieren lassen.

Sie ist angelehnt, und durch einen Spalt kann ich den Kerzenschein sehen, der unruhig flackert. Ein widerlicher Geruch nach kaltem Kohl dringt mir in die Nase.

Vorwärts, sage ich mir und öffne die Tür so weit, dass ich hindurchpasse.

Zwei grobschlächtige Gestalten drehen mir ihre Köpfe zu.

»He, was willst du denn hier?«, fragt der kleinere der beiden mit einer dünnen Fistelstimme. Dann dämmert es ihm. »Ach, du bist eine Dirne.«

Ich schlendere bewusst lasziv zu ihnen hin, fahre ihm mit schmeichelnder Hand ums Kinn. »Ja, das bin ich. Was kann ich euch Gutes tun?«

Sie sehen einander an und grinsen anzüglich. »Nettes Angebot, aber nicht während unseres Dienstes.« Der Große tätschelt grob meinen Hintern.

Ich versuche, sie zu überreden, indem ich mir an den Ausschnitt fasse und ihn öffne. Einen Knopf, dann noch einen, währenddessen lecke ich mir provozierend über die feucht schimmernden Lippen. »Es muss doch keiner wissen.«

Damit habe ich sie geködert. Sie schauen in Richtung Ausgang, der Kleine stolpert schon gierig zur Tür, um sie zu schließen. Unterdessen zieht mich der Große zu sich heran. »Ich bin zuerst dran.« Er greift mir brutal an den Busen und knetet ihn, als wäre er ein Hefeteig. Sein stinkender Atem streift mein Gesicht. Ich muss mich beherrschen, um nicht zurückzuweichen, stattdessen öffne ich einen weiteren Knopf.

Als der Kleinere zu uns kommt, ist meine Chance gekommen. Ich ziehe beide zu mir, fahre dem einen mit der rechten Hand an die Brust, dem anderen mit der linken. »Das können wir doch auch gemeinsam machen.«

Sie schauen sich gegenseitig an und grinsen dreckig, ihre gierigen Finger greifen nach mir.

Als ich unter den Händen den Herzschlag der beiden spüre, kanalisiere ich die Gabe, so wie Richard es mir beigebracht hat, und setze diese umgekehrte Kraft an den schmierigen Kerlen frei. Der Kleine sackt augenblicklich in sich zusammen, der Große reißt die Augen auf, als seine Finger auch schon leblos aus meinem Ausschnitt rutschen.

Am ganzen Körper zitternd stehe ich da. Ich weiß nicht, ob sie noch leben, doch das muss mir jetzt egal sein. Ich schnappe mir den Schlüsselbund und laufe zu den Kellerverschlägen.

In den ersten beiden Räumen, in die ich blicke, ist niemand zu sehen, aber irgendwo in diesem Wirrwarr aus Gängen und kleinen Verschlägen müssen die Angeklagten sein.

Im dritten Verschlag werde ich fündig. Dort liegt er. Nackt. Seine Haut ist braun vom getrockneten Blut. Augenblicklich erfasst mich eine Wut, die ich nur schwer beherrschen kann. Was haben sie nur mit ihm gemacht? Doch will ich das wirklich wissen?

Hektisch suche ich den richtigen Schlüssel. Nach fünf Versuchen öffnet sich quietschend die Gittertür. Sofort knie ich mich neben ihn und lege die Hände auf seinen geschundenen

Körper. Er beginnt zu zittern, als hätte er einen epileptischen Anfall.

Stöhnend wird er wach, schaut mich zwischen geschwollenen Augenlidern hindurch an. »Meine Blume.«

Als die Heilung fortschreitet, schreckt er schlagartig hoch. »Was machst du in diesem Höllenloch? Ich dachte zuerst, ich träume.«

Antworten kann ich ihm nicht mehr, ich verliere langsam das Bewusstsein. Als Richard es merkt, nimmt er mich vorsichtig in die Arme und schenkt mir wiederum seine Kraft.

»Los, wir müssen hier raus.« Das ist das Erste, was ich zu ihm sage. Als mir das klar wird, bekomme ich ein schlechtes Gewissen. Eigentlich hätten es Worte wie *ich liebe dich*, sein sollen. Entschlossen richte ich mich auf.

Wir stürzen hinaus in den Vorraum. Die beiden Wachen liegen am Boden und bewegen sich immer noch nicht. Ich schnappe mir eine braune Decke von der Pritsche und lege sie um Richards Schultern.

»Warte, Marie, ich kann so nicht hier weg. Die anderen Gefangenen haben dieses Schicksal ebenso wenig verdient wie ich.« Mit dem Schlüsselbund in der Hand geht er zurück, und ich höre, wie er leise die Menschen anspricht und die Türen öffnet. Warum ist mir dieser Gedanke nicht auch gekommen? Sind mir solch simple emotionale Regungen wie Mitleid mittlerweile fremd? Mit ihm zusammen kommen zehn Frauen aus den Kellerräumen. Gott sei Dank ist außer ihm noch keiner gefoltert worden.

Schnell verlassen wir das Gelände. Die Freigelassenen zerstreuen sich in alle Winde.

Wir rennen im Dauerlauf zum vereinbarten Treffpunkt.

Als Alfons uns heraneilen sieht, gibt er dem Kutscher den Befehl, sich bereitzuhalten. Wir stürzen in das Gefährt, und augenblicklich traben die Pferde los.

KAPITEL 14

April 1608

Völlig erschöpft von dem Lauf liegen wir auf der gepolsterten Sitzbank. Peter weint vor Freude, seinen großen Freund zurückzuhaben, aber traut sich nicht, ihn zu berühren. Seine kleine Kinderseele erfasst intuitiv die Situation.

Mir wird bewusst, dass mein Ausschnitt immer noch so weit geöffnet ist, dass es sehr unschicklich ist. Schnell schließe ich die Knöpfe, binde mir einen Zopf und versuche, wieder zu Atem zu kommen. Richard liegt weiterhin mit geschlossenen Augen da, nur sein Brustkorb, der sich stetig hebt und senkt, verrät mir, dass er am Leben ist. Alfons hat mittlerweile eine weitere Decke über seinen nackten, schmutzigen Körper gelegt.

Wir schweigen, und jeder hängt seinen Gedanken nach. Eine Weile darauf überkommt mich das Bedürfnis, ihn zu berühren, ihm zu zeigen, dass ich da bin, ihn liebe. Vorsichtig lege ich die Finger auf Richards Arm, er zuckt erschrocken zusammen, reißt die Augen auf, sieht mich gehetzt an und schließt sie dann wieder. Meine Hand baumelt kraftlos herab, als hätte ich einen Stromschlag bekommen.

Oh Gott, so weit reichen meine Kräfte nicht. Die körperlichen Blessuren kann ich heilen, die Seele nicht. Aus seinen Augen sprach das Grauen. Ein Blick wie ein gejagtes und verwundetes Tier. Ich traue mich nicht, ihn noch einmal zu berühren, obwohl ich ihm dadurch ein ruhiges Gefühl schenken könnte.

Nach einer Ewigkeit höre ich seinem regelmäßigen Atem an, dass er eingeschlafen ist. Peter schnarcht ebenfalls leise vor sich hin.

Alfons sucht meinen Blick und flüstert kaum hörbar: »Du musst ihm Zeit lassen. Es dauert, bis man so etwas verarbeitet hat.«

Ich nicke stumm, aber mein Herz verkrampft sich allein bei dem Gedanken daran, was sie ihm angetan haben. Er muss furchtbar gelitten haben, so verstört, wie er reagierte.

Die Pferde verlangsamen ihr Tempo und verfallen in einen gemäßigteren Schritt. So fahren wir durch die Nacht St. Gallen entgegen.

* * *

Wir gönnen uns und den Pferden kaum Pausen.

In der Kutsche haben Alfons und ich jede Menge Zeit zum Reden. Richard schläft fast durchgehend, oder tut er nur so?

»Ich hoffe nur, dass niemand weiß, wohin wir reisen.« Immer wieder treiben meine Gedanken nach Dornbirn. »Was ist, wenn sie uns schon auf den Fersen sind?«

Unser neuer Freund beugt sich zu mir und legt seine Hand auf meine, bevor er spricht. »Keiner dieser Tölpel kennt meinen richtigen Namen. Als ich die Zimmer gemietet habe, steckte Richard bereits in Schwierigkeiten, also gab ich mir und meinem Sohn einen anderen Namen, nur für alle Fälle. Und niemandem gegenüber haben wir erwähnt, was wir vorhaben …

ich hoffe, Richard auch nicht. Und von nun an werdet ihr beide nicht mehr von Reichen heißen. Denk dir schon einmal etwas aus. Vielleicht deinen Mädchennamen, damit ihr es euch besser merken könnt.«

Kurze Zeit später halten wir in der Stadt Altstätten. Wir sind auf einem großen Platz, der interessanterweise die Form eines Dreiecks aufweist. Er heißt Engelplatz und ich hoffe inständig, dass der Name hält, was er verspricht. Mehrere Gasthäuser befinden sich hier, aber Alfons schreitet entschlossen auf ein bestimmtes zu, Peter im Schlepptau. Wie er mir erzählte, machte er genau dort schon öfters Halt. Wir haben vereinbart, dass er mit dem Jungen essen geht und uns etwas mitbringt. Der Kutscher isst in einem anderen Gasthof, der für die einfacheren Leute gedacht ist.

Ich bin das erste Mal allein mit Richard, seit ich ihn in den Kellerräumen gefunden habe. Er trägt nun Kleidung, nachdem er sich in einem Fluss gewaschen hat. Apathisch sitzt er neben mir. Immer wieder versuche ich, ihn anzusprechen, aber er redet nicht mit mir, schaut mich noch nicht einmal an. Sein Blick ist in die Ferne gerichtet, ohne etwas Bestimmtes zu sehen.

Ich nehme allen Mut zusammen und lege vorsichtig die Hand an seine Wange. Erneut schreckt er zurück. Doch im Gegensatz zum letzten Mal ziehe ich die Hand nicht fort, und nach kurzer Zeit liegt seine auf meiner. Mehr nicht, aber mir läuft das Herz über vor Freude. So sitzen wir eine ganze Weile, und irgendwann legt er seinen Kopf an meine Schulter, und ich schließe ihn in meine Arme, wie eine Mutter ihr weinendes Kind, und wiege ihn leicht hin und her.

* * *

Als Alfons mit Peter vom Essen zurückkommt, hebt er fragend eine Augenbraue, und auch der Junge bemerkt sofort, dass sich etwas verändert hat. Ein Lächeln stiehlt sich in sein Gesicht, das habe ich die letzten Tage vermisst. Er ist in diesem schweren Abschnitt erwachsener geworden, und auch nachdenklicher. Das kindliche Lachen ist verschwunden. Ich hoffe inständig, dass er es wiederfindet, wenn erst einmal Ruhe und Normalität eingekehrt sind. Er ist mir in der kurzen Zeit sehr ans Herz gewachsen. So jung, so mutig, so intelligent, so herzlich.

Richard liegt nach wie vor in meinem Arm, schläft jedoch tief und fest. Ich weiß, es ist nur ein kleiner Schritt, aber ich freue mich über die körperliche Nähe.

»Was meinst du, wie weit es noch bis St. Gallen ist?«

»Ich denke, wir werden heute Abend ankommen. Ihr werdet euch in einem anderen Gasthof einquartieren, nur für alle Fälle. Morgen komme ich dorthin, und wir besprechen dann unser weiteres Vorgehen.«

Da er mittlerweile weiß, dass wir keine Verwandten in der Stadt haben, bin ich froh, ihn nicht mehr anlügen zu müssen. Ich habe ihm während der Fahrt mitgeteilt, dass Richard dringend in der Stiftsbibliothek ein paar Schriften anschauen will, woraufhin er erklärte, dass er ihn mitnehmen wolle. Nun hoffe ich, dass mein Mann sich so weit erholt, dass er diese Verabredung wahrnehmen kann. Frauen sind die Studien der Bücher zwar erlaubt, aber wie sollte Alfons dies erklären? Mein Latein ist zu schlecht, als dass ich die Schriftstücke ohne Hilfe lesen könnte. Also muss Richard sich erholen, er muss mitgehen, um uns weitere Informationen zu besorgen.

Als die Kutsche ruckelnd Fahrt aufnimmt, hebt er den Kopf, sein Blick irrt zwischen uns umher. Es ist das erste Mal, dass er uns bewusst ansieht. Er räuspert sich, dennoch klingt seine Stimme rau, als er noch einmal in die übersichtliche Runde schaut und sagt: »Ich danke euch. Und vor allem dir, kleine Orchidee.« Er blickt mir tief in die Augen. »Ich liebe dich.«

»Ich liebe dich auch, von ganzem Herzen«, erwidere ich.

Vorsichtig hauche ich ihm einen Kuss auf die Stirn, fast als hätte ich Angst, er würde unter der Last meiner Lippen in tausend Scherben zerspringen.

* * *

Die Dämmerung hat bereits eingesetzt, als wir am Abend in St. Gallen ankommen.

Es ist eine malerische Stadt. Wie mir Alfons auf der Fahrt erzählte, befindet sie sich in einem wirtschaftlichen Aufschwung und vollzieht gerade die Entwicklung zu einer regelrechten Textil-Metropole. Das Handwerk und der Handel blühen. Der Wohlstand hält Einzug.

Es ist eine protestantische Gemeinde, lediglich das Benediktinerkloster bildet eine katholische Enklave in der reformierten Stadt. Richard redet immer noch nicht viel, aber wir halten uns ständig an den Händen oder haben sonst irgendeinen Körperkontakt. Es ist, als stelle ich seine Verbindung zur Realität dar.

Erst jetzt erlaube ich mir solche Gedanken, wie es hätte enden können, wenn die Rettung erfolglos gewesen wäre.

Diese Horrorvision ist kaum auszuhalten, denn was würde ich nur ohne ihn tun? Wie sollte ich ohne seine Liebe überleben? Nie wieder sein wunderschönes Gesicht anfassen, meine Hände könnten nicht mehr durch den dunklen, dichten Haarschopf fahren. Meinen Lippen würde die Möglichkeit versagt bleiben, seinen Mund zu berühren und zu schmecken.

Ich merke erst, dass ich weine, als Richard mir sanft die Tränen wegwischt und mich in die Arme zieht. Und da erwache ich aus diesem Albtraum und klammere mich verzweifelt an ihn, als hätte ich Angst zu ertrinken. Nun, da der Damm erstmals bricht, kann ich nicht mehr aufhören und schluchze mir die Befürchtungen der vergangenen Tage von der Seele.

* * *

Mitten in der Nacht werde ich von Richards Schrei wach. Schnell zünde ich eine Kerze an. Er träumt, schlägt wild um sich, auf seiner Stirn glänzen Schweißtropfen. Vorsichtig streiche ich ihm über die feuchten, dunklen Locken. Als er mich anschaut, werden seine Pupillen ganz klein, und er wirkt irgendwie gehetzt. Es fehlt nur noch, dass er aufspringt und in einer Ecke Schutz sucht.

»Scht, du hast geträumt. Alles ist gut, du bist bei mir«, versuche ich ihn zu beruhigen. »Es ist vorbei.«

Mit einem Stöhnen schwingt er die Beine aus dem Bett und kehrt mir den Rücken zu. »Ich glaube, es wird nie vorbei sein.« Kraftlos stützt er den Kopf in seine Hände, und zu meinem Entsetzen geht ein Zittern durch seinen Körper. Weint er?

Ich fühle mich völlig hilflos. Am liebsten würde ich ihn in die Arme nehmen und nie mehr loslassen, aber ich weiß nicht, ob er es will. Ob er es kann.

»Richard?«

Er schüttelt nur den Kopf.

»Richard, komm her zu mir, bitte.«

Wieder schüttelt er den Kopf und hebt dabei die Hand als Zeichen, dass ich still sein soll.

»Möchtest du mit mir darüber reden?«

Als er sich zu mir umdreht, schaut er mich mit einem solch aggressiven Blick an, dass ich fast schon Angst bekomme. Er hat definitiv nicht geweint, das Zittern muss von seiner unterdrückten Wut kommen. »Hör zu, Marie, wir sind verheiratet, ich liebe dich und werde es immer tun, aber ich möchte unwiderruflich niemals über die Stunden in diesem Höllenloch mit dir reden. Ich will es vergessen, und auf gar keinen Fall möchte ich, dass du auch nur annähernd weißt, was dort unten passiert ist. Ich schaffe das. Allein.«

Das Entsetzen scheint mir ins Gesicht geschrieben zu sein, denn er rauft sich die Haare und schaut mich entnervt an.

»Aber warum vertraust du mir nicht? Ich will dir nur helfen, will dich verstehen. Und man muss doch mit jemandem darüber reden, um es besser verarbeiten zu können.« Meine Worte kommen nur flüsternd heraus, trotzdem hat er mich verstanden.

Sein Körper ist gespannt wie die Sehne eines Bogens. Er klingt hart, als er mir antwortet. »Wenn ich mit jemandem darüber sprechen will, werde ich das tun. Falls du es sein solltest, sage ich es dir. Jetzt möchte ich keinen Mucks mehr davon hören. Ich hoffe für uns beide, dass du mich verstanden hast und diesen Wunsch akzeptierst.«

Mit brennenden Augen nicke ich enttäuscht und drehe mich dann um, ziehe mir die Bettdecke bis zum Kinn. Die Tränen fließen mir heiß aus den Augenwinkeln, doch ich versuche, mir meine Schwäche nicht anmerken zu lassen.

Plötzlich höre ich, wie die Tür ins Schloss fällt.

Als ich mich aufrichte, sehe ich, dass Richard weg ist.

Ich wusste, dass es schwer werden würde, jedoch nicht, wie sehr es mich verletzen sollte. Wäre es anders, wenn wir schon länger zusammen wären? Vertraut er mir nicht, oder versucht er, die Erlebnisse zu verdrängen?

Wie soll ich mich verhalten? Ich würde es so gern ungeschehen machen, aber das liegt nicht in meiner Macht.

Ich liege lange wach, doch irgendwann fallen mir die Augen zu.

* * *

Er war die ganze Nacht weg und ist bis jetzt nicht wieder zurückgekommen. Wo ist er? Ich bin ratlos und mache mir fürchterliche Sorgen. In dieser fremden Stadt kann ihm sonst was passiert sein.

Traurig schlurfe ich in den Gastraum hinunter, um mir ein Frühstück bringen zu lassen, und da sitzt er, als wäre nichts gewesen. Mein Herz macht vor Erleichterung einen riesigen Satz, als die Sorgen von mir abfallen.

Ein Bartschatten liegt auf Richards Gesicht. Unter seinen müden Augen sind tiefe, dunkle Ringe zu sehen. Er sieht noch wilder, verwegener und gefährlicher aus als sonst. Sein gesamter Körper strahlt eine Aggression aus, dass niemand ihm freiwillig zu nahe kommt.

Mein Magen zieht sich schmerzhaft zusammen, als er den Kopf hebt und mir direkt in die Augen schaut. So verharren wir. Beobachten einander.

Ganz langsam verwandelt sein Blick den harten Glanz in ein sanftes Schimmern. Das ist für mich Aufforderung genug, und ich renne schnell zu ihm. Er erhebt sich, und ich gleite in seine offenen Arme.

»Ich hab mir solche Sorgen um dich gemacht.«

Richard streicht mir zärtlich eine verirrte Locke hinters Ohr. »Ich bin nur spazieren gegangen. Die Stadt besitzt eine Unmenge an Toren, und die habe ich mir alle angeschaut. Sehr sehenswert, bei Tag bestimmt noch mehr«, fügt er lächelnd hinzu.

Gemeinsam nehmen wir unser Frühstück ein, und ich schöpfe neue Hoffnung.

Die Tür schwingt auf. Alfons und sein Sohn betreten das Lokal. Er erklärt uns, dass er auf dem Weg zur Stiftsbibliothek ist.

»Könntest du dich in der Zwischenzeit um Peter kümmern? Ich habe ihm ins Gewissen geredet, und er hat mir versprochen, artig zu sein.« Als ich ihm meine Zustimmung signalisiert habe, dreht er sich zu Richard und sieht ihn ernst an. »Ich denke, dann können wir zwei jetzt gehen, oder?«

Clever, clever. Richard schaut zu mir, und ich lächele ihn an, versuche, ihm Sicherheit zu geben. Er nickt und greift nach seiner Jacke.

Zum Abschied haucht er mir einen zärtlichen Kuss auf die Wange, und schon sind die beiden Männer weg.

* * *

Entschlossen schnappe ich mir den Jungen und mache mit ihm einen Rundgang durch die Stadt. St. Gallen besitzt eine wunderschöne Architektur, die es zu erkunden lohnt.

Wir beginnen damit, die Marktgasse hinunter zu schlendern, hier reihen sich ein paar Textilgeschäfte aneinander. Ein wahres Paradies für Schneider. Stoffe in allen Farben und Qualitäten sind in den Auslagen zu sehen. Es juckt mich förmlich in den Fingern, einiges davon zu berühren.

In manchen Geschäften kann man schon fertige Kleider entdecken. Märchenhaft.

Teilweise stehen die Gebäude auf Eichenholz-Pfählen, das muss an dem instabilen Boden liegen. Sicherlich weist er einen hohen Grundwasseranteil auf, vielleicht besteht er zum großen Teil aus Torf. Das würde dieses Vorgehen erklären. Dann kommen wir zur Stadtmauer und wandern an ihr entlang. Richard hatte recht, es sind wirklich viele Stadttore, und jedes für sich sieht wie ein kleines Meisterwerk aus. Bei acht Toren habe ich aufgehört zu zählen, es müssen mindestens ein Dutzend sein.

Sie werden für Unterschiedliches genutzt, nicht nur zum bloßen Durchgehen. Das Spisertor zum Beispiel dient als Kaserne, das Karlstor als Gefängnis.

Durch eines der Portale treten wir hindurch, und als wir auf der anderen Seite ankommen, wird mir klar, warum es Müllertor heißt. Alles wirkt sehr malerisch, so unberührt. Eine friedliche Oase, in der ein paar Mühlen entlang des Flusses platziert sind.

Peter ist so neugierig, dass er sogar fremde Menschen anspricht und sich das eine oder andere über die Tore und die Stadt erklären lässt. So unbefangen und offen kann nur ein

Kind sein. Der schönste Zugang ist meiner Meinung nach das Karlstor. Es hat drei Stockwerke, die man gut an den drei Reihen mit den sehr schmalen Fenstern erkennen kann. Das Tor hat einen spitzbogenförmigen Durchlass und ein Satteldach, in dem sich noch eine weitere Zeile von Öffnungen findet. Die beiden oberen Etagen der Ostfassade werden von einem großen Steinrelief verziert. Es stellt die Kreuzigung von Jesus dar und zeigt außerdem einige Wappen.

Zwei steinerne Löwenköpfe flankieren den Durchgang links und rechts und komplettieren so das imposante Bauwerk. Hier gehen wir ebenfalls hindurch. Außerhalb des Tores finden wir eine Treppe, die zu einer Straße hinunterführt, darunter verläuft ein Fluss. Nachdem Peter ein paar Steine ins Wasser geworfen hat, schlendern wir weiter.

Bei unserem Rundgang fällt mir auch auf, dass diese fortschrittliche Stadt über eine Schule verfügt. Schöne Bürgerhäuser und Kirchen runden das Bild ab.

Durch die Kugelgasse gelangen wir wieder zu dem Gasthof, in dem wir uns, ausgehungert von der Stadttour, ein verspätetes Mittagessen bestellen.

* * *

Am Nachmittag, als ich schon ganz unruhig bin, weil die beiden Männer immer noch nicht zurück sind, gehe ich zusammen mit Peter ein weiteres Mal in die Marktgasse. Ich kaufe zwei verschiedene Stoffe, um mir ein neues Kleid zu nähen. Irgendwie muss ich mich ablenken, da die räumliche Trennung zu Richard einen Alarmzustand in mir auslöst.

So verbringe ich die restliche Zeit mit Handarbeit, während der Junge zu meinen Füßen spielt.

Richard und Alfons kommen erst am Abend wieder. Der Anblick meines Mannes lässt mein Herz höher schlagen, da er das erste Mal seit Tagen ein Leuchten in den Augen hat. Das Leuchten, das von dem Temperament berichtet, das stets untergründig in ihm schlummert. Es ist immer da, wenn er bereit ist, einen Witz zum Besten zu geben, oder um seine natürliche Autorität zu zeigen. Als sich unsere Blicke treffen, versinken sie ineinander, und wir sind nicht mehr fähig, diese Verbindung zu kappen. Die Luft vibriert regelrecht zwischen uns.

Alfons räuspert sich zweimal, bis wir ihn bemerken.

»Ihr Turteltäubchen, wollen wir heute Abend gemeinsam essen?«

Mein Gesicht pulsiert, da die Röte darin ihren Tribut fordert.

Wir gehen zu viert in ein Lokal und nehmen zusammen eine späte Mahlzeit ein. Alfons berichtet von seiner beruflichen Stellung in Florenz. Während er davon erzählt, wird mir erstmals bewusst, dass er nicht nur unterrichtet, sondern auch stellvertretender Leiter der Universität ist. Ein wirklich interessanter und erfolgreicher Mann.

Plötzlich räuspert er sich feierlich, erhebt das Glas und schaut in die Runde. »Und in Ausübung dieser Berufung möchte ich dich herzlichst nach Florenz einladen. Wir suchen zwei engagierte Doktoren, die dort einer unterrichtenden Tätigkeit im Bereiche der Medizin nachgehen. Was hältst du davon?« Gespannt sieht er von Richard zu mir.

Als mein Mann verdutzt schweigt, fährt er fort: »Du musst deine Entscheidung nicht sofort treffen. Ich bin noch ein paar Tage hier in der Stadt. Falls du jedoch dem Ruf folgen möchtest, könnte ich euch gleich mitnehmen. Peter und ich hätten angenehme Reisegesellschaft, und ihr müsstet keine Mitfahrgelegenheit suchen. Denk bitte ernsthaft darüber nach. Auch in Anbetracht der Entfernung, die zwischen Dornbirn und Florenz liegt.«

Angesichts dieses guten und dennoch harten Arguments sitzt mir ein dicker Kloß im Hals.

Richard versteift sich augenblicklich. Dunkle Schatten huschen über sein Gesicht, als die Erinnerungen von ihm Besitz ergreifen. »Ich danke dir für dein Vertrauen in meine Fähigkeiten, lieber Alfons. Ich werde ernsthaft darüber nachdenken und dir morgen mitteilen, wie meine Entscheidung ausgefallen ist.« Die beiden Männer stoßen miteinander an, und langsam entspannen wir uns alle wieder.

* * *

Später, als wir in unserem Zimmer sind, kann er mir endlich erzählen, was er herausgefunden hat.

Dank Alfons Fürsprache konnte Richard ungestört in der Stiftsbibliothek nach Schriften über die Gabe suchen, und so machte er sich daran, stundenlang in den antiken Rollen zu lesen. Und er wurde fündig.

»Marie, mach dir jetzt bitte keine falschen Hoffnungen, es sind nur ein paar Zeilen gewesen, die der alte Gallus aufgeschrieben hatte«, versucht er mich zu beruhigen, als ich enthusiastisch aufgesprungen bin. »Er erwähnte den großen Iren, Sohn eines Königs und einer Frau vom kleinen Volk, wie er sich ausdrückte. Die Menschen vom kleinen Volk sollen magische Kräfte besessen haben. Es wurde erzählt, dass der große Ire in der Zeit reisen konnte, allerdings glaubte selbst Gallus nicht mehr daran und titulierte das Ganze als Sage des abergläubischen Volkes der Iren. Er schrieb ebenfalls auf, dass die Leute, welche die Gabe besitzen, sie erst anwenden können, wenn sie das sechzehnte Lebensjahr vollendet haben. Aber das wussten wir ja schon. Großmutter hatte dir das doch aufgeschrieben, oder?«

Ich nicke, während ich die Stiefel ausziehe, obwohl ich mich kaum mehr erinnere, ob ich es wirklich gelesen habe. Wer könnte sich all die Einzelheiten merken, die ich in den letzten Wochen erfahren habe?

»Gut. Der alte Mönch erwähnte einen anderen Geistlichen, der darüber eine Schrift anfertigte, damit die alten Sagen nicht in Vergessenheit gerieten. Allerdings sei dieser in Richtung Italien weitergewandert. Angeblich soll er einer der Nachkommen sein, also ein Verwandter von uns, der nicht die Gabe besessen hat.« Kurze Zeit schweigen wir und hängen unseren Gedanken nach, bevor Richard fortfährt. »Ich denke, wir sollten das Angebot von Alfons annehmen. Immerhin liegt Florenz in Italien, und die Universität verfügt über eine sehr große Auswahl in ihrer Bibliothek. Vielleicht werden wir dort fündig. Und ich finde das Argument, dass Florenz weit genug von Dornbirn entfernt ist, auch nicht zu verachten. Was sagst du, kleine Blume?« Kurz schwankt seine Stimme bei der Erwähnung des Ortes, an dem er so gequält wurde, doch er lässt sich davon nicht beirren.

»Florenz? Ich war da noch nie! Warum nicht?«

Erleichtert schließt er mich in seine Arme und küsst meinen Mund erst ganz sacht, doch kurz darauf verwandelt sich sein Kuss. Nur ein Mann, der seine Frau begehrt, kann so küssen. Atemlos sehen wir einander an, und wieder berühren sich unsere Lippen, wilder als jemals zuvor. Wir wissen, dass wir allein sind und uns niemand stört. Richard hebt mich hoch und trägt mich zum Bett, wo er meinen Körper unsanft fallen lässt, dann stürzt er hinterher. Ungestüm schiebt er mir die Röcke hoch, nestelt an seiner Hose und liebt mich letztendlich so stürmisch, hemmungslos und hart, als wollte er sich von den Fesseln befreien, die man ihm in einem Folterkeller in Dornbirn aufgezwungen hat.

* * *

Mir ist klar, dass ein sexueller Akt nicht alle seelischen Probleme hinfort fegen kann, aber ich habe das unbestimmte Gefühl, als wäre es für ihn wie ein reinigender Akt seiner Seele, seines Körpers gewesen. Er ist wieder er selbst, wieder ruhiger, wieder selbstsicherer. Wir sind zusammen, einander sicher. Sobald wir uns in einem Raum befinden, berühren wir uns, versuchen, nichts zwischen uns kommen zu lassen.

Am nächsten Morgen, als Alfons ihn abholt, um noch einmal mit ihm zur Stiftsbibliothek zu gehen, erklärt Richard ihm, dass er sein Angebot gern annehmen würde.

Alfons freut sich so sehr über diese Entscheidung, dass er ihn herzlich in die Arme nimmt.

»Ich bin erleichtert, dass ich euch keine Gewalt antun oder in die Kutsche schleifen muss, um das Ehepaar von Reichen mit nach Florenz zu nehmen. Glaubt mir, das hätte ich getan. Ihr beide seid mir ans Herz gewachsen. Eure Liebe füreinander erinnert mich an die Gefühle, die ich für meine Frau empfunden habe. Wahre Liebe gibt es nicht oft, also haltet sie fest.« Von seinen eigenen Empfindungen erschüttert, dreht er sich räuspernd um und geht zur Tür.

»Kommst du, Richard?«

* * *

Peter und ich verbringen wieder den Tag miteinander. Da es so ein bezaubernder Frühlingstag ist, spazieren wir zum Markt und kaufen uns dort Käse, Wurst und Brot für ein Picknick. Voller Vorfreude marschieren wir zu dem Fluss, den wir am Tag zuvor hinter einem der Tore entdeckt hatten.

Der Junge tobt wild im Wasser herum, während ich weiter an dem neuen Kleid arbeite und meiner Großmutter im Stillen danke, dass sie mir solche handwerklichen Fertigkeiten beigebracht hat.

Es ist berauschend, endlich mal im Freien zu sein, fast ohne Sorgen, sauber, satt und glücklich. Als der Kleine jauchzend im Wasser spielt, lege ich die Handarbeit zur Seite und strecke mich im grünen Gras aus.

Über mir ziehen weiße Wolken langsam am hellblauen Himmel dahin.

Mit geschlossenen Augen lausche ich dem Kinderlachen und den Vögeln, die ihr Brautwerben von den Bäumen zwitschern. Und dem Rauschen des Windes, der sanft durch die Blätter streicht und dadurch immer neue Schattenbilder hinter meinen Augenlidern entstehen lässt.

So könnte es auch in Florenz sein. Friedlich.

* * *

In den drei darauffolgenden Tagen verbringen wir unsere Zeit am Fluss. Ich genieße den Frieden und arbeite weiter an dem Kleid, das schon fast fertig ist.

Der letzte Morgen in St. Gallen bricht an.

»Ich möchte heute erneut in die Bibliothek. Eine Schrift hat mein Interesse geweckt. Gesehen habe ich sie noch nicht, es war lediglich ein Verweis in einem anderen Schriftstück. Der Archivar hat sie gestern gesucht und gefunden. Allerdings war es da bereits zu spät, um sie zu lesen. Sobald ich fertig bin, komme ich zu dir, versprochen. Alfons wird dir ein wenig Gesellschaft leisten.« Wir sitzen gerade beim Frühstück, als Richard mir diese Neuigkeit eröffnet.

»Du gehst allein dorthin?« Ich hasse mich selbst für die Angst, die in meiner Stimme mitschwingt. Wie soll er vergessen, wenn ich nicht dazu fähig bin, oder, noch schlimmer, ihn daran erinnere?

»Ja, das tue ich.« Mehr nicht, nur ein harter Gesichtsausdruck, der mir sagt, dass ich jetzt schweigen sollte.

Ich bin erschüttert, welche Gefühlsschwankungen ständig von ihm Besitz ergreifen. Vor mir sitzt ein Mann, der manchmal wenig mit dem gemein hat, in den ich mich verliebt habe. Gott sei Dank zeigt er dieses neue Gesicht nicht allzu oft. Bevor ich mit einer Grundsatzdiskussion beginnen kann, kommen Alfons und Peter herein.

»Hallo, schöne Frau Sage, ich habe gehört, ich darf heute Eure Gesellschaft genießen?« Galant verbeugt er sich vor mir und haucht mir einen Kuss auf die Hand.

Peter kichert. Richard nicht. Ich habe ein ganz flaues Gefühl im Magen. Er wird doch nicht eifersüchtig sein? Auch das noch.

»Ja, das sagte mein Göttergatte gerade.«

Mein Mann erhebt sich bei diesen Worten und verabschiedet sich kühl von uns.

Alfons blickt irritiert zur Tür. »Ist ihm eine Laus über die Leber gelaufen?«

»Keine Ahnung. Aber das soll uns nicht die Freude an dem letzten Tag hier verderben. Was haben wir heute vor?« Ich hake mich bei den beiden ein, und wir schlendern aus dem Gasthof. Krampfhaft versuche ich, nicht weiter über Richards Benehmen nachzudenken.

»Zuerst muss ich zum Schneider, dort schaue ich mir die Anzüge an, die ich für mich und Richard anfertigen lasse. Wenn sie mir zusagen, bezahle ich sie auch gleich.« Zwinkernd fährt er fort. »Sie können dann ins Hotel geliefert werden.«

Nachdem Alfons die Kleidungsstücke für gut befunden hat, zeigen Peter und ich ihm alle Sehenswürdigkeiten, die wir im Laufe der gemeinsamen Ausflüge entdeckt haben. Von den wundervollen Stadttoren ist er sichtlich angetan.

Das Wetter ist herrlich und lässt alles in noch schönerem Glanz erstrahlen als in den letzten Tagen.

Zum Mittag setzen wir uns an den Fluss und essen die mitgebrachten Speisen. Peter tobt ausgelassen in dem niedrigen Wasser. Er fängt Blindschleichen und hechtet hinter einem Frosch her.

»Sieh mal, Vati, welch lustige Farbe der Hüpfer hat.«

Als ich darüber lachen muss, bemerke ich, wie Alfons mich beobachtet.

»Richard ist ein glücklicher Mann.«

»Danke, Alfons.« Von Schüchternheit ergriffen, senke ich den Blick.

»Nein, Marie, das ist nichts, was dich unangenehm berühren sollte. Es ist nur ehrlich gemeint. Du bist so natürlich, nicht die Spur eines gekünstelten Gesichtsausdrucks oder falschen Lachens. Ich mag das. Ich mag dich. Mehr nicht. Keine Sorge.«

»Auch dafür danke ich dir.«

Er schaut mich ungläubig an, und dann prusten wir beide los und können kaum wieder damit aufhören.

»In meinem Leben wird es keine neue Frau geben«, erklärt mir Alfons ernst, nachdem wir uns ein wenig beruhigt haben.

»Du liebst sie noch immer. Sie war mit Sicherheit eine glückliche Frau.«

»Ja. Und ich war der glücklichste Mann unter Gottes Himmel. Diesen Platz kann niemand mehr einnehmen. Es wäre einer anderen gegenüber nicht gerecht, denn ich könnte ihr nicht das geben, was ich Mia gab, nämlich mein Herz. Das gehört für alle Zeit ihr.« Sein Blick ist weit in die Ferne gerichtet und traurig, so traurig, dass es mir im Herzen wehtut.

* * *

Richard kommt erst kurz vor Mitternacht zurück. Die ganze Zeit habe ich mich unruhig hin und her gewälzt, bin immer wieder bei jedem Geräusch aufgeschreckt.

»Gott sei Dank bist du endlich hier, ich habe mir solche Sorgen gemacht.« Ich richte mich auf und erschrecke bei dem Anblick, der sich mir bietet. »Ist irgendetwas passiert?«

Sein Gesicht wirkt hart, wie aus Stein gemeißelt, sein Blick unnahbar und kalt.

»Du hast mich vermisst? Irgendwie kann ich dir nicht recht glauben.« Sein Ton trieft nur so vor Sarkasmus.

Die Gedanken rasen in meinem Kopf, aber ich bin nicht fähig zu verstehen, was er von mir will.

»Ich war heute Mittag am Fluss und habe die familiäre Idylle beobachtet. Ihr zwei habt sehr glücklich miteinander ausgesehen.« Ruckartig dreht er mir den Rücken zu und fängt an, sich auszuziehen.

»Oh nein, Richard, jetzt reicht es. Du tust nicht nur mir unrecht, sondern auch Alfons. Nie käme einer von uns auf die Idee, dich zu hintergehen. Was fällt dir nur ein?« Entschlossen marschiere ich um das Bett herum, baue mich mit verschränkten Armen vor ihm auf und halte dem abweisenden Blick stand.

Plötzlich geht ein Ruck durch seinen Körper, und er packt meine Oberarme. Seine kalten Augen tun mir in der Seele weh, und in den alten Ängsten gefangen beginne ich, unkontrolliert zu zittern.

Da erst bemerkt er, wie fest sein Griff an meinem Arm ist, den er augenblicklich lockert. Entschlossen drückt er seine Lippen auf meine und zieht mich dann in eine Umarmung, die mir die Luft raubt.

Ich versuche, ihn zu beruhigen. »Ich liebe dich, Richard. Nichts und niemand wird daran etwas ändern. Alfons und ich verstehen uns wirklich gut, aber du bist der, den ich geheiratet habe. Und du bist der, den ich will, ich will keinen anderen.«

Sanft streiche ich ihm über den Rücken, bis ich spüre, dass die Anspannung allmählich von ihm abfällt.

»Ich weiß nicht, was in mich gefahren ist.« Resigniert schüttelt Richard den Kopf, wobei ihm eine verwegene dunkle Locke auf die Stirn fällt. »Es tat so weh, euch beide dort auf der Decke sitzen zu sehen. Alles passte, und ihr habt zusammen gelacht. Oh Gott, Marie, ich bin so eifersüchtig!« Er drückt mich eine Armlänge weit von sich und schaut mir ernst in die

Augen. Dabei sieht er so erschrocken aus, dass ich nicht anders kann, als zu kichern.

Richard bleibt ernst, und ich halte ein. Er nimmt mich nochmals in den Arm, küsst ganz liebevoll und zärtlich meine Lippen. »Ich liebe dich, kleine Blume. Du treibst mich dazu, Gefühle zu empfinden, die ich immer als lächerlich ansah. Du Teufelsweib.«

Wir halten uns noch lange in den Armen und versichern uns unsere Liebe. Langsam fallen mir die Lider zu, doch dann fahre ich hoch. »Was war mit dem letzten Dokument? Hast du etwas herausfinden können?« Ich hatte es ganz vergessen. Wie konnte ich nur unser eigentliches Ziel aus den Augen verlieren?

»Ja, es war nichts weiter. Nur eine kurze Wiedergabe der Geschichte des großen Iren. Nichts, was wir nicht schon wussten. Bleibt uns nur die Hoffnung auf Italien. Ich glaube, in Florenz stehen unsere Chancen am besten, etwas zu entdecken. Wir müssen daran glauben.« Richard wirkt niedergeschlagen.

Ich knie mich hin. Mit der Hand am Herzen sage ich: »Mein Prinz, mit euch würde ich bis ans Ende der Welt gehen. Und weiter.« Der Aufmunterungsversuch zeigt kaum Wirkung. »Nein, jetzt mal ehrlich. Sollten wir nichts finden, haben wir wenigstens uns. Das ist mehr, als manch anderer hat.«

Wir schauen uns an und verschränken die Finger ineinander. Still schwebt die Andeutung zwischen uns, dass wir eventuell nie wieder hier weg können.

KAPITEL 15

Juni 1608

Es fällt uns immer schwerer, ruhig zu sitzen. Mittlerweile dauert die Fahrt schon über eine Woche. Das Gerüttel in der Kutsche ist nur mit Mühe und Not noch auszuhalten.

Wenn wir rasten, kann ich kaum stehen, da ich es nicht mehr gewöhnt bin, festen Boden unter den Füßen zu haben. Alles schwankt, und mich beschleicht das Gefühl, die Erde würde vibrieren.

Der Gesprächsstoff ist uns zwischenzeitlich auch ausgegangen, selbst der kleine Peter hat keine Lust auf weitere Geschichten.

Wir dämmern dahin, jeder hängt seinen Gedanken nach.

Zweimal wechselten wir schon die Pferde, da wir tagsüber versuchen durchzufahren und nur abends halt machen. Das ist auf Dauer zu viel für die Vierbeiner.

So geht es tagelang. Es kommt mir vor, als wären wir bereits mehrere Wochen unterwegs.

Heute liegt ein Hauch von Erwartung in der Luft, der auch mich streift und unruhig auf meinem Platz hin und her rutschen lässt. In der Ferne kann man die Umrisse der Stadt erkennen. Die Freude des kleinen Peter ist ansteckend. Florenz. Atemberaubend. Faszinierend.

In den Straßen eilen die Menschen bunt gekleidet ihrem Ziel entgegen. Die italienische Sprache weht durch die Fenster herein wie ein Singsang. Gemischt mit den warmen Temperaturen entsteht vor meinem geistigen Auge ein Bild, eine Erinnerung an einen Urlaub in Italien. Ich war sechzehn Jahre alt, als ich mit meiner Großmutter an den Lago Maggiore fuhr. Damals hatte mich dieselbe Unbekümmertheit erfasst wie jetzt. La dolce vita.

Alfons' Haus liegt im Herzen der Stadt. Es ist groß, um nicht zu sagen: riesig. Mir wird schlagartig klar, dass er sehr wohlhabend sein muss. Bisher brachte ich ihn eher in der Kategorie Gelehrter unter, aber es ist eindeutig, dass er von hohem Stand ist.

Im Eingangsbereich sind die Böden aus Marmor gefertigt, das Haus besitzt Fenster, Teppiche und wundervoll gearbeitete Holzmöbel. Das alles sind Luxusgüter, die sich normale Menschen zu dieser Zeit nicht leisten können.

Ich fühle mich wie Aschenputtel im Paradies und muss mich beherrschen, die Kinnlade oben zu behalten.

Ein Blick zur rechten Seite zeigt mir einen gefassten Richard, der lediglich eine seiner dunklen Augenbrauen hochzieht, als ich ihn ansehe. Sonst lässt er sich nichts anmerken.

»Herzlich willkommen in meinem nicht gerade bescheidenen Heim.« Alfons zwinkert uns zu, und die Anspannung, die ich aufgrund dieses zur Schau gestellten Reichtums empfunden habe, legt sich langsam. »Ich weiß, es ist stellenweise doch ein bisschen übertrieben, aber Mia hat das alles so eingerichtet, und ich bringe es nicht über das Herz, auch nur eine Kleinigkeit daran zu verändern.«

Zaghaft lege ich ihm die Hand auf den Arm, wende ein wenig der Gabe an, nur so viel, dass er es nicht bemerkt. Bis ich spüren kann, wie er sich etwas entspannt.

»Jedenfalls betrachtet es als euer Zuhause. La mia casa è la tua.«

Nach und nach zeigt er uns die Zimmer im Erdgeschoss, das Esszimmer, den Empfangsraum und zum Schluss die Bibliothek. Nun fällt mir doch die Kinnlade runter, und ich stoße geräuschvoll die Luft aus. Alfons lächelt mich stolz an, während Richard ihm freundschaftlich auf die Schulter klopft und sich erstaunt umsieht.

Es ist ein Raum, der die Größe eines Ballsaals hat, und die Deckenhöhe umfasst mindestens zwei herkömmliche Stockwerke. Am oberen Drittel führt eine kleine Galerie entlang, die man über eine schmiedeeiserne Treppe erreicht.

Das ganze Zimmer ist von oben bis unten mit Büchern vollgestellt.

Bücher, die wahrscheinlich alle, oder zumindest ein Großteil davon, von Hand geschrieben wurden, da der Druck erst seit Kurzem Einzug gehalten hat.

Die Atmosphäre ist mystisch. Kleine Staubpartikel vollführen einen Tanz im Sonnenlicht, das durch die bunten Fenster fällt. Die Teppiche dämpfen unsere Schritte und auch sämtliche anderen Geräusche. Das Bild, das sich mir zeigt, wirkt auf mich wie in einem Märchenfilm. Fehlt nur noch der Zauberer, der die schmale Treppe nach unten gleitet, mit einer tiefen, ruhigen Stimme mit uns redet und uns so in seinen Bann zieht.

»Das ist grandios, Alfons. Das muss ein Lebenswerk sein.« Richard schreitet die Reihen mit Regalen ab und strahlt vor sich hin, als wäre er ein kleiner Junge in einem Spielzeugladen.

Alfons legt ihm den Arm um die Schultern. »Ja, das ist es. Mein Vater hat bereits vor mir mit dem Sammeln der Schriftstücke und Bücher begonnen, und ich habe einfach dort weitergemacht.«

Andächtig saugen wir die Atmosphäre in uns ein und lassen das ganze Ambiente auf uns wirken.

»Wo habt ihr diese Vielfalt an Werken aufgetrieben?«, will Richard wissen.

Alfons lächelt geheimnisvoll. »Eigentlich von fast überall her. Immer wenn ich auf Reisen war, habe ich einen kleinen Schatz mitgebracht. Das ist meine Leidenschaft.«

»Das ist eine Leidenschaft, die Richard und ich mit dir teilen.« Ja, was wäre die Welt ohne Bücher?

»Gut, meine Freunde, ich muss einmal schauen, was Peter treibt. Ist es euch recht, wenn wir gegen sieben Uhr unser Abendessen gemeinsam einnehmen?«

Wir nicken beide, woraufhin Alfons mit einer Glocke läutet.

»Antonio wird euch die Gästezimmer zeigen.« Fast lautlos tritt ein Hausangestellter in die Bibliothek, das verursacht mir aus unerfindlichen Gründen eine Gänsehaut.

* * *

Antonio führt uns in den ersten Stock des wunderschönen Hauses. Auch der Flur zeugt von schierem Überfluss. An den Wänden hängen viele Ahnenbilder, die nur entfernt Ähnlichkeit mit Peter und Alfons aufweisen. Ernst schauen uns die Gesichter an, während wir dem stillen Mann folgen.

Der Hausdiener öffnet die schwere Tür und geht zur Seite, um uns den Vortritt zu lassen. Als ich eintrete, nehme ich zuerst die hellen Farben wahr und große Fenster, die vom Boden bis fast unter die Decke reichen. Das Sonnenlicht verstärkt den Eindruck des prachtvollen Gästezimmers. Ein schwacher Wind weht die leichten Vorhänge hin und her.

Draußen zwitschern die Vögel ihre sommerlichen Lieder, und ein wundervoller Duft nach frisch erblühten Blumen und Zitronen erfüllt die Luft.

Erschreckt fahre ich zusammen, als mir die Gegenwart des unheimlichen Kerls bewusst wird. Er wartet noch immer an der Tür und beobachtet uns.

»Danke, Antonio«, sagt Richard zu ihm.

Als sich die Tür hinter ihm schließt, trete ich zu meinem Mann und flüstere ihm ins Ohr: »Ist er dir auch so suspekt?«

Richard zieht seine Augenbrauen fragend nach oben. »Jaaaaa.« Das Gesicht zu einer Grimasse verzogen, fängt er an, mich zu kitzeln, wodurch ich nicht anders kann, als den in meinem Kopf herumspukenden Gedanken zu vergessen.

»Weib, vielmehr sollte ich dir suspekt sein. Komm her, oder ich hole dich.«

Kichernd flüchte ich vor ihm, schlage Haken, aber er ist eindeutig schneller und erwischt mich letztendlich. Seine Arme packen mich an der Taille und werfen mich auf das riesige Himmelbett.

»Und jetzt gehörst du nur noch mir.« Damit stürzt er sich auf mich, und ich empfange ihn liebend gern in einer Umarmung.

* * *

Am nächsten Morgen strecke ich mich genüsslich in der weichen Bettwäsche aus. Das Bett ist aus dunklem Holz gefertigt, und weiße Stoffbahnen, die sich raschelnd im Wind bewegen, bilden den Himmel. Ich fühle mich wie eine Märchenprinzessin.

Am Abend zuvor haben wir so stilvoll und reichlich gegessen, dass wir alle kurz danach nur noch müde ins Land der Träume rauschen konnten.

Neben mir gibt Richard einen zufriedenen Ton von sich, und als ich ihn ansehe, bemerke ich, dass er die ganze Zeit beobachtend die Augen auf mich gerichtet hat.

Er hat den Kopf auf die Hand gestützt, und inmitten der weißen Laken wirkt mein dunkler Prinz geheimnisvoller und gefährlicher als sonst. Sein Blick fixiert mich, und scheint mir direkt in die Seele zu schauen.

»Ich liebe dich, kleine Blume.«

»Und ich liebe dich, mein irischer Prinz.«

Ein zärtlicher Kuss besiegelt unsere Liebesbeteuerung. Doch die Romantik währt nicht lange.

Entschlossen schmeißt er die Decke von sich und steht auf. »So, genug Liebesgeflüster. Eine Unmenge an Arbeit liegt vor mir. Nach dem Frühstück werde ich mit Alfons zum Universitätsgebäude gehen. Mal schauen, was mich da erwartet. Am Nachmittag hole ich dich ab, damit wir beide die dortige Bibliothek inspizieren. Was hältst du von dem Plan?«

»Grundsätzlich nicht schlecht, aber ich habe irgendwie ein ungutes Gefühl, allein mit diesem Antonio im Haus zu sein.« Es fällt mir schwer, die Schwäche zuzugeben, doch nun ist es raus. »Er ist so still, so leise, so unheimlich.«

Lächelnd dreht er sich zu mir um, während er das Hemd zubindet. »Ja, er ist still. Das hat einen guten Grund. Er ist stumm. Unheimlich ist das nicht gerade, würde ich sagen, eher traurig.«

Ein schlechtes Gewissen beschleicht mich, und als mein Mann das bemerkt, wird sein Lächeln nur noch breiter.

»Mach dir keine Vorwürfe. Als ich ahnungslos war, hatte ich dieselben unangenehmen Empfindungen.«

Damit ist das Thema beendet, jedenfalls für Richard. Für mich nicht, denn das ungute Gefühl bleibt. Er ist mir einfach unheimlich, und die Tatsache, dass er stumm ist, ändert daran leider wenig.

* * *

Den Großteil des Tages verbringe ich in unserem Zimmer, nachdem ich mir ein Buch aus der Bibliothek geholt habe. Die Zeit vergeht nur schleichend, da ich mich nicht konzentrieren kann. Ich starre auf die Buchstaben, die vor dem hellen Hintergrund zu einer undefinierbaren Masse verschmelzen. Sie scheinen zu tanzen und sich über mich zu amüsieren.

Peter, der es immer schafft, mich zum Lachen zu bringen, ist heute Morgen aufgebrochen, um seine Großmutter zu besuchen.

Ich bin allein in diesem riesigen Palast.

Meine Gedanken kreisen ständig um den irischen Mönch, der nach Italien gekommen sein soll.

Was, wenn er nie angekommen ist? Vielleicht hat ihn etwas in eine andere Richtung gelenkt. Oder er ist auf dem weiten Weg hierher gestorben, ermordet worden, einer Krankheit zum Opfer gefallen.

Sollten wir unsere Zeit hier völlig verschwenden? Ich werde immer unruhiger.

Auf dem Flur höre ich verhaltene, kaum wahrnehmbare, schlurfende Schritte, die auf Höhe der Tür plötzlich zum Stillstand kommen. Dann ist alles still.

Ist das der stumme Diener? Was macht er da? Ich bleibe geräuschlos sitzen und wage nur notdürftig zu atmen.

Ein Klopfen lässt mich leise aufschreien.

Mein Herz rast, die Hände schwitzen, und ich bekomme kaum noch Luft. Ich habe eindeutig zu viel Fantasie, die mir gerade mal wieder irgendwelche Horrorszenarien vorgegaukelt hat.

»Signora?«

Erleichtert stoße ich den angehaltenen Atem aus. Es ist eine nette weibliche Stimme, die da nach mir ruft.

»Ja, bitte.«

Durch die Tür kommt eine kleine rundliche, typisch italienische Mama, die mir auf Anhieb sympathisch ist.

Sie plappert sofort in ihrer Muttersprache los. Nur gut, dass ich diese Sprache als Nebenfach im Studium belegt hatte. Trotzdem brauche ich eine Weile, um dem schnellen Redefluss folgen zu können.

Sie versucht mir begreiflich zu machen, dass der Brief, den sie mir reicht, von einem Kurier gebracht worden ist. In dem Moment, in dem sie merkt, dass ich alles verstanden habe, lächelt sie mich erleichtert an. Als ich ihr dann noch auf Italienisch danke, habe ich wohl ihr Herz erobert, denn sie strahlt über ihr ganzes rundliches Gesicht und klatscht begeistert ihre kleinen fleischigen Hände zusammen.

* * *

Als La Mamma das Zimmer verlassen hat, reiße ich neugierig den Umschlag auf, der mit einem wächsernen Siegel versehen ist.

In vornehm geschwungener Handschrift heißt man mich in der Stadt Florenz herzlich willkommen und bittet darum, dass wir morgen an einer kleinen Wohltätigkeitsveranstaltung teilnehmen. Diese wird stattfinden, um das hiesige Waisenhaus zu unterstützen. Unterzeichnet mit Signora Rosso.

Das ging aber schnell. Offenbar hat gestern halb Florenz von unserer Ankunft erfahren. Was zieht man zu einer solchen Veranstaltung an?

* * *

»Signora Rosso? Ja, das ist die Ehefrau von meinem Vorgesetzten, dem Leiter der Universität von Florenz«, erklärt mir Richard, als ich ihm von der Einladung berichte.

Alfons' Räuspern dringt diskret an mein Ohr, bevor er sich an der Unterhaltung beteiligt.

»Ich hatte Monsignore Rosso eine Nachricht zukommen lassen. Er sollte schließlich erfahren, dass die Stelle besetzt ist und er keine weiteren Anstrengungen unternehmen muss, um einen Ersatz für den von uns gegangenen Dottore zu finden. Und wie er mir heute berichtete, wurde seine Frau von immenser Neugier geplagt, sodass sie kurzerhand eine Wohltätigkeitsveranstaltung organisiert hat.« Das Ganze scheint ihn unheimlich zu amüsieren.

»Was trägt man bei einer solchen Feier?« Es ist Richard, der ihm diese Frage stellt, nicht ich, was mich sehr erleichtert.

»Darüber macht euch keine Sorgen, ich habe gleich nach meinem Schneider geschickt, als ich heute Vormittag von dem feierlichen Anlass erfuhr. Er müsste bald eintreffen und Maß nehmen. Bis morgen Abend wird eure Garderobe fertig sein. Für dich, liebe Marie, habe ich noch eine Zofe angestellt. Sie beginnt bei Tagesanbruch mit ihrer Arbeit, so kann sie dir beim Ankleiden und Frisieren zur Hand gehen. Wir wollen doch den ehrenwerten Damen keinen Grund zum Tratschen geben, es sei denn, sie verbreiten etwas Positives.« Verschwörerisch zwinkert er uns zu.

Ich hoffe, sie werden kaum einen Anlass finden, um über uns zu reden, weder im Guten noch im schlechten Sinne. Es wäre mir viel lieber, wenn wir hier nicht weiter auffallen würden, sozusagen unsichtbar blieben. Jegliche Aufmerksamkeit kann wiederum Neider und sonstige missgünstig gestimmte Personen hervorrufen. Solchen Luxus können wir uns in keiner Weise leisten.

Immer wieder bemerke ich, wie unser Augenmerk von dem eigentlichen Ziel abgelenkt wird. Ich will nach Hause, oder zumindest in Richards Zeit zurück. Ich möchte mehr Sicherheit als hier in dieser Epoche.

»Marie?« Alfons sieht mich fragend an.

»Entschuldige, ich war gerade mit meinen Gedanken woanders.«

»Ich fragte, ob das in deinem Sinne ist«, wiederholt er.

Ich nicke energisch. »Ja, das ist es. Ich weiß nicht, wie wir dir jemals danken können für das, was du alles für uns tust. Wir werden auf ewig in deiner Schuld stehen.«

Mit einer wegwerfenden Handbewegung antwortet er: »Es ist mir eine Freude, und das ist es, was zählt. Ihr seid meine Freunde geworden. Freunden hilft man, ohne eine Gegenleistung zu erwarten.«

Impulsiv drücke ich ihm einen Kuss auf die Wange. »Dann danke ich dir für deine Freundschaft.«

Alfons Gesichtsfarbe verändert ihren Farbton ins Rötliche, verlegen wechselt er sein Standbein und sieht zu Richard.

»Was schaust du mich so an, mein Freund? Sie hat recht, wir sind dankbar für diese Zusammengehörigkeit, aber erwarte jetzt bitte keinen Kuss von mir.« Damit nimmt er ihn lachend in den Arm und schlägt ihm kameradschaftlich auf die Schulter.

* * *

Der Schneider und die Schneiderin waren da und haben Maß genommen. Der Meister hatte jede Menge Gehilfen mitgebracht, die ihm zur Hand gingen, indem sie ihm Nadeln und Bänder reichten.

Es war lustig, dieses Schauspiel zu beobachten. Der Meister sagte oder machte etwas, woraufhin die Untergebenen alles Erdenkliche taten, um ihre Ergebenheit und Bewunderung kundzutun. Dabei verbeugten sie sich, stimmten ihm immer wieder zu und nickten übertrieben. Auch Richard amüsierte das Ganze sichtlich. Wenn unsere Blicke sich trafen, musste er sich ein Schmunzeln verkneifen. Schnell sah er woanders hin, um diesem Impuls nicht nachgeben zu müssen. Das hatte aber zur Folge, dass ich kaum noch an mich halten konnte. Zeitweise verließ ich sogar den Raum, da ich mich nicht mehr beherrschen konnte.

Als ich an der Reihe war, zog der Schneider mit seinem Hofstaat von dannen, und ich blieb mit dem weiblichen Pendant und einer sehr jungen Gehilfin allein, nachdem man auch meinen Mann verscheucht hatte. Als er aus dem Zimmer ging, sah er mich schelmisch an und verbeugte sich übertrieben vor den beiden Frauen. Das Mädchen fing an zu kichern und wurde ganz rot, aber diese Albernheit musste sie rasch beenden, da die Schneiderin ihr einen bitterbösen Blick zuwarf. Schnell senkte sie den Kopf und begann emsig, die Stoffe auszulegen.

Ich machte deutlich, dass ich keinerlei Ahnung von Mode hatte, was mir ein freudiges Glitzern in den Augen der älteren Frau einbrachte. Sie versprach mir ein Kleid, das dem aktuellen Chic entsprechen und mir den Neid der anderen Professorenfrauen einbringen würde. Das war eigentlich überhaupt nicht das, was ich wollte. Es sollte etwas Bescheidenes, aber zum Anlass Passendes sein.

»Ich werde eine Kreation für Euch zaubern, die alle Eure Vorzüge hervorheben wird, ohne zu imposant zu wirken. Ihr habt so eine bezaubernde kleine Figur, Eure dunklen Locken und der helle Teint lassen Euch sehr vornehm aussehen. Ihr werdet sehen, wie wertvoll ein schönes Kleid sein kann. Es wird Euch schmeicheln und selbstsicher auf dem Parkett des Lebens unterstützen.« An ihr ist eindeutig eine Philosophin verloren gegangen.

Damit klatschte sie in die Hände und machte sich gemeinsam mit dem Mädchen daran, ihre Utensilien einzupacken.

Nun sitze ich in unserem Zimmer und denke über diese Zeit nach, über mein Leben an diesem Ort, das vielleicht nie wieder in seinen alten Bahnen verlaufen wird.

Es könnte passieren, dass ich hier für immer festsitze.

Wir sind darauf angewiesen, einen guten Eindruck zu machen. Es ist nicht sicher, wie lange wir in Florenz bleiben werden … oder müssen.

Werden wir überhaupt jemals einen Weg zurückfinden?

Sanft legen sich Hände auf meine Schultern, wodurch ich erschreckt hochfahre.

»Was zermürbt dich so sehr, dass du nichts mehr um dich herum wahrnimmst?«, will Richard wissen.

Ich war so in Gedanken vertieft, dass ich nicht bemerkt habe, wie er ins Zimmer gekommen ist.

Die Wärme seines starken Griffs dringt durch den dünnen Stoff des Unterkleides, und ich lege die Wange an seinen Arm und atme tief ein, bevor ich ihm antworte.

»Ich zerbreche mir nur immer wieder den Kopf, weil ich Angst habe, nicht mehr zurück zu können. Oma Ella macht sich bestimmt schon riesige Sorgen. Was weiß ich, ob wir in dieser Zeit überhaupt glücklich werden können.« Ich merke selbst, wie niedergeschlagen ich mich anhöre, aber irgendwann müssen wir darüber sprechen. Was ist, wenn wir hier nie wegkommen?

Richard geht um den Sessel herum und zieht sich einen Schemel heran. »Hör zu, Marie.« Er nimmt meine Hand und spielt mit dem Silberring seiner Großmutter, meiner Urgroßmutter. »Ich weiß nicht, was noch alles auf uns zukommen wird oder wohin uns der Weg führen wird, aber das Wichtigste ist, dass wir einander haben und uns vertrauen.«

»Das sagt der Richtige. Deine Eifersucht hat mich ganz schön verletzt«, entfährt es mir, bevor ich weiter darüber nachdenke.

Zärtlich fährt sein Zeigefinger über meinen Handrücken, malt den Weg der Adern nach, die unter der Haut zu sehen sind. Die kleinen Härchen an meinem Unterarm stellen sich auf, und eine Gänsehaut überzieht ihn.

»Bitte verzeih mir, es war töricht von mir.« In seiner Stimme, die nur ein leiser Hauch ist, schwingt so viel Reue mit, dass ich nicht anders kann, als ihn in den Arm zu nehmen.

»Natürlich verzeihe ich dir.«

Wir halten uns lange in den Armen und vergessen die Zeit, sodass wir beschließen, heute nicht mehr zur Bibliothek zu gehen. Stattdessen entscheiden wir uns, einen Spaziergang durch den schönen Garten, der zu Alfons Villa gehört, zu unternehmen.

* * *

Die Sehnsucht nach frischer Luft treibt uns hinaus in das kleine Paradies, welches sich hinter dem imposanten Haus befindet.

Wir schreiten durch ein Tor, das in seinen Angeln quietscht, als Richard es öffnet. Der schwere Duft der Blumen und reifen Früchte ist wie Balsam für meine unruhige Seele.

Die Sonne schenkt mir ihre sommerliche Wärme, und die Natur zeigt sich in ihrer ganzen Farbenpracht.

An diesem malerischen Ort wachsen die unterschiedlichsten Pflanzen, verschiedene Gemüsesorten und auch Obstbäume. Man merkt, dass der Garten kein Vorzeigeobjekt ist, wie es offenbar mit dem Haus und der Einrichtung beabsichtigt war. Hier kann man erahnen, welch ein Mensch Mia war, und einen Hauch ihrer Seele spüren. Wild, romantisch, naturverbunden, verspielt und in keiner Weise in klaren Strukturen denkend, sondern eher wie eine Künstlerin.

Es gibt kaum fest vorgeschriebene Bereiche für Obst, Gemüse oder Blumen. Wie das Paradies, in dem sich jedes Pflänzchen seinen eigenen Platz gesucht hat, wirkt dieses Kleinod auf mich. Es ist märchenhaft. Und mittendrin steht ein kleiner Pavillon mit Liegen, die zum Verweilen einladen, um sich der Pracht des Ortes bewusster zu werden und ihn genießen zu können.

»Komm, lass uns hier ein wenig ausruhen.« Ich lächele Richard verführerisch an und halte ihm meine Hand hin, die er liebevoll ergreift.

Langsam setzen wir uns, ohne unsere Hände voneinander zu trennen. Richard führt meine Finger an seine Lippen und küsst sie. Fast schon irritierend bedächtig wandert sein Mund meinen nackten Arm hinauf und liebkost die empfindliche Stelle in der Ellenbeuge. Meine Lider schließen sich und meinen Lippen entfährt ein leises Stöhnen.

Von irgendwoher höre ich das Zwitschern eines Vogels, aber so unerwartet diese Erkenntnis mich trifft, so schnell verflüchtigt sich der Gedanke auch wieder. Da Richard mittlerweile die Knöpfe des Kleides langsam öffnet und die Rundungen meiner Brüste mit seiner Aufmerksamkeit beglückt, kann ich an nichts anderes mehr denken. Als er meine Brustwarze in den Mund nimmt, bin ich kaum noch bei Sinnen.

Sanft bettet er mich auf der hölzernen Liege und beginnt von Neuem, meinen Körper zu erforschen und zu verwöhnen. Es ist unbeschreiblich, die Düfte, die der Garten mit sich trägt, der Wind, der zart über meine nackte Haut gleitet, und der Mann, den ich so sehr liebe. Das alles ergibt ein Aphrodisiakum, dem ich nicht widerstehen kann, dem ich mich nicht mehr entziehen will.

Der Sog der Gefühle reißt mich mit sich, und ich gleite davon.

* * *

»Was soll ich nur jemals wieder ohne dich machen?« Richard sieht mich liebevoll an.

Wir liegen in einem Wirrwarr aus Kleidern, mitten im Garten und sind glücklich. Einfach nur glücklich wie schon lange nicht mehr.

Streng schaue ich ihn an. »Gar nichts, denn das wird niemals vorkommen. Du wirst mich nicht mehr los. Wir sind verheiratet, ob nun in dieser oder in einer anderen Zeit.«

Vorsichtig streicht sein Daumen über mein Kinn, dann über meine Lippen, die sich öffnen, ohne dass ich es bewusst getan hätte. Unsere Körper befinden sich in einer perfekten Harmonie.

»Wie hat Großmutter es so schön formuliert? Wir sind zwei Teile, die optimal zusammenpassen.« Schelmisch grinse ich ihn an, aber er bleibt völlig ernst. »Was ist?«

Er nimmt einen tiefen Atemzug. »Es ist nur … ach, vergiss es.«

Alarmiert richte ich mich auf, bedecke meine Blöße mit dem ersten Kleidungsstück, das ich greifen kann. »Sag schon!«

Er wirkt verlegen. »Ich dachte nur, für dich sei dies alles nicht von Dauer. In deiner Zeit bindet man sich doch nicht für immer.«

Ich bin wie vor den Kopf geschlagen. Was will er mir damit sagen? Hat sich mein romantisches Herz erneut so sehr getäuscht? Hat er mich nur geheiratet, weil er der Meinung war, dass er mich sowieso bald wieder los sei?

Erschrocken über die Wendung, die der wundervolle Nachmittag nimmt, ziehe ich mich an und richte meine Frisur.

»Sei nicht böse.« Richard greift nach meinem Arm, wütend stoße ich seine Hand weg.

»Fass mich nicht an. Für mich ist unsere Ehe etwas sehr Ernstes. Ich bin katholisch erzogen worden. In meinen romantischen Vorstellungen bin ich immer davon ausgegangen, dass es für immer ist, sollte ich einmal mit einem Mann vor den Altar treten. Das Versprechen, das ich dir in der Kirche gegeben habe, habe ich sehr ernst gemeint. Solltest du dir etwas anderes dabei gedacht haben, als du mir deines gegeben hast, dann sag es mir lieber gleich.« Wütend stemme ich die Hände in die Seiten und schaue ihn herausfordernd an.

Seine grünen Augen, sein schwarzes, glänzendes Haar und sein nackter Körper sprechen mich einfach zu sehr an. Er ist es, den ich will, auf den ich schon immer gewartet habe. Sieht er das denn nicht? Oder, schlimmer noch, empfindet er nicht wie ich? Wieder nagen diese Zweifel an mir.

Er schaut mich lange an, doch plötzlich beginnt sein Gesicht zu zucken, und er fängt an zu lachen.

Die heiße Wut durchzuckt mich, und ich drehe mich um. Meine Schritte leiten mich zum Ausgang von diesem Paradies.

»Warte!«

Was fällt ihm ein, mir in einer solchen Situation auch noch Vorschriften machen zu wollen? Energisch raffe ich die Röcke und laufe ein wenig schneller.

Ohne auf seine Blöße zu achten, rennt er mir nach und versperrt mir den Weg. »So warte doch. Du hast mal wieder alles falsch verstanden.«

»Ich habe alles falsch verstanden?«, frage ich ihn. »Was, bitteschön, soll man daran falsch verstehen?« Meine Augen sind nur noch Schlitze, und ich habe das Bedürfnis, ihm die Hände vor die nackte Brust zu boxen, als er mir den Weg versperrt. »Geh mir aus dem Weg.«

»Ich liebe dich, Marie.«

»Das hast du bereits gesagt, aber offensichtlich verstehen wir beide Verschiedenes darunter. Wenn du mir sonst nichts zu sagen hast, dann geh mir, verdammt noch mal, aus dem Weg.« Meine Stimme ist so laut, dass man mich bestimmt im Haus hören kann, doch das ist mir im Moment so was von egal. Ich bin so wütend wie schon lange nicht mehr. Ein Tag der extremen Gefühle.

»Ich dachte, für dich ist es etwas anderes. Für mich bist du die Liebe meines Lebens. Nichts kann mich jemals von der Sucht kurieren, die mich an dich bindet«, gesteht er mir.

Meine Schultern sinken kraftlos nach unten, und ich sehe ihn fassungslos an. Das ist die schönste Liebeserklärung, die ich je gehört habe, nur leider zu einem Zeitpunkt, den ich nicht unbedingt als optimal bezeichnen würde.

»Aber was sollte das gerade eben? Ich dachte, du wolltest mir erklären, dass es für dich nicht so ernst ist, weil du davon ausgegangen bist, mich bald wieder los zu sein.« Tränen rinnen mir aus den Augen, als die Anspannung langsam meinen Körper verlässt.

Kraftvolle Arme ziehen mich in eine Umarmung, die mich vor der Welt beschützt, vor allem aber vor mir selbst und meinem ständig alles falsch verstehenden Wesen. Sanft streicht seine Hand über meine wirren Haare.

»Es tut mir leid, kleine Blume. Ich glaube, uns quält das gleiche Problem. Wir müssen lernen, einander zu vertrauen und uns unserer gegenseitigen Liebe sicher zu sein. Die Eifersucht hat mich in den vergangenen Wochen immer wieder heimgesucht. Ich kann nicht leugnen, dass ich eifersüchtig auf Alfons war, doch ich gelobe Besserung.«

Schniefend wische ich mir die Tränen weg. »Aber warum hast du mich auch noch ausgelacht?«

Verlegen schmunzelt er. »Du hast einfach so niedlich ausgesehen, wie du deine kleinen Hände in die Hüfte gestemmt und mich dabei angesehen hast, als würdest du mir gleich an die Gurgel gehen.«

Nun ist es an mir zu lächeln. »Zieh dich lieber an, bevor wir der Dienerschaft Grund zum Reden geben. Und in Zukunft werden wir miteinander sprechen, ohne zu streiten, wenn uns etwas bedrückt oder bewegt. Versprochen?«

Er besiegelt sein Versprechen mit einem Kuss, der mir den Atem raubt, ehe er sich ankleidet.

Gemeinsam schlendern wir durch den Garten zurück zum Haus. Wir genießen das wundervolle Spiel der tief stehenden Abendsonne mit den Blättern der raschelnden Bäume, als Richard plötzlich neben mir umknickt und nicht mehr weiterlaufen kann.

Er setzt sich ins Gras, und da entdecke ich das große Loch, das vermutlich ein Maulwurf gegraben hat.

»Lass mich mal sehen.« Der Fuß ist schon stark angeschwollen, und so wie Richard sein Gesicht verzieht, als ich den Fuß leicht bewege, ist es etwas Ernsthafteres. Fragend schaue ich ihn an, er versteht und nickt, und so beginne ich mit der Heilung. Es kommt mir vor, als würden meine Heilkräfte mit jedem Mal stärker werden und sich auch schneller entfalten.

Nachdem ich fertig bin, erheben wir uns. Richard lässt seinen Fuß kreisen und setzt ihn dann auf.

»Perfekt.« Langsam setzen wir den Rückweg fort. In diesem Moment höre ich ein leises Geräusch, sodass sich die Haare auf meinen Unterarmen aufstellen. Richard hat es ebenfalls gehört. Wir erstarren beide und schauen uns an.

»Glaubst du auch, dass es von dem Tor kam?« Ich hoffe so sehr, dass ich mich irre, doch Richard nickt nur.

Der Sinn für die wunderschöne wilde Vegetation ist uns vergangen.

KAPITEL 16

Juni 1608

»Si Signora, das ist es. So sollte es sein. Genau so hatte ich es mir vorgestellt.«

Die Schneiderin wirkt sichtlich zufrieden mit ihrem eigenen Werk. Langsam geht sie um mich herum, ihr Zeigefinger tippt dabei unaufhörlich auf ihre Unterlippe.

Ich stehe auf einem Schemel und lasse sie ihre Arbeit begutachten. Ehrlich gesagt hatte ich ein wenig Angst bekommen, als sie mir das Kleid zeigte. Es erschien mir so erschlagend und einengend. Der Stoffberg sah gar nicht so aus, als würde er zu mir passen, aber nun, da es auf meiner Haut anliegt, fühlt es sich richtig an.

»Gut. Isabella, den Spiegel bitte.« Sie wedelt mit der Hand, und das Mädchen trägt ein schweres Ungetüm herbei, das sie um einige Zentimeter überragt. Er muss von beträchtlichem Gewicht sein, denn sie kann nur mit Mühe ein Stöhnen unterdrücken.

Als ich mich im Spiegel anschaue, kann ich es kaum fassen, dass ich die junge Frau sein soll, deren Bild ich dort betrachte.

Das Kleid ist hauptsächlich in dunklem Anthrazit angefertigt worden, und es schimmert schwarz, wenn das Licht darauf fällt. Ich sehe ernst aus, da der Kragen eng und hochgeschlossen ist. Ein gefütterter Oberrock mit etlichen Unterkleidern und ein Reifrock betonen meine schmale Taille.

Die Schneiderin ging nicht auf meinen Protest ein und bestand darauf, mir eine Halskrause anzulegen. Doch insgeheim nehme ich mir vor, dieses Ungetüm abzunehmen, bevor wir zu der Feier aufbrechen.

Es ist, als wäre ich einem Kostümfilm entsprungen. Es sieht fantastisch aus und fühlt sich fantastisch an. Und es ist genauso, wie mir die nähende Künstlerin versichert hat. Das Kleid schmeichelt mir, hebt meine Vorzüge hervor, und ich fühle mich gut damit – sogar sehr gut. Das einzige Problem ist die Beweglichkeit, die durch die vielen Stoffbahnen stark eingeschränkt ist.

Das Glitzern in den Augen des Mädchens geht mir nahe. Sie wird vermutlich nie ein solches Stück ihr Eigen nennen dürfen, obwohl sie täglich fremden Frauen die Möglichkeit gibt, sich so zu fühlen, wie ich es im Moment tue.

»Avanti, kleine Maus, bring die Sachen hinaus zur Kutsche. Signora, die Zofe muss sich noch um Eure Frisur kümmern. Ich wünsche Euch viel Spaß auf der Veranstaltung.« Mit einer Verbeugung verlässt sie das Zimmer, und im gleichen Atemzug betritt die Zofe den Raum.

Es ist eine streng blickende junge Frau, sie ist ungefähr in meinem Alter.

»Soll ich Euch jetzt frisieren?« Demütig senkt sie den dunklen Haarschopf.

»Das wäre überaus zuvorkommend von dir, Giovanna.« Sie scheint nicht viel Freundlichkeit gewöhnt zu sein, denn sie hebt irritiert den Kopf und ist es umso mehr, als sie meinen gutmütigen Gesichtsausdruck sieht.

Da geschieht etwas Wundervolles mit ihrem Gesicht. Sie lächelt zaghaft zurück, wodurch sie ihre wahre Schönheit preisgibt. Die aristokratischen Gesichtszüge, die makellose Haut und die blau-grünen Augen erstrahlen in einem Glanz, der einfach nur als wunderschön zu bezeichnen ist. Doch nur kurz lässt sie mich an diesem vollkommenen Bild teilhaben, bevor sich ihr Gesicht aufs Neue verschließt und abermals den strengen Ausdruck annimmt.

Sie frisiert mich, indem sie mir die Haare zu einem kleinen Kunstwerk aufsteckt.

Ich erkenne mich wirklich gar nicht mehr wieder. Glücklich lächele ich das fremde Spiegelbild an. Das bin ich – eindeutig daran zu erkennen, dass sämtliche Bewegungen völlig synchron mit meinen sind.

»Bezaubernd, Signora.«

»Ich danke dir, Giovanna. Ich habe ehrlich gesagt noch nie ein solch edles Gewand besessen und hoffe, dass ich diesem wunderschönen Kleid alle Ehre mache.« Ein letztes Mal drehe ich mich vor dem großen Spiegel, bevor ich nach unten gehe, wo die beiden Männer bereits warten.

Auch sie sind zurechtgemacht, und als Richard und ich uns gegenseitig anschauen, knistert die Luft zwischen uns. In dieser Garderobe sieht er sehr beeindruckend aus.

Kniehohe Stiefel schmücken seine langen Beine. Nur die Hose entlockt mir ein kleines Schmunzeln. Er trägt eine Heerpauke. Eindeutig eine Geschmacksentgleisung der damaligen Zeit. Sie reicht Richard bis zur Mitte des Oberschenkels und wirkt rund und stark gepolstert. Ein Wams, aus dem gleichen Stoff wie mein Oberkleid, komplettiert das weltmännische Aussehen.

Alfons strahlt, als wäre er stolz auf uns beide. Richard legt mir ein langes weiches Tuch um, und wir machen uns auf den Weg zu meinem ersten gesellschaftlichen Anlass in Florenz.

* * *

Als ich den großen Raum betrete, in dem ich den Rest des Abends verbringen soll, verschlägt es mir die Sprache.

An der Decke hängt ein Kronleuchter, in dem Hunderte Kerzen brennen, deren Schein von dem Glas zurückgespiegelt wird. Auch an den Wänden hängen Kerzenleuchter, und das Parkett ist auf Hochglanz poliert.

Die Menschen, die sich bereits hier eingefunden haben, sehen alle so beeindruckend aus, dass ich mich wie eine kleine graue Maus fühle. Doch dann erhasche ich in einem der hohen Spiegel einen Blick auf mich und das wunderschöne Kleid, das ich anhabe, und es geht mir augenblicklich besser.

Die Luft in dem Raum ist geschwängert vom Duft schwerer Parfums, sodass man die Körpergerüche nicht so schnell wahrnimmt. Ich hatte schon immer einen außergewöhnlich guten Geruchssinn, und das, was ich rieche, verschlägt mir den Atem. Krampfhaft versuche ich, nur noch durch den Mund einzuatmen, um so diesem schwindelerregenden Gemisch zu entgehen.

Richards Nase kräuselt sich leicht, als ich zu ihm schaue. Wir schmunzeln beide.

»Hygiene ist diesen Personen ein Fremdwort.«

Ja, das kann man nur bestätigen. Die Menschen in dieser Zeit gehen davon aus, dass tägliches Waschen Krankheiten fördert. »Reserviere mir einen Tanz, kleine Blume. Du bist eindeutig das schönste und wohlriechendste weibliche Wesen in diesem Raum. Sobald die anderen Herren das bemerken, werde ich dich nicht mehr zu Gesicht bekommen.«

Der Kuss, den er mir auf den Handrücken haucht, kitzelt auf meiner Haut und verursacht ein angenehmes Kribbeln in meinem Bauch.

Hoheitsvoll senke ich den Kopf und sage: »Selbstverständlich, mein Prinz.«

Als ich den Blick wieder hebe, entdecke ich eine korpulente Frau, die sich ihren Weg durch die Menge zu uns bahnt.

»Professor und Signora Sage, es ist mir eine Ehre, Sie in meinem bescheidenen Heim willkommen zu heißen. Ihr Ruf als Arzt ist Ihnen vorausgeeilt, und Ihre bezaubernde Gattin hat schon die Blicke sämtlicher Anwesenden auf sich gezogen.« Etwas atemlos fügt sie an mich gewandt hinzu: »Sie sind eine außergewöhnlich schöne Frau.«

Die Röte, die mir ins Gesicht schießt, kann ich anhand der Hitze, die sie mit sich bringt, förmlich spüren. Ich äußere ein verlegenes Danke, doch Signora Rosso wedelt nur ungeduldig mit der Hand. »Bedanken Sie sich beim lieben Gott, dass er Sie so gesegnet hat.«

Sie stellt uns nach und nach vielen der anwesenden Herrschaften unter meinem Mädchennamen vor. Wir haben Alfons Rat berücksichtigt und uns in Florenz nur mit diesem zu erkennen gegeben.

Mir wird schon ganz schwindelig von den vielen Namen, die ich mir nicht mal annähernd alle merken kann, deshalb bin ich froh, als Richard meine Hand ergreift und mit mir tanzt. Kaum ist die Melodie verklungen, verschwinden wir durch die große Glastür in den Garten.

»Ich dachte, du brauchst mal ein wenig Ruhe und frische Luft.«

Seufzend bejahe ich und lehne meinen schweren Kopf an seine breite Schulter.

Die Außenanlage sieht so anders aus als die von Alfons. Die Aufteilung wirkt steril, die Sträucher und Buchsbäume sind alle in exakt demselben Muster gestutzt, und überall warten steinerne Bänke auf Gäste. Statuen der griechischen Mythologie stehen an jeder Weggabelung. Es ist eindeutig zu sehen, dass es sich hierbei um ein Prestigeobjekt handelt. Dieser Grünanlage fehlt die Seele, die Alfons' schon fast als verwunschen zu bezeichnender Garten hat.

Doch es genügt, um die Gedanken wieder freizubekommen. Die frische Luft ist eine Wohltat.

Als ich den Kopf hebe und die vielen Sterne am Firmament erblicke, entfährt meinem Mund ein Laut der Freude. Gemeinsam versuchen wir, die Sternbilder zu erraten.

»Was hältst du von den ganzen Leuten? Ich fühle mich wie ein exotisches Tier, das man erst mal genau inspizieren muss.« Und, was ich absichtlich vergesse hinzuzufügen, ist das Gefühl, einigen dieser Menschen nicht willkommen zu sein.

Richard bleibt stehen und dreht sich so, dass wir uns in die Augen sehen können. »Ich bin mir nicht sicher. Oberflächlich betrachtet sind sie alle sehr nett und zuvorkommend, doch ich denke, etwas stimmt nicht. Aus irgendeinem Grund wollen zwei der Professoren meinem Ruf an diese Universität nicht zustimmen. Vielleicht habe ich jemandem die Stelle weggenommen, den der Rest der Kollegen mir vorgezogen hätte. Oder es wurden bereits Gerüchte verbreitet, die ohne Hand und Fuß sind. Aber das sollte uns keinen unglücklichen Abend bescheren. Signora Rosso sammelt für das hiesige Waisenhaus, wir werden ein paar Münzen beisteuern.«

Ich nicke, und langsam schlendern wir zurück.

»Um welche Professoren handelt es sich? Ich meine diejenigen, die dir nicht wohlgesonnen sind«, möchte ich wissen.

Wir betreten gemeinsam den großen Festsaal. »Schau dir die Herren in der hinteren rechten Ecke an. Pass auf, sie sehen gerade zu uns. Und vergiss nicht zu lächeln. Das sind sie.« Richard fängt an, uns zu den tanzenden Paaren zu führen, und ich lächele die zwei Männer an, die sich lediglich zu einem leichten Nicken herablassen.

Wir tanzen, so wie Richard es mir in der Nacht zuvor beigebracht hat. Aber ein Gedanke lässt mich kaum mehr los. Was ist, wenn die Professoren uns gegenüber so voreingenommen sind, weil sie von dem Nachmittag im Garten erfahren haben?

Wer hatte uns beobachtet und wie lange schon? Wer könnte Interesse daran haben, uns auszuspionieren?

Vielleicht gehen sie in ihrem Argwohn so weit, dass sie jemanden dafür bezahlt haben.

* * *

Zu späterer Stunde, nachdem ich viele Tanzpartner hatte, stehe ich allein am offenen Fenster und nippe an einem vollmundigen Wein, als ich hinter mir ein leises Räuspern höre.

»Guten Abend, Frau Sage. Darf ich mich vorstellen? Ich bin Carlo Bernardi.«

Als ich mich umdrehe, ergreift ein Mann meine ihm dargebotene Hand. Er hat ein so scharfkantiges Gesicht, dass es mich an ein Schneidwerkzeug erinnert. Er drückt mir einen unanständigen Kuss auf die Hand, dabei beobachtet er mich genau und amüsiert sich über meinen Gesichtsausdruck.

»Guten Abend, Herr Bernardi. Sehr erfreut, Sie kennenzulernen.«

Seine vornehme Erscheinung lässt keinen Zweifel daran, dass es sich bei dem Herrn um einen reichen Florentiner handeln muss. »Ganz meinerseits. Ich habe gehört, dass sich Ihr Mann für Bücher interessiert. Und da kam mir die Idee, ich könnte Sie beide zu einem kleinen Rundgang durch meine von mir angelegte Bibliothek überreden. Was halten Sie davon, Cara Mia?« Seine Hand hält immer noch meine fest. Es scheint eine Art Spielchen zu sein, dass er hier mit mir spielen möchte, doch meine Gedanken rasen in eine andere Richtung.

Bernardi? Wo hatte ich diesen Namen schon einmal gehört? War das nicht der Name einer berühmten Adelsfamilie?

»Ah, Frau Sage, Sie haben offensichtlich schon Bekanntschaft mit unserem großen Gönner geschlossen.« Signora Rosso kommt genau im richtigen Moment zu uns. Bernardi lässt augenblicklich meine Hand los. »Herr Bernardi ist einer der großen Geldgeber unserer Stiftung für die armen Waisenkinder, habe ich recht, Carlo?«, fügt sie vertraulich hinzu.

Ich bin mir nicht sicher, ob sie sich seiner sicher sein will oder mir zur Seite stehen möchte.

»Ich habe gerade das Ehepaar Sage zu einem nachmittäglichen Treffen in meine Bibliothek eingeladen, nachdem mir anvertraut wurde, dass sich der Professor für alte Schriften interessiert. Eventuell wird er seinen Wissensdurst in meinen Räumlichkeiten stillen können.« Er verbeugt sich vor uns beiden. »Bitte entschuldigen Sie mich, ich werde jetzt nach Hause fahren. Und Ihnen, Frau Sage, werde ich eine offizielle Einladung zukommen lassen. Ich hoffe, Sie werden dieser nachkommen.«

Damit macht er auf dem Absatz kehrt und verschwindet in der Menge. Sein Ton lässt keinen Zweifel daran, dass er es gewohnt ist, dass die Menschen seinen Bitten nachkommen.

Unsere Gastgeberin wendet sich an mich und zwinkert: »Das ist eine wahre Ehre. Eine Einladung in den Palazzo Bernardi, und das kaum, dass Sie ein paar Tage in der Stadt sind. Kompliment, Frau Sage.« Ihre Stimme wird dabei vor Neid eine Oktave höher.

Ich bin mir nicht sicher, was ich von dieser Einladung halten soll, und ob ich mich deshalb geehrt fühle, steht auch außen vor. Warum hat er uns eingeladen? Darüber grübele ich während unserer Heimfahrt immer noch.

* * *

»Ich kann mir ehrlich gesagt nicht vorstellen, warum er uns eingeladen hat. Und woher weiß er, dass du dich für alte Schriften interessierst? Hast du es in der Universität jemandem erzählt?«, frage ich Richard, nachdem ich ihm von dem Gespräch mit Carlo Bernardi berichtet habe.

Er wirkt nachdenklich. »Ja, doch, ich erwähnte es in einer Gesprächsrunde. Sie bestand aus den Kollegen, die sich anlässlich meiner Vorstellung zusammengefunden hatten. Aber jetzt frag bitte nicht, wer dort dabei war, denn die Namen bekomme ich nicht mehr zusammen.«

Wir hängen beide unseren Gedanken nach, bis Richard meint: »Wir sollten diese Einladung auf jeden Fall annehmen. Einem so mächtigen Mann schlägt man nichts aus. Bernardi dürfen wir definitiv nicht verärgern.«

Ich möchte ihn nicht gegen uns aufbringen, dennoch würde ich gern wissen, warum er ausgerechnet uns einlädt. Wir sind völlig unbedeutende Leute in der florentinischen Gesellschaft, und dazu kommt, dass ich mich immer wieder an seinen unsittlichen Kuss auf meiner Hand erinnere. Davon erzähle ich Richard nichts, da ich keine Lust auf seine erneut aufflammende Eifersucht habe.

* * *

»Oh, Frau Sage, oder darf ich Sie Marie nennen, Cara Mia?« Ich nicke, obwohl ich nicht noch näher mit ihm bekannt sein möchte als ohnehin schon. »Ich finde es schön, endlich einmal ein paar Minuten mit Ihnen unter vier Augen zu sein. Das habe ich mir bereits gewünscht, als mein Blick das erste Mal auf Sie fiel. Sie sind ein so erfrischendes Wesen im Dschungel dieser ganzen schauspielernden Personen. Florenz hat seine Menschlichkeit verloren.«

»Vielen Dank für Ihr Kompliment.« Um mein Unwohlsein zu überspielen, nippe ich an dem Mokka, ein wirklich starkes Gebräu.

Er schaut mich mit diesem Lächeln an, das man nicht so leicht vergisst. Bernardi ist kein schöner Mann. Dazu kommt, dass er mindestens schon sechzig Jahre alt ist. Seine hagere

Erscheinung erinnert an einen Geier auf Beutezug, und wenn er lächelt, verstärkt das diesen Eindruck noch.

»Nach welchen Schriften sucht Ihr Mann?«, möchte er von mir wissen, als er merkt, dass er mich mit seinem Charme nicht bestechen kann.

Ich bin unsicher, ob ich es ihm sagen soll, aber dann fällt mir ein, er hat Angestellte in seiner Bibliothek, die es ihm mit ziemlicher Sicherheit ganz genau berichten werden.

»Wir haben von einem Mönch gehört, der zusammen mit dem heiligen Gallus aus Irland gekommen ist und kurze Zeit später nach Italien weiterwanderte. Wir denken, dass es sich bei dem Geistlichen um einen Urahn von mir handelt. Dies passierte im siebenten Jahrhundert nach Christi Geburt. Wir erforschen somit unsere Familiengeschichte.«

Bernardi beugt sich leicht zu mir und sieht mich eindringlich an, während er sich mit einem Zeigefinger an die Lippe tippt. »Interessant.«

Er hat einen so durchdringenden Blick, dass ich mich fühle wie ein besonders seltenes Insekt unter einem Mikroskop. Als die anhaltende Stille und das bohrende Starren mir immer unangenehmer werden, suche ich krampfhaft nach einem Ausweg aus dieser Situation, also schlage ich ihm vor: »Würden Sie mir Ihre Bibliothek zeigen? Ich meine, ich bin zwar eine Frau, aber des Lesens mächtig. Und ich interessiere mich sehr für Bücher und alte Schriften.«

Er fährt zusammen, offenbar war er mit seinen Gedanken ganz woanders. »Selbstverständlich.« Und als er sich ein wenig gesammelt hat, schenkt er mir wieder dieses Geiergrinsen. »Ich unterstütze die Frauen in meiner Familie, sich weiterzubilden … darüber hinaus gestatte ich ihnen das Lesen von Büchern. Das gestehe ich auch meinen weiblichen Gästen zu.«

»Das ist sehr edel von Ihnen.« Demütig senke ich den Blick und denke mir meinen Teil.

Wir erheben uns, und als wir den Flur entlanggehen, berührt seine Hand immer wieder meinen Rücken, was mir unangenehme Schauer beschert.

* * *

»Bernardi, ich weiß gar nicht, wie ich Ihnen danken kann. Ich habe tatsächlich in den alten Schriften einen von Maries Urahnen namens Bréanainn entdeckt. Er war Mönch und schrieb seine Lebensgeschichte.«

Richard ist aufgeregter als ein kleiner Junge, der vor einem Weihnachtsbaum steht, unter dem lauter Geschenke für ihn liegen. Seine Augen leuchten. »Dürfte ich noch ein wenig bleiben und das antike Schriftstück studieren?«

»Selbstverständlich. Es ist sehr interessant, dass es sich bei dem Mönch um einen Vorfahren Ihrer Familie handelt. Was genau erhoffen Sie sich vom Studium der Schrift?«

Er sieht Richard an, wie er zuvor mich beäugt hatte, und ich werde das Gefühl nicht los, dass er irgendwelche Hintergedanken hat. Ahnt er etwas? Das kann doch eigentlich kaum sein, aber woher sollen wir wissen, was darin steht? Vielleicht weiß er mehr, als uns lieb ist. Wenn Bernardi sämtliche Fundstücke gelesen hat, dann mit Sicherheit auch dieses.

»Nun, eventuell gibt es mir einen Hinweis, was für ein Mensch er war. Wohin ihn seine Gedanken gelenkt haben. Wie seine Vorfahren lebten. Ich interessiere mich für alles, was mit ihm zusammenhängt. Sollten wir einmal Kinder haben, muss ich ihnen schließlich die Frage nach ihrer Herkunft beantworten können.«

Heimlich bewundere ich Richard dafür, so schnell eine passende Antwort gefunden zu haben.

»Aha, gut, gut. Soll ich Ihnen, liebe Signora Sage, eine Kutsche rufen?« Carlo Bernardi ist es offenbar vergangen, den Rest des Nachmittags mit mir verbringen zu wollen.

Es ist mir eigentlich gar nicht recht, Richard allein zu lassen. Woher soll ich wissen, dass man ihm nicht etwas Böses will? Ich traue diesem Bernardi keinen Deut weiter, als ich spucken kann.

Richard lächelt mich aufmunternd an und, als er meine Hand drückt, lässt er mich seine Liebe auf diese einzigartige Weise spüren, wie nur er und ich sie einander zeigen können.

Das beruhigt mich ein wenig.

* * *

Erst gegen Mitternacht höre ich, wie sich die Tür zu unserem Schlafzimmer öffnet. Der Luftzug, der mich trifft, ist geschwängert von dem Geruch nach Tabak und Alkohol.

»Ich habe mir Sorgen um dich gemacht«, beginne ich zu nörgeln.

Sanft streicht seine Hand über meine Haare. »Das musst du nicht. Nachdem ich die Schrift gelesen hatte, lud mich Bernardi noch zu einem verspäteten Abendessen ein. Und was soll ich sagen, es hat vorzüglich geschmeckt.« Das Bett wackelt leicht, als er sich neben mich legt.

»Hast du etwas herausbekommen?«, will ich ungeduldig wissen.

»Blümchen, du fällst mal wieder mit der Tür ins Haus. Kein Weib ist direkter als du.«

Ich knuffe ihn gegen den Oberarm. »Ja, ich habe wirklich etwas herausbekommen. Stell dir vor, der Mönch war gesegnet mit unserer Gabe.«

Ich richte mich ein wenig auf. »Aber ich dachte, er hätte die Gabe nicht besessen?«

»Offenbar doch. Er schrieb es in der Schrift nieder. Er verpackte diese Information sehr geschickt und gab an, von Gott berührt worden zu sein. Ich fresse zehn Besen, wenn er nicht genau wusste, wie er zu dieser Gabe gekommen ist, schließlich musste er wenigstens einmal die Vereinigung mit einem der heiligen Bäume vollzogen haben. Er brachte weiterhin zu Papier, dass er sich ein Weib nahm, das ihm zwei Kinder schenkte, wovon eines an einem Fieber verstarb, dem auch die Mutter der Kinder zum Opfer gefallen war. Den Jungen, der überlebte, schickte er nach reiflicher Überlegung nach Irland, wo er seine Wurzeln kennenlernen sollte. Und zwar im Alter von … und jetzt rate mal, wie alt er war?« Ich kann das Lächeln, das seine Lippen umspielt zwar nicht sehen, aber der Ton in seiner Stimme verrät es mir.

Ich mime die Ahnungslose. »Ich komme nicht drauf, zehn? Nein, zwölf? Ich gebe es auf … vielleicht sechzehn.«

Richard klatscht sich auf den Oberschenkel. »Natürlich. Und dann schreibt der alte Mönch, dass sich das Kind nicht als würdig erwies, das Familienerbe anzutreten. Was damit gemeint ist, ist uns beiden klar, stimmt's?« Er wartet meinen Kommentar nicht ab und fährt unbeirrt fort. »Seine Enkelin trat Jahre später dieses besagte Erbe an.«

Ich überlege, ob ich gerade ein Detail übersehen habe. »Aber das bringt uns doch keinen Schritt weiter. Das einzig Wichtige ist, dass seine Enkelin die Gabe geerbt hat.«

»Du bist zu ungeduldig. Geschichte zu erforschen, ist ein langer Prozess. Wir haben nun ein Teil des Ganzen. Vorher hatten wir nichts, nur eine Vermutung. Nun verfügen wir über eine Bestätigung. Dieser Brénainn wurde vom Papst heilig gesprochen, somit ist er eindeutig eine Person der Geschichte, jemand, dessen Leben mit großer Wahrscheinlichkeit noch von anderen verfolgt wurde. Wir werden herausfinden, wie wir zurückkommen, das verspreche ich dir. Aber, Marie, einen Samen habe ich hier in Alfons' Garten ausgesät.« Meine Hand schnellt nach vorne zu seinem Unterarm, den ich krampfhaft festhalte. »Irgendwann müssen wir es versuchen, und wo wäre er geschützter als bei unserem Freund, der kleine Nachkomme der Eiche?«

Das stimmt, ich kann mir keinen besseren Ort vorstellen. Das Einzige, was mich an diesem Gedanken stört, ist die Zeit, die wir warten müssen, bis der Baum groß genug ist. Auch wenn er schneller wächst als normale Bäume, wird es lange dauern. Zu lange für mich und meine Ungeduld.

* * *

Alfons, Richard und ich sitzen gerade an dem großen, dunklen und auf Hochglanz polierten Holztisch und nehmen gemeinsam unser Frühstück ein, als der stumme Diener in das Zimmer kommt und Richard einen Brief auf einem Silbertablett überreicht.

In dem Moment, als er das Schreiben öffnet, beschleicht mich ein ungutes Gefühl. Ganz so, als würden kleine Tiere an meinem Rücken hinunterkrabbeln. Im Magen bildet sich ein Knoten und in meinem Hirn ein Fragezeichen von gigantischem Ausmaß.

Richard faltet den cremefarbenen Briefbogen auseinander. Es ist offensichtlich, dass es sich um einen wohlhabenden Schreiber handeln muss. Wer sonst hätte sich so ein edles Papier leisten können?

Ich beobachte ihn genau, und so entgeht mir auch nicht, wie sich seine Gesichtszüge schlagartig verdüstern. Ganz kurz, kaum wahrnehmbar, huscht sein Blick zu mir. Leicht aus der Fassung gebracht steckt er den Brief in die Jackentasche, schaut nochmals zu mir rüber und schiebt eine der dunklen Augenbrauen hoch, was den Knoten in meinem Magen noch verhärtet.

Der Appetit auf das Essen ist mir vergangen, doch ich möchte weiter sitzen bleiben, bis Alfons und Richard fertig sind.

Die Zeit zieht sich endlos dahin, während die beiden Männer frühstücken und dabei eine angeregte Unterhaltung führen. Die Neugier bringt mich fast um. Es muss etwas Ernstes sein, sonst hätte mir Richard auf alle Fälle den Brief zum Lesen gegeben. So aber will er Einfluss auf meine Reaktion nehmen, indem er den Ort bestimmt, an dem er mir die Botschaft übermittelt.

Ich könnte explodieren vor Ungeduld.

»Entschuldigt mich bitte, ich ziehe mich ein wenig zurück.« Als ich mich erhebe, tun die beiden es mir aus Höflichkeit gleich. Doch kaum bewege ich mich in Richtung Tür, setzen sie sich wieder und führen ihr Gespräch fort, von dem ich noch nicht einmal mitbekommen habe, um was es geht.

Schnurstracks laufe ich die gewundene Treppe zu unserem Zimmer nach oben und warte dort ungeduldig auf meinen Mann.

Ich kann mich gerade noch beherrschen, nicht wie ein aufgescheuchtes Huhn im Raum umherzurennen.

* * *

Richard lässt mich eine gefühlte Ewigkeit zappeln, bevor er zu mir kommt. Kaum ist er durch die Tür getreten, da versuche ich auch schon, ihn atemlos auszuquetschen.

»Blümchen, jetzt setze dich erst einmal hin und atme tief ein.«

Als ich mich gesetzt habe, scheint es mir, er würde den Sauerstoff nötiger brauchen. Dann fährt er fort. »Die gute Nachricht oder die schlechte zuerst?«

Ich kann ein Verdrehen der Augen nicht unterdrücken und schnaube genervt. »Die gute zuerst«, sage ich, da mich mittlerweile die Erfahrung gelehrt hat, dass ich dieses Spielchen nicht gewinnen würde, wenn ich mich weigere, seine Frage zu beantworten.

»Der Brief ist nicht von jemandem, der uns etwas Böses will.«

»Aha. Und nun die schlechte?«

»Der Brief ist von jemandem, der weiß, dass wir aus einer anderen Zeit kommen.« Er hockt sich vor mich hin und legt die Hände auf meine Beine, während er jede meiner Regungen registriert. Er geht davon aus, dass ich eine hochexplosive Mischung neben einem offenen Feuer bin.

»Gib ihn mir bitte, ich möchte mir selbst ein Bild machen.« Impulsiv strecke ich ihm die Hand entgegen.

Ganz vorsichtig, als käme nun die Flamme in die Nähe der Zündschnur, reicht er mir den Briefbogen.

Nachdem ich ihn auseinandergefaltet habe, beginne ich mit dem Lesen:

Ihr Lieben,
es wäre mir eine Ehre, zwei meiner Nachkommen kennenzulernen, doch in Anbetracht der Besucher in Florenz, die mir gegenüber nicht sehr wohlgesonnen sind, muss ich leider davon Abstand nehmen. Vorsicht ist geboten.
Liebste Grüße
Euer Onkel

Ich lese den kurzen Brief noch ein zweites und drittes Mal, versuche zu verstehen, wer ihn geschrieben hat und woher derjenige wusste, wer wir sind. Doch so sehr ich mich auch bemühe, es gelingt mir nicht, dass ich mir die Fragen selbst beantworten könnte. Die Wörter auf dem Papier sind gut durchdacht. Es wurde nur so viel preisgegeben, dass niemand, der ihn liest, etwas damit anfangen könnte. Jedoch genug, dass wir beide alles verstehen.

Fragend blicke ich zu Richard.

Er hebt die Hände. »Ich kann es mir auch nicht erklären. Es ist mir ein Rätsel, wie uns irgendwer durchschauen konnte. Offenbar sind Männer der Kirche hier, die einen unserer Vorfahren aufspüren wollen.«

Meine Gedanken rasen. »Aber es muss jemand sein, dem zumindest einer von uns schon begegnet ist. Was ist, wenn es derjenige war, der uns im Garten nachspioniert hat – schließlich habe ich dich dort geheilt. Man konnte genau sehen, dass du vorher nicht mehr in der Lage warst zu gehen.«

Ich springe auf und beginne nun, im Zimmer herumzutigern. »Die Worte: Euer Onkel kann natürlich auch eine falsche Fährte sein. Vielleicht ist es eine Frau? Was sollen wir jetzt tun?«

Richard, der mich beobachtet, wie ich auf und ab laufe, bleibt stehen. »Nun, auf jeden Fall sind wir an einem guten Ort. Es gibt hier eine Person, die unsere Gabe teilt, und sie muss irgendwo einen Zugang zu einem der besonderen Bäume besitzen. Die Frage ist nur, wer ist dieser mysteriöse Onkel?«

KAPITEL 17

Juli 1608

Die nächsten Tage verbringe ich wie in einem Vakuum, da ich mich auf keine Unterhaltung konzentrieren kann. Immer wieder schaue ich mir die Personen, denen ich begegne, genau an und überlege, ob es sich hierbei um den Urheber des Briefes handeln könnte. Doch so sehr ich mich auch bemühe, es ist mir unmöglich, dem Schreiben das Gesicht eines dieser Menschen zuzuordnen.

Der stumme Hausangestellte ist mir suspekt, allerdings beruhigt mich Richard und erklärt mir, dass er bereits seit Jahrzehnten im Dienste der von Lübbens steht. Aber so ganz kann ich mich von dem Gedanken nicht verabschieden.

Die beiden feindseligen Professoren kommen mir in den Sinn. Warum sollten sie uns den Brief schreiben? Das passt nicht.

Das Personal könnte mit allergrößter Wahrscheinlichkeit an solch edles Papier gelangen, wenn nicht in diesem Haus, dann zumindest unter der Hand von den Bediensteten eines anderen wohlhabenden Hausstandes. Aber weshalb?

Über der ganzen Grübelei ist die Zeit zwar vergangen, aber das Problem sitzt uns immer noch im Nacken. Es wäre mir am liebsten, wenn wir die Stadt verlassen würden, doch Richard hat recht: Die größte Chance, ein Rückreiseticket zu ergattern, haben wir hier in Florenz.

* * *

Seit der Brief uns erreicht hat, ist knapp eine Woche vergangen. Wieder einmal sitze ich in einer Kutsche auf dem Weg zu einer Abendveranstaltung. Die Schneiderin hat mir erneut einen Traum auf den Leib geschneidert.

»Alfons?«

»Ja, liebe Marie?« Seine Lippen umspielt ein freundlicher Zug ohne Hintergedanken. So weit bin ich schon in meinen Spekulationen gegangen, dass ich selbst unseren guten Freund als Urheber des Briefes in Betracht gezogen habe.

Ich erwidere sein Lächeln. »Wann kommt Peter zurück?«

Das Gesicht von Alfons wirkt bedrückt. »Ich denke, frühestens in drei Wochen. Seine Großmutter lässt ihn so schnell nicht gehen, wenn er mal bei ihr ist. Sie verwöhnt ihn nach Strich und Faden, sobald sie ihn unter ihren Fittichen hat. Das geht dann so weit, dass er gar nicht mehr nach Hause will. Hier warten sein Hauslehrer und ein strenger Vater auf ihn, eindeutig die schlechtere Alternative.«

Ich muss mir ein Lachen verkneifen. »Du und streng? Du himmelst deinen Sohn doch regelrecht an. Ich kann mir kaum vorstellen, dass du mal ein lautes Wort zu ihm sagst. Nein ehrlich, so einen Vater wünschen sich, glaube ich, viele Kinder.«

»Wenn du wüsstest! Manchmal bin ich so streng, dass ich abends im Bett liege und ein schlechtes Gewissen habe, da ich ihm alles Mögliche verboten habe. Und das nur, weil er mal wieder seine Hausaufgaben in Latein nicht erledigt hat.« Er macht ein so verzweifeltes Gesicht, dass ich augenblicklich anfange zu lachen, Richard tut es mir gleich, und Alfons fällt mit ein. So kommen wir gut gelaunt bei dem großen Ball an.

* * *

Wenn ich bisher dachte, der Abend bei den Rossos wäre prunkvoll gewesen, werde ich nun eindeutig eines Besseren belehrt.

Das Fest des heutigen Abends ist an Prunk und offen zur Schau gestelltem Reichtum nicht zu überbieten. An den Türen empfangen uns livrierte Pagen. Überall glitzert es. Gold, Kristall, Kerzen, Möbel, die mit den edelsten Stoffen bezogen sind – es tut mir schon fast in den Augen weh.

Ohne Alfons wären wir wahrscheinlich nie in den Genuss gekommen, hierher eingeladen zu werden. Es ist ein Fest von und für den italienischen Adel, eine Nummer zu hoch für uns. Doch wir haben vorher alles mit Alfons besprochen: wie wir uns zu verbeugen haben, welche Tänze man tanzt und auch, wem wir hier mit großer Sicherheit begegnen werden. Ich fühle mich wie Aschenputtel auf ihrem ersten Ball, nur dass mein Prinz bereits mit mir verheiratet ist.

»Schau mal, dort drüben steht Bernardi.« Richard zeigt mit dem Kinn in eine Richtung und zieht mich dann zu diesem unangenehmen Menschen hin. Das Unbehagen, das mich beschleicht, bemerkt er nicht.

»Ah, das Ehepaar Sage. Das ist schön, Sie hier wiederzutreffen.« Der Handkuss, den er mir diesmal gibt, hat nichts gemeinsam mit demjenigen, den er mir vor ein paar Tagen gegeben hatte.

Nach einem kurzen oberflächlichen Gespräch fordert Bernardi mich zum Tanzen auf. Da ich schlecht ablehnen kann, reiche ich ihm die Hand, und er führt mich zur Tanzfläche.

Die Tänze hatten wir mit Alfons zu Hause geübt, deshalb habe ich jetzt keine größeren Probleme. Es ist mir ganz recht, dass wir nicht zum Reden kommen.

Als das Lied zu Ende ist, kommt Richard zu uns und löst meinen bisherigen Tanzpartner ab.

Danach schweben wir den halben Abend gemeinsam über das Parkett, bevor wir uns eine Pause gönnen.

Wir beschließen, auch hier einen Spaziergang in dem vornehm angelegten Garten zu machen.

Die Wege, die durch die parkähnliche Anlage führen, sind mit zwei Meter hohen Hecken eingefasst, wodurch man schon fast das Gefühl hat, in einem Irrgarten spazieren zu gehen. Doch die kleinen offenen Plätze, die ständig vor den Spaziergängern auftauchen, lockern das Bild ein wenig auf. Die Angestellten haben Bänke aufgestellt und Kerzen angezündet.

Wir schlendern Arm in Arm zwischen den Reihen hindurch und genießen die Stille. Über uns schenkt uns der silberne Mond genug Licht, um ein Stolpern zu vermeiden.

Plötzlich räuspert sich neben uns jemand, aber ich entdecke niemanden, da die Hecke die Sicht versperrt.

»Ihr Lieben! Hatte ich euch nicht vor den Gefahren gewarnt, die hier in Florenz auf unsereins warten?«

Erschrocken versuche ich, zwischen dem Strauchwerk jemanden zu erkennen. Mein Mann wirkt leicht verwirrt, aber er fängt sich wie immer sehr schnell und antwortet: »Selbstverständlich, lieber Onkel, das hattet Ihr getan. Doch da wir uns noch nie begegnet sind, war ich unsicher, ob ich mich auf Euer Wort verlassen kann.«

Lächelnd und bewundernd sehe ich zu ihm auf, was er mit einem Nicken quittiert.

Ein rauchiges Lachen erklingt. »Ihr seid ein kluger Mensch, Richard Sage. Oder habt Ihr eventuell einen anderen Namen?«

Energisch schüttele ich den Kopf, damit er nicht auf die Idee kommt, dem Fremden unsere Identität preiszugeben. Richard hebt beruhigend die Hand, bevor er fortfährt. »Das tut kaum etwas zur Sache. Da Ihr Euch uns nicht zeigt, scheint es mir eher, Ihr habt Bedeutsames uns gegenüber zu verbergen.«

»Wie wahr, wie wahr, aber ich gedenke, dies zu ändern. Wartet bei der nächsten lichten Stelle auf mich.«

Erstaunt reicht Richard mir seine warme, starke Hand, und gemeinsam laufen wir, so schnell es das bauschige Kleid erlaubt, den Weg weiter. Und tatsächlich: Dort steht ein vornehm gekleideter Herr mit gepuderter Perücke. Er muss schon ein wenig älter sein, was man aber durch den Haarschmuck nicht richtig einschätzen kann.

»Willkommen in Florenz. Die Vergangenheit trifft auf die Zukunft.« Er vollführt eine elegante Verbeugung. Grüne, wissende Augen sehen mich an, als er sich aufrichtet. In diesem Augenblick bin ich mir sicher, dass es sich um einen Vorfahren von uns handeln muss, da sie Richards so sehr gleichen.

Schweigend mustern sich die Männer, die nicht nur die Augen gemeinsam haben, nein, auch Statur, Haltung und Selbstbewusstsein zeichnen sie als miteinander verwandt aus. Es ist faszinierend, die zwei nebeneinanderstehen zu sehen und um die Geheimnisse der Familie zu wissen.

Ein interessierter Ausdruck spiegelt sich im Gesicht des Fremden, als er zwischen uns beiden hin und her schaut. »Sagt, seid Ihr gemeinsame Reisende?«

Wieder diese geschickt ausweichende Wortwahl, aber bestimmt ist es besser so. Wer weiß, wo hier noch versteckte Ohren auf der Lauer liegen.

»Wir kommen aus Berlin. Woher wisst Ihr von uns?« Richards Haltung ist, gelinde gesagt, feindselig, während der Herr vor mir sein Schmunzeln nicht lassen kann.

»Ich habe so allerlei Informanten in Florenz. Ein Vögelchen hat mir zugetragen, dass bei den von Lübbens ein junger Mann zu Gast sein soll, der verblüffende Ähnlichkeit mit mir hat. Die grünen Augen wurden im Besonderen erwähnt.« Er schaut Richard nun sehr ernst in die besagten Augen, dann wendet er den Kopf zu mir. »Des Weiteren hat mir der kleine Piepmatz zugeflüstert, es gäbe da noch eine Ehefrau, die mit ihren Händen sehr geschickt Kranke behandelt. Das hat mich ein wenig aufhorchen lassen.«

Also hat uns doch jemand beobachtet, und es war kein zufälliges Geräusch gewesen, das wir im Garten gehört hatten. Mir wird leicht übel, wenn ich an die Folgen denke, die dieses Zwischenspiel haben könnte. »Und wie es der Zufall so will, sind wir uns nun auf diesem Fest hier persönlich begegnet. Vielleicht sollte ich Euch als Euer Onkel morgen zu mir zu Gast bitten, damit wir uns ungestört unterhalten können. Eine offizielle Einladung werde ich Euch am kommenden Vormittag zukommen lassen. Einen schönen Abend noch.« Ein Nicken, und er geht zurück zum Festsaal.

Wir stehen beide wie versteinert inmitten der künstlich angelegten Gartenpracht und sehen uns lange an, bevor Richard mir seinen Arm anbietet und wir ebenfalls zurückschlendern, schweigend und jeder in seine eigenen Gedanken vertieft, die sich mit Sicherheit denselben Inhalt teilen.

* * *

Am nächsten Morgen erreicht uns die Einladung, wie versprochen. Wieder übergibt der stumme Diener auf einem glänzenden Silbertablett das Kuvert, doch diesmal reicht mir Richard den Briefbogen, nachdem er die Zeilen überflogen hat.

»Alfons?« Der Angesprochene hebt den Kopf, und als Richard sich seiner Aufmerksamkeit sicher ist, fährt er fort. »Ein entfernter Verwandter hat Marie und mich heute Nachmittag eingeladen, also wundere dich nicht, sollten wir außer Haus sein, wenn du von deiner Unterredung mit den Professoren des Rechts zurückkehrst.«

Mehr bekomme ich von der Unterhaltung der beiden nicht mit, denn meine ganzen Sinne richten sich auf das Papier in meinen Händen.

Und wieder beginnt der Mann mit denselben Worten wie in dem ersten Schreiben an uns:

Ihr Lieben,
wie versprochen sende ich euch hiermit eine offizielle Einladung. Ich bitte euch, gegen drei Uhr bei mir zu sein.
Euer Onkel Onorio Teseo

Darunter noch die Adresse, die unweit von Alfons Haus ist, mehr nicht. Was sollte sonst darin stehen, frage ich mein neugieriges Selbst.

Als ich die Hand sinken lasse, ist es still im Zimmer.

»Onorio Teseo ist dein Onkel? Die Welt ist klein, Richard. Doch nun, da ich dies weiß, erkenne ich natürlich auch die physische Ähnlichkeit, die euch beide verbindet.«

Richard lächelt kurz den uns mittlerweile lieb gewordenen Freund an. »Ja, die grünen Augen verraten die Zugehörigkeit zu unserer Familie meistens. Jedoch habe ich Onkel Onorio ehrlich gesagt das erste Mal bei dem Ball am gestrigen Abend gesehen. Gehört hatte ich schon von ihm, aber er ist mir bisher nie begegnet.«

Ich beobachte Alfons Reaktion genau, er lacht auf. »Ja, das gibt es immer wieder. Die Verwandten ziehen weit fort, und die Kinder der Daheimgebliebenen lernen sie nie kennen. Onorio ist ein freundlicher Mann. Er handelt in Florenz und ganz Europa mit Stoffen, falls ihr das noch nicht wisst.«

Ich horche auf. War da ein merkwürdiger Unterton in seiner Stimme? Schnell wende ich ein: »Natürlich, lieber Alfons, das wussten wir. Jedoch nicht, dass er in dieser Stadt hier lebt. Wir dachten, er hätte lediglich eine Niederlassung seines Unternehmens in Florenz.«

Doch als er mir sein Gesicht zuwendet, erkenne ich sofort, dass dort kein Argwohn uns gegenüber zu sehen ist. Es ist offen, freundlich, wie immer. »Aha, gut. Na, dann wünsche ich euch beiden einen angenehmen Nachmittag im Schoße der Familie.«

Er kann sich kaum vorstellen, wie inständig ich hoffe, dass es ein angenehmer Nachmittag wird und nicht in einem Fiasko endet.

* * *

Ein steif und streng aussehender Diener öffnet uns die Tür zu einem Empfangssaal und gibt uns den Blick in ein sehr weiblich eingerichtetes Zimmer frei. Helle Stoffe, Blumen und Bilder zieren den rechteckigen Raum.

In einem Kamin, der mit weißem Marmor eingefasst ist, lodert trotz der sommerlichen Außentemperaturen ein kleines Feuer.

Eine junge Frau sitzt an einem Tisch, der vor einem bis zur Decke reichenden Fenster steht. Sie ist kaum dem Kindesalter entwachsen und von solch zerbrechlicher Schönheit, dass sie fast unwirklich erscheint. Ihr schwarzes Haar ist zu einem lockeren Knoten gesteckt, und das dunkelblaue Kleid unterstreicht die Blässe ihrer Haut, doch am faszinierendsten sind ihre grünen Augen, die uns freundlich anschauen.

Vornehm erhebt sie sich und wirkt dabei so fein und zartgliedrig, dass ich den Impuls unterdrücken muss, zu ihr zu eilen, um sie zu stützen.

»Es ist mir eine große Freude, euch beide hier begrüßen zu können. Ich bin Ilaria Teseo, die Tochter von Onorio.« Sie reicht uns eine zarte, feingliedrige Hand, die Richard ergreift. Seinen dezent gehauchten Kuss entlohnt sie ihm mit einem unschuldigen Lächeln. Ein leichter Hauch von Zimt geht von ihr aus, der mir unmittelbar ein geborgenes Gefühl verleiht.

Ich deute einen kleinen Knicks an, woraufhin sie meine Schultern nimmt und mich an sich zieht. Die unbeschreibliche Wärme und Geborgenheit, die diese Umarmung verursacht, lässt mich klar erkennen, dass sie eine Trägerin der Gabe ist. Bisher war ich davon ausgegangen, Onorio sei derjenige. Oder vielleicht besitzen auch beide das Geschenk unserer Familie.

Ich sehe ihr fest in die Augen und tue es ihr gleich, woraufhin sie aufjauchzt und mich nochmals, diesmal stürmischer, in die Arme nimmt.

»Setzt euch, ihr zwei, Vater kommt sofort.« Ihre Hand zeigt huldvoll auf die freien Sitzmöbel.

Wir tun, wie uns geheißen, und nehmen Platz.

Ilaria hat das gewisse Etwas, diese ruhige, feminine Ausstrahlung. So stelle ich mir eine Elfenfrau oder eine Elbin vor. Ich bin hin- und hergerissen zwischen Neid und Bewunderung, aber mein Verstand siegt, und ich entscheide mich für Letzteres.

Kurz darauf betritt Onorio den Raum, den ich ohne die weiße Perücke kaum erkannt hätte, da nun seine natürliche Haarfarbe – schwarz – zum Vorschein kommt, was ihn viel jünger aussehen lässt.

Er wirkt entspannt, und seine dunklen Augen leuchten auf. Im gleichen Augenblick wird mir klar, dass es pure Neugier ist, die diesen Glanz verursacht.

»Ihr müsst wissen, dass ich unheimlich froh bin, euch zu treffen.« Er schaut hin und her, ist sich der zu wählenden Worte nicht mehr ganz sicher. »Doch ihr solltet vorsichtiger sein.«

»Was mein Vater sagen möchte, ist, dass wir hier auf sehr dünnem Eis leben. Die Kirche sucht ständig nach Leuten, die abscheuliche Hexenkünste betreiben.« Ilarias Stimme trieft regelrecht vor Sarkasmus. »Das Volk erfreut sich an Hexenprozessen und geifert mit, solange sie nicht selbst in den Fokus der christlichen Brüder rücken. Dieser Meute muss man immer wieder einmal Futter geben. Ich will ihnen nicht zum Fraß vorgeworfen werden. Verworren ausgedrückt, aber ihr wisst mit Sicherheit, was ich meine.«

Wir nicken beide. Selbstverständlich wissen wir, was sie meint. Wir sind uns der Bedrohung auch bewusst, schließlich haben wir am eigenen Leib erfahren, wie schnell so etwas passieren kann und wie gefährlich es dann wird.

Richard schaut Onorio ernst an. »Es ist nie unsere Absicht gewesen, euch irgendeinem Risiko auszusetzen. Doch eine Bitte habe ich an euch. Sagt mir, wer ist euer Informant. Woher wisst ihr von uns?«

Unser Verwandter lacht spöttisch auf. »Den Namen von dem kleinen Piepmatz werde ich nicht bekannt geben, das ist selbstverständlich Ehrensache. In Florenz lebt und stirbt man durch solch unbezahlbare Kontakte.«

Ein betretenes Schweigen hat den Raum erfüllt, als ein Luftzug die Vorhänge aufbauscht und mir eine Gänsehaut verursacht.

Ich gebe meine Zurückhaltung auf. »Entschuldigt bitte, ich bin kein sonderlich diplomatischer Mensch. Meiner Meinung nach verschwenden die meisten viel zu viel Zeit, während sie um den heißen Brei herumreden.«

Drei interessierte grüne Augenpaare haben ihre volle Aufmerksamkeit auf mich gerichtet und treiben mir die Hitze in die Wangen. Ich hasse es, im Mittelpunkt zu stehen. Ein Grund mehr, die beobachtende Person zu sein.

»Wer ist hinter euch und damit auch hinter uns her? Habt ihr Namen? Warum ist das so? Seid ihr irgendwie aufgefallen?«

»Welche deiner Fragen möchtest du zuerst beantwortet bekommen?« Ich zucke unwillig mit den Schultern, was Ilaria nur ein Schmunzeln entlockt. »Wie du dir denken kannst, sind es die Leute der Kirche, allen voran Pater Benedikt, ein alternder Geistlicher, der dem Papst in Rom gern positiv auffallen möchte. Der größte Dorn in seinen Augen bin ich. Stellt euch vor, ein Weib, das nicht nur selbstständig denkt, nein, sie sagt auch geradeheraus, was sich so alles in ihrem kleinen Gehirn abspielt. Du merkst, liebe Marie, wir sind uns sehr ähnlich.«

Nun bin ich trotzdem ein wenig verwirrt. »Aber deshalb kann er dich doch nicht der Hexerei beschuldigen.«

Schuldbewusst folgt ein Kopfschütteln ihrerseits. »Nein, es ist nicht das Einzige. Vor ein paar Wochen gab es einen Zwischenfall auf dem Markt. Einer der Verkäufer schlug völlig von Sinnen auf ein kleines Mädchen ein, das vor lauter Hunger an seinem Stand etwas zu essen gestohlen hatte. Ich bin eine Weltverbessererin, ich gebe es zu, und als solche ging ich zu ihm hin und hielt die Hand fest, mit der er, unter Zuhilfenahme eines Stockes, den Rücken des kleinen Wesens auf Dauer schädigen wollte. Ich sah es in seinen Augen, er wollte das Kind zum Krüppel schlagen. Da er aber über unglaubliche Kräfte verfügte und sich auch nicht beruhigen ließ, blieb mir keine andere Wahl, als ein wenig von der nicht so guten Gabe bei ihm anzuwenden. Leider war es für ihn zu viel, und er sackte bewusstlos zusammen.«

Meinem Mund entfährt ein: »Oh!«

»Ich versuchte, es als Schwächeanfall darzustellen, immerhin hatte er sich selbst so in Rage gebracht, dass es nichts Außergewöhnliches gewesen wäre. Trotzdem gab es Gerede. Pater Benedikt kam zu mir nach Hause, und ich spielte die Ahnungslose, doch ich glaube nicht, dass er die Situation auf sich beruhen lässt.«

Onorio erhebt sich ruhelos und wendet sich an uns. »Wir sind ein wenig verzweifelt. Und dann hörte ich plötzlich von der wundersamen Heilung deines Fußes, Richard. Gleichzeitig redet halb Florenz von der frappierenden Ähnlichkeit zwischen uns beiden. Das wäre der große Fang, den der kleine Geistliche bräuchte, um in die Nähe des Papstes befördert zu werden. Eine ganze Familie voller Hexer.«

Ein leichtes Zittern durchläuft meinen Körper, hinterlässt eine Gänsehaut, die mir dermaßen die Haare zu Berge stehen lässt, dass es schmerzt.

»Vielleicht sollten wir erklären, warum wir hier sind und euch von unserem eigenen Zwischenfall mit der Kirche berichten.« Richard wartet, bis sich der geschockte Onorio gesetzt hat, und erzählt dann von unserer ungewollten Ankunft in dieser Zeit, von Dornbirn, dem Hund, dem Prozess und letztendlich auch von unserer Flucht.

Die Gesichter der beiden wirken, gelinde gesagt, erschrocken. »Das Beste wäre, ihr würdet Florenz so schnell wie möglich verlassen. Für Ilaria plane ich bereits für den morgigen Tag eine Reise zu entfernt lebenden Bekannten. Wenn ihr wollt, könnt ihr euch anschließen.« Nervös fährt er sich durch die Haare, die nun wild in alle Richtungen abstehen.

»Das geht nicht.« Mein Mann macht eine kurze Pause, bevor er fortfährt. »Wir suchen einen der besonderen Bäume, den wir nutzen können. Mit welchem hast du dich verbunden? Wer hat dir alles beigebracht, Ilaria?«, will Richard von ihr wissen.

Sie sieht Onorio fragend an, und als dieser zwar zerknirscht, aber zustimmend nickt, erzählt sie es uns. »Mein Vater ist ebenfalls einer, der die Gabe innehat. Der Baum, der sie mir geschenkt hat, denn als solches sehe ich sie, als Geschenk, jedenfalls steht er auf unserem Landsitz. Der liegt ungefähr eine zweistündige Kutschfahrt von hier entfernt. Ich werde euch so schnell wie möglich hinführen. Was haltet ihr von morgen, ganz früh? Dann kann ich danach zu der geplanten Reise aufbrechen.«

Wir können unser Glück kaum fassen, vereinbaren alles für den morgigen Tag und fahren zurück zur Villa der von Lübbens.

* * *

Wir packen eine Tasche. Da eine Rückkehr von dem Landsitz der Teseos nicht auf unserem Plan steht, nehmen jedoch nur das Nötigste mit. Es ist noch dunkel, und wir hoffen, dass dem Personal nicht auffallen wird, wenn wir in aller Herrgottsfrühe das Haus verlassen.

Für Alfons habe ich einen Brief geschrieben, in dem wir uns von ihm verabschieden, ihm für seine Freundschaft danken und um Verzeihung bitten, dass wir nicht selbst von unserer Abreise berichtet haben. Mehr nicht, denn wer weiß, wem das Schreiben in die Hände fällt. Dennoch nagt das schlechte Gewissen an mir.

Onorios Kutsche wartet bereits vor dem Haus auf uns, als wir in die morgendliche Kühle hinaustreten. Ein feuchter Frühnebel hängt noch in der Luft, doch die Sonne verbreitet schon ihr helles Licht, das einen wunderschönen und sonnigen Tag verspricht.

Richard hilft mir beim Einsteigen, setzt sich neben mich und verschränkt seine Finger mit den meinen. Die Berührung der warmen Haut schenkt mir Geborgenheit. Bisher habe ich mir kaum gestattet, Hoffnung zu empfinden, aber nun ergreift sie Besitz von meinem Herzen, und mein Magen schlägt Purzelbäume.

»Entspann dich ein wenig. Die Fahrt dauert eine Weile.« Richards Lächeln wirkt genauso hoffnungsvoll, wie ich mich fühle. »Ilaria und Onorio warten beim Landsitz auf uns.«

»Woher sollen wir wissen, ob die Eiche uns in die richtige Zeit bringt? Ist es nicht viel eher wahrscheinlich, dass wir wieder herumirren werden?« Diese Diskussion haben wir die halbe Nacht geführt, wodurch wir kaum zum Schlafen gekommen sind. Trotzdem kann ich es nicht lassen.

»Das können wir nicht wissen, doch wir dürfen die Hoffnung nicht aufgeben. Bisher haben wir uns nur durch unseren Baum bewegt. Das war eine Konstante, wir wussten immer, in welche Zeit er uns bringt.« Er versucht, locker zu wirken, aber seine Hand, die meine noch hält, fühlt sich plötzlich kalt und klamm an.

Neugierig frage ich ihn: »Hast du nie probiert, das Zeichen andersherum anzuwenden, als du in meiner Zeit warst? Vielleicht wärst du auch weiter vorwärts in der Zeit gereist.«

Das schelmische Schmunzeln ist mir eigentlich Antwort genug, doch er erklärt mir trotzdem, was er damals gemacht hat.

»Nein, selbstverständlich nicht. Kaum war ich mal allein am Baum der Bäume, musste ich diesem Versuch widerstehen. Und … ich war standhaft. Großmutter hatte mich ausführlich auf die Gefahren aufmerksam gemacht und dass ich nie versuchen sollte, dies zu tun. Daran habe ich mich stets gehalten, auch wenn es mir schwerfiel.«

Sein Zeigefinger drückt mein Kinn herauf, das scheinbar vor Verblüffung heruntergefallen war.

Das kann doch nicht wahr sein, er hat tatsächlich widerstanden!

Sein Daumen streicht noch einmal über meine Finger, dann lässt er los.

»Ich sehe ein ganz anderes Problem«, sagt er.

Fragend schaue ich ihn an. »Und das wäre?«

»Mit unserem Baum sind wir exakt 170 Jahre vor und zurückgereist. Mit dem anderen Baum waren es 194 Jahre. Was ist, wenn jeder dieser Bäume eine abweichende Zeitschiene hat, auf der der Zug der Zeit fährt? Wir wissen definitiv nicht, wann wir ankommen, doch wir werden es schaffen, gemeinsam. Wir müssen unbedingt die Onorios fragen, wie viele Jahre sie in die Vergangenheit gereist sind. Ich liebe dich, Blümchen.« Langsam führt er meine Hand an seinen Mund und gibt mir wieder einmal das Gefühl, wirklich geliebt zu werden.

* * *

Die Pferde stoppen so abrupt, dass ich aus meinem Sitz katapultiert werde und mir den Kopf an der gegenüberliegenden Wand anschlage.

»Hey, was soll das?«, ruft Richard dem Kutscher ungehalten zu.

»Überfall!«

Wir sehen uns erschrocken an, als uns klar wird, was dieses eine Wort bedeutet. Die Hoffnung, die eben noch in mir aufkeimte wie ein zartes Pflänzchen, wird nun von den lauten Stimmen, die ich außerhalb der Kutsche höre, niedergetrampelt.

Richard nimmt mein Gesicht zwischen seine Hände und schaut mich durchdringend an. »Bitte, Marie, bleib hier, ich werde nachsehen, was dort draußen passiert. Versprich mir, dass du keine Dummheiten machst?«

Zaghaft nicke ich, doch die Sorge um ihn frisst sich tief in mein Innerstes hinein. Was, wenn ihm etwas zustößt, jemand ihm etwas antut, wir erneut getrennt werden?

Entschlossen tritt Richard aus der Kutsche. Ich versuche zu verstehen, was er zu den Angreifern sagt, kann aber lediglich seine Stimme hören. Die Worte verschluckt die Außenverkleidung.

Plötzlich ist es still, zu still. Kurz flackert der Gedanke an das Versprechen auf, das ich gerade eben noch meinem Mann gegeben habe, doch so schnell er gekommen ist, verflüchtigt er sich auch wieder.

Ich horche ein weiteres Mal angestrengt, aber außer einem leisen Gemurmel kann ich nichts hören. Irgendetwas stimmt ganz entschieden nicht. Diese Erkenntnis trifft mich hart und ungebremst, und ohne weiter darüber nachzudenken, welche Konsequenzen mein Handeln haben könnte, öffne ich die Kutsche. Ich stoße die Tür auf und warte ab. Nichts geschieht.

Vorsichtig strecke ich den Kopf aus der Öffnung.

Wo ist Richard? Von meinem Platz aus kann ich niemanden sehen.

Ein Sprung, und ich lande auf dem staubigen Boden. Schnell presse ich den Rücken an die Kutsche und schleiche in Richtung Kutschbock nach vorne. Die vier Pferde tänzeln unruhig hin und her, verleihen mit dem Schnauben ihrer Ungeduld den nötigen Nachdruck. Dann sehe ich den Kutscher. Mit durchschnittener Kehle liegt er da, schaut mich mit glasigen Augen an, während das Blut aus ihm herausläuft. Die aufsteigende Übelkeit, die mich überfällt, kann ich nur schwer überwinden.

»Kein schöner Anblick für eine Dame.« Beim Klang der etwas heiseren Stimme läuft es mir eiskalt über den Rücken. Ich atme tief ein, wappne mein Selbst gegen das, was nun kommt, und drehe mich um.

»Nein, da haben Sie recht.« Ich halte dem kalten Blick des Mannes stand, was ihm ein bewunderndes Schnauben entlockt. Wäre es nicht eine solch furchtbare Situation, könnte ich mich von der Schönheit dieses Mannes blenden lassen. Ein blonder Hüne mit stechend blauen Augen. Sein charmantes, jugendliches Lächeln prallt an mir ab.

»Signora Sage. Da Sie so schnell abreisen wollten, ließen Sie meinem Auftraggeber keine andere Wahl, als Sie aufzuhalten.

Ich entschuldige mich für die Unannehmlichkeiten, denen Sie ausgesetzt sind.«

Das Grinsen lässt in mir einen Hass wachsen, den ich kaum zu kontrollieren vermag. Dieser arrogante Kerl spielt hier die Rolle des charmanten Schurken. Zu seinem Pech verpufft sein Charme, bevor er bei mir ankommt. Allein die Erinnerung an den toten Kutscher zu meinen Füßen hilft mir dabei.

»Wo ist mein Mann? Und was wollen Sie von uns?« Energisch recke ich das Kinn vor.

Seine Hand hebt sich, was mich offenbar beruhigen soll, doch das könnte in diesem Moment nur der Anblick des gesunden Richards.

»Ich habe ausschließlich die Aufgabe, Sie zu einem bestimmten Ort zu bringen. Ihren Mann haben wir an einen Baum gefesselt. Seine Verwandten, die Teseos, werden ihn dort spätestens heute Nachmittag finden. Um ihn brauchen Sie sich keine Sorge zu machen, wir werden ihm kein Haar krümmen. Er wird lediglich eine Beule zurückbehalten.«

Ich hoffe, dass ich mich auf sein Wort verlassen kann, aber warum sollten sie Richard nicht dasselbe angetan haben wie dem Kutscher?

Auf ein Zeichen umfassen mich plötzlich von hinten ein Paar starke Arme, und ein zweiter wickelt mir ein Seil um die Handgelenke. Ich wehre mich, habe aber keine Chance. Sie werfen mich zu irgendwem auf ein Pferd, und derjenige tätschelt meinen Hintern.

»Finger weg, sie wird nicht angefasst, das war eine klare Anweisung.« Die Stimme des Anführers ist scharf wie eine Rasierklinge, woraufhin sich der Angesprochene augenblicklich aufrecht hinsetzt und die Hände an die Zügel legt. Für einen so jungen Mann hat er eine enorme Macht über seine Männer.

Ich verrenke mir den Hals, um einen letzten Blick in Richtung der Bäume werfen zu können, aber außer ein wenig Grün kann ich nichts erkennen. In meinem Kopf hat nur noch ein Wort Platz: Richard. Doch meine Kehle ist so staubtrocken, die Zunge klebt am Gaumen fest, und sein Name kommt nicht über meine Lippen.

Was wollen die von mir?

Mir werden die Augen verbunden, und dann reiten wir los zu einem ungewissen Ziel, ohne dass ich Richard noch einmal irgendwo sehen konnte.

KAPITEL 18

Juli 1608

Der starke Geruch nach Pferd, altem Leder und dreckigem Staub, in Verbindung mit dem fortwährenden Auf und Ab des Tiers, verursacht mir enorme Übelkeit.

Wenn ich die Augen schließe, schleichen sich immer wieder die Bilder des toten Kutschers in meine Erinnerung, was meinen Magen nur noch mehr rebellieren lässt.

Die Männer reiten in einem zügigen Tempo, wodurch die Entfernung zu Richard größer und größer wird.

Als ich den Würgereiz kaum noch unterdrücken kann, halten wir plötzlich, und jemand hebt mich vom Pferd, während der Rest der Kerle weiterreitet.

Panisch schnellt mein Kopf hin und her, um anhand der Geräusche zu erfahren, wo wir uns aufhalten und wer alles in der Nähe steht. Trotz enormer Anstrengung höre ich nichts. Durch die fehlende Orientierung wird mir schwindelig, und ich kann mich nicht mehr auf den Füßen halten. Kurz bevor mein Körper den Boden berührt, greifen zwei kräftige Arme nach mir.

»Was wollen Sie? Wo bin ich?« Doch niemand antwortet mir. Der Mann – ich bin mir ziemlich sicher, dass es ein Mann ist – drückt mich auf die Erde, damit ich mich setze.

So verharre ich. Die Sonne, die mittlerweile hoch am Himmel steht, brennt mir auf der Kopfhaut, da ich keinen Hut aufhabe.

Ich bin durstig, und die Sorge und Sehnsucht nach Richard bringen mich fast um den Verstand. So sehr ich mich anstrenge, ich kann die Fesseln nicht lösen. Meine Handgelenke schmerzen, da ich versucht habe, mich des Seiles zu entledigen, aber ohne Erfolg. Eine warme Flüssigkeit rinnt an meiner Hand entlang: ich blute.

Der Kopf sackt mir erschöpft nach vorne, und mein Oberkörper kippt zur Seite. Es ist mir egal, der beißende Durst, der Hunger und die bleierne Müdigkeit haben ihren Teil dazu beigetragen. Mein Körper gibt sich geschlagen. Sanft hüllt mich der Schlaf ein.

* * *

Lautes Gebrüll weckt mich auf.

»Was fällt dir ein. Heb' sie hoch und trage sie zur Kutsche. Wir bekommen unseren Lohn nur, wenn wir sie heil abliefern. Du Trottel lässt sie hier in der Sonne schmoren.«

Jemand packt mich unsanft und setzt mich dann auf einer Sitzgelegenheit wieder ab. Die Fesseln und die Augenbinde werde ich nicht los.

Die Kutsche, in der ich mich befinde, setzt sich in Bewegung. Ich kann nichts sehen, und es ist mir unmöglich, mit Sicherheit zu sagen, ob dieses Gefährt mir exklusiv vorbehalten ist. Vielleicht beobachtet mich auch jemand. Vorsichtig strecke ich den Fuß aus, um damit zu ertasten, ob es einen weiteren Fahrgast gibt. Ich bin allein. Ein wenig entspannter lehne ich mich an die Rückenlehne.

Es fällt mir schwer einzuschätzen, wie viel Zeit seit dem Überfall vergangen ist, doch mein Magen knurrt, als läge die letzte Mahlzeit Wochen zurück. Dazu kommt ein Durst, wie ich ihn noch nie empfunden habe, und ich kann kaum an etwas anderes denken. In meinem Mund fühlt sich meine Zunge wie Schmirgelpapier an, und das Schlucken gelingt mir nicht.

Wer weiß, wie lange ich dort in der Sonne gelegen habe.

Nach einer endlosen Fahrt hält die Kutsche, und ich werde grob gepackt und herausgerissen, sodass ich mich nicht auf den Beinen halten kann, in den Staub falle und anfange zu husten.

»Du nichtsnutziger Trottel, tritt zur Seite.«

Im nächsten Augenblick stehe ich schon wieder auf den Füßen, gestützt von ein paar kräftigen Armen, und werde sanft vorwärts geschoben.

»Vorsicht Stufe«, raunt mir die etwas heisere Stimme des Anführers ins Ohr, was mich frösteln lässt.

Die kühle Luft eines Steingebäudes empfängt uns und verstärkt meine Gänsehaut.

»Setzen Sie sich. Es war interessant, Ihre Bekanntschaft gemacht zu haben. Unter anderen Umständen hätten Sie vielleicht dasselbe gedacht.« Der belustigte Unterton ist daran schuld, dass ich schnaube.

Die entfernenden Schritte machen deutlich, dass er wieder nach draußen geht. Leises Gemurmel ist von dort zu hören.

Und dann kommt jemand näher, die Augenbinde wird mir abgenommen, und ich sehe in ein Gesicht. Ungläubige Erkenntnis zieht sich durch meine Eingeweide.

»Giovanna?« Die Zofe hat tatsächlich die Frechheit, mich anzulächeln. »Was soll das Ganze? Warum wurde ich entführt?«

»Ach, Marie, ich darf Sie doch Marie nennen? Egal, ich tue es einfach. Sie sind unser Gast, weil wir Sie brauchen. Mehr erfahren Sie nachher. Ich werde Ihnen jetzt die Fesseln abnehmen. Bitte wenden Sie nicht Ihre Gabe bei mir an. Sparen Sie sich diese Kräfte, denn vor dem Haus stehen ein Dutzend Männer, die alle darauf achten, dass Sie nicht flüchten. Verstanden?«

Ich nicke, und sie fährt fort.

»In der Kammer dort drüben befindet sich eine Waschschüssel, und es liegen saubere Kleider bereit. Sobald Sie sich frisch gemacht haben, werden Sie weitere Informationen erhalten.«

Sie nimmt mir die Fesseln ab. Als das Blut zurück in meine Finger fließt und meine Hände dadurch wiederbelebt werden, kommen auch die vergessenen Schmerzen zurück. Der Anblick meiner Handgelenke lässt mich erschauern, rohes Fleisch und jede Menge getrocknetes Blut sind zu sehen.

Ich hebe den Kopf und schaue mich um. Das Haus ist nicht sehr groß und, wie ich vermutet hatte, aus Stein gebaut. Die Wände sind dunkel und zeugen vom jahrelangen Heizen mit offenem Feuer. Das ganze Zimmer wirkt düster und trist.

»Na, los. Sie schaffen das auch allein.« Giovanna zeigt in die Richtung der besagten Kammer, und ich komme der Aufforderung nur zu gern nach. Dort angekommen, schließe ich erschöpft die Tür und lehne mich von innen dagegen.

Mein Gehirn arbeitet auf Hochtouren.

Wenn diese Leute nur von mir etwas wollen, nicht von Richard, kann ich davon ausgehen, dass einer von ihnen die Heilung in Alfons' Garten beobachtet hat oder beobachten ließ. Wahrscheinlich singt Onorios Piepmatz auch für andere gut zahlende Kunden. Giovanna hatte dann die Stelle der Zofe angenommen, um mich weiterhin beobachten zu können. Heute Morgen hatte sie mitbekommen, dass wir das Haus verließen. Daraufhin informierte sie ihre Komplizen, damit die mich einfangen konnten, bevor ich über alle Berge bin. Aber was wollen sie von mir?

Als mein Auge den Krug erblickt, stürze ich mich auf ihn und setze ihn an den Mund. Langsam läuft mir das kühle Nass die Kehle hinunter. Ich wusste nicht, wie gut Wasser schmecken kann.

Bevor ich mich wasche, entledige ich mich des Kleides und versuche, so gut es geht, den Staub und Schmutz der letzten Stunden herunterzuschrubben. Danach ziehe ich das Kleidungsstück an, das Giovanna für mich bereitgelegt hat. Es ist eines der Stücke, die die Schneiderin für mich genäht hat. Ein Kleid für alle Tage, wie sie sich so schön ausgedrückt hat. Offenbar hat Giovanna es hierher gebracht. Die hellblaue Seide fühlt sich kühl und angenehm auf der Haut an.

Die Haare versuche ich, so gut es geht, mit den Fingern zu durchkämmen und binde mir dann etwas notdürftig einen Zopf.

Muss ich nun warten, bis mich jemand abholt? Einfach hinausgehen? Oder soll ich anklopfen, sozusagen herausklopfen? Ich entscheide mich für das Letztere.

Fast im gleichen Moment, als meine Hand zum zweiten Mal das Holz berührt, öffnet sich die Tür, und Giovanna steht, streng an mir herabblickend, vor mir.

»Da Sie heute Morgen nichts gefrühstückt haben, werde ich erst einmal etwas zu essen machen, damit Sie genug Kraft haben für die Aufgabe und Ehre, die Ihnen zuteilwird. Setzen Sie sich.«

Sie gießt mir einen Becher Wasser ein und gibt mir ein warmes Gebäck, das ich mit einem enormen Heißhunger vertilge.

Ich bin gerade dabei, den letzten Rest zu kauen, als ich draußen erneut Pferde höre. Mein Magen zieht sich ängstlich zusammen.

»Ah, Marie, da kommt er ja. Er wird Ihnen alles Weitere erzählen.« Sie lächelt freudig der geöffneten Tür entgegen. Energische Schritte nähern sich, und dann verdunkelt derjenige den Eingang. Da er die Sonne im Rücken hat, ist es mir unmöglich, ihn zu erkennen, doch als er den Abstand zu mir verkürzt, reiße ich erschrocken die Augen auf. Das kann nicht wahr sein!

Der Mann kommt zu mir und drückt mir einen feuchten Kuss auf den Handrücken, ganz wie bei unserem ersten Treffen. Bernardi.

Ja, das passt. Er ist so mächtig, dass seine Leute wahrscheinlich überall zu finden sind. Ich kann mir sogar vorstellen, dass halb Florenz für ihn die Augen und auch die Ohren offen hält. Und danach die Hand.

»Signore Bernardi?« Ich bin selbst erstaunt, welche Härte meine Stimme angenommen hat.

Er antwortet mir lediglich mit einem Nicken und dreht sich dann zu Giovanna, die ihn in den Arm nimmt und ihm einen Kuss auf jede Wange gibt. Mein Mund bleibt offen stehen, so erschüttert bin ich über das eben Gesehene.

»Ich kann gut nachvollziehen, dass Sie etwas verwirrt sind.«

Mein Blick ruht abwartend und hasserfüllt auf seinem Gesicht.

»Es steht mir nicht zu, Ihren Unmut zu verübeln, aber aufgrund der überstürzten Abreise ließen Sie mir keine andere Wahl, als Sie mit Gewalt zum Bleiben zu überreden.«

Entrüstet schnaube ich. »Überreden setze ich mit einer angenehmen Art der Unterhaltung gleich. Dies jedoch ist eine Entführung, und den Kutscher haben Ihre Männer kaltblütig ermordet.« Um mich selbst zu beruhigen und die Hände nicht nutzlos herabhängen zu lassen, verschränke ich abwehrend die Arme vor der Brust.

»Ich entschuldige mich dafür, Sie in solche Unannehmlichkeiten zu verwickeln. Vielleicht sollte ich Ihnen ein wenig von mir erzählen, damit Sie nachvollziehen können, welchen Gefallen Sie mir demnächst erweisen werden.«

»Nichts werde ich für Sie tun, rein gar nichts!« Ich spucke ihm die Worte schon fast vor die Füße, doch er schaut mich mit einem solch eiskalten Ausdruck im Gesicht an, dass mir die Haare zu Berge stehen.

»Das werden wir sehen. Nun, erst einmal möchte ich Ihnen meine Tochter Giovanna vorstellen, sie ist ein uneheliches Kind, das ich offiziell nicht anerkannt habe. Jedoch kann ich Ihnen versichern, sie ist mein Fleisch und Blut und wird auch dementsprechend von mir behandelt. Giovanna hat noch einen jüngeren Bruder, sein Name ist Carlo. Ihn will ich als den rechtmäßigen Erben einsetzen, da mir in meiner Ehe keine Nachkommen vergönnt waren. Er ist ein guter, intelligenter Junge, aber er ist seit Langem erkrankt. Es stand nicht in der Macht der besten Ärzte, ihm zu helfen.« Während er redet, geht er nachdenklich im Raum auf und ab. »All das Geld hilft mir in diesem Fall nicht. Im Laufe der Zeit wurde ich immer verzweifelter und sah mich nach Alternativen um. Möglichkeiten, welche die Kirche nicht gutheißen würde. Doch auch hier fand ich niemanden, der mir den Kummer abnehmen konnte. Überall habe ich verkünden lassen, dass ich ein Heilmittel suche. Dem, der es mir bringt, versprach ich ein Vermögen. Und plötzlich kam einer der Diener des Barons von Lübben zu mir und berichtete, Ihr, liebe Frau Sage, hättet heilende Hände. Ich schickte meine Tochter als Zofe zu Ihnen, lud Sie zu mir ein und versuchte, Ihr Freund zu werden, damit ich beim nächsten Treffen von meinem Sohn hätte erzählen können. Doch dann wollten Sie heute Morgen Florenz verlassen. Sie verstehen sicherlich, dass dies all meine Pläne durchkreuzte?« Ich versuche, nicht mal mit der Wimper zu zucken, als sein bohrender Blick auf mich fällt. »Ihr Mann hat sich so hingebungsvoll mit den Schriften des heiligen Brendan oder, wie Sie sagten, Bréanainn beschäftigt. Sie müssen wissen, das ist eine Geschichte, welche ich mit Inbrunst studiert habe. Als Sie, nachdem ich von der Heilung Ihres Mannes erfuhr, auch noch von den Familienbanden zu dem Mönch redeten, zog ich natürlich meine Schlüsse. Sie sind eine der Nachkommen. Sie besitzen die Gabe, die in einer der etwas jüngeren Schriften erwähnt wurde.« Sein Zeigefinger sticht in meine Richtung wie ein Messer. »Sie werden meinen Sohn heilen. Das ist Ihre Aufgabe.«

Kopfschüttelnd antworte ich: »Nichts werde ich für Sie tun, wie schon gesagt: nichts.«

Fassungslos bleibt er stehen und starrt mich an. Seine Stimme wird plötzlich so kalt, dass sie sich anhört, als würden tausend Eissplitter durch die Luft fliegen. »Sie werden ihn heilen.«

Ich lächle ihn ebenso kalt an. »Sie können mich zu nichts zwingen.«

Seine Augenbrauen schnellen in die Höhe. »Fordern Sie mich nicht heraus, dafür gibt es hier im Gebiet von Florenz zu viele Menschen, die Ihnen am Herzen liegen.«

Ja, da hat er recht. Peter, Alfons, unsere Vorfahren und nicht zuletzt Richard. Ich resigniere, was Bernardi sofort bemerkt.

Giovanna ergreift meinen Arm und schiebt mich in den hinteren Bereich des Raumes. Dort ist eine kleine Tür, die ich bisher nicht wahrgenommen habe. Eine Stiege führt nach oben.

Vor mir eröffnet sich ein großer, lichtdurchfluteter Raum. Am anderen Ende steht ein Bett, in dem ein magerer Junge liegt. Er ist vielleicht zehn Jahre alt und so bleich, dass man kaum einen Unterschied zwischen seiner Haut und dem weißen Bettlaken wahrnimmt. Schweißtropfen glitzern auf der fiebrigen Stirn, und sein unruhiger Atem geht schwer und angestrengt. Hinter seinen Lidern bewegen sich die Augen ruhelos hin und her.

Sanft streicht seine Schwester ihm das schweißnasse Haar aus dem Gesicht. »Das ist mein kleiner Bruder Carlo. Fühlen Sie sich wie zu Hause. Brauchen Sie etwas?« Giovanna bemüht sich, mir ein Gefühl der Sicherheit zu vermitteln, als wäre ich hier ein willkommener Gast bei einer Hausführung.

»Bitte, schauen Sie ihn sich an, vielleicht können Sie ihm ja wirklich helfen. Sie sind mir in den drei Wochen, in denen ich bei Ihnen war, stets als eine warmherzige Frau entgegengetreten, bitte.« Ihre Finger an meinem unteren Rücken schieben mich sanft in die Richtung des Bettes.

Da habe ich das Gefühl, als würde eine unsichtbare Hand an mir ziehen. Das ist die Gabe, als würde sie mich rufen, sobald jemand in Not ist.

Die Gabe, die mir im Blut liegt, von Generation zu Generation vererbt. Ob ich will oder nicht, es zieht mich magisch zu dem kleinen Jungen hin. Mein Körper dürstet danach zu heilen, auch wenn es seinen eigenen Verfall oder Tod zur Folge hat. Ich kann nicht anders.

Neben dem Bett kniend, ergreife ich die feuchte, kalte Hand des Kindes. Schlaff liegt sie in meiner.

»Haben die Ärzte gesagt, was ihm fehlt?«, will ich von Giovanna wissen.

Eifrig nickt sie, und bei jeder Bewegung glitzern in ihren Augen Tränen, die bereit sind, ihre Wangen herabzulaufen. »Ja, es ist ein Herzfehler. Bereits als Kleinkind war er nicht sehr ausdauernd. In den vergangenen Jahren und vor allem Monaten ist es immer schlimmer geworden.«

Ein Herzfehler? Vielleicht ein Loch im Herzen, das größer geworden ist?

Man sieht dem kleinen Körper an, wie schwer es ihm fällt, am Leben zu bleiben. Dennoch kämpft er, als könnte der junge Geist in ihm schon erahnen, was ihm entgehen würde.

Ich will ihm so gern helfen. Aber wenn nicht Richard oder einer der Teseos in meiner Nähe sind, werde ich an der Heilung zu Grunde gehen. Ich würde daran sterben.

Sie könnten Richard zu mir holen, doch welchen Preis müssten wir beide dann zahlen? Bernardi lässt uns wahrscheinlich nicht am Leben, selbst wenn ich erfolgreich wäre. Der Blick der eiskalten Augen ging mir durch und durch. Er geht über Leichen, um seinen guten Ruf zu schützen.

Giovanna tritt neben mich und fragt mit zittriger Stimme: »Können Sie ihm helfen?«

Die Hoffnung, die darin mitschwingt, die Bitte, die unausgesprochen bleibt, das sind die ausschlaggebenden Argumente für die Anwendung der Gabe.

Ich kann unmöglich mein Leben über das des Jungen stellen.

Ich schaue zu ihr hoch. »Ja, ich kann ihm helfen. Aber bevor ich das tue, möchte ich Ihnen ein Versprechen abnehmen.«

Eifrig nickend kniet sie sich neben mich. »Alles, was Sie wollen. Er ist ein so lieber Junge, ich würde alles für ihn tun.«

Da ich nun nichts mehr zu verlieren habe, streiche ich ihr sanft über den Unterarm. Ungläubig starrt sie auf meine Hand und dann in meine Augen. Offenbar hat sie selten Zärtlichkeiten erfahren. Bei diesem Vater nicht verwunderlich.

»Versuchen Sie, mich nach der Heilung ihres Bruders zu retten, damit Ihr Vater mich nicht umbringt. Sollte ich es überleben, wird es mir sehr schlecht gehen. Sorgen Sie dafür, dass ich zu meinem Mann komme.«

Ihre Pupillen weiten sich.

»Das ist das Mindeste, was ich für Sie tun kann. Ich verspreche es bei der Heiligen Jungfrau Maria und dem Jesuskind.« Rasch bekreuzigt sie sich, und ich nicke.

»Würden Sie mir noch erlauben, einen Brief an meinen Mann zu schreiben? Den müssen Sie ihm geben, wenn ich es nicht überlebe.«

Schnell erhebt sie sich und eilt nach unten, wo sie mir ein Stück Papier, eine Feder und ein Tintenfass besorgt. Hinter ihr erscheint Bernardi am oberen Treppenabsatz.

Kein Wort kommt ihm über die Lippen, doch sein Blick drückt Dankbarkeit aus, und mit einem stummen Nicken verspricht er mir das Gleiche wie seine Tochter.

Unter einem Fenster stehen ein Tisch und zwei Stühle. Hier setze ich mich hin und beginne mit dem Abschiedsbrief an Richard. Ein Teil des Geschriebenen verläuft, und kleine blaue Wolken zieren das Blatt, entstanden aus Tinte und Tränen.

KAPITEL 19

Juli 1608

Langsam und nachdenklich falte ich den einfachen Briefbogen zusammen und hoffe voller Inbrunst, dass er nicht abgeschickt werden muss. Mit zittrigen Händen stecke ich ihn in die Rocktasche. Namenlose Angst ergreift mich. Bin ich stark genug, das zu überleben?

Doch eines weiß ich mit Sicherheit: Sollte ich mich weigern, ist Bernardi dazu fähig, mir das Liebste zu nehmen, um seinen Willen durchzusetzen. Das kann ich unmöglich riskieren. Dafür liebe ich Richard zu sehr. Er ist stärker als ich, er wird im Notfall sein Leben auch ohne mich bestreiten können.

Mit unsicheren Schritten trete ich an das schmale Bett, setze mich zu dem Jungen und lege die Hände über sein kleines Herz. Es schlägt nur ganz zaghaft gegen meine Finger. Die Herzschläge sind weit entfernt davon, einen regelmäßigen Rhythmus zu haben.

Konzentriert versuche ich, die Energie in meine Hände zu leiten. Nichts. Irgendetwas stimmt nicht. Es ist, als hätte jemand einen Hebel umgelegt und die Gabe ausgeschaltet. Ich probiere es noch einmal. Wieder nichts. Ungläubig reiße ich die Augen auf und suche Giovannas Blick, die sofort an meine Seite eilt.

»Was ist?« Fragend schaut sie auf das blasse Gesicht ihres Bruders, in der Hoffnung dort bereits eine positive Veränderung zu sehen. Dann wandern ihre Augen ratlos zu mir zurück.

»Giovanna, ich kann ihn nicht heilen, meine Gabe ist weg. Ich weiß nicht, was das zu bedeuten hat. Das ist mir ein Rätsel.« Kraftlos sinken meine Hände herab und bleiben im Schoß liegen.

* * *

Die kleine Kammer ist erdrückend. Ich strecke mich auf dem Strohsack aus, und die alles verschlingende Dunkelheit reißt an meinen sowieso schon überstrapazierten Nerven.

Meine Wange pocht im Rhythmus meines Herzens, an den Stellen, die Bernardi mit seinen harten Schlägen getroffen hat.

Ich hatte ihm erklärt, dass mir das noch nie passiert ist, aber er dachte, es sei lediglich ein leidlicher Versuch, mich vor den Konsequenzen zu drücken. Das wollte er mir mit ein paar brutalen Hieben austreiben. Giovanna weinte still im Hintergrund, wagte jedoch nicht, sich einzumischen. Danach sperrte er mich ein und fuhr nach Hause, um ein weiteres Mal die Schriften zu studieren.

Die Schmerzen lassen mich nicht zur Ruhe kommen.

Richard.

Ich kann mir nur zu gut ausmalen, welche Sorgen er sich um mich macht. Vor nicht allzu langer Zeit ging es mir genauso, aber ich wusste stets, wo er war und wer unsere Feinde sind. Er wird durchweg im Dunkeln stehen. Nicht wissen, wo ich bin und wer dafür verantwortlich ist. Ich stelle es mir unerträglich vor, völlig ohne Anhaltspunkt zu sein. Er hat schon so viel durchgemacht, hoffentlich verkraftet er es.

Mit den Gedanken bei ihm schlafe ich dann doch noch ein.

* * *

Am nächsten Tag gegen Mittag kommt Bernardi zurück zu dem kleinen Häuschen im Nirgendwo. Die Sonne steht hoch am Himmel und blendet jeden, der es wagt, ihr Antlitz anblicken zu wollen.

Bernardi bringt jemanden mit. Neugierig schaue ich mir die alte Frau an, doch ich kann beim besten Willen nicht sagen, was sie hier macht, aber ich werde nicht lange im Unklaren gelassen.

Bernardi schaut mich ernst an. »Das ist eine Hebamme, sie wird das Problem aus der Welt schaffen.«

Ratlos und mit hochgezogenen Brauen frage ich: »Welches Problem?«

Ein triumphierendes Lächeln huscht über sein Gesicht, nur ganz kurz. So kurz, dass ich mir kaum sicher bin, ob ich es tatsächlich gesehen habe. »Gestern, als ich die Schriften vom Urenkel des heiligen Brendan studierte, wurde mir alles klar. Und zwar die, welche Ihr Mann auf meine Anweisung hin nicht zu sehen bekommen hat. Bis in die frühen Morgenstunden las ich sie, dann stieß ich auf einen Eintrag, der mir ihre Unzulänglichkeit erklärte.« Seine Augen starren mich kalt und siegessicher an. »Sie sind mit sehr großer Wahrscheinlichkeit schwanger.« Er macht eine kleine Pause, um sich meine Reaktion genau anzusehen, doch außer einem verblüfften Gesichtsausdruck bringe ich nichts zustande. »Schwangerschaft ist der einzige Grund, warum Frauen mit der Gabe diese plötzlich nicht mehr anwenden können. Die Hebamme ist hier, um einen Abgang herbeizuführen.«

Schwanger? Abgang?

In meinem Kopf drehen sich die beiden Wörter, die ich nicht in Einklang mit mir selbst zu bringen vermag.

Das kann nicht wahr sein. Schwanger. Aber das hätte ich doch merken müssen. Ja, meine Periode hatte ich das letzte

Mal, bevor wir Dornbirn erreicht haben, aber ich bekomme sie ohnehin nicht sehr regelmäßig.

Und dann fällt mir ein, dass die Verhütungsspritze bereits im April aufhörte zu wirken.

Zu dem bitteren Geschmack der Erkenntnis gesellt sich tief in mir drinnen eine Freude, die ich kaum zu benennen vermag.

Richard und ich haben ein Kind gezeugt.

Doch im selben Atemzug wird mir die Anwesenheit der Hebamme wieder bewusst, und eine grauenhafte Angst ergreift von mir Besitz.

Wie ein gehetztes Tier schaue ich von einem zum anderen. Mein Blick bleibt bei Giovanna hängen, der das Entsetzen ins Gesicht geschrieben steht. »Vater, das kannst du nicht tun. Du versündigst dich vor Gott.«

Bernardi macht eine wegwerfende Handbewegung. »Pah, komm mir nicht mit Gott. Ist es denn gerecht, meinen kleinen Jungen so leiden zu lassen?«

Sie rennt zu ihm und umfasst die Hände ihres Vaters. »Wir könnten warten, bis sie das Kind zur Welt gebracht hat.«

Energisch schüttelt er den Kopf. »Nein, Giovanna, das können wir nicht. Carlo stirbt. Er stirbt bald, nicht erst in neun Monaten. Diese Zeit hat er nicht mehr.«

Ich muss hier raus, das wird mir schlagartig klar. Ich renne zur Haustür, so schnell ich kann, doch als ich sie aufreiße, steht ein Mann davor und sieht hämisch grinsend zu mir herab. Mit einem Schrei der Resignation, der tief aus meiner Seele kommt, schlage ich ihm die Tür vor der Nase zu. Hinter mir hat Bernardi bereits meine Arme gepackt und zerrt mich zurück zum Stuhl, an dem mich die alte Hebamme festbindet. Verzweifelt schreie ich, auch wenn ich nicht daran glaube, dass mich jemand hören kann, der willens ist, mir zu helfen. Ich schreie, bis mir die Stimme versagt. Sie fixieren meine Hände und Füße, sodass ich praktisch bewegungsunfähig bin. Bernardi flüstert mit der

Alten, nachdem er die weinende Giovanna nach oben zu dem kleinen Carlo geschickt hat.

Hastig setzt die Hebamme Wasser auf und sucht aus einem ledernen Beutel verschiedene Kräuter heraus. Die Furcht, die mich packt, ist unkontrollierbar. Ich zittere am ganzen Körper, ob aus Wut oder Angst, vermag ich nicht zu sagen.

Diese Menschen können doch nicht einfach das ungeborene Leben in mir zerstören. Ich kann das nicht zulassen, aber wie soll ich mich dagegen wehren? Wie?

Jetzt, da ich die Hebamme so beobachte, kann ich nachvollziehen, wie die Leute früher auf die Idee gekommen sind, dass Frauen dieser Zunft Hexen sein könnten. Die Alte rührt in dem Wasser, das sie mit den mitgebrachten Kräutern angereichert hat, und ignoriert mich.

Nach einer Weile siebt sie die Brühe und lässt sie abkühlen. Aus ihrer Tasche holt sie ein kleines altes Brot, schneidet davon ein Stückchen ab und kommt damit zu mir.

Ich winde mich, aber wie auf Kommando erscheint Bernardi hinter mir und hält meinen Kopf mit seinen klauenartigen Händen fest umklammert.

»Neiiin. Hören Sie auf.« Doch die Hexe greift nach meiner Nase und zerquetscht sie dermaßen, dass mir die Tränen in die Augen schießen.

Ich versuche, den Mund nicht zu öffnen, kann mich ihrem Griff kaum entziehen, aber es gelingt mir, durch die zusammengebissenen Zähne zu atmen.

»Ricardo!« Bernardi ruft einen der Aufpasser herein und bedeutet ihm, seinen Platz einzunehmen. Meine Panik wächst.

Diesmal übernimmt er die Aufgabe, mir den Mund zu öffnen.

Seine schmalen, kräftigen Hände bohren sich in meine Wangen und drücken mit einer Härte zu, dass ich denke, der Kiefer bricht. Ein Wimmern entfährt meiner Kehle, kurz bevor sich mein Mund öffnet und die Frau mir einen Brotklumpen tief in den Mund schiebt.

Der Versuch, ihn wieder herauszuwürgen, scheitert kläglich, da die beiden mir mittlerweile den Kiefer zudrücken. Gleichzeitig halten sie mir immer noch die Nase zu, und als mein Körper keine Befehle mehr von meinem Geist entgegennimmt, beginne ich zu schlucken. Schlagartig wird meine Nase freigegeben, und ich ziehe begierig die Luft in meine Lungen. Doch die Tortur hat noch kein Ende.

Die drei nötigen mich auf die gleiche Weise, den Tee zu trinken, und auch wenn jede Menge daneben geht, kann ich an dem zufriedenen Gesicht der Hebamme ablesen, dass es für ihre Zwecke genug war. Heiße Tränen fließen mir über die Wangen.

»Signore Bernardi, das wird reichen. Ich bleibe hier und werde genau beobachten, ob es funktioniert hat.« Ihre kleinen dunklen Knopfaugen sehen mich abschätzend an.

»Gut, gut, Maria.«

Als sie von mir ablassen, versuche ich durch die Kraft meiner Gedanken, einen Würgereiz auszulösen, was mir auch gelingt. Doch als Bernardi das merkt, schlägt er mir so hart ins Gesicht, dass ich das Bewusstsein verliere.

* * *

Jemand schreit und wimmert. Das ist das Erste, was ich wahrnehme, als ich wieder zu mir komme.

Die zweite Tatsache, die in mein Bewusstsein dringt: Ich bin es, die da schreit. Krämpfe, wie ich sie nicht für möglich gehalten habe, erschüttern meinen Unterleib. Ein kalter Schweißfilm überzieht meinen gesamten Körper.

Vor dem Stuhl, an den ich gefesselt bin, kniet die Hebamme und massiert mir den Bauch. Das kann alles nicht wahr sein, das kann sich doch nur um den fürchterlichsten Albtraum handeln, den ein Mensch erleben kann. Ich schreie, aber ich werde nicht wach.

»Was machen Sie da? Was haben Sie mir verabreicht?« Ich weiß nicht, ob ich das wirklich wissen will. Die kleine, feiste Alte schaut mich an, mit Augen, die nur zwei kalte, fast schwarze Knöpfe sind. Keinerlei Gefühlsregung ist in ihnen zu sehen.

»Ich hab dir Mutterkorn gegeben, das war im Brot. Und im Tee waren verschiedene Kräuter. Petersilie, Rainfarm, Arnika, Salbei, Rosmarin. Die genaue Zusammensetzung ist ein Familienrezept, aber du kannst gewiss sein, ich weiß, was ich mache, und du wirst auch wieder Kinder kriegen können. Die Blutung hat bereits eingesetzt, und es wird nicht mehr lange dauern.« Die raue Stimme hallt in meinem Kopf nach, und plötzlich verwandelt sich ihr Gesicht vor meinen Augen. Sie sieht aus wie die Hexe, die ich aus Kinderbüchern kenne. Ihre Hände sind knorpelige Klauen, die meinen Bauch aufzureißen versuchen.

Hysterisch schreiend winde ich mich auf dem Stuhl. Meine Augen brennen von dem beißenden Schweiß, der mir hineinrinnt.

»Beruhige dich, Mädchen, das sind nur Halluzinationen, genannt Hallus, der durch das Mutterkorn hervorgerufen wird. Atme!«

Es muss Stunden dauern, doch irgendwann beruhigt sich mein Körper. Müdigkeit erfasst mich, und ich gleite in eine Schwärze, die mich tröstend empfängt.

* * *

Der raue Stoff auf der Haut und die feuchte Wärme zwischen meinen Beinen erinnern mich daran, dass ich nicht in einem Albtraum stecke. Alles ist und war real.

Vorsichtig taste ich unter der dünnen Decke meinen wunden Körper ab. Nur in Unterwäsche liege ich auf dem Strohsack in der kleinen Kammer, morgendliche Sonnenstrahlen stehlen sich durch das winzige Fenster, als wäre nichts geschehen. Die Welt dreht sich weiter, auch wenn meine Welt untergeht.

Ich fühle mich so allein. Gefangen in einem Horrorszenario.

Dieser kurze Augenblick, als mir klargeworden war, dass ich schwanger war. Die Freude, die ich empfunden hatte … das ist alles vorbei.

Stattdessen hat mich eine tiefe Trauer erfasst. Ich kann nicht mehr klar denken, nichts mehr fühlen.

Ein Gedanke, ein verirrter kleiner Gedanke, wandert zu Richard, schreckt schmerzerfüllt zurück und taumelt angeschlagen wieder in die Dunkelheit meiner gequälten Seele, als mir bewusst wird, dass ich unser Kind verloren habe.

Allein.

Leer.

Tod.

Frieden.

Bald.

* * *

Dumpf dringen Stimmen und Worte an mein Ohr. Um mich herum Watte, in meinen Ohren Watte, in meinem Herzen Watte.

»Vater, bitte, wir müssen etwas unternehmen, sie stirbt uns noch unter den Händen weg. Lass uns ihren Mann rufen, vielleicht ist er dazu in der Lage, ihr den Lebenswillen zurückzugeben. Nur lebend kann sie Carlo helfen.« Die Stimme, die ich höre, fleht.

»Nein.« Kalt und schneidend fährt der Mann dazwischen. Diese Stimme macht mir Angst, doch ich kann mich nicht erinnern, weshalb.

»Wir können ihm die Augen mit einer Binde verdecken und ihn dann hierher bringen lassen. Er muss uns nicht sehen.«

Ein dunkles Stöhnen, das an ein Fauchen einer Wildkatze erinnert, ist zu vernehmen. »Ich sagte nein, Schluss jetzt. Ich will kein Wort mehr davon hören.« Mit einem ohrenbetäubenden Knall fällt die Tür zu, und ein leises Schniefen erfüllt die Luft.

Sanfte kalte Hände streichen mir über die Wange und meine Haare. Es fühlt sich schön an, doch irgendwie vermittelt es mir keine Geborgenheit. Warum?

Und plötzlich einem Tsunami gleich, rollen die Wellen der Erinnerung über mich hinweg, und ich beginne zu schreien.

Die nackte Hysterie packt mich mit Unbarmherzigkeit und reißt meinen Geist hinfort.

Giovanna wirft ihren Körper auf meinen, hält mich und spricht leise Worte der Entschuldigung. Sie versucht, mich mit zärtlicher Stimme zu beruhigen. Sie gurrt, und irgendwann beginnt sie, in ihrer Verzweiflung zu singen. Ein sanftes Lied, das von Kummer und Verlust erzählt, das mich tief in mir drinnen berührt und etwas zerbrechen lässt. Ich schluchze, und Tränen der Trauer laufen über meine Wangen. Langsam wird mein Körper wieder weich und entspannt sich.

»Es tut mir so leid, Marie, so unendlich leid. Niemals hätte ich gedacht, dass Vater so weit gehen würde, niemals. Wäre mir das bewusst gewesen, hätte ich ihm nie geholfen. Bitte glaub mir, und bitte, verzeih mir. Bitte!« Als sie sich erhebt, sehe ich, dass auch sie geweint hat, doch mein Herz ist immer noch ein kalter harter Stein, und ich kann ihr nicht antworten.

Ich schließe die Augen und drehe den Kopf von ihr weg und zur Wand.

Ein tiefes Durchatmen ist zu hören, und dann verlässt sie die Kammer.

* * *

Ich habe jegliches Zeitgefühl verloren. Wie lange bin ich bereits hier? Sucht Richard nach mir? Richard. Ein Schmerz erfasst mich, und schnell versuche ich, meine verirrten Gedanken in eine andere Richtung zu lenken.

Ein leises, zaghaftes Klopfen, und dann wird die Tür geöffnet, da man von mir nicht erwartet, dass ich antworte.

Zum wiederholten Male kommt Giovanna mit einer Waschschüssel herein, zieht die Decke fort und wäscht mir das Blut, das sich immer weniger zwischen meinen Beinen ausbreitet, weg. Ich fühle nichts, keine Scham erfasst mich, wie ich sie normalerweise empfinden würde. Die Zimmerdecke, die ich leer anstarre, ist aus dem gleichen Holz wie der Boden, weist verschiedene Maserungen auf. Die einzelnen Löcher und Muster sind mir mittlerweile gute Bekannte geworden. Sie legt die raue Decke wieder über mich, streichelt mir zärtlich die Wange und geht.

* * *

Die Stimmen kommen und gehen, aber ich lasse sie nicht an mich heran. Die Bedeutung der Worte, die sie sprechen, kann ich nicht erfassen und will es auch nicht.

Ich schlucke das Essen und die Getränke, die Giovanna mir gibt, ohne zu schmecken, was ich da zu mir nehme.

Mit unerbittlichem Willen habe ich alle Sinne von meinem Gehirn abgetrennt, und so lebe ich in einer ruhigen Welt auf einem sterilen Wattebausch.

* * *

Lärm, unsagbarer Lärm durchschneidet die Stille. So laut, dass er meine Barrikade überwindet, doch nicht laut genug, um mich aus der Erstarrung herauszuholen. Die Tür wird aufgerissen und knallt mit einem ohrenbetäubenden Krachen gegen die Wand, aber ich öffne die Augen nicht.

Jemand nimmt meine Hände. »Kleine Blume, was haben sie mit dir gemacht?«

Große, starke, raue Finger umfassen mein Gesicht, streichen suchend über meinen Körper, schenken mir ein wohliges Gefühl. Ein Traum, ja, das muss ein Traum sein. Ich beschließe, mir den Luxus dieser Fantasie zu gönnen.

Lächelnd öffne ich die Lider, sehe die schwarzen glänzenden Haare, das markante Gesicht, das ich unter Millionen anderen erkennen würde, und schaue in angsterfüllte Augen. Augen, so grün wie ein Teich und so schön wie das verheißungsvolle Paradies.

Nein, das ist kein Traum, erkenne ich. »Richard?«

»Ja, meine wunderschöne Orchidee.« Er reißt mich in eine Umarmung, doch ich bin kaum fähig, die Hände zu heben und es ihm gleichzutun. Wie eine leblose Puppe hänge ich in seinen Armen.

Vorsichtig legt er mich zurück und deckt mich wieder zu.

Das kann nicht sein. Er geht, lässt mich allein.

Aber wahrscheinlich hat er recht. Ich bin es nicht wert, ich konnte noch nicht einmal auf unser Kind aufpassen.

Traurig schließe ich die Augen. Tränen laufen an meinen Wangen hinab, an den Seiten hinunter, kitzeln in den Ohren, die nichts mehr hören wollen.

Doch die Mauer hat nun Risse, die es mir unmöglich machen, seine Stimme zu überhören, die laut durch die kleine Hütte weht wie ein Herbststurm über das Land.

»Er hat was? Nein, Giovanna, sag, dass das nicht wahr ist.«

Ganz leise antwortet sie ihm, so leise, dass ich es nicht verstehen kann.

Ich richte mich auf – das erste Mal seit …

Schwindel erfasst mich, und ich stöhne. Schmale, zarte Hände fassen mir unter die Arme und helfen mir, doch Giovanna ist zu schwach.

»Lass mich das machen.« Richards Worte klingen gepresst von der unterdrückten Wut, die in ihm schwelt. Er hebt meinen nutzlosen Körper in die Höhe, als würde ich nichts wiegen, drückt mich an sich, um dann mit mir gemeinsam das Haus zu verlassen.

Vögel zwitschern, Pferde wiehern, und als ich die Augen öffne, blendet mich die Sonne, die hoch am Himmel steht. Ein Schmetterling fliegt an mir vorbei. Er ist von solch filigraner Schönheit, dass ich mich augenblicklich frage, wie er in einer derart furchtbaren Welt überleben kann.

Alles wirkt völlig normal, als wäre nie etwas Schlimmes passiert.

Aber ich weiß es besser. Ich weiß ganz genau, was geschehen ist. Weiß, zu was Menschen fähig sind.

»Oh, Gott sei Dank, du lebst, Marie.« Alfons taucht in meinem Blickfeld auf, traut sich jedoch nicht, mich zu berühren. An seinem Gesichtsausdruck kann ich erkennen, welch erbärmliches Bild ich abgebe. Er wirkt erschüttert, muss sich mehrmals räuspern und schickt dann die anderen Männer, die zu uns kommen, mit einer Handbewegung weg.

»Ich lass euch beide für ein paar Augenblicke allein.« Traurig senkt er den Blick und geht.

Richard setzt sich auf eine Bank, die vor der Hütte steht, und nimmt mich in die Arme. So sitze ich auf seinem Schoß, als wäre ich ein kleines Kind. Ganz fest hält er mich, und ich lege den Kopf an seine Schulter, atme tief ein, nehme diesen unverwechselbaren Geruch wahr, fühle den Stoff seiner Jacke an meiner Wange und merke, dass mein Gesicht nass von Tränen ist.

Ein Zittern erschüttert meinen Körper. Zuerst denke ich, dass ich es bin, die es auslöst, doch dann merke ich, dass Richard, mein starker Richard, den nichts erschüttern kann, leise weint.

So sitzen wir lange auf der Bank vor der Hütte. In einem Garten, der so schön ist, wie nur die Natur ihn erschaffen kann. Und halten uns. Halten uns wie zwei Ertrinkende.

* * *

Ganz vorsichtig, als wäre ich zerbrechlich, legt mich Richard in die Kutsche und flüstert: »Wir bringen dich jetzt erst einmal zum Landsitz der Teseos. Dort werde ich versuchen, dir zu helfen, so gut es geht. Ruh dich ein wenig aus.«

Als er gehen will, halte ich seine Hand fest. »Warte.«

Fragend schaut er mich an. »Bitte, sprich mit Giovanna und hilf dem Jungen. Nicht für Bernardi, für das Kind und für Giovanna. Sie ist kein böser Mensch.« Kraftlos lasse ich meine Hand sinken.

Richards Blick ist skeptisch, aber ich nicke noch mal, um ihm klarzumachen, dass es mir trotz allem, was passiert war, ernst ist.

Entschlossenen Schrittes marschiert er zu dem kleinen Steinhaus zurück, vor dem die unglücklich weinende Giovanna steht. Sie hat ihre dünnen Arme um den Oberkörper gelegt, als wäre es Winter, und sie müsste sich vor der Kälte schützen.

Richard spricht leise mit ihr. Ich kann nichts verstehen, aber ich sehe den Gesichtsausdruck der jungen Frau, sehe das Leuchten, das von ihr Besitz ergreift, und weiß, dass wir das Richtige tun.

* * *

Der Landsitz ist ein Traum. Oliven und Trauben werden an diesem wundervollen Ort gezüchtet. Die Luft ist erfüllt vom Duft der Zitronen, die hier ebenfalls wachsen und gedeihen. Der richtige Ort, um zur Ruhe zu kommen und die Seele heilen zu lassen.

Es ist heiß heute, sehr heiß. Ich habe das Gefühl, nicht genügend Sauerstoff in meine Lunge zu bekommen. Die Luftfeuchtigkeit beträgt wahrscheinlich nahezu hundert Prozent.

Wir sind gestern Abend angekommen. Nur Onorio war da, seine Tochter sei schon weiter zu Verwandten, sagte er uns. Nachdem er uns ein Zimmer zugewiesen hatte und wir allein waren, kümmerte sich Richard um meine Verletzungen. Er fuhr mir sanft über den Unterleib, die Wärme breitete sich in mir aus und ließ die körperlichen Wunden verheilen.

* * *

»Möchtest du mir erzählen, was passiert ist?«

Ich liege in seinen Armen, auf einem großen Bett. Sämtliche Fenster in dem Zimmer sind geöffnet, und doch kommt nur ein zarter Lufthauch in den Raum. Die Mittagszeit hat gerade angefangen. Bei solchen Temperaturen wie heute halten die Italiener dann ein Nickerchen.

Mir ist klar, dass Richard bereits weiß, was man mir angetan hat, aber er möchte mir die Möglichkeit geben, mit ihm darüber zu reden, was ich ihm hoch anrechne.

Sanft streichen seine Finger an meinem Arm herab. Ich drehe mich zu ihm und atme seinen Geruch tief ein – einen Geruch, von dem ich angenommen hatte, ihn niemals mehr zu erfassen.

Und dann fange ich an, ihm alles zu erzählen. Seine Arme umschließen mich, während die Worte nur so aus mir heraussprudeln. Immer wieder werde ich vom Zittern meines Körpers oder plötzlichen Schluchzern unterbrochen. Doch Richard ist ruhig, seine Umarmung gibt mir Kraft, und nur ab und zu erstarrt er und hält kurz die Luft an, weint still vor sich hin.

Nachdem ich fertig bin, hebe ich den Kopf und schaue in das Gesicht, nach dem ich mich so sehr gesehnt hatte. Es ist von Tränen überströmt. Mit den Handflächen wische ich sie ihm fort, dabei fließen meine ebenfalls in Strömen.

»Und jetzt erzählst du mir alles«, fordere ich ihn auf.

»Okay. Was willst du wissen?« Ein leises, unsicheres Vibrieren ist in seiner Stimme zu hören.

»Wie habt ihr mich gefunden? Wie lange war ich dort? Was weiß Alfons?« Ich habe noch so viel mehr Fragen, aber ich denke, für das Erste reicht das.

Und er erzählt es mir.

Ich war über zwei Wochen verschwunden. Zwei Wochen, in denen er vor Sorge fast wahnsinnig geworden war.

Nachdem ihn die Teseos Stunden nach dem Überfall gefunden hatten, suchten sie die ganze Gegend ab, aber sie konnten mich nirgends finden. Eine unruhige Nacht auf dem Landsitz der Familie folgte. Am nächsten Morgen ritt Richard in Richtung Florenz, denn nur von dort konnten die Leute stammen, die mich entführt hatten. Niemand kannte uns außer einigen Florentinern.

Er ging zu Alfons und erzählte ihm alles. Auch von unserer Gabe. Alfons glaubte ihm erst, als Richard es ihm durch Handauflegen bewies. Von da an setzten die beiden Himmel und Hölle in Bewegung, heuerten Männer für die Suche an, doch damit hatten sie keinen Erfolg.

Nach zwei Wochen erreichte Richard ein anonymer Brief, in dem der Urheber ihm mitteilte, wo ich gefangen gehalten wurde.

Mir ist sofort klar, dass nur Giovanna ihn geschrieben haben konnte.

Als er den Bericht beendet hat, setzt er sich auf und erklärt: »Alfons und meine Männer sind heute zu Bernardi, und wenn sie mit ihm fertig sind, wird er vielleicht nachvollziehen können, welche Ängste du durchleben musstest.«

Doch anstatt eines schlechten Gewissens und ihn von einem anderen Weg zu überzeugen, verleiht mir dies einen inneren Frieden.

Ja, Rache ist wirklich süß. Es hilft nicht gegen den Seelenschmerz, hat jedoch einen beruhigenden Effekt.

»Was meinst du, wann wir die Verbindung mit dem Baum eingehen werden?« Diese Frage hatte mir in den letzten Stunden keine Ruhe gelassen.

Richard schaut mich verlegen an. »Das kommt darauf an, wie lange dein Körper braucht, um über die Schwangerschaft hinwegzukommen. Erst dann kannst du einen Übergang wagen.« Da war es, das Wort, das ich während der Erzählung so geflissentlich vermieden hatte. Schwangerschaft. Wie viel Zeit muss vergehen, damit ein Mensch ein derartiges Erlebnis verarbeitet? Wie lange, um solch einfache Worte wieder hören zu können, ohne dass die Welt zusammenbricht? Kann ich Begriffe wie schwanger, Schwangerschaft, Geburt jemals wieder selbst in den Mund nehmen? Unvorstellbar.

* * *

Es stellte sich heraus, dass es ein paar Tage dauerte, bis ich das erste Mal die Gabe benutzen konnte. Ich testete es immer wieder aus, und an einem Tag sah ich es an Richards Gesichtsausdruck. Er strahlte mich an, als hätte ich ihm ein besonders schönes Geschenk gemacht hätte.

Doch wir waren beide der Meinung, noch ein wenig zu warten, zumindest bis sich mein Zustand weiter stabilisierte, da ich die Gabe nur sehr begrenzt nutzen konnte.

Die zusätzliche Zeit verwendeten wir, um uns von Peter, Alfons und Onorio zu verabschieden. Der Abschied fiel unheimlich schwer, da wir uns sicher waren, sie nie wiederzusehen. Und wir unterhielten uns über Dornbirn. Den Keller. Die Folter.

Richard erzählte es mir. In der Nacht, als alle Lichter erloschen waren und ich ihn im Arm hielt. Ihn erdete und ihm das Gefühl gab, mit dieser Bürde nicht allein zu sein.

Nun stehen wir vor dem beeindruckenden Exemplar von Baum und wollen ein weiteres Mal in eine neue Zeit.

Wie wir von Onorio erfahren haben, bringt dieser Baum die Besitzer der Gabe 250 Jahre in der Zeit zurück bzw. nach vorne. So gehen wir davon aus, dass wir in Florenz im Jahre 1858 ankommen werden. Es heißt aber auch, dass wir 14 Jahre weiter in der Zukunft landen. Alle Familienmitglieder sind älter geworden, vorausgesetzt, sie leben noch. Und wir haben uns kaum verändert.

Und der wichtigste Punkt: Wir können diesen Baum höchstwahrscheinlich nicht für eine Weiterreise in meine Zeit benutzen. Man gelangt ja immer nur bis in die Zeit, in die man gehört, nicht weiter. Oder wirft der hölzerne Riese uns einfach am Ende der Reise hinaus? Wir wissen es nicht, doch einen Versuch ist es allemal wert.

Richard reißt mich noch einmal in seine Arme und drückt mir einen leidenschaftlichen Kuss auf den Mund, bevor er vortritt und das spiegelverkehrte Symbol über die Borke streicht.

Kurze Zeit später tue ich es ihm gleich und trete in den Baum. Und wieder erfasst mich dieser Sog, die wohlige Wärme empfängt mich, und dann sehe ich das helle Licht und gehe hinaus.

KAPITEL 20

August 1858

Richard hatte alles geplant, bis ins kleinste Detail. Hatte versucht, nichts dem Zufall zu überlassen. Alfons erhielt von uns einen Brief, den er verwahren und an jemanden weitergeben sollte, dem er vertraute. Dieses Schreiben war dazu bestimmt, Richards Familie kurz nach unserem Verschwinden darüber aufzuklären, wo wir uns in welcher Zeit aufhalten. Und sie sollten uns jetzt wieder in Empfang nehmen. Dafür mussten sie den ungefähren Zeitpunkt und den Ort der Rückkehr erfahren.

Wir waren übereingekommen, dass wir uns nicht selbst warnen dürfen, da wir so Einfluss auf Geschehnisse nehmen würden, deren Auswirkungen und Ende wir nicht absehen konnten. Wir wollten nicht noch mehr Schicksal spielen als sowieso schon. Doch wir würden Hilfe benötigen, um zurück nach Serwest zu kommen, wenn der Versuch scheitern sollte, weiter in die Zukunft zu gelangen.

Wir sprachen lange miteinander über das vor uns liegende Leben. Richard will mit mir kommen, und da wir nicht wissen, ob wir seine Familie wiedersehen werden, wollen wir uns zumindest schriftlich von ihnen verabschieden. Er hatte versucht, alle Eventualitäten auszuschließen und nur auf die Essenz dessen zu beschränken, was er nach dem Übergang erwarten wollte. Doch das Schicksal ist ein ungerechter Gegenspieler und lässt sich nicht gern lenken.

Innerhalb kürzester Zeit schossen mir diese Gedanken durch den Kopf. Und nun, da ich von dem Licht der untergehenden Sonne Italiens geblendet werde und die Konturen von mehreren bewaffneten Männern wahrnehme, ist mir klar, dass Richard und ich dem Schicksal nicht entrinnen konnten.

* * *

»Und da ist ja das weibliche Pendant zu Euch, Herr von Reichen. Ich muss schon sagen, als ich den abgefangenen Brief, den Ihr an Eure Familie geschrieben habt, gelesen habe, war ich doch ein wenig schockiert, dass mir das entgangen ist. Ihr seid einer von diesen Teufeln. Das musste ich erst mal verdauen.« Wild gestikulierend läuft der Mann vor uns auf und ab.

In meinem Hals bildet sich ein großer Knoten, der es mir unmöglich macht, zu schlucken. Kuhn ist definitiv älter geworden, aber er strotzt, genau wie damals, vor Kraft und Arroganz.

Richard baut sich zu seiner vollen Größe auf und lässt sich nicht von den Männern einschüchtern. »Was haben Sie mit meiner Familie gemacht?«

Der sarkastische Zug um den Mund von Kuhn fällt mir zum ersten Mal auf. Den hatte ich an den vielen Tagen unserer früheren Reise nicht bemerkt. Immerhin sind seit damals für mich nur ein paar Monate vergangen, für ihn müssen es vierzehn Jahre sein, sollten wir mit unserer Vermutung und Zeitrechnung richtig liegen. Wenn ja, dann sind wir im Jahr 1858 gelandet. »Bleibt ruhig. Ich bin zwar nicht auf Eurer Seite, aber mit Sicherheit bin ich kein Unmensch. Eurer Familie geht es gut, allerdings wissen sie bis heute nichts über Euren Verbleib und den der lieben Gattin. Sie gehen davon aus, dass Ihr nicht mehr unter den Lebenden weilt.« Wieder dieses von Sarkasmus triefende Grinsen, das mir einen eiskalten Schauer über den Rücken jagt. »Na gut, wer eine Mutter in dem Glauben lässt, dass ihr Sohn gestorben ist, hat vielleicht doch ein klein wenig von einem Unmenschen.«

Tief sauge ich die Luft in meine Lunge, bevor ich mich in die Unterhaltung einmische. »Bitte, Herr Kuhn, wir wollen uns nur von unserer Familie verabschieden und werden umgehend in meine Zeit zurückkehren. Wir sind uns einig, dass wir keine weiteren Zeitreisen mehr unternehmen werden. Lasst Gnade walten. Lasst uns gehen. Wir geben Euch unser Wort.«

Er starrt mich an. Nein, eigentlich starren mich alle völlig entgeistert an, dann zuckt es um die Mundwinkel unseres Widersachers, und er fängt an zu lachen. Das Lachen wird immer lauter, und seine Männer fallen mit ein.

Während er spricht, bekommt er kaum genügend Sauerstoff, um die Worte hörbar zu machen. »Ihr glaubt doch nicht wirklich, dass ich Euch beide gemeinsam ziehen lasse. Womöglich zeugt Ihr ein Kind. Ein Kind, das Fähigkeiten haben würde, die Ihr nicht annähernd kontrollieren könntet.« Er japst nach Luft und kann nicht aufhören zu lachen.

Als er das Wort Kind in den Mund nimmt, zerbricht tief in mir drin etwas. In meinem Innern braut sich eine solche Wut zusammen, wie ich sie noch nie gefühlt und auch nicht für möglich gehalten hatte.

All die furchtbaren Dinge, die Richard und mir zugestoßen sind, bahnen sich ihren Weg aus der Höhle, in der ich sie eingeschlossen hatte. Fressen sich durch die mühsam aufrecht gehaltene Selbstbeherrschung. Ich stoße die Arme in die Höhe und schreie. Die Stimme, die ich höre, erscheint mir völlig fremd, als würde sie nicht zu mir gehören. Sie vibriert, tief und seelenlos.

Entsetzt reißen die Männer die Augen auf, selbst Richard hat seine kühle, überlegene Fassade abgelegt. Plötzlich krümmen sich alle und sinken auf die Knie. Alle, außer dem Mann, dem meine Liebe gehört. Sie fassen sich an die Ohren, als würde ihnen der immer noch andauernde Schrei körperliche Schmerzen verursachen. Sie schmeißen sich hin, winseln, und als ich all meine Wut und Trauer herausgeschrien habe, sehe ich, wie ihnen das Blut aus Ohren und Nasen rinnt. Schmerzerfüllt winden sie sich auf der Erde. Ich starre paralysiert auf das grausige Schauspiel, das sich mir da bietet.

Zwei kräftige Hände packen meine Hüften und heben mich auf den Rücken eines Pferdes. Richard schwingt sich hinter mir in den Sattel, und gemeinsam preschen wir von dem wunderschönen Anwesen der Teseos herunter. Ich werfe einen Blick zurück und stelle erleichtert fest, dass sich noch keiner von ihnen so weit erholt hat, dass er uns hätte verfolgen können.

»Marie, was war das? Wie hast du das gemacht?«

Richards warmer Atem an meinem Ohr, seine sicheren Arme an meiner Seite und das Pferd unter mir geben mir ein beruhigendes Gefühl. Doch in dem Moment, in dem ich mich entspanne, überfällt mich eine unfassbare Müdigkeit. Die Lider flattern, und mein Körper sinkt ermattet gegen den von Richard.

* * *

Der Duft von gebratenem Fleisch steigt mir in die Nase. Meine Lider sind schwer, doch das Knurren meines Magens lässt keinen weiteren Schlaf mehr zu.

Vorsichtig öffne ich ein Auge und erblicke Richard, wie er über einem offenen Feuer ein Kaninchen brät. Mein Magen knurrt erneut lautstark vor sich hin. Ich versuche, flach und regelmäßig zu atmen, und beobachte ihn heimlich. Er wirkt völlig entspannt und glücklich. Es ist keine Spur von den Strapazen der vergangenen Wochen zu sehen. Die letzten Wochen … bei dem Gedanken an die Ereignisse der vergangenen Tage ziehe ich scharf die Luft ein. Richard fährt zu mir herum, und unsere Blicke begegnen sich. Schnellen Schrittes kommt er zu mir, als er merkt, wie aufgewühlt ich bin.

»Alles in Ordnung?« Sanft streichelt er meine Wange.

Ich antworte nicht, richte mich auf und zucke nur mit den Schultern. Was soll ich auch sagen? Nichts ist in Ordnung. Meine ganze Welt steht Kopf. Die Dinge, die uns passiert sind … wie sollen wir damit klarkommen? In mir sitzt ein kalter Stein, der mich schmerzhaft zwickt, sobald ich an die Ereignisse in dem kleinen Steinhaus denke. Ich war schwanger! Heiße Tränen des Verlusts rinnen mir die Wangen hinab. Richard nimmt mich ruhig in den Arm und hält mich. Hält mich, bis ich keine Tränen mehr habe und mein Körper sich allmählich entspannt.

Zögernd hebe ich den Kopf und blinzele kurz. »Es riecht hier so gut. Mein Magen schlägt Purzelbäume beim Gedanken an etwas zu essen.«

Erleichtert lächelt er mich an. »Na, dann werden wir deinem Magen mal was zum Verdauen geben.«

* * *

Genüsslich lecke ich mir die Finger ab, als ich Richards beobachtenden Blick auf mir spüre. Mit hochgezogenen Augenbrauen schaue ich ihn fragend an, und er fängt an zu reden. »Das, was du vorhin mit diesen Männern getan hast, war unglaublich. Wäre ich nicht dabei gewesen, hätte ich es nicht für möglich gehalten.« Er sieht mich wieder abwartend an, und als ich nichts dazu sage, fährt er fort. »Wie hast du das gemacht? Kannst du nachvollziehen, wie du deine Gabe so machtvoll kanalisieren konntest?«

Ratlos zucke ich mit den Schultern. »Ich weiß es nicht. Es war nur so, dass ich in diesem Moment an das Kind, das man uns genommen hat, das wir nie kennenlernen dürfen, gedacht habe. Eine unheimliche Wut und Trauer hat mich gepackt, die ich herausschreien musste.«

»Interessant war auch, dass ich nichts gespürt habe, außer einer Gänsehaut.« Er zwinkert mir zu, um die Situation ein wenig aufzulockern. »Die Frage ist, ob du das steuern konntest, oder ob ich sicher war, weil ich ebenfalls Träger der Gabe bin.«

Wir sitzen Hand in Hand, am Feuer und hängen unseren Gedanken nach. Plötzlich ergreift mich eine kaum beherrschbare Unruhe. »Sag, Richard, was wollen wir nun tun?«

Ein leises Schnauben ist von ihm zu hören, bevor er mir antwortet. »Ehrlich gesagt, weiß ich es nicht so recht. Wenn wir zu meiner Familie reiten, ist die Gefahr groß, dass Kuhn schon auf uns wartet. Doch wo sollen wir sonst hin?«

»Wir könnten versuchen, in den Garten von Alfons zu kommen und überprüfen, was aus dem Samen geworden ist, den du damals dort eingepflanzt hast.« Ich überlege kurz. »Aber dann würden wir die anderen niemals wiedersehen. Wir wissen auch nicht, ob immer noch die Nachkommen der von Lübbens auf diesem Grundstück wohnen.« Verzweifelt schaue ich in das Feuer.

»Wir können definitiv nicht zu Hilde und Heinrich. Wie könnten wir ihnen jemals erklären, dass wir nicht gealtert sind? Das ist unmöglich. Vielleicht sollten wir doch versuchen, in die Nähe des Baumes zu kommen.« Richard wirkt genauso ratlos wie ich.

Mit einem Nicken antworte ich: »Ja, Florenz ist nah, und Kuhn wird uns mit Sicherheit zuerst bei unserer Familie vermuten. Wo gäbe es ein besseres Versteck als in dieser Stadt?« Ich hole tief Luft, bevor ich ihm meinen waghalsigen Plan eröffne. »Was hältst du davon, wenn wir erst einmal auf einem riesigen Umweg nach Florenz reiten, denn Pferde haben wir ja nun, da der liebe Kuhn sie uns so großzügig zur Verfügung gestellt hat. Meiner Meinung nach sollten wir versuchen, mit den von Lübbens oder den Teseos in Kontakt zu treten. Es wird doch sicherlich noch Nachkommen der Familien hier in der Gegend geben. Wir könnten sie fragen, ob sie uns helfen, anonym oder unter ihrem Namen, deinem Vater und deiner Mutter eine Nachricht zukommen zu lassen.«

Das tiefe Einatmen seinerseits zeigt mir, wie skeptisch er dem Plan gegenübersteht, doch er grübelt, was an sich schon ein gutes Zeichen ist. Sein Denkerhirn arbeitet auf Hochtouren. Kalkulierend stellt er Für und Wider gegenüber, bevor er mir endlich antwortet.

»Gut, so machen wir es. Unter einer Bedingung.«

Mit hochgezogenen Augenbrauen sehe ich ihn an.

»Lass uns gleich weiterreiten, damit wir genügend Abstand zwischen uns und diese Männer bringen. Einverstanden?«

Als ich nicke, nimmt er mein Gesicht in beide Hände und küsst mich erleichtert.

* * *

Wir reiten in einem gemäßigten Tempo, um keine unnötige Aufmerksamkeit auf uns zu ziehen, was schon schwierig genug ist. Frauen sind im 19. Jahrhundert größtenteils in Kutschen zu finden und nicht auf dem Rücken der Pferde. Wir machen einen großen Bogen um die Stadt und reiten dann auf der Via Cassia durch das mächtigste der florentinischen Stadttore, die Porta Romana. Einst war sie der südlichste Zugang zur Stadt. Es ist immer noch das gleiche Flair, das Florenz anhaftet und jedem Besucher eine Gänsehaut bereitet. Selbst wenn man lediglich bedenkt, welche Persönlichkeiten dem Schoß dieser Stadt entsprungen sind. Dante, Da Vinci, Vasari … um nur einige Namen zu nennen.

Und dann stehen wir vor dem Stadthaus, in dem wir für kurze Zeit Alfons Gäste sein durften. Etwas ratlos und befangen sehen wir uns an, beide in den Erinnerungen an unseren guten, treuen Freund gefangen. Ein leichter Hauch von Trauer schleicht sich in meine Gedanken, da ich mir bewusst bin, dass er in der Zeit, in der wir uns befinden, schon lange tot ist. Der Baum, den wir genutzt haben, wurde mit Sicherheit von Kuhn und seinen Männern zerstört, wodurch uns vorerst ein Wiedersehen versagt bleibt.

Die große hölzerne Tür öffnet sich. Ein Diener hält sie auf, um einen Herrn in edlem Ausgehrock herauszulassen. Sein etwas irritierter Blick fällt auf uns, während er einen Hut aufsetzt. »Kann ich helfen?«, fragt er und kommt langsam die Treppenstufen herunter, mit jedem Schritt näher auf uns zu.

Wie immer fängt sich Richard als Erstes. »Ja, mein Herr, das können Sie eventuell. Ein Vorfahr von uns war ein guter Freund von Alfons von Lübben. Sagt, wohnt hier noch seine Familie?«

Die Stirn des Mannes legt sich in Falten, als er uns genauer anschaut. »Ich bin ein Nachkomme von ihm.« Mit diesen Worten hat er auch die letzten Schritte auf uns zu gemacht. Er steht nur wenige Zentimeter von uns entfernt, wodurch es uns nun möglich ist, die Ähnlichkeit zu Alfons zu erkennen. Er ist jünger, vielleicht Mitte oder Ende zwanzig. Das Haar ist dunkler, doch die blauen Augen erinnern mich so stark an den kleinen Peter, dass mir Tränen die Sicht versperren. Als er das bemerkt, lockert sich seine angespannte Haltung.

»Signora!« Er sucht in Richards Blick eine Erklärung.

»Meine Frau und ich haben eine weite Reise hinter uns. Bitte entschuldigen Sie unser merkwürdiges Auftreten.« Er greift nach meinem Arm und will mich weiterziehen.

»Moment.« Der junge Mann schaut noch einmal ernst von Richard zu mir. »Wie ist Euer Name?«

»Man nennt uns Marie und Richard Sage … beziehungsweise von Reichen«, antworte ich entschlossen. Und als ich sehe, wie sich das Gesicht des Mannes vor uns verwandelt, bin ich froh, so direkt geantwortet zu haben.

»Das gibt es nicht.« Seine Hand fährt an seinen Mund, während er uns entgeistert anstarrt. »Ich bin Ernesto von Lübben. Bitte, kommen Sie mit mir ins Haus, dann können wir uns in Ruhe unterhalten«, fügt er hinzu, nachdem er sich gefangen hat. Freundlich reicht er uns die Hand.

Also folgen wir ihm ins Haus, das sich kaum verändert hat, weder von außen noch von innen. Die Farben der prächtigen Einrichtung sind ein wenig verblasst, doch ansonsten haben die folgenden Generationen alles so belassen, wie Alfons Frau es damals eingerichtet hatte. Das macht mir den Verlust des guten Freundes noch bewusster.

Ernesto führt uns in einen kleinen Empfangsraum, wo er sich energisch des Hutes und der Handschuhe entledigt. Seine Hand greift nach einer Kristallkaraffe, die eine bernsteinfarbene Flüssigkeit enthält. »Kann ich Ihnen auch etwas anbieten?«

Richard und ich nehmen das Angebot dankend an.

Nachdem wir zusammen einen Schluck getrunken haben, räuspert sich Ernesto und schaut uns ernst an. »Sie müssen wissen, dass ich bisher immer geglaubt habe, mein Urahn hätte einen Scherz für die nachfolgenden Generationen hinterlassen.«

»Inwiefern?«, fragt mein Mann.

»Ihr müsst bedenken, seit vielen Jahren erhält der Erbe dieses Hauses eine Auflage und einen Brief.« Er lehnt sich in seinem Sessel zurück und erklärt: »Sie besagt, dass das Anwesen niemals verkauft werden darf. In dem Brief stehen Ihre Namen. Alfons von Lübben schrieb, dass eventuell eines Tages ein Ehepaar von Reichen an diese Tür klopfen und Hilfe benötigen wird. Bisher glaubte ich an einen Scherz.«

Gerührt schüttele ich den Kopf, und langsam fließen ein paar heiße Tränen aus meinen Augen.

»Es gibt eine Frage, die ich euch stellen soll, um herauszufinden, ob ihr wirklich die seid, die ihr vorgebt zu sein.« Damit steht er auf und durchquert den Raum mit großen Schritten. Aus einer kleinen Schatulle zieht er einen vergilbten Brief. »Die Frage lautet: In welchem Dorf hat Richard von Reichen einen Hund geheilt?« Erwartungsvoll schaut er uns an.

Wie aus einem Mund antworten wir: »Dornbirn.«

* * *

»Glaubst du, wir schaffen es?«, frage ich schon völlig übermüdet.

Richard dreht seinen Oberkörper zu mir und schaut mich liebevoll an. »Wenn nicht, schaffen wir zumindest das, was auf uns zukommt, gemeinsam.«

Ernesto hat uns nicht gefragt, wo wir herkommen oder warum sein Urahn wusste, dass wir eines Tages vor der Tür stehen werden. Alfons hat seine Nachkommen ausdrücklich darum gebeten, keine Fragen zu stellen. Der ahnungslose, aber bestimmt neugierige Mann hat uns zum Essen eingeladen und ein Zimmer für die Nacht zugewiesen, in dem wir gerade auf einem gemütlichen großen Bett liegen. Bevor wir in dem Raum verschwunden sind, haben wir noch einen Spaziergang im Garten gemacht. Und siehe da, dort stand ein wunderschöner Eichenbaum. Als wir vorsichtig über die Borke strichen, öffnete sich das Portal. Doch da wir nicht wussten, wo es uns hinführt, traten wir zurück.

»Morgen werde ich einen Brief an meine Mutter und meinen Vater schreiben. Ernesto hat mir zugesagt, ihn sofort per Boten nach Berlin zu schicken.« Richard richtet seinen Blick hinauf zur Decke des Himmelbetts, das die Aussicht auf den schönen Stuck versperrt. »Ich weiß nicht, ob wir auf eine Antwort warten sollten.«

Erschrocken richte ich mich auf. »Das ist jetzt nicht ernst gemeint, oder? Wir müssen deinen Eltern die Möglichkeit geben, sich von dir zu verabschieden. Alles andere wäre barbarisch!«

»Barbarisch?«, fragt er ungläubig. »Wo hast du denn dieses Wort wieder her? Nein, es wäre nicht barbarisch. Selbstverständlich würde ich in dem Brief erklären, warum sie uns nicht mehr zu Gesicht bekommen werden.«

»So einfach ist das für deine Mutter definitiv nicht. Sie wird ihren Sohn auf jeden Fall wiedersehen wollen.« Er muss doch verstehen, wie sich Tante Lena fühlen wird, wenn er ihr nicht einmal die Chance gibt, ihn ein letztes Mal zu sehen.

Richard wirkt bedrückt. »Ja, ich weiß. Aber ich muss an die schlimmen Dinge denken, die uns widerfahren sind. Ich will dich nicht schon wieder einer derartigen Gefahr aussetzen. Niemals mehr.«

Was soll ich darauf erwidern? Wie kann ich ihm da widersprechen, wenn ich dasselbe denke und fühle wie er? Ich möchte ihn auch kein weiteres Mal in einer solchen Situation sehen wie in Dornbirn.

Sollten wir morgen die Eiche als Portal nutzen, wissen wir nicht, ob wir jemals zurückkönnen. Wer weiß, wie weit uns der Baum in der Zeit nach vorne oder hinten bringt. Richard könnte sich nicht von seinen Eltern verabschieden, würde sie vermutlich nie wiedersehen. Vielleicht würde er mir das eines Tages vorwerfen.

»Richard, das verstehe ich, aber kannst du damit leben, sie nie wiederzusehen?«, frage ich ihn.

Ein leises Schnaufen ist zu hören. »Ja. Und ich denke, ich kann es auch sehr gut meiner Mutter erklären. Sie würde nicht wollen, dass wir uns weiter in Gefahr bringen. Ihr wäre es wichtig, uns in Sicherheit zu wissen.«

»Gut, wir werden also morgen von hier weggehen. Vorausgesetzt, wir landen in meiner Zeit, was sollen wir den deutschen Behörden sagen, wo du plötzlich herkommst? Oder wie ich in Italien gelandet bin, ohne Personalien?«

Richard lacht. »Ach, Marie, mach dir nicht immer so viele Gedanken. Wer weiß … vielleicht sind wir entführt worden, und ich habe einen Schlag auf den Kopf erhalten und kann mich nun nicht mehr erinnern, wer ich bin.« Er versucht tatsächlich, mich bei einem solch heiklen Thema zu ärgern. Doch dann wird er ernst. »Für den Notfall habe ich in der Kiste die gefälschten Papiere. Irgendetwas wird uns schon einfallen. Das Wichtigste ist, dass wir in Sicherheit sind. Und das gemeinsam. Zusammen.« Sein zärtlicher Kuss lässt mich erschauern, und irgendwie freue ich mich auf eine ruhigere Zeit. Mit ihm.

* * *

Leise kratzt die Feder über das Papier und treibt mir eine Gänsehaut über die Arme. Ich hoffe, wir tun das Richtige.

Ich bin tief in Gedanken versunken, als das Rascheln des Schriftstückes mich hochschrecken lässt.

Richard hält mir lächelnd zwei Briefbögen hin, damit ich das von ihm Geschriebene lesen kann.

Liebe Mama, lieber Papa,
ihr fragt euch mit Sicherheit, wo ich stecke und wie es mir geht. Ich kann Euch beruhigen, es geht mir gut. Augenblicklich befinde ich mich in Eurer Zeit, doch für mich sind nur einige Monate vergangen. Dadurch ist es mir leider unmöglich, zu Euch zu kommen.

Eine gute Neuigkeit habe ich noch für Euch. Marie und ich haben geheiratet. Ich kann Euch nicht sagen, wie glücklich ich bin, dass dieses wundervolle Wesen zu meinem Antrag ja gesagt hat. Ich bin der zufriedenste Mann auf Erden und hoffe, sie auch annähernd glücklich zu machen.
Ich werde gleich zu Maries Haus gehen, ich denke, Ihr wisst, wo das ist. Sie sitzt gerade bei mir und versucht mich davon zu überzeugen, mich noch einmal mit Euch zu treffen, doch wir werden verfolgt und schweben in Gefahr, solange wir hier sind.
Ich denke, Ihr werdet es verstehen. Ich liebe Euch sehr und vermisse Euch jeden Tag. Vielleicht werden wir beide eine Möglichkeit finden, Euch zu besuchen. Ich hoffe es von ganzem Herzen. Bis dahin werde ich Euch in meine Gebete einbeziehen und immer an Euch denken.
Bitte grüßt mir den kleinen Johann, meinen Bruder und den Rest der chaotischen Denkerfamilie.
In Liebe, Richard
P.S.: Ich lege euch noch einen Brief bei. Bitte packt ihn in meine Truhe, die ich im Stall stehen habe. Vielen Dank.

Ich merke erst, dass ich weine, als Richard zu mir kommt und mir die Tränen wegwischt.

»Nicht weinen, meine kleine Blume. Wir tun das Richtige. Alles andere wäre Selbstmord. Glaub mir.« Doch das ändert nichts daran, dass auch ich sie gern wieder gesehen hätte.

Und dann schaue ich mir den zweiten Brief genauer an.

Liebe Ella,
Marie und ich sind zurückgereist. Es geht uns gut. Bitte versteh, dass wir das machen mussten. Die anderen waren in Gefahr.

Leider ist es uns nicht möglich, so schnell wieder zurückzukommen, wie wir es eigentlich vorhatten. Aber sei gewiss, du bist in unseren Herzen immer bei uns.
In Liebe, Richard und Marie

Meine Beine geben nach, als ich erkenne, dass dies der Brief ist, den wir vor unserem Aufbruch an Oma Ella geschickt haben.

* * *

Als es dunkel im Haus ist und alle schlafen, schleichen wir uns hinaus in den Garten.

Das Tor quietscht noch genauso wie früher, doch Richard öffnet es ganz langsam, und so ist es kaum zu hören.

»Ich bin so unsicher. Wer weiß, wo wir landen und wem wir dort begegnen?«, flüstere ich leise.

Richards Hand greift nach meiner, und er gibt mir die Zuversicht, die mir bis jetzt fehlte.

»Ich habe Ernesto gebeten, den Brief und die Auflage weiter an das Erbe zu binden. Er stimmte sofort zu und sagte, er würde sogar noch ein eigenes Schreiben dazulegen. Dementsprechend müssten wir willkommen sein, egal, wann wir ankommen.« Richard hebt triumphierend die Augenbraue, wodurch ich kichern muss.

Dann ragt er vor uns auf. Der Baum. Richards Baum.

Imposant reckt er sich in den Nachthimmel und verbreitet eine mystische Atmosphäre. Der Wind fährt durch die raschelnden Blätter, als Richard das Zeichen auf die Borke streicht.

Das Knarren, das durch den Baum geht, hinterlässt ein Frösteln bei mir.

Nach einem zarten Kuss tritt Richard hindurch, und die Eiche verschließt sich. Lässt mich zurück in dieser kühlen, dunklen Spätsommernacht.

Ich zwinge mich dazu, bis 200 zu zählen, dann fährt auch meine Hand über die Borke.

Wieder ein Knarren, und schließlich heißt der Baum mich willkommen. Ich kann schon seine Wärme im Inneren spüren.

Entschlossen trete ich nach vorne, hinein in die behagliche Dunkelheit, die mich empfängt wie eine Mutter ihr Kind.

Alle meine Gedanken und Gefühle sind auf einen Punkt gerichtet. Auf Richard.

ENDE

Geschichtliche Hintergründe:

Ich habe versucht, die geschichtlichen Hintergründe, soweit es mir möglich war, zu recherchieren. Hier nun ein paar Fakten:

1. Informationen über die Restaurationszeit und die Zeit des Vormärz können nachgelesen werden unter: *http://de.Wikipedia.org/wiki/Vorm%C3%A4rz*
2. Die genannten Burschenschaften wurden Anfang des 19. Jahrhunderts an verschiedenen Universitäten gegründet. Sie wurden am 20.09.1819 durch die Karlsbader Beschlüsse verboten.
3. Eberswalde hieß im 19. Jahrhundert Neustadt-Eberswalde. Ab 01.08.1842 gab es eine Bahnverbindung nach Berlin (Berlin-Stettiner-Eisenbahn-Gesellschaft). Der Bahnhof lag ca. drei Kilometer westlich von der Stadt in einem Waldgebiet.
4. Bei Henriette Herz handelt es sich tatsächlich um eine Person der Zeitgeschichte. Sie lebte von 1764 bis 1847. Es wird berichtet, dass sie bis ins hohe Alter eine außergewöhnlich schöne und geistreiche Frau war. Sie führte einen Salon, der u. a. von den Gebrüdern Humboldt, den Gebrüdern Schlegel und dem Theologen Schleiermacher besucht wurde. Damit stellte sie den Mittelpunkt der geistigen Elite Berlins dar.
5. Die Gebrüder Grimm gehörten zu den Göttinger Sieben, die ein Schreiben an die Göttinger Universität richteten, dass man die Aufhebung der Hannoverschen Verfassung nicht stillschweigend akzeptieren dürfe,

ohne den Rückhalt bei der Jugend zu verlieren. Berlin gewährte den Brüdern ab 1840 Asyl. Sie wohnten bis 1846 in der Lennéstraße, am östlichen Ende des Tiergartens.

6. Das Gasthaus »Zur letzten Instanz« liegt direkt an der mittelalterlichen Stadtmauer. Es hieß eine Zeit lang »Zum Bierstübchen am Glockenspiel« und soll das älteste Gasthaus Berlins sein.
7. In Kaufbeuren wütete in den Jahren 1482/84, 1521, 1627/29 die Pest. Es starben teilweise zwei Drittel der Bevölkerung.
8. Dornbirn wird in den Geschichtsbüchern als streng katholische Stadt bezeichnet, in der es starke soziale Unterschiede gab. Die Einwohner waren zusätzlich weithin als abergläubisches Volk bekannt.
9. St. Gallen wurde auch Gallusstadt genannt. Der irische Mönch Gallus erbaute dort eine Einsiedelei. Im 17. Jahrhundert kam die Stadt durch das Textilhandwerk zu großem Wohlstand.
10. Die Hexenverfolgung war von 1450 bis 1750. Der Höhepunkt war 1550 bis 1650.

Natürlich habe ich noch viel mehr recherchiert. Ein ganzes DIN-A4-Notizbuch ist damit gefüllt.

Sollte ich doch geschichtliche Fehler eingebaut haben, bitte ich dies zu entschuldigen und meiner Fantasie zuzuschreiben.

26571400R00223

Printed in Poland
by Amazon Fulfillment
Poland Sp. z o.o., Wrocław